PROUST

Nie ma Albertyny

Marcel
PROUST W poszukiwaniu straconego czasu

Nie ma Albertyny

6

Przełożył
Maciej Żurowski

PAŃSTWOWY INSTYTUT WYDAWNICZY

Tytuł oryginału:
«A la recherche du temps perdu»
«Albertine disparue» («La fugitive»)

Okładkę i strony tytułowe projektował
Michał Jędrczak

Na okładce fragment obrazu
E. Maneta *Bal w Operze* (1873)

Opracowanie typograficzne
Wacław Wyszyński

ISBN 83-06-01987-3
ISBN 83-06-01993-8

ROZDZIAŁ PIERWSZY

Smutek i zapomnienie

„Panna Albertyna pojechała!" Jak daleko głębiej niż psychologia sięga w psychikę cierpienie! Przed chwilą jeszcze, analizując siebie, sądziłem, że to zaoczne rozstanie było właśnie rzeczą, której pragnąłem, i porównując mierność przyjemności dostarczanych mi przez Albertynę z bogactwem pragnień, których realizację mi uniemożliwiła (i które dzięki pewności, że ona jest u mnie, w połączeniu z ciśnieniem mojej wewnętrznej atmosfery, zdołały zająć w mej duszy pierwsze miejsce, lecz na wiadomość o wyjeździe Albertyny nie mogły nawet z nią konkurować, bo po prostu zniknęły), podziwiałem swoją przebiegłość i doszedłem do wniosku, że nie chcę już jej widzieć, że już jej nie kocham. Ale słowa: „Panna Albertyna pojechała", sprawiły w mym sercu taki ból, że dłużej mu się opierać nie byłem w stanie; natychmiast powinienem z tym skończyć; czuły dla samego siebie jak moja matka dla mej konającej babki, powiadałem sobie pełen tej dobrej woli, którą okazujemy, gdy chcemy ulżyć cierpieniom drogich nam istot: „Bądź cierpliwy przez chwilę, znajdziemy jakieś lekarstwo, możesz być pewny, że nie pozwolimy, żebyś dłużej cierpiał w ten sposób." Zgadywałem niejasno, że jeśli przed paroma minutami, gdym jeszcze nie zadzwonił, odejście Albertyny wydawało mi się czymś obojętnym, a nawet pożądanym, to dlatego żem je uważał za nieprawdopodobne, i w tym właśnie kierunku poszedł mój instynkt samozachowawczy, kiedy przykładał do mej otwartej rany pierwsze środki uśmierzające: „To wszystko nie ma żadnego znaczenia, bo jeszcze dzisiaj ściągnę ją z powrotem. Zastanowię się nad różnymi sposobami, ale w każdym razie dziś wieczór będzie w domu. Wobec tego nie ma się czym przejmować." – „To wszystko nie ma żadnego znaczenia" – nie zadowoliłem się powiedzeniem tego sobie, lecz usiłowałem wywołać identyczne wrażenie u Franciszki, przed którą nie zdradziłem swego cierpienia, bo nawet w momencie gdym go doznawał z taką gwałtownością, moja miłość nie zapominała, że powinna wyglądać na szczęśliwą, odwzajemnioną, zwłaszcza w oczach Franciszki, która nie lubiła Albertyny i zawsze wątpiła o jej szczerości.

Tak, dopiero co, przed wejściem Franciszki, sądziłem, że już nie kocham Albertyny, byłem przekonany, jako ścisły analityk, że nic z tego uczucia nie pozostało. Ale nasz intelekt, jakkolwiek przenikliwy, nie może dostrzec swych własnych składników i nie podejrzewa ich istnienia tak długo, jak długo pod wpływem zjawiska zdolnego je wyodrębnić nie zaczną przechodzić w fazę stałą z lotnej, w której przeważnie się znajdują. Myliłem się wyobrażając sobie, że widzę jasno w mym sercu. I tę wiedzę, której nie zdobyłbym za pomocą najsubtelniejszych postrzeżeń umysłu, dała mi, twardą, lśniącą, dziwną, niby krystaliczną sól, nagła reakcja cierpienia. Tak przyzwyczajony byłem widzieć Albertynę koło siebie, a niespodzianie ujrzałem nową twarz Przyzwyczajenia. Dotąd traktowałem je przede wszystkim jako siłę destrukcyjną, która niweczy oryginalność i zgoła świadomość postrzeżeń; teraz widziałem w nim groźne bóstwo, tak zespolone z nami, tak wrośnięte swą bezbarwną twarzą w nasze serce, że gdy się oddzieli, odwróci od nas, doznajemy ze strony tego bóstwa, na które dotąd prawie nie zwracaliśmy uwagi, cierpień straszliwszych niż wszystko, co się da pomyśleć, i okrucieństwa bezwzględniejszego niż okrucieństwo śmierci.

Najpilniejszą rzeczą było przeczytanie jej listu, skoro chciałem zastanowić się nad sposobem sprowadzenia jej z powrotem. Czułem, żem był w stanie to zdziałać, ponieważ przyszłość istnieje wyłącznie w naszych myślach i sądzimy, iż będziemy mogli jeszcze ją zmodyfikować *in extremis* dzięki interwencji naszej woli. Ale jednocześnie przypominałem sobie, że widywałem przyszłość ulegającą innym siłom niż moja i wobec których tym bardziej byłbym bezbronny, im więcej czasu miałbym do rozporządzenia. Cóż z tego, że godzina jeszcze nie wybiła, jeżeli nie mamy wpływu na to, co się w niej wydarzy? Kiedy Albertyna żyła w mym domu, byłem zdecydowany utrzymać w ręku inicjatywę naszego rozstania. I mimo to wyjechała. Otworzyłem jej list. Brzmiał następująco:

„Drogi Przyjacielu, wybacz, że nie miałam odwagi osobiście powiedzieć Ci tych paru słów, które tu przeczytasz, ale jestem takim tchórzem, tak się zawsze Ciebie bałam, że nawet zmuszając się nie miałam na to siły. Oto co bym Ci powiedziała: nasze wspólne pożycie stało się niemożliwe, sam widzisz po awanturze, którą urządziłeś ostatnio, że coś się w naszych stosunkach zmieniło. Co można było załagodzić owego wieczora, za kilka dni stałoby się nie do naprawienia. Lepiej zatem, skoro udało się nam pojednać, żebyśmy się rozstali po przyjacielsku. Dlatego, Kochanie, piszę do Ciebie ten list i proszę, byś był tak dobry i, jeśli Cię trochę martwię, przebaczył mi myśląc o wielkim zmartwieniu, jakie będzie moim udziałem. Drogi Chłopaczku, nie chcę być Twoim wrogiem, dość ciężko przeżyję to, że stopniowo, ale bardzo prędko, stanę się dla Ciebie obojętna; wobec tego, jako że moja decyzja jest nieodwołalna, nim prześlę Ci ten list za pośrednictwem Franciszki, poproszę ją o moje kufry. Żegnaj, zostawiam Ci najlepszą część siebie samej.   *Albertyna*"

To wszystko nic nie znaczy, rzekłem sobie, to nawet wygląda lepiej, niż myślałem. Pisała najwidoczniej dla efektu i chciała mnie przestraszyć. Trzeba zająć się sprawą najpilniejszą, to znaczy w ciągu dzisiejszego dnia sprowadzić Albertynę do domu. Przykro myśleć, że pani Bontemps i jej mąż są ludźmi bez czci, posługującymi się swą siostrzenicą, żeby wyłudzać ode mnie pieniądze. Ale trudno. Nawet gdybym musiał oddać im połowę mego majątku, by mieć Albertynę u siebie dziś wieczór, reszta wystarczy na przyjemne życie dla nas obojga. I jednocześnie zastanawiałem się, czy zdążę zamówić rano jacht i rolls royce'a, których sobie życzyła; przestałem się już wahać i nawet nie myślałem, że ten podarunek mógł mi się przedtem wydawać niezbyt rozsądny. Jeżeli poparcie ze strony pani Bontemps nie przeważy szali, jeżeli Albertyna nie posłucha ciotki i jako warunek powrotu postawi żądanie, bym jej odtąd dał całkowitą swobodę – niech tam! jakkolwiek mi to będzie przykre, zgodzę się; będzie wychodziła sama, kiedy się jej spodoba; trzeba umieć ponosić ofiary, choćby niezmiernie bolesne, dla sprawy, na której nam najbardziej zależy, a którą jest – wbrew temu, com jeszcze rankiem sądził na podstawie mych precyzyjnych i absurdalnych rozważań – obecność Albertyny w tym domu. Czy zresztą mogę twierdzić, że pozostawienie jej swobody byłoby dla mnie rzeczą tak bolesną? Skłamałbym, gdybym to powiedział. Nieraz już miałem uczucie, że pozwalając, aby grzeszyła z dala ode mnie, cierpiałem chyba mniej niż od owego smutku, który mnie opadał gdybym widział, jak się nudzi ze mną, u mnie. Zapewne, gdyby zażądała pozwolenia na udanie się gdzieś, w pierwszej chwili zgoda, zwłaszcza wobec myśli o przygotowanych orgiach, byłaby dla mnie czymś strasznym. Ale powiedzieć jej: weź nasz jacht albo wsiądź do pociągu i spędź miesiąc w jakimś kraju, którego nie znam i gdzie nie będę wiedział, co robisz – ta perspektywa nieraz mnie nęciła dzięki myśli, że robiąc porównania na odległość Albertyna będzie mnie wolała i wróciwszy poczuje się szczęśliwa. Poza tym ona też bez wątpienia tego chce; nie wymaga całkowitej swobody, którą zresztą, ofiarowując jej coraz to inne rozrywki, zdołałbym stopniowo trochę ograniczyć. Tak, Albertyna chciała, żebym przestał być nieznośny w stosunku do niej i zwłaszcza – jak niegdyś Odeta wobec Swanna – żebym się zdecydował na małżeństwo. Kiedy się już raz pobierzemy, nie będzie przywiązywała znaczenia do swej niezależności i tak szczęśliwie będzie się nam tu żyło! Co prawda, oznaczało to rezygnację z Wenecji. Ale jak bardzo miasta nieskończenie pożądane – i bardziej jeszcze niż Wenecja księżna de Guermantes, teatr – stają się blade, obojętne, martwe, gdy jesteśmy przykuci do drugiego serca więzią tak bolesną, że nie możemy się oddalić! Co się tyczy małżeństwa, racja jest całkowicie po stronie Albertyny. I mama już uważała, że to ciągłe zwlekanie jest śmieszne. Dawno już powinienem był poślubić ją i trzeba będzie to zrobić; o to chodziło Albertynie, gdy pisała ów list, w którym ani jedno słowo nie wyrażało jej prawdziwej myśli; tylko dla osiągnięcia tego celu wyrzekła się na kilka godzin rzeczy, której musi pragnąć tak samo jak ja: powrotu do mnie. Tak, to miała na myśli, to była intencja jej czynu, powiadał mi mój współczujący rozum; a jednak czułem, że mówiąc mi to nie wychodził poza hipotezę, którą przyjął od samego początku.

Otóż wyraźnie sobie zdawałem sprawę, iż druga hipoteza nigdy nie przestała mieć argumentów przemawiających za jej prawdziwością. Zapewne, nie była na tyle odważna, by powiedzieć wprost, że Albertynę łączył związek z panną Vinteuil i jej przyjaciółką. Ale gdym się zachwiał pod ciosem oszołamiającej wiadomości w chwili, kiedyśmy wchodzili na dworzec w Incarville, sprawdziła się właśnie ta druga hipoteza. Nigdy jednak nie zakładała ona, że Albertyna mogła mnie opuścić z własnej inicjatywy, w ten sposób, bez uprzedzenia i nie dając mi czasu, bym jej w tym przeszkodził. Mimo wszystko, chociaż po tym nowym, ogromnym skoku, jakiego dokonałem pchnięty przez życie, rzeczywistość stojąca przede mną była równie rewelacyjna jak ta, którą nam ukazują odkrycia fizyków, wyniki dochodzeń prowadzonych przez sędziego śledczego czy znalezione przez historyka dokumenty tyczące się kulis jakiejś zbrodni lub rewolucji – owa rzeczywistość poszła dalej niż wątłe przewidywania mej drugiej hipotezy, wciąż ją wszakże potwierdzając. Hipoteza ta nie była produktem intelektu i paniczny strach, jakiego doznałem wieczorem, gdy Albertyna nie pocałowała mnie, i nocą, gdym usłyszał łoskot okna – ten strach nie był wyrozumiany. Ale – i dalszy ciąg wykaże to dobitniej, podobnie jak wiele z dotychczasowych epizodów już mogło za tym przemawiać – okoliczność, że intelekt nie jest instrumentem najsubtelniejszym, najpotężniejszym, najlepiej przystosowanym do chwytania prawdy, stanowi tylko jeszcze jeden powód, żeby zaczynać od intelektu, a nie od półświadomej intuicji, wiary w przeczucia. Dopiero życie pozwala nam stopniowo, od wypadku do wypadku, spostrzec, że to, co najwięcej znaczy dla naszego serca i dla naszego umysłu, dociera do nas za pośrednictwem nie rozumu, lecz innych organów. I wówczas intelekt zdaje sobie sprawę z wyższości tych ostatnich, świadomie abdykuje na ich korzyść, godząc się być ich współpracownikiem i sługą. Wiara doświadczalna. Niespodziewana katastrofa, z którą się teraz borykałem, wydawała mi się również (tak samo jak przyjaźń z dwiema lesbijkami) czymś znanym, co miałem okazję odczytać z tyłu znaków świadczących (wbrew przeciwnym twierdzeniom mego rozumu, opierającego się na słowach samej Albertyny) o zmęczeniu i wstręcie, jakie u niej budziło to życie w niewoli. Ileż razy miałem wrażenie, iż czytam te znaki w głębi smutnych i pokornych źrenic Albertyny, na jej policzkach okrywających się gwałtownym i nie wytłumaczonym rumieńcem, w hałasie okna otwartego nagle! Ponieważ duszę moją utrzymywała w równowadze obecność Albertyny, przewidywałem jej odejście tylko jako coś zorganizowanego przeze mnie, sam jeszcze nie wiedziałem kiedy, to znaczy w czasie nie istniejącym; inaczej mówiąc, łudziłem się jedynie, iż myślę o tym odjeździe, niczym ludzie, którzy wyobrażają sobie, że nie czują obawy przed śmiercią, gdy myślą o niej ciesząc się dobrym zdrowiem, to znaczy gdy przykładają tylko negatywną ideę do tego zdrowia, które właśnie bliskość śmierci unicestwi. Zresztą myśl o wyjeździe Albertyny z jej własnej inicjatywy mogłaby mi przyjść do głowy tysiąc razy, w sposób najwyraźniejszy, najplastyczniejszy, a też bym nie podejrzewał, czym ten wyjazd może być w odniesieniu do mnie, czyli w rzeczywistości – jaką rzeczą oryginalną, okrutną, nieznaną, jaką całkowicie nową udręką. Gdybym go przewidywał, mógłbym o nim stale myśleć latami i wszystkie te moje myśli razem oddane nie byłyby w żadnym stosunku – nie tylko co do natężenia, lecz i podobieństwa – z niewyobrażalnym piekłem, którego zasłonę uchyliła mi Franciszka wypowiadając słowa: ,,Panna Albertyna pojechała.'' Dla uzmysłowienia sobie nieznanej sytuacji wyobraźnia zapożycza elementy znane i dlatego jej sobie nie uzmysławia. Natomiast wrażliwość, nawet najbardziej fizyczna, dostaje, niby bruzdę wyżłobioną uderzeniem gromu, oryginalny i długotrwały podpis nowego wydarzenia. Ledwo miałem odwagę pomyśleć, iż gdybym był przewidział ów wyjazd, nie umiałbym może wyobrazić go sobie w całej jego straszliwości, ale nawet gdyby mnie Albertyna o nim powiadomiła, ja zaś zacząłbym grozić i błagać – to i tak bym nie potrafił mu przeszkodzić. Jak pożądanie Wenecji było teraz dalekie ode mnie! Podobnie jak niegdyś w Combray chęć poznania pani de Guermantes, gdy nadchodziła godzina, kiedy mi zależało tylko na jednym: żeby mama była koło mnie. Bo w istocie wszystkie niepokoje, jakich doznałem od czasów dzieciństwa, nadbiegły wezwane przez mą nową udrękę, aby ją wzmocnić, stopić się z nią w jednorodną masę, która mnie dusiła.

Tak, ten fizyczny cios w serce wymierzony w nas przez takie rozstanie i (dzięki nieograniczonym możliwościom, jakie ciało posiada w zakresie rejestrowania wrażeń) czyniący z bólu coś współczesnego wszystkim okresom, w których cierpieliśmy, tak, ten cios w serce, może zadany trochę z umysłu – do tego stopnia bowiem nie przejmujemy się cierpieniami naszych bliźnich – przez tę, która stara się, aby żal osiągnął najwyższy stopień intensywności, czy to dlatego, że tylko udając odejście, kobieta pragnie uzyskać lepsze warunki i nic więcej, czy też odchodząc na zawsze – na zawsze! – chce zranić, albo przez zemstę, albo w tym celu, by nadal być kochaną, albo (w trosce o jakość wspomnienia, które zostawi po sobie) po to, by gwałtownie rozerwać tę utkaną ze zmęczenia i obojętności sieć, której stopniowe powstawanie czuła – tak, ten cios w serce miał być uniknięty, przyrzekaliśmy to sobie, mówiliśmy, że się rozstaniemy w zgodzie. Ale zgodne rozstania są niesłychanie rzadkie, bo gdyby istniała zgoda, nikt by się nie rozstawał. Poza tym kobieta, której okazujemy największą obojętność, czuje w głębi duszy, że jednocześnie z dojrzewającym w nas zmęczeniem, na zasadzie tego samego przyzwyczajenia, przywiązywaliśmy się do niej coraz bardziej, i uważa za jeden z głównych warunków pogodnego rozstania odejście po uprzedzeniu partnera. Zarazem jednak obawia się, że gdy uprzedzi o rozstaniu, nie dopuści do niego. Każda kobieta czuje, że im większa jest jej władza nad mężczyzną, tym bardziej jedynym sposobem odejścia staje się ucieczka. Ucieka, bo ma władzę – tak to jest. Zapewne, od zmęczenia, jakim na nią reagowaliśmy jeszcze przed chwilą, jest nieskończenie daleko do namiętnej potrzeby odzyskania jej, gdy odeszła. Ale to daje się wytłumaczyć nie tylko zresztą przyczynami już wyłożonymi w niniejszym dziele oraz innymi, o których dalej będzie mowa. Przede wszystkim rozstanie ma zazwyczaj miejsce w chwili, gdy obojętność – rzeczywista lub mniemana – jest największa, jak maksymalne wychylenie wahadła. Kobieta mówi sobie: ,,Nie, to dłużej trwać nie może'', bo właśnie mężczyzna w kółko powtarza, iż ją porzuci, lub stale o tym myśli – i ona go porzuca. Gdy wówczas wahadło znajdzie się w przeciwległym punkcie maksymalnego wychylenia, odległość staje się największa. W ciągu sekundy jeszcze raz wraca do tego punktu i znowu wraca wbrew wszelkiemu rozsądkowi, ale jakże to jest naturalne! Serce bije, przy czym kobieta, która odeszła, nie jest już tą, która żyła obok nas. Jej życie spędzone w naszej bliskości, aż nadto znane, wzbogaca się nagle o wszystkie życia, w które ona teraz musi wejść, i może właśnie po to nas opuściła, żeby się w nie zaplątać. W rezultacie to nowe bogactwo życia kobiety zbiegłej działa wstecz na kobietę, która była naszą towarzyszką i kto wie, czy nie przygotowywała swej ucieczki. Serii faktów psychologicznych dających się wydedukować i stanowiących część naszego pożycia z nią, naszego zmęczenia, zbyt manifestowanego na jej gust, a również naszej zazdrości (co sprawia, że mężczyźni, którzy zostali porzuceni przez kilka kobiet, prawie zawsze byli porzucani w ten sam sposób, to zaś z powodu ich charakteru oraz reakcji zawsze identycznych, które można obliczyć: każdy ma swój własny sposób, w jaki jest zdradzany, tak samo jak ma swój własny sposób zaziębiania się), tej serii, nie mającej dla nas zbyt wielu tajemnic, odpowiadała zapewne seria faktów, których nie znaliśmy. Ona musiała od pewnego czasu utrzymywać kontakt listowny lub słowny czy też przez pośredników z tym a tym mężczyzną, z tą a tą kobietą; czekała na sygnał, który może, sami o tym nie wiedząc, przekazaliśmy jej powiadając: ,,Pan X złożył mi wczoraj wizytę" – jeżeli umówiła się z panem X, że na dzień przedtem, jak ona będzie miała uciec do niego, on mnie odwiedzi. Ile możliwych przypuszczeń! Tylko możliwych. Tak dobrze umiałem konstruować prawdę, lecz tylko w sferze możliwości, że gdym pewnego dnia przez omyłkę otworzył list adresowany do jednej z mych przyjaciółek, stwierdziłem, że był to list pisany szyfrem. Brzmiał on tak: ,,Czekam wciąż znaku iść do margrabiego de Saint-Loup, uprzedzić jutro telefon"; zrekonstruowałem z tego projekt ucieczki; nazwisko margrabiego de Saint-Loup figurowało zamiast czegoś innego, bo moja przyjaciółka nie znała Roberta, lecz słyszała, jak o nim mówiłem; podpis był czymś w rodzaju pseudonimu nic nie znaczącego w żadnym języku. Otóż list wcale nie był adresowany do mej przyjaciółki, lecz do jakiejś osoby z tego samego domu, której nazwisko błędnie odczytano. Nie był też napisany szyfrem, ale nieudolną francuszczyzną, gdyż autorką jego była pewna Amerykanka, rzeczywiście znajoma Roberta de Saint-Loup, jak się od niego dowiedziałem. Miała ona dziwny sposób pisania niektórych liter, wskutek czego nadała postać pseudonimu nazwisku, które było najzupełniej rzeczywiste, tyle że cudzoziemskie.

Zatem owego dnia gruntownie się pomyliłem w mych podejrzeniach. Wszelako armatura intelektualna, która w mym umyśle połączyła te fakty – wszystkie fałszywe – była sama w sobie tak ścisłą, tak nieugiętą formą prawdy, że gdy w trzy miesiące później moja przyjaciółka (która w okresie tamtego listu miała zamiar pozostać ze mną całe życie) rzuciła mnie, uczyniła to w sposób absolutnie identyczny z tym, jaki wyimaginowałem pierwszym razem. Nadszedł list mający te same cechy, które wtedy błędnie zinterpretowałem, ale teraz spełniający rzeczywiście rolę sygnału, itd.

Było to największe nieszczęście mego życia. Mimo wszystko jednak cierpienie, któregom doznawał, nie było może tak wielkie, jak ciekawość przyczyn, które ściągnęły na mnie to nieszczęście: do kogo Albertyna tęskniła, do kogo poszła. Ale źródła tak wielkich wydarzeń są jak źródła rzek, na próżno przebiegamy powierzchnię ziemi, nie znajdujemy ich. Czy Albertyna też przygotowywała swą ucieczkę od dłuższego czasu? Nie wspomniałem poprzednio (bo wtedy wydało mi się to jedynie manierą, wyrazem złego humoru, tym, co Franciszka nazywała ,,strojeniem min''), że od dnia, kiedy przestała mnie całować, była ponura jak nieszczęście, trzymała się prosto, sztywno, o najzwyczajniejszych rzeczach mówiła smutnym głosem, w ruchach była powolna, nie uśmiechała się nigdy. Nie mogę twierdzić, żeby istniał fakt świadczący o jakim bądź kontakcie ze światem zewnętrznym. Co prawda Franciszka opowiedziała mi później, że gdy w przeddzień ucieczki weszła do jej pokoju, nie ujrzała nikogo, ale story były zaciągnięte i po świeżości powietrza oraz hałasie dochodzącym z ulicy można było poznać, że okno jest otwarte. I rzeczywiście znalazła Albertynę na balkonie. Było jednak mało prawdopodobne, aby się z kimś w ten sposób porozumiewała; story zaciągnięte przy oknie tłumaczyły się zapewne tym, że wiedziała, jak unikam przeciągów, a jeżeli nawet nie bardzo mnie od tego chroniły, to w każdym razie dzięki nim Franciszka nie mogła dostrzec z korytarza, iż okiennice zostały tak wcześnie otwarte. Dnia poprzedniego Albertyna niepostrzeżenie zabrała z mego pokoju większą ilość znajdującego się tam papieru i płótna do pakowania i posłużyła się tym pakując swe niezliczone peniuary i szlafroczki, aby rano wyjechać. To jedyny fakt, to było wszystko. Nie mogę przywiązywać wagi do tego, że wieczorem niemal siłą zwróciła mi tysiąc franków, które mi była winna, nie widziałem w tym nic specjalnego jako że w sprawach związanych z pieniędzmi odznaczała się niezmierną skrupulatnością.

Tak, w przeddzień wzięła papier do pakowania, lecz już przedtem wiedziała, że wyjedzie! To nie smutek kazał jej wyjechać, lecz powzięta decyzja wyjazdu, rezygnacji z życia, o którym marzyła, zabarwiła jej usposobienie smutkiem. Melancholijna, niemal uroczyście zimna w stosunku do mnie, z wyjątkiem ostatniego wieczora, kiedy ku memu zdziwieniu pozostawszy dłużej w moim pokoju, rzekła mi z proga: ,,Do widzenia, mój mały, do widzenia.'' Wtedy nie zwróciłem na to uwagi. Franciszka opowiedziała mi, że nazajutrz rano, kiedy ją zawiadomiła o swym wyjeździe (zresztą można to również wytłumaczyć zmęczeniem, bo nie rozbierała się i całą noc spędziła na pakowaniu swych rzeczy, oprócz tych, których musiała dopiero zażądać od Franciszki, bo nie znajdowały się w jej pokoju ani w gotowalni), była jeszcze tak smutna, bardziej wyprostowana, bardziej zmartwiała niż w dni poprzednie, że zwracając się do niej ze słowami: ,,Żegnaj, Franciszko'', sprawiała wrażenie osoby, która za chwilę upadnie. Kiedy dowiadujemy się o takich szczegółach, pojmujemy, dlaczego kobieta podobająca się nam obecnie o tyle mniej od tych wszystkich, które tak łatwo spotykamy na najzwyczajniejszych przechadzkach, wówczas – o co dziś mamy do niej pretensję – poświęcanych dla niej, jest akurat tą, którą tysiąckrotnie wolimy. Albowiem sprawa nie toczy się już między pewną przyjemnością – niemal do cna zwietrzałą od zużycia lub może też wskutek niewielkiej wartości obiektu – i z drugiej strony innymi przyjemnościami, nęcącymi, zachwycającymi, lecz między nimi a czymś, co jest od nich znacznie silniejsze i nazywa się współczuciem wobec cierpienia.

Przyrzekając sobie, że Albertyna wróci do mnie jeszcze tegoż wieczora, zająłem się tym, co było najpilniejsze, i opatrzyłem nową wiarą rozdarcie spowodowane przez tę, z którą dotąd żyliśmy razem. Ale jakkolwiek szybko zareagował mój instynkt samozachowawczy, po słowach Franciszki byłem przez chwilę najzupełniej bezradny i teraz nic mi nie pomagało, że Albertyna do wieczora znów będzie na miejscu; ból, jakiego doświadczyłem w pierwszej sekundzie, gdym jeszcze nie zakomunikował sobie samemu wiadomości o tym powrocie (była to sekunda, która nastąpiła po słowach: ,,Panna Albertyna kazała sobie przynieść kufry, panna Albertyna pojechała''), ów ból odradzał się we mnie wciąż w poprzedniej postaci, to znaczy taki, jakbym nie zdążył się dowiedzieć o rychłym powrocie Albertyny. Zresztą było rzeczą konieczną, żeby wróciła, lecz sama z siebie. Jak bądź oceniałbym sytuację, zabiegać o ten powrót, prosić ją mijałoby się z celem. Zapewne, nie mogłem się już zdobyć na wyrzeczenie, jak niegdyś w stosunku do Gilberty. Bardziej nawet niż widok Albertyny potrzebne mi było położenie kresu udręce fizycznej, której moje serce, gorzej funkcjonujące niż dawniej, nie mogło już znieść. Poza tym, wskutek zaniku woli przekształconego w nawyk, czy to się tyczyło pracy, czy innych rzeczy, byłem teraz bardziej tchórz-liwy. Przede wszystkim jednak moja obecna męczarnia była nieporównanie dotkliwsza z wielu przyczyn, wśród których najważniejszą stanowiła zapewne okoliczność, że z panią de Guermantes ani z Gilbertą nie zaznałem rozkoszy zmysłowej i nie widując ich codziennie, w każdym momencie, nie mając tego rodzaju możliwości, a więc i potrzeby, mniej ulegałem w uczu-ciach, jakie dla nich żywiłem, potężnej sile Przyzwyczajenia. Teraz, gdy moje serce, niezdolne chcieć i nie umiejące poddać się dobrowolnie cierpieniu, znajdowało tylko jedno rozwiązanie moż-liwe, powrót Albertyny za wszelką cenę – być może rozwiązanie przeciwne (dobrowolne wyrzeczenie się, stopniowa rezygnacja) wydałoby mi się pomysłem romansowym, nieprawdopodobnym w życiu, gdybym niegdyś nie postąpił tak właśnie z Gilbertą. Wiedziałem zatem, że to drugie rozwiązanie było również do przyjęcia, i to przez tego samego człowieka, bom się od tamtej pory prawie nie zmienił. Ale czas odegrał swoją rolę, czas, przez który się postarzałem, czas, który trzymał Albertynę blisko mnie, gdyśmy wiedli nasze wspólne życie. O ile wszelako nie wyrzeka-łem się jej, to z mego uczucia dla Gilberty pozostała mi nadal duma, dzięki której nie chciałem upokorzyć się przed Albertyną żałosnymi prośbami i wolałem tak zorganizować jej powrót, jakby mi na nim nie zależało. Wstałem, żeby nie tracić czasu, ale unieruchomiło mnie cierpienie: po raz pierwszy podnosiłem się z łóżka, odkąd jej tu nie było. Mimo wszystko jednak należało się prędko ubrać i pójść zasięgnąć informacji u odźwiernej Albertyny.

Cierpienie, które jest dalszym ciągiem wstrząsu duchowego, dąży do zmiany formy; mamy nadzieję, że się go pozbędziemy robiąc projekty, zbierając informacje; pragniemy, aby przebyło swe niezliczone metamorfozy, bo wtedy potrzebujemy mniej odwagi, niż gdybyśmy chcieli utrzymać je w stanie świeżym; tak ciasne, twarde i zimne wydaje się nam łóżko, do którego idziemy spać razem z naszym bólem. Wstałem więc; zacząłem chodzić po pokoju niesłychanie ostrożnie, aby nie spostrzec krzesła Albertyny, pianoli, na której pedałach opierała swe trzewiczki ze złotej lamy, nie widzieć żadnego przedmiotu, którym się posługiwała, gdyż wszystkie jak gdyby mi dawały w swej własnej mowie – nauczywszy się jej od mych wspomnień – przekład, inną wersję, powtórzenie wiadomości o tej ucieczce. Ale nie patrząc na nie widziałem je wszystkie: poczułem bezwład, opadłem na jeden z tych foteli krytych niebieskim atłasem, którego zimna gładkość jeszcze przed godziną, w światłocieniu pokoju znieczulonego promieniem światła, była mi podnietą do marzeń, tak namiętnie wtedy pieszczonych, a teraz tak dalekich. Ach, kiedy ostatnio w nim siedziałem, Albertyna była jeszcze u mnie. Nie mogłem wytrzymać, wstałem; w ten sposób co chwila ujawniało się jedno z owych niezliczonych i skromnych ja, które się składają na osobowość ludzką, i ponieważ było nieświadome wyjazdu Albertyny, należało je o tym poinformować; trzeba było – co stanowiło obowiązek straszliwszy, niż gdybym miał do czynienia z istotami obcymi, nie wyposażonymi w moją wrażliwość na cierpienie – zakomunikować to nieszczęście, spadające na nie wszystkie, tym moim ja, które jeszcze nie wiedziały; trzeba było, żeby do każdego z nich też dotarły po raz pierwszy te słowa: ,,Albertyna kazała sobie przynieść kufry'' (owe kufry w kształcie trumny, których ładowanie obok bagażu mej matki oglądałem w Balbec), ,,Albertyna wyjechała''. Musiałem każdemu z nich powiedzieć o mym smutku, o smutku bynajmniej nie będącym pesymistyczną konkluzją swobodnie wyciągniętą z nieszczęśliwych okoliczności, lecz nieustannie odżywającym i mimowolnym nawrotem specyficznego wrażenia, pochodzącego z zewnątrz i nie wybranego przez nas. Były wśród owych ja i takie, których już dosyć dawno nie widziałem. Na przykład (nie przyszło mi bowiem do głowy, że to był dzień wizyty fryzjera) ja, którym się stawałem, gdym sobie dawał strzyc włosy. Nie pamiętałem o nim i jego zjawienie się przyprawiło mnie o wybuch płaczu, niczym na pogrzebie niespodziewana obecność starego sługi, który znał zmarłą. Później przypomniałem sobie nagle, żem od tygodnia miał przypływy panicznego lęku, do którego sam się sobie nie przyznawałem. Jednak dyskutowałem wtedy w głębi duszy powiadając: „Oczywiście nie ma mowy o przypuszczeniu, że ona mogłaby wyjechać niespodzianie. To nonsens. Gdybym się z tym zwierzył człowiekowi inteligentnemu i rozsądnemu (zrobiłbym to, żeby się uspokoić, ale zazdrość nie pozwalała mi na zwierzenia), niewątpliwie rzekłby mi: «Oszalałeś chyba. To niemożliwe.» (Rzeczywiście, przecież nie sprzeczaliśmy się ani razu.) Wyjeżdża się mając jakiś powód. I wyjawia się go. Druga strona ma prawo coś odpowiedzieć. Ale w taki sposób nikt nie wyjeżdża. Nie, to jest dziecinne. To jedyne przypuszczenie absurdalne, jakie można wymyślić." A jednak co dzień, gdym dzwonił rano i znajdował ją na miejscu, wydawałem głębokie westchnienie ulgi. I kiedy Franciszka wręczyła mi list Albertyny, od razu wiedziałem, że tyczył się rzeczy, która nie mogła mieć miejsca, to znaczy owego wyjazdu, oglądanego na kilka dni wcześniej, mimo że istniały logiczne argumenty uspokajające. Pomyślałem w mej rozpaczy, niemal z uczuciem dumnej z siebie przenikliwości, niczym morderca, który wie, że nie może być zdemaskowany, ale boi się i nagle spostrzega nazwisko swej ofiary na teczce z aktami w gabinecie sędziego śledczego, gdzie go wezwano...[1]

Cała moja nadzieja była w tym, że Albertyna wyjechała do Turenii, do swej ciotki, u której w gruncie była dość dobrze strzeżona i nie mogła zrobić nic wielkiego, nim ją stamtąd zabiorę. Największe niebezpieczeństwo polegało na tym, że mogła pozostać w Paryżu, pojechać do Amsterdamu lub do Montjouvain, czyli uciec celem pogrążenia się w jakiejś intrydze, której wstępna faza była mi nie znana. W istocie wszakże powiadając sobie: Paryż, Amsterdam, Montjouvain – to znaczy różne miasta – myślałem

---

[1] Luka w rękopisie. Proust, jak wiadomo, nie zdążył wykończyć ostatnich części dzieła – por. w *Uwięzionej*, str. 5, uwagę Boya na ten temat. (Przyp. tłum.)

o miejscowościach, które były tylko możliwe; toteż gdy odźwierna w jej domu oświadczyła mi, że Albertyna wyjechała do Turenii, ten kierunek, który przedtem uważałem za najbardziej pożądany, wydał mi się najstraszniejszy ze wszystkich, jako że był rzeczywisty i ponieważ ja po raz pierwszy, nękany przez pewność teraźniejszości i niepewność przyszłości, wyobrażałem sobie Albertynę, jak zgodnie ze swym życzeniem rozpoczyna życie oddzielone od mojego, może na czas dłuższy, może na zawsze, i realizuje w nim swój nie znany mi i od dawna niepokojący mnie świat, podczas gdy dotąd mogłem do woli posiadać, obsypywać pieszczotami to, co było jego zewnętrzną powłoką – jej łagodną twarz, nieprzeniknioną i ujarzmioną.

Przed bramą Albertyny spotkałem biedną dziewczynkę, która patrzała na mnie wielkimi oczami i wyglądała tak sympatycznie, żem ją spytał, czy nie chciałaby przyjść do mnie; tak samo zwróciłbym się do psa o spojrzeniu wyrażającym wierność. Zdawała się rada mej propozycji. W domu kołysałem ją przez pewien czas na kolanach, lecz wkrótce zacząłem odczuwać jej obecność, uprzytamniającą mi nadto dotkliwie brak Albertyny, jako coś nieznośnego. Poprosiłem więc, by sobie poszła, wręczywszy jej uprzednio banknot pięćsetfrankowy. Ale wkrótce potem perspektywa, że mógłbym mieć koło siebie jakąś inną dziewczynkę i nie przebywać samotnie bez jej niewinnego towarzystwa, stała się jedynym marzeniem, które było w stanie pogodzić mnie z myślą, że Albertyna przez pewien czas nie wróci.

Istotę mej miłości stanowił ów nieznany świat w Albertynie. Co do niej samej, to istniała niemal wyłącznie w postaci swego imienia, które – z nielicznymi wyjątkami – co dzień, gdym się budził, zjawiało się w mym mózgu i tam pozostawało. Gdybym myślał głośno, powtarzałbym je bez końca i moja gadanina byłaby tak monotonna, tak ograniczona, jakbym się zamienił w owego bajecznego ptaka, co krzyczał w kółko imię tej, którą kochał jako człowiek. Wymawiamy to imię, ale ponieważ czynimy to w milczeniu, można by rzec, że je w sobie zapisujemy i że pozostawia ono swój ślad w naszym mózgu wyglądającym w końcu niby kawał ściany, na której ktoś zabawiał się za pomocą ołówka, całkowicie ją pokrywając tysiąc razy powtórzonym imieniem ukochanej osoby. Przepisujemy je ustawicznie w naszych myślach tak długo, jak jesteśmy szczęśliwi, a jeszcze bardziej w nieszczęściu. Odczuwamy wciąż odradzającą się potrzebę powtarzania tego słowa, które nie może nam powiedzieć nic więcej oprócz tego, co już wiemy. Wszelako na dłuższą metę staje się to męczące. O rozkoszy fizycznej nawet wtedy nie myślałem; nie widziałem w mej wyobraźni osoby Albertyny, będącej przecież sprawczynią takiego przewrotu w mej duszy, nie dostrzegałem jej ciała i gdybym chciał wyodrębnić ideę – bo zawsze coś takiego istnieje – związaną z mym cierpieniem, byłyby to na przemian rozważania, co zamierzała zrobić wyjeżdżając – wrócić czy nie wrócić – i jak doprowadzić do jej powrotu. Należałoby może widzieć symboliczne znaczenie i głębszą prawdę w nikłości roli, jaką w naszym niepokoju o daną osobę odgrywa ona sama. Istotnie, osoba nie jest wówczas czynnikiem ważnym; wszystko polega na procesie wzruszeń, lęków, odczuwanych dawnymi czasy w rozmaitych okolicznościach z jej powodu i pod wpływem przyzwyczajenia kojarzących się z nią. Dowodzi tego (jeszcze bardziej niż nuda, której doznajemy w stanie szczęścia) fakt, że widywanie lub niewidywanie owej osoby, objawy szacunku albo braku szacunku z jej strony, możność lub niemożność dysponowania nią staną się dla nas rzeczą absolutnie obojętną, skoro tylko zaczniemy rozważać zagadnienie (od tej chwili tak już błahe, że w ogóle nie będziemy ~ię nim interesować) w stosunku wyłącznie do samej osoby – gdy zapomnimy cały proces wzruszeń i lęków, przynajmniej o tyle, o ile jest z nią związany, bo może się on rozwinąć od nowa, lecz przeniesiony na kogoś innego. Przedtem, gdy się jej tyczył, byliśmy przekonani, że nasze szczęście zależy od niej, a zależało jedynie od położenia kresu naszemu lękowi. Nasza podświadomość była więc bardziej przenikliwa niż my sami, gdy tak bagatelizowała postać ukochanej kobiety, postać, którąśmy może nawet zapomnieli, którą mogliśmy znać słabo i nieszczególnie cenić w trakcie owego straszliwego dramatu, kiedy od sprawy, czy ją wreszcie zobaczymy i nie będziemy musieli dłużej czekać na nią, mogło zależeć nawet nasze życie. Mikroskopijne rozmiary postaci tej kobiety to logiczny i nieunikniony przejaw sposobu, w jaki się miłość rozwija, alegoria bardzo przejrzysta subiektywnej natury miłości.

Stan ducha, w jakim wyjechała, był zapewne podobny do

nastroju ludów, które za pomocą demonstracji wojskowych torują drogę swym dyplomatom. Wyjechała prawdopodobnie tylko po to, by uzyskać ode mnie lepsze warunki, więcej swobody, komfortu. W takim razie miałbym szanse zostać zwycięzcą, o ile starczy mi sił, żeby czekać, czekać na chwilę, gdy ona, zorientowawszy się, że nic nie wskóra, wróci z własnego popędu. Ale jeżeli w kartach i na wojnie, gdzie chodzi jedynie o wygraną, można się oprzeć bluffowi, to zupełnie inne są warunki, jakie stwarza miłość i zazdrość, nie mówiąc już o cierpieniu. Gdybym czekając, licząc na przetrwanie, pozwolił Albertynie przebywać z dala ode mnie wiele dni, może wiele tygodni, zniszczyłbym to, co w ciągu więcej niż całego roku było mym celem: niepozostawianie jej swobody choćby przez godzinę. Wszystkie środki ostrożności, jakie przedsięwziąłem, okazałyby się bezużyteczne, gdybym jej dał dość czasu, dość możliwości, żeby mnie zdradzała, z kim zechce; a gdyby się w końcu poddała, nigdy bym nie mógł zapomnieć czasu, kiedy była sama, i nawet odnosząc ostateczne zwycięstwo byłbym jednak w przeszłości – to znaczy w sposób nieodwołalny – tym, który został zwyciężony.

Co do metod sprowadzenia Albertyny, mogły one być tym skuteczniejsze, o ile hipoteza, że wyjechała jedynie w nadziei powrotu na lepszych warunkach, była bardziej prawdopodobna. I tak to niewątpliwie wyglądało w oczach ludzi nie wierzących w szczerość Albertyny, jak przede wszystkim Franciszka. Ale memu rozumowi, który pewne jej złe humory, pewne odruchy – kiedy jeszcze o niczym nie wiedziałem – mógł wytłumaczyć tylko decyzją wyjazdu na zawsze, trudno było przyjąć, że wyjazd, już dokonany, polegał na symulacji. Powiadam: memu rozumowi, nie mnie. Przypuszczenie symulacji było mi tym potrzebniejsze, im mniej przekonywało, i zyskiwało na sile tyleż, ile traciło na prawdopodobieństwie. Kiedyśmy się ujrzeli nad brzegiem przepaści i wszystko świadczy, że Bóg nas opuścił, nie wahamy się, oczekiwać od niego cudu.

Przyznaję, żem się w tym wszystkim zachował jak najbardziej apatyczny, chociaż i najbardziej zbolały z policjantów. Ale ucieczka Albertyny nie przywróciła mi zdolności, które straciłem wskutek strzeżenia mej przyjaciółki przy pomocy osób trzecich. Myślałem o jednym tylko: żeby obarczyć poszukiwaniami kogoś innego. Wybrałem w tym celu Roberta de Saint-Loup, który się zgodził. Zrzuciwszy z siebie troskę o tyle następnych dni, poczułem radość i zacząłem się krzątać, pewien już powodzenia; moje ręce nagle stały się suche jak poprzednio, zniknął z nich pot, którym się oblałem słysząc Franciszkę powiadającą mi: ,,Panna Albertyna pojechała."

Czytelnik pamięta, że gdym postanowił żyć z Albertyną i nawet ją poślubić, to dlatego żeby jej pilnować, wiedzieć, co robi, nie dopuścić, by znowu popadła w związek z panną Vinteuil. Podczas rozdzierającej rewelacji w Balbec, kiedy mi powiedziała o tym jak o czymś całkiem naturalnym, co udało mi się przyjąć – chociaż to było największe zmartwienie mego życia – jakby istotnie było całkiem naturalne, usłyszałem rzecz, której nawet w najgorszych przypuszczeniach nie byłbym miał odwagi wyobrazić sobie. (Zadziwiające, że zazdrość, spędzająca czas na snuciu drobnych, fałszywych przypuszczeń, ma tak mało wyobraźni, gdy odkrywa prawdę.) Otóż moja miłość, zrodzona głównie z tego, żem chciał przeszkodzić Albertynie w oddawaniu się złu, zachowała w dalszym ciągu ślady swego pochodzenia. Być razem z nią nie miało dla mnie specjalnej ceny, bylebym mógł utrzymać na miejscu tego ducha ucieczki. W tym celu polegałem na spojrzeniu, na towarzystwie ludzi, którzy wychodzili z nią, i jeśli tylko składali mi wieczorem raport uspokajający, mój niepokój rozpływał się w nastroju pogody.

Złożywszy samemu sobie oświadczenie, że cokolwiek bądź miałbym uczynić, Albertyna wróci do domu tegoż wieczora, zawiesiłem działanie bólu, jaki mi zadała swą wiadomością Franciszka (bom się wtedy pozwolił zaskoczyć i uwierzyłem, że wyjazd jest ostateczny). Ale kiedy po tej przerwie mój ból, niesiony pędem swego niezależnego życia, znowu się zjawił we mnie, był tak samo straszliwy jak na początku, bo wcześniejszy od pocieszającego przyrzeczenia, któem sobie zrobił, że do wieczora odzyskam Albertynę. Nie znał on tego zdania, którego by go uspokoiło. Aby wprawić w ruch środki mające na celu jej powrót, musiałem znowu (nie żeby ta postawa dawała mi najlepsze rezultaty, ale przyjmowałem ją zawsze, odkąd kochałem Albertynę) postępować tak, jakbym jej nie kochał, nie był unieszczęśliwiony jej wyjazdem – musiałem nadal kłamać wobec niej. Działać w kierunku sprowadzenia jej mógłbym o tyle energiczniej, o ile bardziej by wyglądało, żem z niej zrezygnował. Zamierzałem napisać do Albertyny list pożegnalny, w którym potraktowałbym jej odejście jako bezpowrotne, a jednocześnie chciałem wysłać Roberta de Saint-Loup, aby – udając, że czyni to bez mej wiedzy – wywarł na panią Bontemps jak najbrutalniejszą presję w sprawie natychmiastowego powrotu. Co prawda, już z Gilbertą zrobiłem doświadczenie co do listów wyrażających udaną zrazu obojętność, która staje się w końcu rzeczywistością. Nauczony tym nie powinienem był pisać do Albertyny tak, jak niegdyś do Gilberty. Ale to, co nazywamy doświadczeniem, polega tylko na ujawnieniu przed nami samymi jakiegoś rysu naszego charakteru, który to rys oczywiście pojawia się w dalszym ciągu, i to tym wyraźniej, żeśmy go już raz sobie uświadomili, a spontaniczny odruch, kierujący nami poprzednio, jest następnie wzmacniany dzięki siłom sugestii, jakimi rozporządza wspomnienie. Plagiat ludzki najtrudniejszy do uniknięcia dla jednostek (a także dla narodów, które uparcie trwają w swych błędach i pogłębiają je) to plagiowanie samego siebie.

Saint-Loup, jak mi było wiadomo, znajdował się w Paryżu i natychmiast go wezwałem. Przybiegł szybki, energiczny jak niegdyś w Doncières i zgodził się jechać zaraz do Turenii. Przedstawiłem mu następującą kombinację. Miał wysiąść w Châtellerault, odnaleźć dom pani Bontemps i poczekać, aż Albertyna wyjdzie, bo mogłaby go poznać.

– Więc ta młoda dziewczyna, o której mówisz, zna mnie? – rzekł mi.

Odpowiedziałem, że chyba nie. Projekt tej akcji napełnił mnie ogromną radością. Był on jednak najzupełniej sprzeczny z tym, com zrazu postanowił: urządzić się w ten sposób, aby nie wyglądało, że poszukuję Albertyny; moje postępowanie musiało jednak właśnie tak wyglądać. Ale w zamian miało tę bezcenną zaletę, że mogłem sobie powiedzieć, iż mój wysłannik zobaczy Albertynę i zapewne ją przywiezie. Gdybym od samego początku dobrze się orientował w mym sercu, przewidziałbym, że właśnie to ukryte w cieniu rozwiązanie, które znajdowałem nic niewartym, weźmie górę nad innymi, którym miała patronować cierpliwość i które wolałem z braku stanowczości.

Saint-Loup wydawał się trochę zdziwiony, że młoda dziewczyna mieszkała u mnie przez całą zimę, a ja mu nic o tym nie powiedziałem; chociaż on nieraz wspominał mą przyjaciółkę z Balbec, ja nigdy na to nie rzekłem: „Ależ ona tu mieszka." Mógł się więc teraz uczuć dotknięty moim brakiem zaufania. Nie było wykluczone, że pani Bontemps powie mu coś o Balbec. Nadto się wszakże przejmowałem jego podróżą, abym chciał, abym mógł myśleć o grożących stąd konsekwencjach. Co do możliwości rozpoznania Albertyny (na którą zresztą nigdy nie chciał patrzeć, gdy ją spotykał w Doncières), to według powszechnej opinii ona tak się zmieniła, tak przytyła, że mogłem się tego nie obawiać. Spytał mnie, czy nie mam jakiejś jej podobizny. W pierwszej chwili odrzekłem, że nie, gdyż nie chciałem, aby na podstawie fotografii, którą zrobiłem mniej więcej za czasów pobytu w Balbec, zorientował się, że to właśnie ona, chociaż ją widział tylko przez mgnienie oka w wagonie. Pomyślałem jednak, że ostatnia fotografia jest tak samo różna od Albertyny z Balbec jak Albertyna dziś żyjąca i że nie będzie mógł jej poznać ani na fotografii, ani w rzeczywistości. Podczas gdym szukał tego zdjęcia, łagodnie dotknął mi ręką czoła, chcąc mnie pocieszyć. Byłem wzruszony, że cierpiał odgadując mój ból. Rozstał się wprawdzie z Rachelą, lecz to, co wówczas przeszedł, nie było dla niego jeszcze tak oddalone w czasie, żeby nie żywił sympatii, szczególnej litości dla cierpień tego rodzaju, podobnie jak się czujemy bardziej bliscy człowieka, który choruje na to samo co my. Poza tym Robert był tak przywiązany do mnie, że myśl o mych udrękach była mu nieznośna. Toteż dla tej, która była ich przyczyną, żywił urazę połączoną z podziwem. Mając mnie za istotę wyjątkową, wyobrażał sobie tę, która mnie podbiła, jako zjawisko całkiem już niezwyczajne. Byłem przekonany, iż fotografia Albertyny spodoba mu się, ale jako że nie liczyłem mimo wszystko, aby podziałała nań niczym Helena trojańska na starców, wciąż szukając rzekłem:

– Ach, nie spodziewaj się niczego nadzwyczajnego. Fotografia jest niedobra, to jedno, a i ona sama nie jest żadnym cudem, żadną pięknością. Przede wszystkim jest miła.

– To niemożliwe, musi być wspaniała – odrzekł z naiwnym i szczerym entuzjazmem, usiłując przedstawić sobie istotę, która zdołała mnie pogrążyć w takiej rozpaczy i w takim niepokoju. – Mam do niej żal, że ci zadaje ból, ale trzeba było z góry przewidzieć, że właśnie ty, natura tak do głębi artystyczna, człowiek we wszystkim kochający piękno, i to kochający je taką miłością, byłeś predestynowany, aby cierpieć bardziej niż kto inny, gdy spotkasz to piękno w jakiejś kobiecie.

W końcu znalazłem fotografię.

– Ona jest na pewno cudowna – ciągnął Robert, nie widząc, że mu ją pokazuję. Nagle zauważył i przez chwilę potrzymał zdjęcie w ręku. Jego twarz wyrażała zdumienie sięgające granic bezmyślności. – To jest ta młoda dziewczyna, którą kochasz? – zdołał wreszcie rzec tonem, w którym zdziwienie było utemperowane obawą, żeby mnie nie rozgniewać.

Nie zrobił żadnej uwagi, miał minę rozsądną, ostrożną, z konieczności nieco pogardliwą, jaką przybieramy wobec chorego, który – nawet jeżeli dotąd był człowiekiem niezwykłym i naszym przyjacielem – nie jest już tym wszystkim, gdyż dotknięty ostrym pomieszaniem zmysłów opowiada nam o niebiańskiej istocie, która mu się objawiła i którą wciąż widzi w miejscu, gdzie my, zdrowi na umyśle, dostrzegamy tylko edredon. Natychmiast pojąłem zdziwienie Roberta i zdałem sobie sprawę, że było tym samym, co przeżyłem na widok jego przyjaciółki, z tą jedynie różnicą, że odnalazłem w niej osobę znajomą, podczas gdy on sądził, że nigdy się z Albertyną nie zetknął. Ale bez wątpienia różnica między tym, cośmy obaj widzieli w tej samej osobie, była jednakowa. Odległą przeszłością były już dni, kiedym skromnie sobie poczynając w Balbec przyglądał się Albertynie i wrażenia wzrokowe wzbogacał smakiem, zapachem, dotykiem. Od tamtych czasów przybyły jeszcze doznania głębsze, słodsze, bardziej nieokreślone, a później też wrażenia bolesne. Jednym słowem, Albertyna, niby kamień zewsząd pokryty śniegiem, była tylko punktem wyjścia ogromnej konstrukcji przecinającej płaszczyznę mego serca. Saint-Loup, dla którego całe to uwarstwienie wrażeń było niewidoczne, spostrzegał jedynie osad, moim oczom znowuż zasłonięty przez nią. To, co zbiło z tropu Roberta, gdy ujrzał fotografię Albertyny, nie było zachwytem starców trojańskich, którzy na widok przechodzącej Heleny powiadają:

Nasz ból niewart chćby jednego jej spojrzenia,

lecz przeżyciem wprost przeciwnym, znaczącym: ,,Jak to, więc on z powodu kogoś takiego tyle ma zgryzoty, zmartwień, do tego stopnia szaleje?" Trzeba przyznać, że ten sposób reagowania na osobę, która była przyczyną cierpień, zbulwersowała życie, a niekiedy spowodowała śmierć kogoś nam bliskiego, jest znacznie częstszy niż zachowanie się trojańskich starców czy też po prostu normalny. Dzieje się tak nie tylko dlatego, że miłość jest zjawiskiem indywidualnym lub też traktowanie jej jako czegoś, co byłoby do uniknięcia i filozofowanie na temat szaleństwa naszych bliźnich jest rzeczą naturalną, gdy sami nie kochamy. Nie, rzecz polega na tym, że gdy uczucie osiągnęło natężenie powodujące tyle udręki, konstrukcja zbudowana z wrażeń powstałych między twarzą kobiety i oczami kochającego mężczyzny (ów olbrzymi, bolesny kokon, który obejmuje go i ukrywa, niczym warstwa śniegu leżąca na źródle) jest już dość zaawansowana, żeby punkt, gdzie się zatrzymują spojrzenia kochanka, punkt, gdzie on widzi swoją rozkosz i swoją męczarnię, był równie daleki od punktu widzenia innych jak prawdziwe słońce od miejsca, gdzie jego skondensowane światło wydaje się nam tarczą słoneczną. I co więcej, pod powłoką cierpień i czułości, która czyni najgorsze metamorfozy ukochanej istoty niewidzialnymi dla oczu kochającego, twarz zdążyła tymczasem zestarzeć się i zmienić. Wskutek tego twarz oglądana niegdyś po raz pierwszy przez kochanka jest bardzo różna od tej, którą zaczął widzieć kochając i cierpiąc, różna o tyleż, co w innym kierunku ta sama twarz w oczach kogoś obojętnego. (Co by to było, gdyby zamiast fotografii tej, która była niegdyś młodą dziewczyną, Robert ujrzał podobiznę starej kochanki?) Aby doznać owego zdziwienia, możemy nawet nie widzieć po raz pierwszy sprawczyni tylu nieszczęść. Często znaliśmy ją tak, jak mój cioteczny dziadek znał Odetę. Różnica optyki obejmuje wówczas nie tylko wygląd fizyczny, ale i charakter, znaczenie danej jednostki. Jest bardzo prawdopodobne, że kobieta torturująca zakochanego w niej człowieka zawsze była dobra dla kogoś, kto się o nią nie troszczył, jak na przykład Odeta, która zachowywała się wobec Swanna z takim okrucieństwem, lecz dla mego ciotecznego dziadka była ujmującą „różową damą"; albo że osoba, która oblicza z góry każdą swą decyzję, budzącą w kochanku lęk niczym wyroki bóstwa, okazuje się temu, kto jej nie kocha, istotą całkiem nieskomplikowaną, bardzo chętnie godzącą się na wszystko, czego chcemy, jak przyjaciółka Roberta de Saint-Loup, która dla mnie była jedynie ową „Rachelą kiędy Pan", tyle razy mi proponowaną. Pamiętam moje zdumienie, gdym ją po raz pierwszy zobaczył z Robertem i pomyślał sobie, że można przez taką kobietę doznawać męczarni, bo się nie wie, co robiła w ten czy inny wieczór, co mogła rzec szeptem tej czy innej osobie, dlaczego miała zamiar zerwać. Otóż zdawałem sobie sprawę, że cała owa przeszłość, ale tycząca się Albertyny, przeszłość, do której każde włókno mego serca, mego życia lgnęło w rozedrganym i niezręcznym bólu, musiała się wydawać Robertowi de Saint-Loup równie pozbawiona znaczenia i że może ja sam będę ją kiedyś tak odczuwał, może powoli przejdę co do kwestii przeszłości Albertyny – czy jest błaha, czy ważna – z mojego dzisiejszego punktu widzenia na stanowisko Roberta de Saint-Loup; nie miałem bowiem złudzeń, co Robert mógł o tym myśleć, co mógł pomyśleć każdy człowiek nie zakochany tak jak ja. I nie cierpiałem nadmiernie z tego powodu. Pozostawmy ładne kobiety ludziom bez wyobraźni. Przypomniałem sobie owo tragiczne wytłumaczenie tak wielu życiorysów, jakim jest genialny i niepodobny portret w rodzaju portretu Odety pędzla Elstira, który namalował nie tyle kochankę, ile deformującą miłość. Brakowało mu tylko jednej rzeczy – tak często istniejącej w portretach – żeby był jednocześnie dziełem wielkiego malarza i kochanka (chociaż mówiono, że właśnie taki stosunek łączył Elstira z Odetą). Całe życie kochającego mężczyzny, którego szaleństwa są dla wszystkich niezrozumiałe, całe życie Swanna świadczy o tym niepodobieństwie. Ale gdy z kochankiem sprzymierzy się malarz tej miary co Elstir, klucz tajemnicy zostaje wyjaśniony, widzimy wreszcie wargi, których pospólstwo nigdy nie dostrzegło u tej kobiety, widzimy jej nos nikomu nie znany, ruchy, których się nie podejrzewało. Obraz powiada: „To, com kochał, to, co mi kazało cierpieć, to, com bez przerwy widział – oglądacie na tym płótnie." Wówczas próbowałem w myśli dodać do Racheli wszystko, co jej dodał sam Robert, teraz natomiast, za pomocą gimnastyki o przeciwnym kierunku, usiłowałem odjąć to, co moje uczucia i myśli wniosły w kompozycję Albertyny – chciałem ją zobaczyć taką, jaką musiał widzieć Saint-Loup, jaką ja widziałem Rachelę. Ale po co to? Nawet gdybyśmy na własne oczy zobaczyli te różnice, czyż w nie uwierzymy? Kiedy dawniej w Balbec Albertyna oczekiwała mnie pod arkadami Incarville i wskakiwała do mego powozu, nie była jeszcze „przytyta", lecz przeciwnie, od nadmiernego używania sportów zanadto schudła; koścista, zeszpecona brzydkim kapeluszem, spod którego sterczał kawałek brzydkiego nosa i było trochę widać policzki białe jak robaki, pokazywała mi ze swej osoby bardzo niewiele, dostatecznie dużo jednak, abym mógł poznać po skoku, jakim wsiadała do mego powozu, że to była ona, że punktualnie zjawiła się na umówionym miejscu i że nie poszła gdzie indziej; tyle wystarcza; to, co kochamy, w zbyt wysokim stopniu należy do przeszłości, jest zanadto czasem wspólnie straconym, abyśmy potrzebowali całej kobiety; chcemy tylko być pewni, że to jest ona, nie omylić się co do jej tożsamości, znacznie ważniejszej dla kochającego niż uroda; policzki mogą być już zapadnięte, ciało wychudzone nawet dla tych, którzy dawniej pysznili się przed innymi posiadaniem istoty skończenie pięknej – ten fragment twarzyczki, ten znak streszczający niezmienną osobowość kobiety, ten algebraiczny pierwiastek, ten trwały element wystarcza, żeby człowiek oczekiwany w świetnym towarzystwie i kochający ją nie mógł rozporządzać ani jednym wolnym wieczorem; ponieważ cały swój czas spędza na czesaniu, aż do momentu jej zaśnięcia, włosów ukochanej kobiety albo po prostu na przebywaniu w jej towarzystwie, aby być z nią czy też aby ona była z nim, czy w końcu tylko dla zapobieżenia, aby się nie znalazła w towarzystwie innego mężczyzny.

– Jesteś pewien – spytał mnie – że mogę jak gdyby nic zaproponować tej kobiecie trzydzieści tysięcy franków na kampanię przedwyborczą jej męża? Ona jest aż tak dalece nieuczciwa? Jeżeli się co do tego nie mylisz, to wystarczyłoby trzy tysiące franków.

– Bardzo cię proszę, nie oszczędzaj na rzeczy tak dla mnie ważnej. Masz jej wygłosić następujące oświadczenie, w którym zresztą będzie część prawdy: „Tych trzydzieści tysięcy franków na kampanię przedwyborczą wuja swojej narzeczonej dostał mój przyjaciel od jednego ze swych krewnych. Był to prezent z okazji jego zaręczyn. Prosił mnie także, abym wręczył pani tę sumę bez wiedzy Albertyny. I nagle Albertyna go porzuca. On nie wie, co robić. Jeżeli się z nią nie ożeni, będzie musiał oddać te trzydzieści tysięcy. A jeżeli małżeństwo ma dojść do skutku, wypadałoby, żeby ona przynajmniej dla formy natychmiast wróciła, bo jej przedłużająca się nieobecność wywołałby nadto niekorzystne wrażenie." Sądzisz, że ja to specjalnie zmyśliłem?

— Ależ nie — odrzekł Saint-Loup powodowany dobrocią, dyskrecją i doświadczeniem, dzięki któremu wiedział, że okoliczności są często bardziej dziwne, niż się wydaje. Ostatecznie wcale nie było niemożliwe, że ta historia zawierała, jakem rzekł, znaczną część prawdy. To było możliwe, lecz nieprawdziwe, i właśnie owa część prawdy była kłamstwem. Robert i ja kłamaliśmy sobie, tak jak to jest we wszystkich rozmowach, kiedy jeden przyjaciel szczerze pragnie pomóc drugiemu, doprowadzonemu z miłości do rozpaczy. Przyjaciel-doradca, podpora, pocieszyciel może litować się nad tragedią tamtego, ale nie potrafi jej odczuć i tym bardziej kłamie, im jest dla niego lepszy. Ten drugi wyznaje wszystko, co jest konieczne dla uzyskania pomocy, ale też — właśnie celem jej uzyskania — wiele ukrywa. Szczęśliwym spośród nich dwóch jest mimo wszystko ten, co się trudzi, odbywa podróż, wykonuje zlecenie, lecz nie odczuwa wewnętrznej udręki. Ja byłem w tej chwili człowiekiem, którym Robert był w Doncières, gdy sądził, że go Rachela opuściła.

— A więc będzie, jak chcesz; jeżeli mam zostać zwymyślany, z góry godzę się na to przez przyjaźń dla ciebie. Cóż z tego zresztą, że mi się nie podoba ta transakcja tak mało zawoalowana, skoro dobrze wiem, że w naszym świecie są księżniczki, i to największe dewotki, które za trzydzieści tysięcy franków gotowe byłyby zrobić więcej niż namówić siostrzenicę do wyjazdu z Turenii. W dodatku jestem podwójnie zadowolony, że mogę ci oddać przysługę, bo w związku z tym musiałeś pozwolić, żebym cię odwiedził. Czy będziemy się częściej widywali, jeżeli się ożenię? Czy będziesz wtedy traktował mój dom po trosze jak swój?...

Umilkł nagle, pomyślawszy — jak mi się zdawało — że o ile ja również się ożenię, Albertyna nie będzie mogła utrzymywać bardzo bliskich stosunków z jego żoną. Przypomniałem sobie, co mi opowiadali Cambremerowie o jego prawdopodobnym małżeństwie z córką księcia Gilberta de Guermantes. Robert zajrzał do rozkładu jazdy i stwierdził, że nie będzie mógł wyruszyć przed wieczorem.

– Czy zabrać z gabinetu łóżko panny Albertyny? – spytała mnie Franciszka.

– Przeciwnie, musi być posłane – odrzekłem.

Spodziewałem się, że wróci lada dzień, i nie chciałem, żeby Franciszka miała co do tego choćby wątpliwości. Wyjazd Albertyny powinien wyglądać na rzecz ułożoną między nami, z której wcale nie wynikało, że ona już mnie tak nie kocha. Ale Franciszka popatrzała na mnie z miną wyrażającą, jeżeli nie brak wiary, to przynajmniej powątpiewanie. Ona też miała swoje dwie hipotezy. Nozdrza jej drżały, węszyła kłótnię, zapewne przeczuwała ją od dawna. Jeżeli nie miała całkowitej pewności, to być może tylko dlatego, że – podobnie jak ja – nie darzyła pełnym zaufaniem myśli o czymś, co by jej sprawiło nadto wielką przyjemność.

Saint-Loup może ledwo zdążył wsiąść do pociągu, gdy w przedpokoju spotkałem Blocha. Nie słyszałem, jak zadzwonił, i musiałem poświęcić mu chwilę czasu. Ostatnio widział mnie w towarzystwie Albertyny (którą znał z Balbec), kiedy była w złym humorze.

– Jadłem obiad z panem Bontemps – rzekł mi – a ponieważ mam na niego pewien wpływ, powiedziałem mu, żem się zmartwił postępkiem jego siostrzenicy wobec ciebie i że powinien ją w tej sprawie przebłagać.

Dusiłem się z wściekłości, bo te prośby i ubolewania psuły cały efekt misji Roberta de Saint-Loup i stawiały mnie bezpośrednio przed Albertyną w błagalnej posturze. Na domiar nieszczęścia Franciszka była w przedpokoju i wszystko usłyszała. Zasypałem Blocha wyrzutami dodając, żem go wcale nie prosił o tę przysługę i że zresztą fakt nie odpowiada prawdzie. Od tej chwili nie przestawał się uśmiechać, chyba nie tyle z radości, co wskutek zażenowania, że mi sprawił przykrość. Śmiejąc się wydziwiał nad tak wielkim wybuchem mego gniewu. Być może czynił to dla pomniejszenia w mych oczach wagi swego niedyskretnego posunięcia, może dlatego że miał podły charakter i żył sobie wesoło i leniwie w kłamstwie niczym meduzy pływające na powierzchni wody, a może dlatego, że nawet jeżeli reprezentował specjalną odmianę ludzką, to składa się ona z jednostek niezdolnych podzielać nasz punkt widzenia i wskutek tego nie rozumiejących, ile zła mogą wyrządzić ich słowa wypowiadane przypadkiem. Ledwom go zdołał wyprawić, nie znajdując żadnej rady na to, co mi popsuł, gdy znowu rozległ się dzwonek i Franciszka wręczyła mi wezwanie od komisarza policji. Rodzice dziewczynki, którą sobie sprowadziłem na godzinę, chcieli mnie skarżyć, żem uwiódł nieletnią. Są chwile, kiedy pewnego rodzaju piękno rodzi się z mnogości kłopotów, które nas osaczają splecione jak motywy w muzyce Wagnera, i z myśli, która nas wtedy nawiedza, że wypadki naszego życia nie są zamknięte w granicach refleksów odbijanych przez biedne lustereczko, jakie nosi przed sobą intelekt, nadawszy mu nazwę przyszłości, lecz że znajdują się na zewnątrz i że przydarzają się tak gwałtownie, jakby miało być natychmiast skonstatowane jakieś przestępstwo. Już pojedynczy wypadek ulega modyfikacji w zależności od tego, czy klęska go powiększa, czy też satysfakcja redukuje. Ale rzadko jest pojedynczy. Uczucia wywołane przez każdy z nich ścierają się ze sobą i strach, jak mogłem stwierdzić idąc do komisariatu, stanowi przynajmniej chwilowo dość silny środek odciągający na dolegliwości sentymentalne.

W komisariacie zastałem rodziców, którzy mnie przyjęli obelgami mówiąc: „My tego chleba nie jadamy", i zwrócili mi pięćset franków, których nie chciałem wziąć z powrotem; komisarz, mający swój niedościgniony ideał w ripostach, jakimi sypią sądownicy przewodniczący ławom przysięgłych, brał z każdego wypowiedzianego przeze mnie zdania po jednym słowie, które mu służyło do konstruowania dowcipnych i miażdżących replik. O mojej niewinności w tej sprawie w ogóle nie mówiono; była to jedyna hipoteza, której nikt nie chciał przyjąć ani przez chwilę. Niemniej wystąpienie z oskarżeniem było tak trudne, że wszystko skończyło się zmyciem mi głowy, bardzo intensywnym w czasie obecności rodziców. Kiedy już sobie poszli, komisarz, sam lubiący małe dziewczynki, zmienił ton i strofując mnie po koleżeńsku rzekł:

— Następnym razem niech pan będzie ostrożniejszy. Do diaska, nie wolno zaczepiać tak bez przygotowania, bo wtedy kończy się klapą. Zresztą wszędzie może pan znaleźć dziewczynki ładniejsze od tej i tańsze. Suma była nieprzytomnie przesadzona.

Tak dalece zdawałem sobie sprawę, iż mnie nie zrozumie, jeżeli mu spróbuję wytłumaczyć prawdę, że bez słowa wyszedłem, gdy tylko mi pozwolił. Po drodze do domu wszyscy przechodnie wydawali mi się agentami policji, którym zlecono, by śledzili moje czyny i ruchy. Ale ten *leitmotiv*, podobnie jak motyw irytacji z powodu Blocha, szybko wygasł pozostawiając miejsce jedynie odjazdowi Albertyny.

Ten zaś powracał, ale od chwili wyjazdu Roberta de Saint-Loup w tonacji niemal pogodnej. Z chwilą gdy mój przyjaciel podjął się wizyty u pani Bontemps, na niego spadł ciężar sprawy, która dotąd przytłaczała mój znękany umysł. Kiedy odchodził, doznałem nawet przypływu radości czując, żem powziął decyzję: ,,Odpowiedziałem z należytą energią." I moje cierpienie znikło. Dlatego mianowicie, żem przystąpił do czynu – tak sądziłem i było to przekonanie szczere, albowiem nigdy nie wiadomo, co się kryje w naszej duszy. W istocie wszakże owo szczęśliwe samopoczucie nie było wynikiem przerzucenia mego braku decyzji na Roberta, jak mi się zdawało. Nie całkiem się zresztą myliłem; najlepszym specyfikiem przeciwko nieszczęśliwym wydarzeniom (trzy czwarte z ich ogólnej liczby są nieszczęśliwe) jest decyzja; powoduje ona bowiem, gwałtownie zmieniając kierunek naszego myślenia, przerwę w strumieniu naszych myśli dotychczasowych, wypływającym z jakiegoś minionego wydarzenia i przedłużającym je swą wibracją, zakłóca go płynącym w odwrotną stronę strumieniem odwrotnych myśli, które mają swe źródło na zewnątrz, w przyszłości. Wywierają one dobroczynne działanie zwłaszcza wówczas, gdy (właśnie jak te, co mnie teraz oblegały) z głębi przyszłości niosą nam nadzieję. Uczucie szczęścia będące w tej chwili mym udziałem było spowodowane tajonym przekonaniem, że skoro misja Roberta de Saint-Loup nie może się nie udać, to Albertyna nie może nie wrócić. Zrozumiałem to, gdy nie otrzymawszy natychmiast wiadomości od Roberta znowu zacząłem cierpieć. Przyczyną mego radosnego samopoczucia była zatem nie decyzja, nie przekazanie mych pełnomocnictw Robertowi – bo w takim razie ten nastrój trwałby nadal – lecz słowa: ,,Na pewno się uda", które pomyślałem w chwili, gdym rzekł:

„Niech się dzieje, co chce." Obudzona spóźnianiem się wiadomości myśl, iż wynik misji może się wcale nie okazać dodatni, była mi tak nienawistna, żem stracił pogodę ducha. Radość, która nas rozpiera, jest w istocie rezultatem naszych przewidywań, oczekiwania szczęśliwych wydarzeń, nawet jeżeli ją przypisujemy innym przyczynom; toteż odchodzi, pogrążając nas w smutku, skoro tylko tracimy pewność, że to, czego pragniemy, zostanie zrealizowane. Nasz świat uczuciowy jest zawsze podtrzymywany jakąś niewidzialną wiarą, a gdy mu jej brak, zaczyna się chwiać. Od niej zależy wartość lub nicość ludzi w naszych oczach, od niej szczęście lub nuda na ich widok. Ona pozwala nam znieść zarówno zmartwienie, które wydaje się nam niewielkie po prostu dlatego, że jesteśmy przekonani o jego krótkotrwałości, jak zmartwienie nagle spotęgowane, które możemy wytrzymać oczekując istoty, której obecność jest warta tyleż co nasze życie, a niekiedy nawet więcej.

Jedna rzecz zresztą nadała bólowi mego serca tę samą dojmującą intensywność, którą miał on w pierwszej chwili, a którą, trzeba to przyznać, zdążył stracić. Rzeczą tą było ponowne odczytanie listu Albertyny. Nawet jeżeli kogoś bardzo kochamy, cierpienie wywołane utratą danej osoby otrzymuje w naszej samotności, kiedy znajdujemy się z nim tylko w cztery oczy, kształt poniekąd mu narzucony przez nasz umysł i staje się wskutek tego znośne i różne od udręki mniej ludzkiej, mniej naszej – nieprzewidzianej i dziwacznej niczym wypadek w świecie wewnętrznym i w rejonie serca – która wywodzi się mniej bezpośrednio z samych istot ludzkich niż ze sposobu, w jaki dowiedzieliśmy się, że już ich nigdy nie zobaczymy. Mogłem myśleć o Albertynie płacząc sobie spokojnie, godząc się z faktem, że jej nie zobaczę dziś wieczór tak samo jak wczoraj, ale jeszcze raz przeczytać: „Moja decyzja jest nieodwołalna", to było co innego, to było jak wzięcie niebezpiecznego lekarstwa, zdolnego wywołać atak serca, którego nie przeżyję. W rzeczach, w wydarzeniach, w listach mówiących o zerwaniu kryje się szczególne niebezpieczeństwo spotęgowania i wynaturzenia bólu, jaki nam mogą sprawić istoty przez nas kochane. Ale ten przypływ bólu trwał krótko. Mimo wszystko byłem tak pewien, że zręczność Roberta de Saint-Loup odniesie zwycięstwo, powrót Albertyny wydawał mi się tak oczywisty, iż począłem się zastanawiać, czy naprawdę należało go sobie życzyć. Bądź co bądź cieszyłem się z niego. Niestety, chociaż sądziłem, że o policji nie będzie już mowy, Franciszka zawiadomiła mnie o wizycie jakiegoś policjanta, który przyszedł się dowiedzieć, czy nie mam zwyczaju sprowadzać do domu młodych dziewcząt; odźwierny – dodała mi jeszcze – sądząc, że to się tyczyło Albertyny, odpowiedział twierdząco, i od tej chwili nasz dom sprawiał wrażenie, jak gdybyśmy byli pod obserwacją. Nie mogłem już myśleć o żadnej dziewczynie, która by przyszła pocieszyć mnie w mym smutku, bo wskutek natychmiastowego zjawienia się policjanta byłbym skompromitowany przed nią i wydał się jej złoczyńcą. Jednocześnie zrozumiałem, jak bardzo, sami o tym nie wiedząc, żyjemy marzeniami: niemożność wzięcia na kolana małej dziewczynki zdawała się na zawsze odbierać memu życiu całą jego wartość. Pojąłem też, jak naturalną jest rzeczą, iż ludzie z łatwością odrzucają fortuny i rezygnują z życia, chociaż wszyscy myślą, że światem rządzi interes i strach przed śmiercią. Gdybym bowiem musiał pogodzić się z tym, że nieznana mała dziewczynka wskutek zjawienia się policjanta zacznie mną gardzić, o ileż bardziej wolałbym popełnić samobójstwo! Nie można zgoła porównać tych dwóch rodzajów cierpienia. Otóż w codziennym życiu ludzie nigdy nie myślą, że ci, którym proponują pieniądze lub grożą śmiercią, mogą mieć przyjaciółkę albo po prostu kolegę, na których szacunku im zależy nawet wówczas, gdy sami sobie nie stawiają żadnych wymagań. I nagle, mieszając nieświadomie różne sprawy (nie pomyślałem mianowicie, że Albertyna, będąc pełnoletnią, mogła mieszkać u mnie i nawet być moją kochanką), wyobraziłem sobie, iż paragraf o uwodzeniu nieletnich może tyczyć się również Albertyny. Życie wydało mi się wtedy zagrożone ze wszystkich stron. Uprzytamniając sobie, że moje stosunki z nią nie były niewinne, dostrzegłem w karze, jaka mi została wymierzona za kołysanie małej nieznajomej dziewczynki, ów związek, jaki niemal zawsze istnieje w ludzkim wymiarze sprawiedliwości i sprawia, że nigdy nie ma sprawiedliwego wyroku skazującego ani omyłki sądowej, lecz jest tylko rodzaj harmonii między fałszywym wyobrażeniem czynu niewinnego, jakie ma sędzia, a występkami, które nie były mu wiadome. W tej wszelako sytuacji, przewidując, iż powrót Albertyny może pociągnąć za sobą hańbiący wyrok, który mnie upodli w jej oczach, a ją samą skrzywdzi tak dotkliwie, że mi tego nigdy nie wybaczy, przestałem pragnąć jej powrotu, zacząłem się go bać. Miałem ochotę zatelegrafować, żeby nie wracała. I w tejże chwili, pochłaniając wszystko inne, ogarnęła mnie namiętna potrzeba, żeby wróciła. Ujrzawszy przez mgnienie oka ewentualność, iż nie dopuszczę do jej powrotu i będę żył bez niej, nagle poczułem się owładnięty gotowością poświęcenia wszystkich podróży, wszystkich przyjemności, wszystkich mych prac, byleby Albertyna wróciła. Ach, jakże moje uczucie do Albertyny, chociaż usiłowałem przewidzieć jego los na podstawie tego, com przeżył z Gilbertą, okazało się w końcu absolutnie różne od tamtej miłości! Jak bardzo niemożliwą dla mnie rzeczą było nie widzieć jej! I jak usilnie przy każdym czynie, który mógł nie mieć żadnego znaczenia, lecz przedtem był skąpany w szczęśliwej atmosferze, jaką wytwarzała obecność Albertyny, musiałem za każdym razem z nową energią, z nowym bólem uczyć się samotności! Następnie konkurencja innych przejawów życia odsuwała na stronę to nowe cierpienie i w ciągu owych dni, które były pierwszymi dniami wiosny, kiedym skracał sobie oczekiwanie na wizytę Roberta u pani Bontemps myślami o Wenecji i o nieznajomych pięknych kobietach, zdarzyło mi się nawet przeżyć kilka chwil miłego spokoju. Gdym to spostrzegł, poczułem paniczny strach. Ów spokój, którego zaznałem, oznaczał pierwsze pojawienie się wielkiej, nawrotami działającej siły, która odtąd miała walczyć we mnie z cierpieniem, z miłością, aby ostatecznie odnieść nad nimi zwycięstwo. Był to na razie tylko przedsmak, zapowiedź tego, co przyszłość szykowała mi jako stan trwały, jako życie, w którym nie będę już mógł cierpieć z powodu Albertyny i przestanę już ją kochać. I moja miłość, rozpoznawszy jedynego przeciwnika zdolnego stać się jej zwycięzcą, zapomnienie, poczęła drżeć jak lew, gdy nagle dostrzegł w swej klatce pytona, który go pożre.

Wciąż myślałem o Albertynie i Franciszka, wchodząc do mego pokoju, nigdy nie wymawiała dość szybko słów: ,,Nie ma listów'', aby położyć kres mej udręce. Ale od czasu do czasu, gdym wpuścił w mój smutek ciąg innych myśli, udawało mi się odświeżyć nieco, przewietrzyć ciężką atmosferę mego serca. Wieczorem, o ile mogłem zasnąć, to dlatego że wspomnienie Albertyny działało niczym lekarstwo, które sprowadzało na mnie sen i traciło swą moc, gdym się budził. Śpiąc też myślałem bez przerwy o Albertynie. Był to specjalny sen, podchodzący do niej, a zresztą nie byłbym miał wtedy siły, żeby myśleć o czym innym, jak na jawie. Senność, obraz ukochanej osoby to dwie zmieszane substancje, które dostajemy do zażycia, by zasnąć. Po przebudzeniu moje cierpienie z każdym dniem rosło zamiast wygasać. Co prawda, zapomnienie robiło swoje, ale nawet ono przyczyniało się do idealizacji mej ukochanej i przez to do utożsamienia mego pierwotnego bólu z innymi analogicznymi cierpieniami, które go potęgowały. Sam jej obraz był jeszcze znośny. Ale jeżeli nagle zaczynałem myśleć o jej pokoju, o jej pustym łóżku, o jej fortepianie, o jej samochodzie, traciłem siły, zamykałem oczy, pochylałem głowę na lewe ramię, jak człowiek, który zaraz zemdleje. Otwieranie drzwi sprawiało mi niemal tyleż bólu, ponieważ to nie ona je otwierała. Kiedy było prawdopodobne, że nadeszła depesza od Roberta de Saint-Loup, nie miałem odwagi spytać: ,,Czy jest depesza?" Gdy w końcu rzeczywiście przyszła, odwlokła wszystko, gdyż brzmiała: ,,Te panie wyjechały na cztery dni."

Jeżeli wytrzymałem cztery dni, które upłynęły od chwili jej wyjazdu, to bez wątpienia dlatego żem sobie powiadał: ,,To tylko sprawa czasu; zanim tydzień minie, ona będzie z powrotem." Ale mimo wszystko moje serce, moje ciało musiały wykonywać te same czynności: żyć bez niej, wracać do domu, gdzie jej nie miałem zastać, przechodzić koło drzwi jej pokoju (otwierać tych drzwi nie miałem jeszcze odwagi) wiedząc, że jej tam nie ma, kłaść się do snu nie życzywszy jej dobrej nocy – oto rzeczy, na które moje serce musiało się godzić w ich straszliwej całości i zupełnie tak samo, jak gdybym nie miał już nigdy więcej zobaczyć Albertyny. Skoro udało mu się to cztery razy, to widocznie było zdolne do dłuższego wysiłku. I być może wkrótce myśl, która mi teraz pomagała żyć – nadzieja na rychły powrót Albertyny – okaże się niepotrzebna (będę mógł sobie rzec: ,,Ona nigdy nie wróci", i żyć nadal jak przez te cztery dni) i będę podobny do rekonwalescenta, który odzyskał umiejętność chodzenia i może nie posługiwać się kulami. Zapewne, wracając wieczorem wciąż jeszcze spotykałem, chwytające mnie za gardło i duszące pustką samotności, ustawione w nieskończonym szeregu wspomnienia owych wieczorów, kiedy Albertyna czekała na mnie, ale już obecnie znajdowałem także wspomnienie wieczora wczorajszego, przedwczorajszego i dwóch poprzednich – to znaczy czterech wieczorów, które upłynęły od wyjazdu Albertyny i podczas których mieszkałem bez niej, samotnie, a jednak żyjąc, czterech wieczorów stanowiących pasmo wspomnień bardzo jeszcze nikłe w porównaniu z tamtym, ale kto wie, czy nie mające się rozrosnąć w ciągu następnych dni.

Nie będę opowiadał o liście z oświadczynami, jaki mi napisała wówczas kuzynka pani de Guermantes, uchodząca za najładniejszą dziewczynę w Paryżu, ani o rozmowach, jakie miał ze mną w tej sprawie książę de Guermantes występujący w imieniu jej rodziców, którzy pragnąc szczęścia córki nie brali pod uwagę nierówności naszych pozycji i godzili się na taki mezalians. Tego rodzaju wydarzenia mogą schlebiać próżności, ale są zbyt bolesne, gdy kochamy. Miałoby się ochotę, lecz delikatność nie pozwala, zawiadomić o czymś takim osobę, która nas ocenia w sposób mniej korzystny i zresztą nie zmieniłaby swej oceny, gdyby się dowiedziała, że w oczach kogoś innego wyglądamy inaczej. To, co mi pisała kuzynka księcia, mogło tylko przyprawić Albertynę o irytację.

Od chwili kiedy się budziłem i podejmowałem mój smutek w miejscu, gdziem go zostawił przed zaśnięciem, niby książkę zamkniętą na chwilę, ale odtąd mającą mi towarzyszyć aż do wieczora, wszystkie moje wrażenia, zewnętrzne czy wewnętrzne, zawsze się dostrajały do jakiejś myśli o Albertynie. Ktoś dzwonił: to list od niej, może ona sama! Jeżeli dobrze się czułem, nie byłem nadto nieszczęśliwy, przestawałem zazdrościć, nie miałem do niej pretensji, chciałbym ją natychmiast ujrzeć z powrotem, ucałować, spędzić z nią wesoło całe życie. Zatelegrafować do niej: ,,Przyjeżdżaj prędko", wydawało mi się rzeczą całkiem prostą, jak gdyby moje nowe samopoczucie zmieniło nie tylko moje dyspozycje, lecz także rzeczy dokoła mnie i uczyniło je bardziej uległymi. Jeżeli byłem nastrojony ponuro, odradzał się cały mój gniew przeciwko niej, nie miałem już ochoty całować ją, nie wierzyłem, by mogła mnie kiedykolwiek bądź uczynić szczęśliwym, chciałem tylko jej szkodzić, nie pozwalać, żeby należała do innych. Ale rezultat obu tych sprzecznych odmian humoru był jednakowy: Albertyna powinna była wrócić jak najprędzej. Niemniej wszakże, jakiejkolwiek bądź radości mogłem doznać w chwili tego powrotu, czułem, że wkrótce znów się powtórzą te same zgrzyty i że szukając szczęścia w zadowoleniu duchowego pragnienia postępujemy równie naiwnie, jak gdybyśmy chcieli dotknąć horyzontu idąc wciąż przed siebie. Im dalej sięgamy naszym pragnieniem, tym bardziej oddala się prawdziwe posiadanie. Stąd wynika, że o ile szczęście lub przynajmniej brak cierpień jest rzeczą osiągalną, to należy do niego dążyć nie przez zaspokojenie, lecz stopniową redukcję i w końcu całkowite wyzbycie się pragnień. Staramy się widywać istotę, którą kochamy, a powinniśmy unikać jej widoku, bo tylko zapomnienie może zgasić naszą żądzę. Myślę, że gdyby jakiś pisarz wyraził prawdy tego rodzaju, to książkę zawierającą je ofiarowałby kobiecie, której chciałby być bliski, ze słowami: ,,Ta książka jest twoja.'' Ale mówiąc tak o wypowiedzianych przez siebie prawdach, skłamałby w tej dedykacji, gdyż o tyle tylko będzie mu zależało, żeby jego książka stała się własnością owej kobiety, o ile on jest przywiązany do kamienia podarowanego mu przez nią, który mu będzie drogi tylko tak długo, jak on będzie ją kochał. Więzi łączące jakąś drugą osobę z nami istnieją tylko w naszej myśli. W miarę jak pamięć słabnie, rozluźnia je i wbrew złudzeniu, któremu chcielibyśmy pozwolić się oszukać i którym z miłości, przez przyjaźń, grzeczność, szacunek, z obowiązku oszukujemy innych, istniejemy samotnie. Człowiek jest stworzeniem niezdolnym wyjść z siebie, nie znającym nikogo innego prócz siebie, a jeżeli twierdzi, że jest inaczej, to kłamie. Tak bardzo lękałbym się odebrania mi – gdyby to było możliwe – uczucia, że jej potrzebuję, że ją kocham, iż widziałem w nim warunek mego życia. Móc słyszeć bez oczarowania i bólu nazwy stacji, przez które przejeżdża pociąg w drodze do Turenii, oznaczałoby dla mnie pomniejszenie mej istoty (w gruncie tylko jako dowód, że Albertyna stałaby mi się wtedy obojętna). Dobrze jest więc – powiadam sobie – że bez przerwy zastanawiając się, co też ona może w każdej chwili robić, myśleć, chcieć, czy zamierza wrócić, czy wróci, utrzymywałem otwarte na oścież przejście, które miłość przebiła we mnie, i czułem owo drugie życie wlewające się przez podniesione śluzy w zbiornik, któremu bez tego groziłby martwy zastój.

Ponieważ Saint-Loup wciąż się nie odzywał, drugi niepokój – oczekiwanie depeszy, telefonu od Roberta – wysuwał się przed pierwszy: niepokój o rezultat ostateczny, niepewność, czy Albertyna wróci. Nasłuchiwanie szmerów mogących zwiastować nadejście depeszy stało się dla mnie tak nieznośne, żem wyobrażał sobie, iż ta depesza – jedyna rzecz, o której mogłem myśleć – gdyby tylko przyszła, niezależnie od swej treści, położyłaby kres mym cierpieniom. Gdym jednak otrzymał depeszę, w której Robert donosił mi, że rozmawiał z panią Bontemps, ale mimo wszystkich środków ostrożności, jakie zastosował, Albertyna widziała go i to popsuło wszystko – wybuchnąłem gniewem i rozpaczą, bo właśnie tego chciałem za wszelką cenę uniknąć. Dowiedziawszy się o przyjeździe Roberta mogła sądzić, że mi na niej zależy, co ją musiało powstrzymać od powrotu, a poza tym we mnie budziło przerażenie, jedyną pozostałość po dumie, którą moja miłość wykazywała za czasów Gilberty i później utraciła. Przeklinałem Roberta, lecz następnie rzekłem sobie, że skoro ten sposób zawiódł, spróbuję innego. Jeżeli człowiek potrafi oddziaływać na świat zewnętrzny, to dlaczegóż nie mógłbym – odwołując się do podstępu, inteligencji, interesu, uczucia – zwyciężyć tę rzecz straszną: nieobecność Albertyny? Mamy nadzieję, że stosownie do naszego pragnienia zmienimy dokoła siebie wszystkie rzeczy; spodziewamy się tego, bo nie widzimy żadnego innego rozwiązania, które by było po naszej myśli. Nie bierzemy jednak pod uwagę rozwiązania zdarzającego się najczęściej i też dla nas pomyślnego: nie udaje się nam zmienić rzeczy zgodnie z naszym pragnieniem, ale to pragnienie zaczyna się powoli zmieniać. Sytuacja, którą spodziewaliśmy się przekształcić, ponieważ nie mogliśmy jej znieść, staje się nam obojętna. Nie zdołaliśmy sforsować przeszkody w ten sposób, w jakiśmy o to niezłomnie zabiegali, ale życie pozwoliło nam okrążyć ją, przejść ponad nią i wtedy, odwracając się za siebie i patrząc daleko wstecz, ledwo ją widzimy, bo zdążyła już stać się tak niedostrzegalna.

Usłyszałem, jak w mieszkaniu na górze sąsiadka grała melodie z *Manon*. Pamiętałem ich słowa i odniosłem je do Albertyny i do mnie, co poruszyło mną tak głęboko, żem zaczął płakać. Była to aria:

Hélas, l'oiseau qui fuit ce qu'il croit l'esclavage,
Le plus souvent la nuit
D'un vol désespéré revient battre au vitrage,[1]

i śmierć Manon:

Manon, réponds-moi donc, seul amour de mon âme,
Je n'ai su qu'aujourd'hui la bonté de ton coeur.[2]

Ponieważ Manon wracała do kawalera des Grieux, zdawało mi się, że byłem jedyną miłością Albertyny. Ale, niestety, jest rzeczą prawdopodobną, że gdyby ona jednocześnie słuchała tej samej arii, nie kochałaby mnie w postaci kawalera des Grieux, a gdyby jej to przyszło do głowy, pomyślawszy o mnie przestałaby się wzruszać tą muzyką, która przecież, choć lepiej napisana i subtelniejsza, należała do rodzaju odpowiadającego jej gustom.

Co do mnie w każdym razie nie miałem odwagi wyobrazić sobie, że Albertyna daje mi pełne słodyczy miano „jedynej miłości swej duszy" i pojmuje, jak się omyliła w sprawie tego, „co uważała za niewolę". Wiedziałem, że nie można czytać powieści nie wyposażając jej bohaterki w rysy osoby, którą kochamy. Ale nic nam nie pomaga szczęśliwe zakończenie, nasza miłość nie postępuje ani o krok naprzód i gdyśmy zamknęli książkę, nasza ukochana, która w powieści wreszcie do nas przyszła, w prawdziwym życiu wcale nas nie kocha bardziej niż poprzednio.

W przystępie wściekłości zatelegrafowałem do Roberta de Saint-Loup, żeby zaraz wracał do Paryża, gdyż chciałem przynajmniej uniknąć pozoru, że kładę kompromitujący nacisk na posunięcie, które tak bardzo pragnąłem ukryć. Nim on jednak miał czas zastosować się do mego polecenia, dostałem od Albertyny tę depeszę:

---

[1] Niestety, ptak, który ucieka od tego, co uważa za niewolę, najczęściej wraca wśród nocy, aby rozpaczliwie bić skrzydłami o szybę. (Przyp. tłum.)
[2] Manon, odpowiedzże mi, jedyna miłości mej duszy, dopiero dziś poznałem dobroć twego serca. (Przyp. tłum.)

„Mój Drogi, wysłałeś Twego przyjaciela Saint-Loup do mej ciotki, to nie ma sensu. Kochanie, jeżeli mnie potrzebowałeś, dlaczegoś nie napisał wprost? Byłabym aż nadto szczęśliwa wracając; na przyszłość zrezygnuj z pomysłów tak absurdalnych."

„Byłabym aż nadto szczęśliwa wracając!" Skoro tak mówi, to żałuje, że wyjechała, i szuka tylko pretekstu, by wrócić. A więc wystarczy zrobić, co mi powiedziała, napisać, że jej potrzebuję, i wróci. A więc zobaczę ją, tę Albertynę z Balbec (albowiem od chwili wyjazdu znowu się nią dla mnie stała; podobnie jak muszla, którą się już nie interesujemy, gdy leży na komodzie, lecz o której zaczynamy myśleć, gdyśmy ją komuś podarowali w prezencie lub zawieruszyli, przypominała mi teraz całe radosne piękno błękitnych gór morza). I nie ona tylko była teraz postacią ze świata wyobraźni, to znaczy ponętną; również nasze wspólne życie weszło w krainę fantastyczną, to znaczy uwolniło się od jakichkolwiek bądź trudności, wskutek czego powiadałem sobie: „jacy będziemy szczęśliwi!" Ale mając pewność tego powrotu nie powinienem wyglądać na człowieka, który chce go przyspieszyć. Przeciwnie, należało zatrzeć złe wrażenie wywołane podróżą Roberta de Saint-Loup, której następnie będzie można się wyprzeć twierdząc, że działał z własnej inicjatywy, ponieważ zawsze był zwolennikiem tego małżeństwa.

Tymczasem czytałem od początku jej list i byłem trochę zawiedziony widząc, jak nieznaczny jest w liście udział piszącej osoby. Zapewne, pismo wyraża naszą myśl tak, jak to czynią rysy twarzy, i zawsze znajdujemy się w obecności czyjejś myśli. Ale dana osoba ukazuje nam swą myśl dopiero w tym rozwiniętym niby nenufar kwiecie, jakim jest twarz ludzka. To mimo wszystko wiele zmienia. I być może jednym z powodów naszych wiecznych rozczarowań miłosnych są te wieczne rozbieżności, które sprawiają, że, oczekując idealnej istoty będącej przedmiotem naszej miłości, na każdym rendez-vous spotykamy osobę z krwi i kości, zawierającą tak już znikomą część naszych marzeń. I gdy później żądamy czegoś od niej, dostajemy list, w którym nawet z osoby pozostało bardzo niewiele, podobnie jak w znakach algebry nie odnajdujemy konkretności liczb arytmetycznych, które i tak już utraciły cechy dodawanych owoców lub kwiatów. A jednak

„miłość", „ukochana istota", jej listy są to może tłumaczenia (jakkolwiek niezadowalające jest przejście z jednej strony na drugą) tej samej rzeczywistości, skoro list zdaje się nie wystarczać nam tylko wówczas, gdy go czytamy, a póki nie nadejdzie, bulwersuje nas i rozdziera, później zaś jest w stanie uspokoić naszą rozterkę, choć nie spełnia swymi czarnymi znaczkami naszych pragnień, które zdają sobie sprawę, że dostały odpowiedniki słowa, uśmiechu, pocałunku, a nie każdą z tych rzeczy w jej własnej postaci.

Napisałem do Albertyny:

„Moja Droga, właśnie miałem do Ciebie pisać. Dziękuję Ci, że – jak powiadasz – wróciłabyś chętnie, gdybym Cię potrzebował; ładnie z Twojej strony, że w tak szlachetny sposób pojmujesz przywiązanie do dawnego przyjaciela; mój szacunek dla Ciebie jeszcze bardziej wskutek tego wzrośnie. Ale nie prosiłem Cię o to i nie poproszę; spotkanie ze mną nie sprawiłoby Ci zapewne, przynajmniej w najbliższym czasie, żadnej przykrości, nieczuła dziewczyno. Dla mnie jednak, chociaż niekiedy miałaś mnie za tak obojętnego, byłoby to bardzo bolesne. Życie nas rozdzieliło. Podjęłaś decyzję moim zdaniem bardzo rozsądną i zrobiłaś to w odpowiedniej chwili, wiedziona znakomitym przeczuciem, bo w dzień po Twoim wyjeździe otrzymałem zgodę mej matki, abym poprosił o Twoją rękę. Powiedziałbym Ci to po przebudzeniu, kiedy mi przyniesiono jej list (razem z Twoim!). Być może w tej sytuacji cofnęłabyś się, nie chcąc mnie dotknąć. I związalibyśmy zapewne naszą przyszłość – kto wie, czy nie na wspólne nieszczęście. Jeżeli do tego miało dojść, niech będzie błogosławiony Twój rozsądek. Wracając do siebie stracilibyśmy wszystko, coś nim zdziałała. Nie chcę powiedzieć, żeby mnie to wcale nie nęciło. Ale niewielką mam zasługę opierając się tej pokusie. Wiesz, jak niestałym jestem człowiekiem i jak łatwo zapominam. Nie należy więc mnie żałować. Często mi powiadałaś, że jestem zwłaszcza człowiekiem przyzwyczajeń. Te, których zaczynam nabierać bez Ciebie, nie są jeszcze bardzo zakorzenione. Oczywiście, nawyki, które sobie wpoiłem przy Tobie i które Twój wyjazd zakłócił, są w tej chwili silniejsze. Ale to długo nie potrwa. W związku z tym pomyślałem sobie nawet, że aby wykorzystać tych kilka dni, kiedy zobaczenie się z Tobą nie będzie jeszcze tym, czym się stanie dla mnie za dwa tygodnie, a może wcześniej, to jest... (wybacz szczerość) czymś raczej nużącym – otóż pomyślałem sobie, że mógłbym przed ostatecznym zapomnieniem uregulować z Tobą kilka drobnych spraw materialnych, przy których zechciałabyś może, jako pełna dobroci i uroku przyjaciółka, pomóc temu, który przez chwilę uważał się za Twego narzeczonego. Nie wątpiąc, że uzyskam aprobatę mej matki, a z drugiej strony pragnąc, żeby każde z nas rozporządzało tą swobodą, którą w sposób tak ujmujący i wielkoduszny poświęciłaś dla mnie, co mogło być do pomyślenia tylko w czasie parotygodniowego pożycia, lecz stałoby się nieznośne dla Ciebie i dla mnie teraz, kiedyśmy mieli już zawsze żyć razem (gdy piszę, jest mi prawie smutno na myśl, że omal nie stało się to rzeczywistością, że zadecydowało kilka sekund) – dążyłem do zorganizowania naszej egzystencji z jak największą swobodą i na początek postanowiłem, że będziesz miała ów jacht do dalekich podróży, podczas których ja, nadto cierpiący, oczekiwałbym Cię w porcie; napisałem do Elstira z prośbą o radę, bo lubisz jego gust. A na ziemi chciałem Ci ofiarować osobny samochód, przeznaczony wyłącznie dla Ciebie, którym byś wyjeżdżała, podróżowała, gdzie Ci się tylko spodoba. Jacht był już prawie gotów. Nazywa się – zgodnie z życzeniem, które wypowiedziałaś w Balbec – ,,Łabędź''. I pamiętając, że najbardziej lubisz rollsy, zamówiłem samochód tej marki. Obecnie, skoro nie mamy się już nigdy zobaczyć i nie mogę mieć nadziei, byś przyjęła ten niepotrzebny odtąd jacht i samochód, są to dla mnie rzeczy całkowicie zbędne. Pomyślałem więc – zamówienia zrobiłem u agenta, lecz na Twoje nazwisko – że może, anulując oba obstalunki zechciałabyś mi oszczędzić tych niepotrzebnych środków lokomocji. Ale w tej sprawie i w innych jeszcze musielibyśmy porozmawiać. Póki wszakże zdolny jestem pokochać Cię od nowa – ten stan zresztą nie potrwa długo – uważam, że byłoby szaleństwem spotkać się z powodu jakiegoś żaglowca i rolls royce'a, narażając przez to Twoje szczęście, które, jak postanowiłaś, polega na tym, aby żyć z dala ode mnie. Tak, wolę zatrzymać rollsa i nawet jacht. A ponieważ nie będę ich używał i oba prawdopodobnie zawsze będą stać – jeden w porcie, zakotwiczony, bezbronny, drugi w stajni – każę wyryć na... jachcie (mój Boże, boję się użyć niewłaściwej nazwy i popełnić

42

herezję, która by Cię oburzyła) owe wiersze Mallarmégo, które lubiłaś. Pamiętasz ten utwór zaczynający się od słów: „Dziewiczy, żywy, piękny dzień dzisiejszy." Niestety, dzisiejszy dzień nie jest już ani dziewiczy, ani piękny. Ale ludzie, którzy tak jak ja wiedzą, że przekształcą go w znośne jutro, są nieznośni. Co do rollsa, zasługiwałby on na inne wiersze tego samego poety, których nie mogłaś zrozumieć:

> *Tonnerre et rubis aux moyeux*
> *Dis si je ne suis pas joyeux*
> *De voir dans l'air que ce feu troue*

> *Flamber les royaumes épars*
> *Comme mourir pourpre le roue*
> *Du seul vespéral de mes chars.*[1]

Żegnaj na zawsze, Albertynko, i jeszcze raz przyjmij dzięki za uroczą przejażdżkę, którą odbyliśmy w przeddzień naszego rozstania. Zachowałem o niej najlepszą pamięć.

PS. Nie odpowiadam na to, co mi piszesz o rzekomych propozycjach, jakie Saint-Loup (który, o ile wiem, wcale nie jest w Turenii) miał zrobić Twojej ciotce. To jakiś problem dla Sherlocka Holmesa. Co ty sobie o mnie wyobrażasz?"

Rzecz oczywista, podobnie jak przedtem mówiłem do Albertyny: „Nie kocham cię", po to, żeby mnie kochała, „Zapominam osoby, które rzadko widuję", żebyśmy się widywali bardzo często, „Postanowiłem cię rzucić", żeby zapobiec wszelkiej myśli o rozstaniu – tak samo teraz powiedziałem: „Żegnaj na zawsze", bom gwałtownie pragnął jej powrotu w ciągu tygodnia; dlatego że chciałem ją zobaczyć, powiedziałem: „Byłoby rzeczą niebezpieczną, gdybyśmy się zobaczyli"; ponieważ bez niej życie wydawało mi się gorsze od śmierci, napisałem: „Miałaś rację, we dwoje bylibyśmy nieszczęśliwi." Pisząc ten nieszczery list, aby wywołać u niej wrażenie, że mi na niej nie zależy (jedyny rodzaj dumy, jaki

---

[1] Z piorunami i rubinami w piastach – powiedz, czy to nie radość dla mnie widzieć w powietrzu, które przewierca ten ogień, płonące ze wszystkich stron królestwa, jak gdyby umierało w purpurze koło jedynego wieczornego spośród moich wozów. (Niezbyt dokładnie zacytowane końcowe strofy sonetu *M'introduire dans ton histoire*. Przyp. tłum.)

mi w miłości do Albertyny pozostał z czasów Gilberty), a także dla słodyczy wypowiedzenia pewnych słów, które mogły wzruszyć tylko mnie, ale nie ją, powinienem był przede wszystkim zastanowić się, że odpowiedź mogła wypaść negatywnie, to znaczy zgodnie z tym, com napisał, bo gdyby nawet Albertyna nie miała inteligencji, którą się rzeczywiście odznaczała, nie mogła wątpić ani przez chwilę, że pisałem nieprawdę. Nie mówiąc już o intencjach wyrażonych w mym liście, sam fakt, żem go napisał – nawet gdyby to nie miało miejsca tuż po powrocie Roberta de Saint-Loup – był dla niej niedwuznacznym dowodem, że pragnąłem jej powrotu, i wskazówką, by mi pozwoliła nadziewać się na haczyk coraz bardziej. Następnie, rozważywszy możliwość odpowiedzi negatywnej powinienem był przewidzieć jeszcze, że ta odpowiedź mogła nagle rozniecić we mnie najpłomienniejszą miłość do Albertyny. Należało – wciąż przed wysłaniem listu – zadać sobie pytania, czy w razie jeżeli Albertyna odpowie tym samym tonem i nie zechce wrócić, będę na tyle panował nad swym cierpieniem, aby się zmusić do milczenia, nie zatelefonować do niej: ,,Wracaj", lub wysłać jakiegoś innego emisariusza, co po zakomunikowaniu jej, iż nigdy się już nie zobaczymy, oznaczałoby w sposób najbardziej oczywisty, że nie mogę się bez niej obejść, i skłoniłoby ją do upierania się jeszcze bardziej stanowczo, podczas gdy ja, nie mogąc wytrzymać tej udręki, pojechałbym do niej i może nawet nie zostałbym przyjęty. Po trzech gigantycznych niezręcznościach ta byłaby bez wątpienia najgorsza i nie pozostawałoby mi wtedy nic innego, jak popełnić samobójstwo przed jej domem. Ale straszliwa konstrukcja świata psychopatologicznego ma to do siebie, że właśnie czyn niezręczny, czyn, którego przede wszystkim trzeba było uniknąć, ma działanie uspokajające i otwierając przed nami nowe perspektywy optymistyczne chwilowo nas uwalnia od bólu, jaki cierpimy z powodu odmowy. I zawsze, gdy ból jest zbyt silny, popełniamy tę niezręczność, piszemy list, obarczamy kogoś misją, idziemy sami, składamy dowód, że nie możemy żyć bez osoby, którą kochamy.

Ale nic z tego nie przewidziałem. Wprost przeciwnie, sądziłem, że rezultatem mego listu będzie natychmiastowy powrót Albertyny. Myśląc o tym odczuwałem przy pisaniu wielką słodycz. Jednocześnie wszakże nie przestawałem płakać, trochę jak owego dnia, kiedym odgrywał fałszywe rozstanie, gdyż słowa listu zawierały myśl, którą dla mnie wyrażały, mimo że dążyły do przeciwnego celu (wypowiadane kłamliwie przez dumę, aby nie wyznać mej miłości), i niosły w sobie swój smutek – a trochę i dlatego, że czułem, iż w tej myśli było coś z prawdy.

Ponieważ rezultat listu zdawał się niewątpliwy, zrobiło mi się żal, żem go wysłał. Gdy bowiem wyobrażałem sobie powrót Albertyny, w gruncie tak łatwy, nagle wróciły z całą dawną siłą wszystkie powody sprawiające, że małżeństwo było dla mnie czymś niekorzystnym. Oddałem się nadziei, że ona nie będzie chciała wrócić. Byłem pogrążony w rozmyślaniach, że moja wolność, cała przyszłość mego życia zależy od jej odmowy, że popełniłem szaleństwo pisząc do niej, że powinienem odebrać ów list, niestety, już wysłany, gdy Franciszka, jednocześnie wręczając mi gazetę przyniesioną z dołu, zwróciła mi go. Nie wiedziała, za ile miała nakleić znaczków. Ale w tejże chwili zmieniłem zdanie. Teraz życzyłem sobie, żeby Albertyna nie wróciła, lecz chciałem, by ta decyzja mająca położyć kres memu niepokojowi wyszła od niej, i zamierzałem oddać list Franciszce. Otworzyłem gazetę. Była tam wiadomość o śmierci Bermy. Przypomniałem sobie, jak słuchałem *Fedry* na dwa różne sposoby, i teraz pomyślałem o scenie oświadczyn na trzeci sposób. Miałem wrażenie, że to, com tak często sam sobie recytował i słyszał w teatrze, zawierało prawa, które dane mi było wypróbować w mym życiu. Są w naszej duszy rzeczy, których znaczenia dla nas nie doceniamy. Albo też obywamy się bez nich, ponieważ obawiając się niepowodzenia lub bólu z dnia na dzień odkładamy wejście w ich posiadanie. Tak było z Gilbertą, kiedym sądził, że się jej wyrzekłem. Jeżeli w chwili gdy jesteśmy już całkiem oddaleni od tych rzeczy – jest to chwila znacznie późniejsza od tej, kiedy się tylko czujemy oddaleni – młoda dziewczyna zaręczy się na przykład, wpadamy w szał, nie możemy znieść tego życia, które wydawało się nam tak melancholijnie spokojne. A jeżeli rzecz jest w naszym posiadaniu, myślimy, że nam ciąży, że chętnie byśmy się jej pozbyli; to mi się zdarzyło z Albertyną. Ale niech wyjazd pozbawi nas tej obojętnej istoty – i już nie jesteśmy w stanie żyć. Czyż „argument" *Fedry* nie łączy tych dwóch przypadków? Hipolit odjeżdża. Fedra, która dotąd narażała się na jego gniew –

powodowana skrupułami, jak mówi (a właściwie jak każe jej mówić poeta), czy też raczej dlatego że nie widzi przed sobą żadnego celu i czuje, że nie jest kochana – Fedra zmienia postępowanie. Przychodzi wyznać mu swą miłość i tę właśnie scenę tak często sobie recytowałem:

Mówią, że nas opuszczasz w najbliższej godzinie.

Przyczyna, jaką stanowi odjazd Hipolita, jest zapewne czymś wtórnym w stosunku do śmierci Tezeusza. Tak samo nieco dalej, gdy Fedra udaje przez chwilę, że została źle zrozumiana:

...Czylim cześć moją na szwank w czym podała?

można sądzić, iż mówi tak dlatego, że Hipolit odrzucił jej deklarację:

Pani!... pani zapomina...
Żona Tezeja mówiż to do jego syna?

Nawet gdyby on nie odpowiedział tym wybuchem oburzenia, Fedra, osiągnąwszy szczęście, mogłaby też mieć uczucie, że nie jest ono dużo warte. Ale widząc, że go nie osiąga, że Hipolit wyobraża sobie, iż się przesłyszał, i przeprasza, Fedra, tak jak ja oddawszy list Franciszce, chce, by odmowa wyszła z jego ust, chce do końca wygrać swą szansę:

Ha, okrutny! Dobrześ mnie zrozumiał!

W tej scenie można znaleźć nawet brutalne słowa rzucane, jak mi opowiadano, przez Swanna Odecie albo przeze mnie Albertynie, brutalne słowa, które na miejsce dawnej miłości wprowadziły nową, składającą się ze współczucia, rozczulenia, potrzeby otwarcia swej duszy i stanowiącą jedynie odmianę poprzedniej:

Tyś nienawidził, jam cię tym straszniej kochała.
Nieszczęścia twe stroiły cię w powaby nowe.

Najlepszym dowodem, iż Fedra ,,cześć swoją" stawia nie na pierwszym miejscu, jest to, że byłaby skłonna wybaczyć Hipolitowi i odepchnąć rady Enony, gdyby się nie dowiedziała jednocześnie o miłości Hipolita do Arycji. Do tego stopnia zazdrość, która w miłości znaczy tyleż co utrata wszelkiego szczęścia, jest bardziej pobudliwa niż troska o reputację. Wtedy to Fedra pozwala Enonie (która jest tylko imieniem najgorszej części jej samej) oskarżyć Hipolita, nie biorąc na siebie „starania o jego obronę”, i wysyła swego wzgardziciela na zagładę, która zresztą wcale nie jest dla niej pociechą, gdyż jej samobójstwo następuje tuż po śmierci Hipolita. Tak przynajmniej ja, ograniczając udział wszystkich skrupułów „jansenistycznych”, jak by rzekł Bergotte, w które Racine wyposażył Fedrę, aby się wydawała mniej winna, widziałem tę scenę, rodzaj proroctwa zapowiadającego epizody miłosne mego własnego życia. Powyższe refleksje nic zresztą nie zmieniły w mojej decyzji, więc oddałem list z powrotem Franciszce, żeby go wreszcie wysłała i żeby spróbować wobec Albertyny posunięcia, które uznałem za konieczne w chwili, gdym się dowiedział, że do niego jeszcze nie doszło. Nie mamy zapewne racji myśląc, że realizacja jakiegoś naszego pragnienia nie jest niczym cennym, skoro wystarcza nam dowiedzieć się, że może nie nastąpi, a znowu przywiązujemy do niej wagę, i tylko tak długo sądzimy, że niewarto ubiegać się o nią, jak długo jesteśmy jej pewni. A jednak mamy też rację. Bo jeżeli dopełnienie, szczęście wydają się nam małe jedynie z powodu naszej pewności, to jednak w istocie są czymś niestałym, mogącym rodzić wyłącznie zmartwienia. I zmartwienia będą tym większe, im bardziej doskonale spełni się nasze pragnienie, tym nieznośniejsze, im bardziej szczęście, wbrew prawom natury, będzie długotrwałe i uświęcone przyzwyczajeniem. Jeszcze w innym sensie obie tendencje – w tym wypadku pragnienie, żeby list był wysłany, i żal, że się to stało, gdym sądził, iż go rzeczywiście wysłano – są na swój sposób uzasadnione. Co się tyczy pierwszej, jest rzeczą aż nadto zrozumiałą, że pragniemy swego szczęścia – lub nieszczęścia – i zarazem chcemy tym nowym przedsięwzięciem, z którego niebawem zaczną wynikać jego konsekwencje, stworzyć sobie oczekiwanie ratujące nas od całkowitej rozpaczy lub, inaczej mówiąc, że usiłujemy nadać inny kształt – mniej okrutny w naszym mniemaniu – chorobie, która nas dręczy. Druga tendencja nie jest mniej ważna, mając bowiem podstawę w przekonaniu, że nasz zamiar się uda, oznacza ni mniej, ni więcej, tylko początek, antycypowany początek rozczarowania, jakie by w nas wystąpiło wkrótce po realizacji pragnienia, oznacza żal, żeśmy kosztem innych, wykluczonych możliwości ustalili tę jedną formę szczęścia.

Oddałem list Franciszce z poleceniem, żeby go co prędzej zaniosła na pocztę. Skoro tylko został wysłany, znowu odczułem powrót Albertyny jako bliski. Wskutek tego w mych myślach powstawały obrazy pełne uroku, które do pewnego stopnia neutralizowały swą słodyczą niebezpieczeństwa, jakie w tym powrocie widziałem. Tak dawno utracona słodycz jej obecności upajała mnie.

Czas płynie i wciąż powtarzane kłamstwa nabierają powoli cech prawdy – przekonałem się o tym na przykładzie Gilberty; obojętność, którą udawałem łkając bez przerwy, w końcu rzeczywiście wypełniła mą duszę i tak jak uprzedzałem Gilbertę za pomocą formuły zrazu fałszywej, lecz później odpowiadającej prawdzie, życie stopniowo nas rozdzieliło. Przypomniałem to sobie i myślałem: ,,Jeżeli Albertyna pozwoli, by upłynęło kilka miesięcy, moje kłamstwa staną się prawdziwe. Czy zatem, skoro najgorsze mam już za sobą, nie należałoby pragnąć, żeby to nastąpiło? Jeżeli wróci, zrezygnuję z prawdziwego życia, w którym co prawda nie mogę jeszcze smakować, ale które zapewne nabierze dla mnie uroku w miarę, jak wspomnienie o niej będzie blednąć." Nie chcę twierdzić, iż zapomnienie jeszcze wtedy nie działało. Ale jednym z jego przejawów było właśnie to, że wiele nieprzyjemnych rysów Albertyny, wiele nudnych godzin, któreśmy razem spędzili, przestało żyć w mej pamięci, to znaczy, że przestałem pragnąć rozstania, jak to mi się zdarzało, kiedy ona była u mnie, i w rezultacie widziałem jej obraz uproszczony, upiększony wszystkimi uczuciami miłości, jakich kiedykolwiek zaznałem. Zapomnienie w tej szczególnej formie, mimo wszystko przygotowujące mnie do samotności, ukazywało mi Albertynę łagodniejszą, piękniejszą i wskutek tego bardziej pragnąłem jej powrotu.

Odkąd Albertyna wyjechała, bardzo często, gdy tylko miałem wrażenie, iż nie można było poznać, żem płakał, dzwoniłem na Franciszkę i mówiłem jej: ,,Trzeba sprawdzić, czy panna Albertyna czego nie zapomniała. Proszę sprzątnąć jej pokój, żeby był w porządku, kiedy przyjedzie." Albo po prostu: ,,Panna Alberty-

48

na mówiła mi niedawno, akurat w przeddzień wyjazdu..." Chciałem pomniejszyć wstrętną radość, jaką ten wyjazd sprawiał Franciszce, i w ten sposób dawałem do zrozumienia, że nieobecność Albertyny będzie trwała krótko; chciałem też dowieść, że nie lękam się mówić o jej wyjeździe, przedstawić go – niczym owi generałowie, co zmuszeni do cofnięcia się nazywają to z góry przygotowanym manewrem strategicznym – jako epizod, którego prawdziwe znaczenie na razie ukrywałem, nie zaś koniec mej przyjaźni z Albertyną. I wreszcie, wymawiając ustawicznie to imię chciałem wprowadzić, tak jak się wpuszcza świeże powietrze, trochę jej istoty do pokoju, gdzie bez niej była taka próżnia, żem nie był w stanie oddychać. Ponadto zawsze usiłujemy zredukować rozmiary naszego cierpienia przez wyrażenie go w potocznym języku między zamówieniem nowego garnituru i zleceniami w sprawie obiadu.

Sprzątając pokój Albertyny Franciszka przez ciekawość wyciągnęła szufladę stoliczka z różanego drzewa, w której moja przyjaciółka chowała ozdoby zdejmowane przed snem.

– Ach, proszę panicza, panna Albertyna zapomniała swoje pierścionki, zostały w szufladzie!

Zrazu chciałem rzec: ,,Trzeba je odesłać." Ale wtedy zdawałoby się, że nie wiem, czy ona wróci.

– Nic nie szkodzi – rzekłem po chwili milczenia – nie opłaci się odsyłać, ona i tak niedługo wróci. Proszę mi je pokazać.

Franciszka wręczyła mi pierścionki z pewną nieufnością. Nie cierpiała Albertyny, ale oceniając mnie według siebie nie mogła sobie wyobrazić, by można mi było dać list mej przyjaciółki bez obawy, że otworzę go. Wziąłem pierścionki.

– Niech panicz uważa, żeby ich nie zgubić – rzekła. – Można powiedzieć, że są ładne. Nie wiem, kto je podarował, panicz czy ktoś inny, ale to był na pewno człowiek bogaty i znający się na tym.

– Nie ja – odrzekłem. – Zresztą one nie pochodzą od tej samej osoby. Jeden panna Albertyna dostała od swej ciotki, a drugi sobie kupiła.

– Nie od tej samej osoby! – zawołała Franciszka. – Panicz się śmieje, przecież one są całkiem podobne. Do jednego jest dodany rubin, ale oba mają takie same orły i takie same litery w środku.

– Orły? Franciszka chyba oszalała! Na pierścionku z rubinem jest co prawda wyryty orzeł, ale na drugim coś w rodzaju męskiej głowy.

– Męska głowa? Gdzie panicz to widzi? Popatrzyłam tylko przez cwikier i od razu poznałam, że to jest orle skrzydło; niech panicz weźmie swoją lupę, to panicz zobaczy z drugiej strony drugie skrzydło, a pośrodku łeb i dziób. Widać każde pióro. Jaka to delikatna robota!

Dręcząca potrzeba sprawdzenia, czy Albertyna mnie okłamywała, kazała mi zapomnieć, żem powinien był zachować trochę godności wobec Franciszki i odebrać jej złośliwą przyjemność polegającą, jeżeli nie na torturowaniu mnie samego, to na szkodzeniu mej przyjaciółce. Dyszałem ciężko, gdy Franciszka szukała mej lupy. Spojrzałem przez nią i zażądałem, aby mi pokazała orła na pierścionku z rubinem. Bez wysiłku przekonała mnie, że miałem przed sobą skrzydła stylizowane w ten sam sposób co na drugim pierścionku, musiałem dostrzec relief poszczególnych piór i głowę. Zwróciła mi również uwagę na podobieństwo napisów, przy czym zresztą pierścionek z rubinem miał jeszcze jakieś dodatkowe litery. I tu, i tam po wewnętrznej stronie widać było inicjały Albertyny.

– Bardzo mi dziwno, że panicz nie potrafił zauważyć gołym okiem, że to taki sam pierścionek – rzekła Franciszka. – Nawet nie patrząc z bliska czuje się jednakową robotę, jednakowy sposób wykuwania złota i jednakowy kształt. Ja od pierwszego spojrzenia mogłabym przysiąc, że one pochodzą z tego samego źródła. To się poznaje tak łatwo jak kuchnię dobrej kucharki.

I w istocie, jej ciekawość, właściwa służbie domowej, podniecona nienawiścią i przywykła do chwytania szczegółów z dokładnością przerażającą, działała w tej ekspertyzie wspomożona dobrym smakiem Franciszki, tym smakiem, który demonstrowała na terenie kuchni i który być może – jak to wyjeżdżając do Balbec spostrzegłem w jej sposobie ubierania się – znajdował podnietę w kokieterii kobiety bardzo ładnej niegdyś i mającej duże doświadczenie w oglądaniu cudzych klejnotów i toalet. Gdybym się był omylił biorąc pudełko z proszkami i w dniu, gdy czułem, żem wypił zbyt dużo herbaty, wziął zamiast paru tabletek weronalu tyleż kofeiny, serce nie tłukłoby mi się w piersi bardziej gwałtownie. Poleciłem Franciszce, żeby wyszła. Chciałbym był natychmiast zobaczyć Albertynę. Ohydę jej kłamstwa, zazdrość w stosunku do nieznajomego potęgował jeszcze ból, że ona pozwalała robić sobie takie prezenty. Ode mnie co prawda dostawała jeszcze więcej, ale kobieta, którą utrzymujemy, nie wydaje się nam utrzymanką tak długo, jak nie wiemy, że jest również utrzymywana przez innych. A przecież, skoro na nią wydawałem tyle pieniędzy, tolerowałem u niej tę podłość, nie pozwoliłem jej wygasnąć, może ją spotęgowałem, może stworzyłem. Następnie, ile że posiadamy dar zmyślania bajek celem kojenia naszych cierpień, tak jak konając z głodu łudzimy się nadzieją, że ktoś nieznajomy zapisze nam wielomilionową fortunę, wyobraziłem sobie. Albertynę w mych ramionach, tłumaczącą mi w krótkich słowach, że drugi pierścionek kupiła z powodu jego podobieństwa do pierwszego i że inicjały sama kazała wyryć. Ale to wyjaśnienie było jeszcze kruche, nie zdążyło zapuścić swych dobroczynnych korzeni w mym umyśle i mój ból nie mógł ustąpić tak prędko. Pomyślałem wówczas o tylu mężczyznach, co mówią, że ich kochanka jest taka miła, i znoszą podobne tortury. W ten sposób okłamują innych i siebie. Nie kłamią wszakże całkowicie, albowiem spędzają z ową kobietą godziny naprawdę pełne słodyczy; ale czułość okazywana im przy znajomych, wobec których mogą się pysznić takimi przyjaciółkami, i czułość świadczona sam na sam, z którą je błogosławią, ileż ukrywa godzin nabrzmiałych cierpieniem i wątpliwościami kochanka, poświęconych bezużytecznym wysiłkom, żeby się dowiedzieć prawdy! Do takich właśnie udręk przywiązana jest słodycz miłości, rozkosz upajania się najbanalniejszymi słowami kobiety, o których wiemy, że są banalne, ale czujemy w nich jej zapach. W tej chwili jednak nie mogłem doznawać przyjemności wdychając za pośrednictwem pamięci woń Albertyny. Zdruzgotany, trzymając w ręku dwa pierścionki, przyglądałem się bezlitosnemu orłu szarpiącemu mnie za serce, jego skrzydłom o wypukłych piórach, na których uleciało zaufanie, jakim darzyłem mą przyjaciółkę, szponom, w których uścisku moja zbolała myśl ani przez chwilę nie mogła się wyrwać niezliczonym pytaniom dotyczącym nieznajomego.

Orzeł, choć nie pozwalał odczytać go, bez wątpienia symbolizował nazwisko tego mężczyzny, którego Albertyna oczywiście kiedyś kochała, z którym na pewno spotkała się niedawno, bo to było w ów czarowny, pogodny dzień naszej przejażdżki do Lasku, kiedym po raz pierwszy zauważył ten drugi pierścionek, na którym drapieżny ptak zdawał się zanurzać dziób w krwawej kałuży rubinu.

Zresztą, jeżeli od rana do wieczora wciąż cierpiałem z powodu wyjazdu Albertyny, to nie znaczy, że myślałem jedynie o niej. Dawno już jej urok przeniknął stopniowo różne przedmioty, które się z czasem oddaliły, ale pozostały naelektryzowane wzruszeniem pochodzącym od niej, tak że skoro tylko coś naprowadziło me myśli na Incarville, Verdurinów czy nową rolę Lei, natychmiast uderzała we mnie fala wspomnień. Z drugiej strony to, co nazywałem myśleniem o Albertynie, polegało na roztrząsaniu, jak ją sprowadzić do domu, jak ją zobaczyć, dowiedzieć się, co robi. Gdyby owe godziny nieustannej męczarni mogły być zilustrowane obrazami, które towarzyszyły mym cierpieniom, można by zobaczyć Gare d'Orsay, banknoty ofiarowane pani Bontemps, Roberta de Saint-Loup, pochylonego nad pulpitem w urzędzie pocztowym i wypełniającego dla mnie bankiet telegraficzny – ale nigdy Albertynę. Jak w ciągu całego naszego życia egoizm nasz widzi tylko cele budzące pożądanie naszego ja, lecz nigdy nie zwraca uwagi na owo ja we własnej osobie, które wciąż do nich dąży, tak samo pragnienie kierujące naszymi czynami schodzi ku nim, ale nie wraca do swego źródła, czy to dlatego że będąc z natury zbyt utylitarystyczne rzuca się w odmęt czynu i gardzi poznaniem, czy że pędzi ku przyszłości, aby nadrobić teraźniejsze rozczarowanie, czy wreszcie lenistwo naszej myśli skłania ją do ześlizgiwania się po łagodnym zboczu wyobraźni raczej niż do mozolnej wspinaczki, której wymaga introspekcja.

Razem z automobilami miałem kupić najpiękniejszy jacht, jaki wówczas istniał. Był do sprzedania, lecz tak drogi, że nie znajdował nabywcy. Zresztą gdybym go kupił i robił tylko wycieczki czteromiesięczne, same koszty utrzymania wynosiłyby ponad dwieście tysięcy franków na rok. W ten sposób przekroczyłbym o pół miliona franków z górą nasze roczne wydatki. Czy mógłbym to wytrzymać dłużej niż siedem, osiem lat? Ale wszystko jedno, nawet gdyby mi zostało nie więcej niż pięćdziesiąt tysięcy franków renty, mógłbym je zapisać Albertynie i popełnić samobójstwo. Powziąłem tę decyzję. I ona skierowała mą myśl ku sobie samemu. Gdy nasze ja, zawsze żyjące mnóstwem różnych rzeczy, będące tylko myślą o tych rzeczach, jakimś przypadkowym zrządzeniem przestanie je widzieć przed sobą, nagle zaczyna myśleć o sobie i znajduje tylko jakiś pusty aparat, coś, czego nie zna i czemu usiłuje nadać trochę rzeczywistości za pomocą wspomnienia twarzy dostrzeżonej w lustrze. Ale właśnie ten uśmiech, te nierówne wąsy znikną z powierzchni ziemi. Gdybym się w ciągu najbliższych pięciu lat zabił, straciłbym zdolność myślenia o wszystkich rzeczach, które defilują w mym umyśle. Odszedłbym stąd, nigdy bym nie wrócił, moja myśl zatrzymałaby się na zawsze. Moja osobowość, którą w tej chwili ujrzałem już jako nie istniejącą, wydała mi się jeszcze bardziej żadna. Jakąż trudność moglibyśmy mieć chcąc złożyć tej, ku której bez przerwy biegną nasze myśli, tej, którą kochamy, ofiarę w postaci owej drugiej istoty, o której nigdy nie myślimy – to znaczy nas samych? Oglądane z tej strony wyobrażenie mej śmierci, podobnie jak mego ja, wydało mi się czymś szczególnym i wcale nie przykrym. Nagle jednak poczułem straszliwy smutek: pomyślałem, że nie mam więcej pieniędzy do dyspozycji, gdyż moi rodzice żyją; pomyślałem o mej matce. Nie mogłem znieść myśli o cierpieniu, jakie jej sprawi moja śmierć.

W chwilach takich kryzysów, kiedy bylibyśmy skłonni zaryzykować całe nasze życie, w miarę jak istota, od której ono zależy, coraz bardziej ukazuje ogrom zajmowanego przez nią miejsca i przeobraża w naszych oczach wszystkie zakątki świata, obraz owej istoty maleje proporcjonalnie i w końcu staje się niewidoczny. Wszędzie dokoła nas dostrzegamy oznaki jej obecności przejawiające się w naszym wzruszeniu, ale jej samej, przyczyny tego stanu, nie znajdujemy nigdzie. Byłem wówczas tak dalece niezdolny wyobrazić sobie Albertynę, że prawie mogło mi się zdawać, iż jej już nie kocham; podobnie moja matka miała momenty rozpaczy, gdy nie potrafiła przypomnieć sobie wyglądu mojej babki (z wyjątkiem jednego przypadkowego spotkania we śnie, którym była do tego stopnia uszczęśliwiona, że chociaż spała, wszystkimi siłami istoty uśpionej usiłowała go przedłużyć) i mogła mieć do siebie pretensję – miała ją rzeczywiście – że nie dość żałuje swej matki, po której stracie nie była zdolna podźwignąć się, a jednak rysy zmarłej uciekały z jej pamięci. Dlaczego miałbym wierzyć, że Albertyna nie lubiła kobiet? Dlatego że mi to mówiła, zwłaszcza w ostatnich czasach? A czy nasze życie nie opierało się na jednym wielkim kłamstwie? Ani razu przecież nie rzekła mi: „Czemu to nie wolno mi wychodzić, kiedy zechcę? czemu dowiadujesz się od innych, co ja robię?" Była to w istocie egzystencja zbyt szczególna, żeby moja przyjaciółka nie zadała tych pytań, gdyby nie była zrozumiała, o co mi chodzi. I czyż nie było rzeczą naturalną, że memu milczeniu w sprawie przyczyn skłaniających mnie do trzymania jej w klauzurze ona odpowiadała identycznym i stałym milczeniem na temat swych ciągłych pragnień, niezliczonych wspomnień, niezliczonych nadziei? Franciszka zdawała się wiedzieć, że kłamię, gdy wspominam o rychłym powrocie Albertyny. To jej przekonanie wywodziło się chyba nie tylko z pewnika, który zazwyczaj był busolą naszej służącej – że mianowicie państwo nie lubią być upokarzani wobec służby i odsłaniają przed nią rzeczywistość jedynie o tyle, o ile nie jest ona zbyt daleka od pochlebnej fikcji, mogącej podtrzymywać szacunek. Tym razem pogląd Franciszki miał raczej podstawę w czym innym – w świadomości, że ona sama budziła i karmiła nieufność Albertyny, podniecała jej złość, jednym słowem doprowadziła ją do stanu, który mogła uznać za wiodący niechybnie do ucieczki mej przyjaciółki.

Gdyby tak było, moja wersja mówiąca o wyjeździe chwilowym, wiadomym mi i mającym moją aprobatę musiała wywołać nieufność Franciszki. Ale znowu wyobrażenie, jakie ona miała o interesowności Albertyny, przesada, z jaką nienawistnie wyolbrzymiała jej „zyski" rzekomo ciągnięte ze mnie, mogły do pewnego stopnia działać neutralizująco. Toteż gdybym przy niej wspominał, niby o rzeczy całkiem naturalnej, o rychłym powrocie Albertyny, Franciszka patrzała mi w twarz (tak samo jak wówczas, gdy *maître d'hôtel*, żeby ją podrażnić, zmieniał słowa czytając wiadomości z gazety, w które nie mogła uwierzyć – na przykład o zamknięciu kościołów i zesłaniu na wygnanie księży – i Franciszka, nawet znajdując się w drugim końcu kuchni i nie mogąc przeczytać ani słowa, instynktownie wlepiała chciwe spoj-

54

rzenie w gazetę), jak gdyby mogła w ten sposób sprawdzić, czy tak było rzeczywiście napisane, czy nie zmyślałem. Ale gdy zobaczyła, że napisawszy długi list szukałem dokładnego adresu pani Bontemps, ów lęk przed powrotem Albertyny, dotychczas tak mglisty, zaczął rosnąć. Następnego dnia rano Franciszka przeżyła prawdziwą konsternację, kiedy jej wypadło przynieść razem z moją pocztą list, na którego kopercie rozpoznała pismo Albertyny. Zastanawiała się, czy owa ucieczka nie była zwyczajną komedią. To przypuszczenie martwiło ją podwójnie, gdyż zapowiadało związanie Albertyny z naszym domem na zawsze i stwierdzało fakt upokarzający dla mnie jako pana Franciszki, czyli także dla niej samej, skoro się okazywało, żem został wywiedziony w pole przez Albertynę. Jakkolwiek pilno mi było przeczytać ten list nie mogłem się powstrzymać od spojrzenia w oczy starej służącej i kiedym zobaczył, że opuszczała je wszelka nadzieja, wywróżyłem sobie z tego prędki powrót Albertyny, niczym miłośnik sportów zimowych, który na widok odlotu jaskółek cieszy się, że już niebawem przyjdzie śnieg i mrozy. Wreszcie Franciszka wyszła i kiedym sprawdził, że zamknęła drzwi za sobą, otworzyłem bezszelestnie – aby nie zdradzać pośpiechu – list, który brzmiał, jak następuje:

„Drogi Przyjacielu, dziękuję Ci za wszystkie miłe rzeczy zawarte w Twoim liście. Chętnie Ci pomogę w odwołaniu zamówienia na rollsa, jeżeli uważasz, że mogę to zrobić, a chyba tak. Wystarczy, żebyś mi przysłał nazwisko agenta. Ty dałbyś się namówić tym ludziom, którzy mają tylko jeden cel: sprzedawać. Na co Ci zresztą auto, skoro nigdy nie wychodzisz z domu? Jestem bardzo wzruszona, że zachowałeś dobre wspomnienie o naszym ostatnim spacerze. Bądź pewien, że i ja nie zapomnę tej przejażdżki i tych godzin podwójnego zmierzchu, bo zapadał zmrok i my mieliśmy się rozstać. Nie zatrze się to w mej pamięci wcześniej, nim nadejdzie noc zupełna."

Zdawałem sobie sprawę, że ostatnie zdanie było tylko frazesem i że Albertyna nie mogła zachować aż do końca życia tak miłego wspomnienia z owego spaceru, który na pewno nie sprawił jej żadnej przyjemności, skoro spieszno jej było uciec ode mnie.

Jednocześnie wszakże podziwiałem zdolności cyklistki z Balbec i miłośniczki gry w golfa, która przed naszą znajomością nie czytała nic oprócz *Estery*. Miałem rację sądząc, że u mnie wzbogaciła się o nowe zalety, które ją zmieniły i uczyniły bardziej wszechstronną. A więc zdanie wypowiedziane przeze mnie w Balbec: „Myślę, że moja przyjaźń byłaby dla pani cenna, bo jestem właśnie osobą zdolną pani dać to, czego pani brak" – na jednej z mych fotografii napisałem jej dedykację: „Z uczuciem pewności, że jestem człowiekiem opatrznościowym" – owo zdanie, które wypowiedziałem nie wierząc w nie i jedynie po to, by ją przekonać do widywania się ze mną i nieprzejmowania się nudą, jaka z tym mogła być dla niej połączona, a więc i ono było prawdziwe; podobnie też, gdym jej oświadczał, że nie chcę jej widywać bojąc się, iż ją pokocham, chociaż naprawdę mówiłem tak dlatego, że nasze częste spotkania gasiły moją miłość, która natomiast w samotności rozpalała się. Ale pod wpływem owych licznych spotkań zacząłem jej potrzebować dużo bardziej niż na początku w Balbec, tak że w końcu rzeczywistość potwierdziła to drugie zdanie.

W każdym razie list Albertyny nic nie posuwał naprzód. Przyrzekała mi tylko, że napisze do agenta. Musiałem wyjść z tej sytuacji, przyspieszyć bieg wydarzeń i wpadłem na taki oto pomysł. Posłałem prędko list do Anny, w którym napisałem, że Albertyna wyjechała do ciotki, że czułem się niezmiernie osamotniony, że zrobiłaby mi wielką przyjemność, gdyby zamieszkała u mnie przez kilka dni, ale że nie chcąc nic ukrywać proszę ją, by zawiadomiła o tym Albertynę. Jednocześnie napisałem do Albertyny tak, jak gdybym jeszcze nie otrzymał jej listu:

„Moja Droga, wybacz mi ten pomysł, który doskonale zrozumiesz: tak nienawidzę ukrywania czegokolwiek, że chciałem, abyś była uprzedzona o tym i przez nią, i przeze mnie.
Podczas Twego przemiłego pobytu w moim domu nabrałem złego przyzwyczajenia, że nie mogę być sam. Skoro postanowiliśmy, że nie wrócisz, pomyślałem sobie, że osobą, która najlepiej może Cię zastąpić, bo najmniej różni się od Ciebie i najbardziej będzie mi Ciebie przypominała, jest Anna. Postanowiłem więc zaprosić ją. Żeby to nie wyglądało zbyt gwałtownie, powiedziałem jej na początek o pobycie tylko parodniowym, ale, mówiąc między

nami, sądzę, że tym razem będzie to już na zawsze. Czy nie uważasz, żem postąpił właściwie? Wasza grupka dziewcząt z Balbec była zawsze komórką społeczną wywierającą na mnie szczególny urok i nie posiadałem się ze szczęścia, kiedym został do niej przyjęty. W tym wypadku działa zapewne wciąż ten sam urok. Fatalność naszego usposobienia i niepomyślne koleje życia sprawiły, że moja Albertynka nie mogła wyjść za mnie, ale mam nadzieję, że jednak znajdę sobie żonę – mniej zachwycającą niż ona, lecz dzięki większej zgodności charakterów mogącą prawdopodobnie liczyć na szczęśliwsze współżycie ze mną – w osobie Anny."

Ale po wysłaniu tego listu nagle zacząłem podejrzewać, że kiedy Albertyna mi napisała: ,,Byłabym aż nadto szczęśliwa wracając, gdybyś był napisał mi o tym wprost", uczyniła to tylko dlatego, żem właśnie postąpił inaczej, a gdybym odezwał się do niej bezpośrednio, i tak by nie wróciła, byłaby kontenta dowiadując się o pobycie Anny u mnie i później o naszym małżeństwie, byleby ona, Albertyna, była nadal wolna, bo teraz, to znaczy już od tygodnia, mogła się oddawać swym zdrożnym gustom i deptać wszystkie środki ostrożności, jakie stosowałem przez dwadzieścia cztery godziny na dobę w ciągu przeszło sześciu miesięcy naszej paryskiej egzystencji – bez żadnego skutku, skoro przez ostatni tydzień na pewno robiła to, czego jej z minuty na minutę zabraniałem. Powiadałem sobie, że ona chyba źle używała swej wolności, i bez wątpienia ta myśl była mi przykra, lecz miała charakter ogólny, nie przemawiała do mnie żadnym szczegółem i sugerując nieskończoną liczbę możliwych kochanek Albertyny nie pozwalała mi zatrzymać się przy żadnej z nich, natomiast jak gdyby zmuszała mój umysł do ustawicznego ruchu, któremu towarzyszył pewien ból, dosyć jednak znośny wskutek nieobecności konkretnych obrazów. Ale ten stan nie trwał długo i ból był już rozdzierający, gdy przybył Saint-Loup.

Nim jednak powiem, dlaczego jego słowa uczyniły mnie tak nieszczęśliwym, muszę zrelacjonować rzecz, która zaszła tuż przed wizytą Roberta i której wspomnienie prześladowało mnie do tego stopnia, że osłabiło, jeżeli nie przykre wrażenie pozostałe z tej rozmowy, to przynajmniej praktyczny jej efekt. Ów incydent miał przebieg następujący. Płonąc z niecierpliwości oczekiwałem mego przyjaciela na schodach (co by nie było możliwe, gdyby przy tym była moja matka, która po „rozmowach przez okno" niczego bardziej nie potępiała), gdy nagle usłyszałem czyjeś słowa:

– Jak to? Nie umiesz się urządzić, żeby wyrzucili kogoś, kto ci się nie podoba? To wcale nietrudne. Wystarczy na przykład schować mu rzeczy, które ma zanieść; kiedy państwo będą się spieszyli, zawołają, on nie będzie mógł nic znaleźć, straci głowę i moja ciotka, wściekła na niego, spyta cię: „Gdzież on jest?" Kiedy przyjdzie po długim czasie, wszyscy będą się złościć i on nie będzie miał tego, czego chcieli. Za czwartym albo piątym razem możesz być pewien, że odprawią go, zwłaszcza jeżeli będziesz mu brudził różne rzeczy, które powinny być czyste, kiedy się je podaje, i postarasz się robić mnóstwo kawałów tego rodzaju.

Oniemiałem z przerażenia, ponieważ te makiaweliczne i okrutne słowa wypowiadał głos Roberta de Saint-Loup. Uważałem go zawsze za człowieka tak dobrego, tak współczującego nieszczęśliwym, że odnosiłem wrażenie, jak gdyby recytował rolę Szatana; w każdym razie nie mógł tego mówić w swoim własnym imieniu.

– Ale przecież każdy musi jakoś zarabiać na życie – odparł jego rozmówca, w którym teraz rozpoznałem jednego z lokajów księżnej de Guermantes.

– Miej to gdzieś, jeżeli tylko tobie dobrze się powodzi – rzekł tonem pełnym okrucieństwa Saint-Loup. – W dodatku będziesz miał swoje popychadło, któremu przyjemnie jest dawać szkołę. Powinieneś wylewać atrament na jego liberię, kiedy będzie usługiwał na wielkich przyjęciach, nie dawać mu ani chwili spokoju, aż w końcu sam poprosi o zwolnienie. Ja też przyłożę do tego ręki i będę cię wychwalał przed moją ciotką, że potrafisz służyć razem z takim niedołęgą i niechlujem.

Pokazałem się, Saint-Loup podszedł do mnie, ale zaufanie, jakie pokładałem w nim, było zachwiane słowami, które go ukazywały w postaci tak mi dotąd nie znanej. I zadawałem sobie pytanie, czy ktoś, kto mógł odnosić się z podobnym okrucieństwem do takiego biedaka, nie odegrał, wypełniając swą misję u pani Bontemps, roli zdrajcy w stosunku do mnie. Ta refleksja pozwoliła mi przede wszystkim, gdy już wyszedł, nie przyjąć jego niepowodzenia jako dowodu, że moja sprawa była beznadziejna.

Jak długo był u mnie, myślałem jednak o dawnym Saint-Loup i zwłaszcza o przyjacielu, który co tylko złożył wizytę pani Bontemps. Na początku oświadczył mi:
– Twoim zdaniem powinienem był częściej telefonować, ale za każdym razem odpowiadano mi, że jesteś zajęty. – Cierpienie moje stało się nie do wytrzymania, gdy potem rzekł: – Żeby zacząć w miejscu, gdzie cię zostawił mój telegram, dowiedz się, że gdym przeszedł przez coś w rodzaju werandy, wkroczyłem do domu i przebywszy długi korytarz znalazłem się w salonie.

Na dźwięk słów: ,,weranda", ,,korytarz", ,,salon", zanim nawet Robert wymówił je do końca, moje serce zostało wstrząśnięte z większą szybkością, niż gdyby nim targnął prąd elektryczny, albowiem siłą, która w ciągu jednej sekundy potrafi wiele razy okrążyć ziemię nie jest elektryczność, lecz ból. Ileż razy, od nowa delektując się zderzeniem tych słów, powtórzyłem sobie po wyjściu Roberta: ,,Weranda, korytarz, salon." Na werandzie można się schować z przyjaciółką. A w salonie – któż wie, co Albertyna tam robiła pod nieobecność ciotki? Jakże więc? Czyżem sobie wyobrażał, że dom, gdzie Albertyna mieszkała, nie mógł posiadać werandy ani salonu? Nie, ja go sobie w ogóle nie wyobrażałem albo myślałem o nim jak o jakimś miejscu nieokreślonym. Już raz przedtem poczułem ból, gdy się dokonała geograficzna inywidualizacja, miejsca jej pobytu w chwili, kiedym usłyszał, że była w Turenii, a nie w innych, równie prawdopodobnych stronach; te słowa jej odźwiernej naznaczyły w mym sercu niczym na mapie miejsce, w którym, jak się okazywało, miałem cierpieć. Przyzwyczaiwszy się do myśli, że Albertyna przebywała w jakimś domu na terenie Turenii, samego domu jednak nie widziałem; nigdy mi nie przyszły do głowy straszliwe obrazy salonu, werandy, korytarza, będące w tej chwili tuż koło mnie, na siatkówce Roberta de Saint-Loup, który je widział, miejscami, gdzie Albertyna poruszała się, gdzie żyła, miejscami szczególnymi, nie zaś nieskończonością miejsc możliwych, które się już nawzajem unicestwiły. Usłyszawszy słowa: ,,weranda", ,,korytarz", ,,salon" zrozumiałem szaleństwo, jakim było pozostawienie jej przez tydzień w tym przeklętym miejscu, którego istnienie (a nie tylko prawdopodobieństwo) zostało mi właśnie ujawnione. Na domiar nieszczęścia Saint-Loup opowiedział mi jeszcze, że wprowadzony do salonu usłyszał głośny śpiew dochodzący z sąsiedniego pokoju i że to śpiewała ona. Zrozumiałem pełen rozpaczy, że Albertyna, uwolniwszy się wreszcie ode mnie, była szczęśliwa! Odzyskała swobodę. A ja myślałem, że wróci chcąc uprzedzić Annę! Mój ból zmienił się w złość przeciwko Robertowi.

– Mówiłem ci przecie, jak mi zależało na tym, żeby ona nie wiedziała o twojej wizycie!

– Myślisz, że to takie łatwe! Zapewniono mnie, że jej nie ma w domu. Ach, wiem, że nie jesteś ze mnie zadowolony. Twoje telegramy dały mi to wyraźnie do zrozumienia. Nie jesteś jednak sprawiedliwy. Zrobiłem, co mogłem.

Znowu na wolności, poza klatką, przy której siedziałem całymi dniami nie mogąc jej ściągnąć do mego pokoju, odzyskała dla mnie całą swoją wartość, była znowu tą, za którą się uganiał cały świat, cudownym ptakiem z pierwszych dni.

– Ale streszczajmy się. W sprawie pieniędzy sam nie wiem, jak ci to powiedzieć. Miałem do czynienia z kobietą, która wyglądała na tak delikatną, że bałem się ją urazić. Otóż ani nie mrugnęła, kiedym powiedział o pieniądzach. Trochę później oświadczyła nawet, że jest wzruszona widząc, jak dobrze się rozumiemy. A potem znowu wszystko, co mówiła, było takie delikatne, takie wzniosłe, że nie pojmuję, jak mogła powiedzieć o pieniądzach, które jej proponowałem, „tak dobrze się rozumiemy", bo w gruncie moja propozycja była chamska.

– Ale może ona cię nie zrozumiała, może nie usłyszała, może powinieneś był jej powtórzyć, bo to by wszystko załatwiło.

– Dlaczegóż nie miałaby usłyszeć? Mówiłem do niej tak jak do ciebie w tej chwili, a ona nie jest głucha i nie brak jej ani jednej klepki.

– I nie zrobiła na ten temat żadnej uwagi?

– Żadnej.

– Powinieneś był powiedzieć jeszcze raz.

– Po co? Kiedym tam wszedł i zobaczył, jak ona wygląda, pomyślałem, że widocznie się omyliłeś i każesz mi popełnić okropną gafę. Bardzo trudno było jej zaproponować te pieniądze. Uczyniłem to, żeby wykonać twoje polecenie, byłem jednak przekonany, że ona mnie wyrzuci za drzwi.

– Ale nie wyrzuciła. To znaczy, że albo nie usłyszała i należało zacząć od początku, albo mogłeś dalej mówić na ten temat.

– Powiadasz „nie usłyszała", bo jesteś tutaj, ale powtarzam ci, gdybyś był przy naszej rozmowie, przekonałbyś się, że nie było najmniejszego hałasu, powiedziałem jej to wszystko bez ogródek i nie mogła nie zrozumieć.

– Ale czy jest przekonana, że ja wciąż chcę ożenić się z jej siostrzenicą?

– Nie, co do tego, to, szczerze mówiąc, wcale nie wierzy w twoje zamiary matrymonialne. Powiada, że chciałeś rzucić jej siostrzenicę, której sam to zakomunikowałeś. Nie wiem, czy teraz uwierzyła, że zamierzasz się ożenić.

To mnie trochę uspokajało dowodząc mi, żem był mniej upokorzony, a więc bardziej zdolny do wzbudzenia jeszcze uczucia, żem rozporządzał większą swobodą do podjęcia ostatecznych kroków. Mimo wszystko byłem znękany.

– Przykro mi, bo widzę, żeś niekontent.

– Ależ nie, jestem wzruszony, wdzięczny ci za usłużność, tylko myślę, że mogłeś...

– Zrobiłem, co się dało. Kto inny nie wskórałby więcej ani nawet tyle samo. Spróbuj posłać jeszcze kogoś.

– Właśnie, gdybym wiedział, nie byłbym cię wysłał, bo twoja niefortunna wizyta uniemożliwia teraz następną.

Robiłem mu wyrzuty; on naprawdę chciał mi wygodzić, ale się nie udało. Opuszczając jej dom Saint-Loup minął grupkę wchodzących dziewcząt. Często już przypuszczałem, że Albertyna miała w okolicy znajome dziewczęta, lecz dopiero pierwszy raz doznałem z tego powodu uczuć człowieka torturowanego. Najwidoczniej natura wyposażyła nasz umysł w zdolność wytwarzania naturalnej odtrutki neutralizującej przypuszczenia, jakie snujemy bez przerwy i jednocześnie bez ryzyka; nic mnie wszakże nie chroniło przed skutkami owego spotkania Roberta z grupką dziewcząt. Ale czy to nie ja sam usiłowałem wyciągać od wszystkich tego rodzaju informacje na temat Albertyny? Czy to nie ja sam, by zdobyć więcej szczegółów, prosiłem Roberta, którego wzywał pułkownik, żeby za wszelką cenę wstąpił do mnie? Czy nie pragnąłem ich ja sam lub raczej moje zgłodniałe cierpienie, które chciało rosnąć i karmić się nimi? Saint-Loup opowiedział mi też w końcu, że ucieszył się spotkawszy tam choć jedną osobę znajomą, przypominającą mu przeszłość; była to dawna przyjaciółka Racheli, ładna aktoreczka, spędzająca w sąsiedztwie urlop. Jej nazwisko, wystarczyło, abym sobie rzekł: ,,To pewno z nią." I nie trzeba było więcej, abym zobaczył uśmiechniętą i czerwoną z rozkoszy Albertynę w ramionach nie znanej mi kobiety. A w gruncie dlaczegóż by nie miało tak być? Czyż w trakcie naszej znajomości mało myślałem o kobietach? W ów wieczór, gdym po raz pierwszy był u pani de Guermantes, czyż wróciwszy do domu nie myślałem znacznie mniej o księżnej Orianie niż o młodej kobiecie, która według informacji Roberta de Saint-Loup uczęszczała do domów schadzek, i o pokojówce pani Putbus? Czyż nie dla tej ostatniej wróciłem do Balbec? A niedawno miałem ochotę pojechać do Wenecji – czemuż Albertyna nie mogła chcieć pojechać do Turenii? Co prawda zdawałem sobie teraz sprawę, że nie byłbym jej opuścił, nie byłbym się wybrał do Wenecji. Nawet gdym sobie powiadał w głębi duszy: ,,Wkrótce ją porzucę", wiedziałem, iż nigdy się z nią nie rozstanę, tak samo jak nigdy nie wezmę się do pracy ani nie zacznę żyć w sposób higieniczny, to znaczy nie wypełnię żadnego z postanowień, które czyniłem na każdy dzień następny. Bez wątpienia jednak, cokolwiek sobie myślałem, uważałem, że zręczniej będzie kazać jej żyć pod ustawiczną grozą rozstania. I moja pogardy godna zręczność przekonała ją aż nadto. Bądź jak bądź, obecna sytuacja nie mogła trwać dłużej, nie mogłem zostawić Albertyny w Turenii razem z owymi dziewczętami, z ową aktorką; nie mogłem znieść myśli o tym jej życiu, które się wymykało spod mej kontroli. Byłem zdecydowany poczekać, aż odpowie na mój list – jeżeli grzeszyła, to, niestety, trudno, jeden dzień mniej czy więcej nic nie zmieniał (i być może myślałem tak dlatego, że zarzuciwszy zwyczaj liczenia minut, z których każda, o ile dla niej była minutą wolności, mogłaby mnie przyprawić o postradanie zmysłów, moja zazdrość straciła także poczucie czasu). Ale natychmiast po nadejściu jej odpowiedzi, jeżeli nie wróci, chciałem jechać po nią i perswazją lub siłą wyrwać ją z objęć przyjaciółek. I zresztą, czyż nie będzie lepiej, jeżeli udam się tam osobiście, skoro wbrew wszelkim oczekiwaniom stwierdziłem, że Saint-Loup był tak złym człowiekiem? Kto wie, czy on nie zorganizował całego spisku, żeby mnie oddzielić od Albertyny?

Czy dlatego żem się zmienił, czy też dlatego że nie mogłem był wówczas przypuszczać, iż naturalne przyczyny doprowadzą mnie do tak wyjątkowej sytuacji, bardzo bym skłamał, gdybym w tej chwili napisał do niej, tak jak mówiłem przedtem w Paryżu, że pragnąłem, aby jej nie spotkał żaden wypadek. Ach, gdyby się jej wydarzyło coś poważnego, moje życie nie byłoby na zawsze zatrute tą ustawiczną zazdrością i natychmiast odzyskałbym, jeżeli nie szczęście, to przynajmniej spokój, ponieważ cierpienie zostałoby usunięte.

Cierpienie zostałoby usunięte? Czy naprawdę mogłem kiedykolwiek uwierzyć, że śmierć jedynie przekreśla to, co istnieje, a wszystko inne zostawia w poprzednim stanie, że usuwa cierpienie z serca człowieka, dla którego cudze istnienie nie jest już odtąd przyczyną udręk, że wyzwoliwszy to serce od cierpienia nie wprowadza nic na to miejsce? Cierpienie zostałoby usunięte! Przerzucając w gazetach kronikę wypadków żałowałem, że brak mi odwagi, aby wypowiedzieć to samo życzenie co Swann. O ile by Albertyna uległa wypadkowi, gdyby go przeżyła, miałbym pretekst, by się do niej udać, a gdyby w nim zginęła, odzyskałbym swobodę ruchów, jak powiedział Swann. Czy wierzyłem w to? Ten człowiek tak subtelny i przekonany, że dobrze zna siebie, wierzył. Ale jak mało wiemy, co naprawdę nosimy w swoim sercu! Nieco później, gdyby on jeszcze żył, jak łatwo mógłbym go przekonać, że jego życzenie było nie tylko zbrodnicze, ale i bezsensowne, że śmierć tej, którą kochał, nie byłaby go uwolniła od niczego!

Porzuciłem w stosunku do Albertyny wszelką dumę, wysłałem rozpaczliwy telegram prosząc ją, żeby wróciła na jakichkolwiek warunkach, mówiąc, że będzie robiła, co zechce, że nie żądam nic więcej niż móc ją całować przez minutę trzy razy na tydzień, kiedy będzie szła spać. Gdyby mi odpowiedziała: „tylko raz", też bym się zgodził.

Nie wróciła już nigdy. Ledwo wyekspediowałem swój telegram, otrzymałem inny. Pochodził on od pani Bontemps. Świat nie został stworzony dla każdego z nas raz na zawsze. Dochodzą do niego w biegu życia rzeczy, których nie podejrzewaliśmy. Ach, nie przestałem cierpieć po przeczytaniu pierwszych zdań depeszy: „Mój biedny Przyjacielu, nasza Albertyna nie żyje, proszę wybaczyć, że przesyłam tę straszną wiadomość Panu, który ją tak bardzo kochał. Koń podczas przejażdżki rzucił nią o drzewo. Wszystkie nasze wysiłki, żeby ją uratować, okazały się daremne. Czemuż nie umarłam zamiast niej!"

Nie, nie przestałem cierpieć, zjawił się teraz nieznany ból, świadomość, że ona nie wróci. A czyż nie powiadałem sobie tyle razy, że ona chyba nie wróci? Rzeczywiście, tak mówiłem, ale w tej chwili zrozumiałem, żem ani przez chwilę w to nie wierzył. Potrzebowałem jej obecności, jej pocałunków, aby wytrzymać tortury, jakie mi zadawały moje podejrzenia, i dlatego od czasów Balbec przywykłem być zawsze razem z nią. Nawet gdy wychodziła na miasto, gdym zostawał sam, wciąż ją całowałem. Tak samo było, odkąd znalazła się w Turenii. Mniej potrzebowałem jej wierności niż powrotu. I jeżeli czasami mój rozsądek mógł bezkarnie o nim wątpić, to moja wyobraźnia wciąż mi go przedstawiała. Instynktownie przesunąłem dłonią po mej szyi, po mych wargach, które czuły jej pocałunki, gdy wyjechała ode mnie, i które na zawsze już były ich pozbawione; był to ten sam ruch, jakim mama głaskała mnie po śmierci mej babki, powiadając: „Mój biedny mały, twoja babka, która cię tak bardzo kochała, nigdy już cię nie pocałuje." Całe moje przyszłe życie zostało wyrwane z mego serca. Moje przyszłe życie? Czy nie wyobrażałem go sobie niekiedy bez Albertyny? Ależ nie! Czy od dawna nie poświęciłem mu wszystkich chwil, jakie mam przeżyć do samej śmierci? Ależ tak, oczywiście! Nie potrafiłem dostrzec tej przyszłości nieodłącznej od niej, ale teraz, gdy została odłączona, widziałem, ile zajmowała miejsca w mym sercu ziejącym pustką.

Franciszka, która jeszcze o niczym nie wiedziała, zjawiła się w mym pokoju. Zawołałem z wściekłością:

– Co takiego?

I wówczas (bywają słowa, które podsuwają inną rzeczywistość na miejsce tej, co nas otacza, i oszałamiają nas nie mniej niż zawrót głowy) rzekła mi:

– Panicz nie powinien się gniewać. Może być nawet bardzo kontent. Przyszły dwa listy od panny Albertyny.

Później zdałem sobie sprawę, że musiałem wtedy mieć oczy człowieka, którego umysł traci równowagę. Nie było we mnie ani szczęścia, ani niedowierzania. Byłem jak ktoś, kto widzi w swym pokoju na jednym i tym samym miejscu kanapę i grotę. Jako że nic już mu się nie wydaje rzeczywiste, pada na ziemię. Oba listy Albertyny były widocznie napisane wkrótce przed spacerem, który ją kosztował życie. Pierwszy list brzmiał:

,,Drogi Przyjacielu, dziękuję Ci za dowód zaufania, jaki składasz informując mnie o Twym zamiarze sprowadzenia do siebie Anny. Jestem pewna, że ona to przyjmie z radością i że będzie bardzo szczęśliwa. Ma duże zdolności i potrafi skorzystać z towarzystwa takiego człowieka jak Ty i z niezwykłego wpływu, jaki umiesz wywierać na innych. Sądzę, że to był pomysł, który przyniesie jej tyleż korzyści co i Tobie. Gdybyś miał z nią jakikolwiek kłopot (w co nie wierzę), zatelegrafuj, podejmuję się wpłynąć na nią."

Drugi list miał datę o jeden dzień późniejszą. W rzeczywistości musiała napisać oba w krótkich odstępach, może nawet jednocześnie, po czym antydatowała pierwszy. Przez cały czas snułem absurdalne spekulacje na temat jej zamiarów, które polegały tylko na tym, żeby wrócić do mnie, i każdy, kto by nie był tą sprawą zainteresowany, jakiś człowiek bez wyobraźni, dyplomata negocjujący traktat pokojowy, kupiec w obliczu transakcji, lepiej by to zrozumieli niż ja. Ten list zawierał tylko słowa następujące:

,,Czy jest już za późno, żeby wrócić do Ciebie? Jeżeli jeszcze nie napisałeś do Anny, czy zgodziłbyś się wziąć mnie z powrotem? Przyjmę Twoją decyzję, ale błagam Cię, żebyś mi ją zakomunikował niezwłocznie. Domyślasz się, jak niecierpliwie jej czekam. Jeżeli powiesz ,,tak", wyjechałabym najbliższym pociągiem. Twoja całym sercem

Albertyna"

Po to, żeby śmierć Albertyny mogła usunąć moje cierpienia, ów upadek z konia musiałby ją zabić nie tylko w Turenii, ale i we mnie. Tymczasem nigdy nie była bardziej żywa w mej duszy. Aby wejść w nas, druga istota była zmuszona przyjąć odpowiednią formę, dostosować się do aktualnych ram; występując przed nami w szeregu kolejnych momentów, nigdy nie mogła pokazać nam więcej niż jeden swój wygląd na raz, wykonać więcej niż jedną swoją fotografię. Będąc w ten sposób zwyczajną kolekcją różnych momentów zdradza zapewne wielką słabość, ale i wielką siłę – podlega bowiem pamięci, a pamięć pojedynczej chwili nie wie, co się działo później; zarejestrowana przez nią chwila trwa ciągle, żyje ciągle i razem z nią istota, która w niej zostawiła swe odbicie. Ponadto rozproszkowanie tego rodzaju nie tylko przedłuża zmarłej osobie życie, ale ją zwielokrotnia. Aby doznać pociechy, winienem był zapomnieć nie jedną, lecz niezliczone Albertyny. Kiedy już znosiłem utratę pierwszej, musiałem natychmiast zaczynać od początku z drugą, a później ze stoma innymi.

Moje życie uległo wówczas całkowitej przemianie. To, co w dniach, gdym został sam, stanowiło – nie z powodu Albertyny, lecz równolegle do niej – o jego słodyczy, to było wieczne odradzanie się minionych chwil pod wpływem identycznych sytuacji. Dzięki szelestowi deszczu odzyskiwałem zapach bzu w Combray, dzięki ruchowi słońca na balkonie – gołębie z Pól Elizejskich, hałasy tłumione przez poranny upał przywracały mi świeżość czereśni, tęsknota za Bretanią lub Wenecją budziła się pod wpływem szumiącego wiatru albo powrotu Wielkanocy. Zaczynało się lato, dni były długie i gorące. Był to czas, kiedy od wczesnego rana uczniowie i korepetytorzy siedzą pod drzewami w parkach i przygotowują się do ostatnich egzaminów konkursowych licząc na jedyną kroplę świeżości, jaką roni o tej porze niebo mniej rozpalone niż w ogniu pełnego dnia, lecz już teraz jałowo czyste. W ciemni mego pokoju, rozporządzając darem ewokacji tym samym co niegdyś, lecz obecnie sprawiającym mi tylko ból, czułem, że na dworze, w masywnym powietrzu, słońce opuszczało zenit i malowało piony domów, kościołów płowym kolorem. I jeżeli Franciszka wszedłszy do pokoju niechcący poruszyła fałdy stor przy oknach, tłumiłem okrzyk – tak mnie rozdzierał wewnętrznie promień dawnego słońca, w którym oglądałem piękną, nową fasadę kościoła w Bricqueville, kiedy Albertyna rzekła mi: „Jest odrestaurowana." Nie wiedząc, jak Franciszce wytłumaczyć moje westchnienie, rzekłem: „Ach, pić mi się chce!" Zniknęła i po chwili przyszła znowu, ale ja się gwałtownie odwróciłem, boleśnie ugodzony jednym z tysiąca niewidzialnych wspomnień, które co chwila wybuchały w cieniu koło mnie: ujrzałem, że podała mi jabłecznik i czereśnie, ten jabłecznik i te czereśnie, które nam w Balbec przyniósł do powozu chłopiec z fermy, pokarm, pod którego postacią mogłem się niegdyś złączyć w absolutnej komunii z tęczą ciemnych jadalni w gorące dni. Po raz pierwszy pomyślałem wtedy o fermie Écorres i rzekłem sobie, iż w pewne dni podczas pobytu w Balbec, kiedy Albertyna twierdziła, że będzie zajęta, że musi wyjść ze swą ciotką, szła być może w towarzystwie tej czy innej przyjaciółki do fermy, w której ja nie bywałem, i kiedy ja na wszelki wypadek czekałem w „Marii Antoninie", gdzie mi powiedziano: „Dzisiaj nie widzieliśmy jej", ona tam zapewniała przyjaciółkę tymi samymi słowami, jakich używała, gdyśmy wychodzili razem: „Nie przyjdzie mu do głowy, żeby nas tu szukać, więc nie będzie nam przeszkadzał." Poleciłem Franciszce, by zaciągnęła story, gdyż nie chciałem widzieć tego promienia słońca. Przenikał jednak do mej pamięci, wciąż drażniący. „Nie podoba mi się, jest odrestaurowana. Za to pójdziemy sobie jutro do Saint-Martin-le--Vêtu, a pojutrze..." Jutro, pojutrze... to była przyszłość wspólnego życia, które się zaczyna, moje serce wyrywa się ku niemu, ale jego już nie ma, Albertyna nie żyje.

Spytałem Franciszkę, która godzina. Szósta. Nareszcie, chwała Bogu, wyjdziemy z tego dusznego upału, na który dawniej narzekaliśmy oboje z Albertyną, bardzo go mimo to lubiąc. Dzień zbliżał się do końca. Cóż wszakże na tym zyskiwałem? Wstawał chłód wieczorny, zachodziło słońce; w mej pamięci dostrzegałem na końcu drogi, którą wracaliśmy, daleko, za ostatnią wioską, jak gdyby stację niezmiernie odległą, niedostępną tego wieczora, kiedyśmy mieli dotrzeć do Balbec, wciąż we dwoje. Wtedy we dwoje, teraz trzeba się było nagle zatrzymać przed tą samą otchłanią, ona nie żyła. Nie wystarczały już story. Usiłowałem zatkać oczy i uszy mej pamięci, aby nie widzieć tej pomarańczowej smugi zachodu, aby nie słyszeć tych niewidzialnych ptaków, co rozmawiały między sobą ze wszystkich stron owego ja, wówczas tak tkliwie całowanego przez tę, która dziś już nie żyła. Próbowałem uniknąć wrażeń, jakie daje wilgotność liści wieczorem, jazda po drodze na przemian wznoszącej się i opadającej. Ale już byłem opanowany przez te wrażenia, na tyle odciągnięty w przeszłość, aby powstał dość duży dystans, dość długi rozbieg dla mającej mnie od nowa ugodzić myśli, że Albertyna nie żyła. Ach, nigdy już nie pójdę do lasu, nie będę spacerował między drzewami. Czy zresztą wielkie równiny okażą się mniej okrutne dla mnie? Ileż razy idąc po Albertynę, ileż razy wracając razem z nią przechodziłem przez równinę Cricqueville, czasami wśród mgły, kiedy bezkres białych oparów wywoływał w nas złudzenie, że jesteśmy otoczeni ogromnym jeziorem, czasami w pogodę jak kryształ, kiedy światło księżyca dematerializując ziemię, czyniąc ją na odległość dwóch kroków niebem, co za dnia jest możliwe jedynie z bardzo daleka, zamykało pola, lasy i firmament, do którego wszystko się upodobniło, w agacie żyłkowanym samym tylko błękitem!

Franciszka musiała być szczęśliwa z powodu śmierci Albertyny, trzeba jej było jednak oddać tę sprawiedliwość, że na zasadzie swoistego konwenansu i taktu nie udawała zmartwienia. Niemniej wszakże niepisane prawa jej antycznego kodeksu i tradycja średniowiecznej wieśniaczki, płaczącej jak przy recytacji poematów epickich, były silniejsze niż uczucie nienawiści wobec Albertyny i nawet Eulalii. Toteż któregoś z tych dni pod wieczór, kiedym nie dość szybko ukrył me cierpienie, spostrzegła, że płaczę. Pomógł jej w tym instynkt prostej chłopki, pod którego wpływem niegdyś łapała i męczyła zwierzęta, doznawała tylko radości dusząc kurczaki i gotując żywcem homary, a gdy byłem chory, obserwowała – niby rany zadane przez nią sowie – mój niezdrowy wygląd, o którym następnie komunikowała żałobnym tonem zapowiadającym nieszczęście. Ale przepisy wyniesione z Combray nie pozwalały jej lekceważyć łez, zmartwienia – rzeczy, które uważała za równie szkodliwe jak zdejmowanie flanelowej bielizny lub jedzenie bez apetytu.

– Ach nie, paniczu – rzekła mi – nie trzeba tak płakać. To by mogło zaszkodzić.

I chcąc zatrzymać moje łzy, zrobiła taką minę, jakby to była krew lejąca się strumieniami. Na nieszczęście, zachowałem się wtedy zimno, hamując wylew czułości, które miała w pogotowiu i które zresztą byłyby może szczere. Jej stosunek do Albertyny był może taki sam jak do Eulalii; teraz, kiedy moja przyjaciółka nie mogła ciągnąć ze mnie żadnych korzyści, Franciszka przestała ją nienawidzić. Chciała mi jednak uświadomić, że przyłapała mnie na płaczu i że tylko pod wpływem pożałowania godnego zwyczaju mej rodziny „nie dałem poznać po sobie".

– Nie trzeba płakać, paniczu – rzekła tym razem łagodniej i bardziej po to, by mi wykazać swą przenikliwość, niż dla wyrażenia współczucia. Po czym dorzuciła: – Tak się musiało skończyć. Ona była zanadto szczęśliwa, biedactwo. Nie potrafiła zrozumieć swojego szczęścia.

Jakże powolna jest śmierć dnia latem, w te nieskończenie długie popołudnia! Mgliste widmo domu z przeciwka nie przestawało majaczyć na tle nieba akwarelowymi tonami swej upartej białości. Aż w końcu noc wypełniała mieszkanie, potykałem się o meble w przedpokoju, tylko w oszklonych drzwiach na schodach, wśród mroku, który mi się wydawał całkowity, szyba była przezroczysta i niebieska, niebieska jak kwiat, jak skrzydła owada, i uległbym pięknu tej niebieskości, gdybym nie czuł, że była ostatnim odblaskiem, ostrym niby stal, ostatnim ciosem, jaki mi dzień jeszcze zadawał w swym niezmordowanym okrucieństwie.

W końcu jednak nastawała zupełna ciemność, ale wtedy wystarczało mi jednej gwiazdy koło drzewa rosnącego na podwórzu, abym sobie przypomniał nasze wieczorne przejażdżki powozem do lasu Chantepie, wyściełane światłem księżyca. I nawet wśród ulic zdarzało mi się uchwycić, odnaleźć naturalną czystość księżycowego promienia na oparciu ławki, między sztucznymi światłami Paryża, w którym, przenosząc w mej wyobraźni miasto na łono natury, wyczarowywał on razem z nieskończoną ciszą przywołanych w ten sposób pól bolesne wspomnienie spacerów, które tu odbywałem w towarzystwie Albertyny. Ach, kiedyż noc dobiegnie końca! Ale o pierwszym chłodzie brzasku wstrząsał mną dreszcz, bo teraz przypominałem sobie słodycz owego lata, kiedy od Balbec do Incarville i od Incarville do Balbec tyle razy odprowadzaliśmy się nawzajem, aż zaczynało świtać. Miałem już tylko jedną nadzieję na przyszłość – nadzieję bardziej rozdzierającą niż lęk – że zapomnę o Albertynie. Wiedziałem, że kiedyś zapomnę; zapomniałem przecież o Gilbercie, o pani de Guermantes, zapomniałem przecież o mojej babce. Najsprawiedliwsza i najokrutniejsza kara, jaka nam zostaje wymierzona za tak całkowite, spokojne niby cisza cmentarza zapomnienie osób, których już nie kochamy, polega na tym, że to pogrążenie się w niepamięci czujemy jako coś nieuniknionego także dla tych, których jeszcze kochamy. Wiemy co prawda, że jest to stan bezbolesny, stan obojętności. Nie mogąc wszakże uprzytomnić sobie jednocześnie, czym byłem i czym będę, myślałem z rozpaczą o całej owej warstwie pieszczot, pocałunków, przyjaznych słów, która niebawem miała się ode mnie na zawsze oddzielić. Napór wspomnień tak czułych, zatrzymywanych gwałtownie przez myśl, że Albertyna umarła, nękał mnie chaosem sprzecznych refleksów i nie mogłem znieść pozycji nieruchomej; wstawałem więc, ale natychmiast musiałem się zatrzymać, przygwożdżony do ziemi; ten sam blady świt, który widziałem, gdym opuszczał Albertynę, cały jeszcze promienny i gorący od jej pocałunków, wyciągał właśnie przez firanki swoje ostrze, dziś złowrogie, którego zimna, nieubłagana i masywna bladość raniła mnie jak cios nożem.

Wkrótce miały się zacząć hałasy uliczne, pozwalając odczytywać na skali swych brzmień wciąż rosnące stopnie ciepła, wśród którego będą rozbrzmiewały. Ale w tym upalnym powietrzu, które za kilka godzin będzie przesiąknięte zapachem czereśni, odnajdę (niczym w lekarstwie, w którym zastąpienie jednego składnika przez drugi wystarczy, aby środek euforyczny i podniecający działał deprymująco) nie pożądanie kobiet, lecz udrękę wywołaną ucieczką Albertyny. Zresztą wspomnienie wszystkich mych pragnień było tak samo przesycone jej osobą i cierpieniem jak wspomnienie przyjemności. Przedtem wyobrażałem sobie, że podróż do Wenecji razem z nią nie byłaby mi przyjemna (zapewne dlatego, żem niejasno przeczuwał, iż będę potrzebował jej obecności), a teraz, kiedy Albertyna nie żyła, straciłem już ochotę, by tam jechać. Albertyna wydawała mi się przeszkodą stojącą między mną i wszystkimi rzeczami, jakie istnieją, ponieważ zawierała je w sobie i udzielała ich jak z pełnego naczynia. Teraz, kiedy to naczynie zostało rozbite, nie miałem siły sięgnąć po jego zawartość i od wszystkiego, co wchodziło w jej skład, odwracałem się przygnębiony, nie chcąc nic skosztować. W rezultacie zatem pozostawiając mnie samego wcale nie otworzyła mi drogi do możliwych rozkoszy, którą – jak sądziłem – zamykała swoją obecnością. Przedtem zresztą naprawdę utrudniała mi podróżowanie, używanie życia, lecz ta przeszkoda, jak to zawsze się zdarza, tylko zasłaniała inne przeszkody, które teraz, po jej zniknięciu, ukazywały się w całej okazałości. Coś podobnego zdarzyło mi się dawniej, kiedy wizyta jakiejś miłej osoby uniemożliwiała mi pracę i następnego dnia, choć byłem już sam, też nie pracowałem. Gdy choroba, pojedynek, koń, który ponosi, każą nam spojrzeć śmierci w oczy, uświadamiamy sobie całe bogactwo życia, rozkoszy, nieznanych krajów, których mamy być pozbawieni. Ale gdy niebezpieczeństwo minęło, znajdujemy się od nowa w życiu bezbarwnym, nie mającym w sobie nic z tego wszystkiego.

Zapewne, te noce tak krótkie nie trwają długo. I w końcu nadejdzie zima, dzięki czemu przestanę obawiać się wspomnień wspólnych przechadzek, które trwały do świtu wstającego za wcześnie. Ale czy pierwsze przymrozki nie przyniosą mi utrwalonego w lodzie zarodka mych pierwszych pragnień, kiedym kazał szukać jej o północy, kiedy czas tak mi się dłużył aż do chwili, gdy odezwał się jej dzwonek, ten dzwonek, na który teraz mogłem czekać bez skutku przez całą wieczność? Czy mi nie przyniosą zarodka mych pierwszych niepokojów, gdym dwukrotnie miał wrażenie, że ona nie przyjdzie? W owych czasach widywałem ją rzadko, ale nawet okresy upływające między jedną i drugą wizytą, która sprowadzała do mnie Albertynę przybyłą po kilku tygodniach z nieznanych obszarów życia, których nie chciałem posiąść, zapewniały mi spokój, bo w ten sposób moja rodząca się zazdrość, ustawicznie przerywana w swym rozwoju, nie była w stanie skonsolidować się, utworzyć w mym sercu jednolite ciało. Owe przerwy, jakkolwiek wtedy działały uspokajająco, z mojego dzisiejszego punktu widzenia były nabrzmiałe cierpieniem, ponieważ to, czym się ona w tych okresach zajmowała, przestało mi być obojętne i zwłaszcza dlatego, że teraz nie mogłem już spodziewać się jej odwiedzin; a więc styczniowe wieczory, w które ona przychodziła do mnie i które przez to były mi tak miłe, miały odtąd zionąć chłodem ostrego wiatru i nie znanym mi wówczas niepokojem, przynosząc z powrotem – ale teraz jako coś trującego – pierwszy zarodek mej miłości utrwalony pod cienką warstewką ich lodu. I myśląc o nadejściu tej zimnej pory, która od czasów

Gilberty i moich zabaw na Polach Elizejskich zawsze mi się wydawała tak smutna, myśląc, że wrócą wieczory podobne do tamtego, kiedy padał śnieg i ja do późnej nocy na próżno czekałem jej przyjścia – niby chory, co wszystko ujmuje pod kątem swego ciała, swych płuc, najbardziej obawiałem się dla mego smutku, dla mego serca powrotu mrozów i powiadałem sobie, że najtrudniej może będzie przetrwać zimę.

Tak zatem związany ze wszystkimi porami roku, musiałbym, chcąc przekreślić w mej pamięci Albertynę, zapomnieć je wszystkie i uczyć się ich od początku, niczym starzec, który uległ wylewowi krwi i od nowa przyswaja sobie sztukę czytania. Tylko pod warunkiem, że sam umarłbym naprawdę (co jest wszelako niemożliwe), doznałbym pociechy po jej śmierci, powiadałem sobie. Nie zdawałem sobie sprawy, że nasza własna śmierć nie jest niczym niemożliwym ani nadzwyczajnym, dokonuje się bowiem bez naszej wiedzy – do pewnego stopnia wbrew nam – każdego dnia. Czekała mnie wobec tego udręka wywołana powtarzaniem się najrozmaitszych dni, które są umieszczane w porach roku nie tylko przez naturę, lecz także przez okoliczności sztuczne i porządek rzeczy bardziej konwencjonalny. Wkrótce przypadała rocznica mego wyjazdu zeszłego lata do Balbec, gdzie moja miłość, wówczas jeszcze nieodłączna od zazdrości i nie przejmująca się tym, co Albertyna robiła w ciągu dnia, miała przejść wielką ewolucję, zanim przybrała swą definitywną, zupełnie inną postać, tak że ów ostatni rok, w którym zaczął się zmieniać i dobiegł kresu los Albertyny, wydawał mi się pełny, rozmaity, rozległy niczym stulecie. Następnie wypadało mi oczekiwać wspomnień dni późniejszych, ale przeżytych wcześniej, słotnych niedziel, kiedy wszyscy mimo to wychodzili, a ja zostawałem w pustce popołudnia, wśród szumu wiatru i deszczu, jako ,,filozof pod dachem''; z jakim lękiem będę wyglądał godziny, gdy Albertyna, tak nieoczekiwana, zjawiła się u mnie i po raz pierwszy obdarzyła mnie pieszczotami, przerywając sobie na widok Franciszki przynoszącej lampę – w owym czasie podwójnie minionym, kiedy ona była ciekawa mej osoby i moje uczucie dla niej mogło karmić się uzasadnioną nadzieją! I nawet wspaniałe wieczory w porze jeszcze późniejszej, otwierające, niczym kaplice, skąpane w złotym pyle biura i pensjonaty, skąd wychodziły ozdobić ulice owe półboginie, które rozmawiając nie opodal między sobą napełniają nas żądzą przeniknięcia do ich mitologicznej istoty, przypominały mi już tylko czułość Albertyny stojącej koło mnie, wskutek czego nie mogłem zbliżyć się do tych bóstw.

Poza tym do wspomnienia godzin najzwyczajniejszych dołączy się na pewno pejzaż duchowy, który z nich uczyni coś jedynego w swoim rodzaju. Kiedy na początku wiosny, w atmosferze prawie włoskiej, usłyszę róg pasterza kóz, ten sam dzień zmiesza po kolei ze swym światłem niepokój, czy Albertyna spotkała w Trocadéro Leę i dwoje tamtych dziewcząt, a następnie rodzinną, domową i – co mnie wówczas wprawiało w zakłopotanie – niemal małżeńską słodycz osoby, którą mi Franciszka miała przyprowadzić. Telefon Franciszki, przekazujący deklarację posłuszeństwa od Albertyny wracającej razem z nią, wydał mi się wtedy czymś, co mogło wzbudzić moją dumę. Ale to była omyłka. Jeżeli ów telefon upoił mnie, to dlatego żem dzięki niemu poczuł, iż ta, którą kochałem, należała do mnie, żyła dla mnie i nawet na odległość, bez żadnych zabiegów z mojej strony, uważała mnie za swego męża i władcę, wracała na dany jej znak. W ten sposób ta wiadomość telefoniczna była cząsteczką słodyczy przybywającą z daleka, z dzielnicy Trocadéro, gdzie, jakem się o tym przekonywał, biło dla mnie źródło szczęścia, które słało mi uspokajające molekuły, kojące balsamy, napełniało mój umysł takim poczuciem swobody, że nie pozostawało mi nic innego, jak tylko – z absolutnym spokojem oddając się muzyce Wagnera – czekać na przybycie osoby imieniem Albertyna, bez gorączki, bez żadnego niepokoju, co mi nie pozwoliło dostrzec własnego szczęścia. To szczęście na myśl, że wracała, że okazała posłuszeństwo i należała do mnie, miało swą podstawę w miłości, nie w dumie. Byłbym wówczas obojętnie przyjął dowód posłuszeństwa ze strony pięćdziesięciu kobiet wracających na dany przeze mnie znak nie z Trocadéro, lecz z Indii. Mając owego dnia świadomość, że podczas gdy ja grałem w swym pokoju, Albertyna szła ku mnie spełniając moją wolę, wdychałem rozproszoną jak wibrowanie pyłków w słońcu jedną z tych substancji, które, podobne do lekarstw niosących ulgę ciału, działają kojąco na duszę. W pół godziny później Albertyna była w domu, po czym udaliśmy się na spacer; jej przybycie i nasz wspólny spacer wydały mi się nudne, ponieważ jednemu i drugiemu towarzyszyło uczucie pewności, ale właśnie owo uczucie – od chwili gdy Franciszka zatelefonowała, że ją wkrótce przyprowadzi – wlało złoty spokój w godziny, które potem nastąpiły, uczyniło z nich jak gdyby drugi dzień różniący się od pierwszego przez to, że miał zupełnie inną treść duchową, treść czyniącą go dniem oryginalnym, który kroczył za szeregiem znanych mi poprzedników, ale którego nie byłbym sobie wyobraził – podobnie jak nie potrafilibyśmy wyobrazić sobie spokoju letniego dnia, gdyby takie dni nie istniały w serii tych, któreśmy dotąd przeżyli; o dniu tym nie mógłbym twierdzić ż całą pewnością, żem go pamiętał, gdyż obok spokoju istniało w nim teraz cierpienie, którego wówczas nie doznawałem. Ale znacznie później, kiedym przebył w odwrotnym kierunku czas poprzedzający tę moją ogromną miłość do Albertyny, kiedy moje zabliźnione serce mogło bez bólu rozstać się z mą nieżyjącą przyjaciółką, wtedy, gdym wreszcie mógł spokojnie wspominać dzień, w którym Albertyna poszła z Franciszką po sprawunki zamiast zostać w Trocadéro, z przyjemnością myślałem o tym dniu należącym do nie znanej mi poprzednio duchowej pory roku; mogłem go wreszcie przypominać sobie dokładnie i nie dodawać do niego uczuć bolesnych, a nawet przeciwnie – tak jak wspominamy pewne dni letnie, które były dla nas nadto gorące, gdyśmy je bezpośrednio przeżywali, a których istotę wolną od przymieszek wydobywamy dopiero później, w postaci czystego złota i niezniszczalnego błękitu.

W ten sposób tych kilka lat nakładało na wspomnienie Albertyny, które je czyniło tak bolesnymi, nie tylko różne barwy, odrębne właściwości, popiół pór roku czy godzin, od delikatnych popołudni czerwcowych do zimowych wieczorów, od poświaty księżycowej na morzu do świtu rozjaśniającego drogę powrotną, od śniegu w Paryżu do zwiędłych liści w Saint-Cloud, lecz także refleksy wyobrażeń, jakie kolejno miałem na temat Albertyny, jej wyglądu zewnętrznego w każdej z owych chwil, mniejszej lub większej częstotliwości naszych spotkań w danym okresie, który w związku z tym wydawał się bardziej rozproszony albo bardziej gęsty, niepokoju, jaki we mnie budziło oczekiwanie, uroku, jaki w pewnym momencie wywarłem na nią, nadziei, które się rodziły i umierały; wszystko to wpływało na charakter mego retrospektywnego smutku w tym samym stopniu co towarzyszące mu wrażenie światła i zapachu i uzupełniało wszystkie lata słoneczne, które przeżyłem i które już przez swoje własne wiosny, jesienie i zimy były tak smutne z powodu nierozłącznego wspomnienia o niej; każdy rok podwajał się o coś w rodzaju roku uczuciowego, w którym godziny były określone nie przez pozycję słońca, lecz przez oczekiwanie na jej przyjście, gdzie długość dni i wahania temperatury były mierzone prężnością mojej nadziei, postępami naszej przyjaźni, stopniowym przekształcaniem się twarzy Albertyny, odbywanymi przez nią podróżami, ilością i stylem listów, które wtedy do mnie pisała, mniejszym lub większym pośpiechem, jaki okazywała po powrocie, aby zobaczyć się ze mną. Te zmiany czasu, te różne dni uprzytamniały mi za każdym razem inną Albertynę, ale osiągały to nie tylko przez ewokowanie momentów podobnych. Czytelnik pamięta, że zawsze, nim nawet zacząłem kochać, każda z nich czyniła mnie innym człowiekiem, który miał inne pragnienia, ponieważ inaczej postrzegał, i po nocy wypełnionej majakami o burzach i skalistych wybrzeżach, jeżeli tylko wiosenny świt, korzystając ze szczelin w rozluźnionej palisadzie zamykającej jego lekki już sen, tchnął w jedną z tych szpar zapachem róży, budził się na wyjezdnym do Włoch. I czy nawet w czasie miłości zmienny stan mej wewnętrznej atmosfery, różnice ciśnienia występujące w mych sądach nie zmniejszały siły wzroku mego uczucia, kiedy indziej zaś wzmacniały ją nieskończenie, innego dnia upiększały mą miłość uśmiechem, jeszcze innego nadawały jej gwałtowność burzy? Istniejemy tylko przez to, co posiadamy, a posiadamy tylko to, co rzeczywiście mamy przed sobą; jak wiele zatem naszych wspomnień, nastrojów, myśli opuszcza nas udając się w daleką podróż, gdy je tracimy z oczu! Nie możemy ich wówczas wliczać do sumy stanowiącej nasze istnienie. Mają one wszelako tajemne drogi, którymi do nas wracają. W niektóre wieczory zasypiałem prawie już nie żałując Albertyny – uczucie żalu jest możliwe jedynie w stosunku do tego, co sobie przypominamy – i budząc się spostrzegałem całą flotę wspomnień pływającą w mojej całkiem jasnej świadomości, doskonale widoczną. I wtedy zaczynałem płakać widząc tak wyraźnie to, co jeszcze poprzedniego dnia było dla mnie pogrążone w nicości. Imię Albertyny, jej śmierć zmieniły znaczenie; jej zdrady nagle odzyskały całą swą wagę.

Jakże mogłem uwierzyć w jej śmierć, skoro myśląc teraz o niej miałem do dyspozycji te same obrazy, które widywałem za jej życia? Zjawiała się szybka i pochylona nad swym rowerem, jak w owe deszczowe dni, kiedy pędziła przed siebie na tym mitologicznym kole, lub dla odmiany jak w owe wieczory, kiedyśmy brali szampana do lasu w Chantepie, z głosem o intonacjach prowokacyjnych, zmienionym, z tą gorącą bladością zaróżowioną tylko na kościach policzkowych, którą, nie widząc dobrze w mroku powozu, przybliżałem do światła księżycowego, a teraz na próżno usiłowałem sobie przypomnieć, zobaczyć jeszcze raz w ciemnościch nie mających się nigdy skończyć. W rezultacie więc powinienem był unicestwić w sobie nie jedną Albertynę, lecz nieskończoną ich liczbę. Każda była przywiązana do jakiegoś momentu, pod którego datą odnajdowałem się, gdym tylko ujrzał odnośną Albertynę. Te momenty przeszłości nie są nieruchome; kontynuują w naszej pamięci ruch, który je niósł w przyszłość – w przyszłość będącą już obecnie przeszłością – pociągając za sobą nas także. Nigdy nie pieściłem Albertyny z dni deszczowych, ubranej w płaszcz nieprzemakalny. Chciałem ją prosić, żeby zdjęła ten pancerz; poznałbym wtedy miłość obozową, braterstwo podróży. Ale to było niemożliwe, ona nie żyła. Zawsze też – powodowany obawą, by jej nie zdemoralizować – udawałem, że nie rozumiem pewnych przyjemności, które mi czasem proponowała i których prawdopodobnie od kogo innego nie byłaby chciała. Teraz pożądałem ich z nieprzytomną natarczywością. Nie zaznałbym ich już u żadnej kobiety, a za tą, która by mnie potrafiła nimi obdarzyć, mógłbym obejść bez skutku cały świat, bo Albertyna nie żyła. Zdawało się, żem powinien był wybrać między dwoma faktami, zadecydować, który był prawdziwy, tak dalece jeden z nich, śmierć Albertyny – przybyła do mnie z nie znanej mi rzeczywistości, z jej życia w Turenii – był sprzeczny w stosunku do mych myśli o niej, do mych pragnień, tęsknot, do mego roztkliwienia, mego gniewu, mej zazdrości. Tak wielkie bogactwo wspomnień zaczerpniętych z repertuaru jej życia, tak ogromny nawał uczuć przywołujących, tworzących jej życie zdawał się wykluczać możli-

76

wość, że Albertyna nie żyła. Był to istotnie nawał, gdyż moja pamięć zachowała swą dawną czułość w całej jej rozmaitości. Nie tylko Albertyna była szeregiem momentów, ja również. Moja miłość dla niej nie była prosta: do ciekawości obudzonej przez nieznane przyłączyło się zmysłowe pożądanie i do uczucia o słodyczy niemal rodzinnej na przemian obojętność i wściekła zazdrość. Nie byłem jednym człowiekiem, lecz defiladą różnorodnej armii, w której znajdowali się mężczyźni głęboko zakochani, obojętni, zazdrośni – wśród tych ostatnich żaden nie był zazdrosny o tę samą kobietę. I prawdopodobnie to właśnie miało mi któregoś dnia przynieść uzdrowienie, którego nie pragnąłem. Składniki tłumu mogą jeden po drugim, niepostrzeżenie, być zastąpione przez inne, a te z kolei wyeliminowane przez następne, tak że w końcu dokonuje się przemiana nie do pomyślenia, gdybyśmy byli istotą jednorodną. Złożoność mej miłości, mej osoby mnożyła, urozmaicała moje cierpienia. Ale wszystkie je można było zawsze umieścić w dwóch grupach, których rytm stanowił całe życie mej miłości do Albertyny, na przemian opanowywanej przez zaufanie i zazdrosną podejrzliwość.

Jeżeli z trudem mogłem sobie wyobrazić, że Albertyna, tak żywa w mej duszy (podwójnie opancerzonej teraźniejszością i przeszłością), była zarazem martwa, to być może istniała też sprzeczność w tym, że różne jej występki, do których moja przyjaciółka – pozbawiona już ciała, niegdyś rozkoszującego się nimi, i duszy, niegdyś ich pożądającej – nie była obecnie zdolna i za które przestała być odpowiedzialna, zadawały mi tak wielkie cierpienie; które bym błogosławił, gdybym je mógł traktować jako dowód duchowej rzeczywistości osoby nie istniejącej materialnie, a nie odblask – mający niebawem też zgasnąć – wrażeń, jakich mi kiedyś udzieliła. Kobieta nie będąca w stanie doznawać przyjemności z innymi nie powinna była budzić mej zazdrości, ale pod warunkiem, że moje uczucie dla niej znalazłoby ujście. To zaś było niemożliwe, skoro spotykało swój przedmiot, Albertynę, jedynie we wspomnieniach, gdzie ona jeszcze żyła. Ponieważ wystarczyło mi pomyśleć o niej, aby ją wskrzesić, jej zdrady nigdy nie były czynami osoby zmarłej, chwila bowiem, w której były popełnione, znowu stawała się aktualna, i to nie tylko w stosunku do Albertyny, lecz i dla tego spośród moich ja, które było właśnie przywołane, żeby ją kontemplować. Wskutek tego żaden anachronizm nie był w stanie rozłączyć tej pary, w której obok alarmującej wiadomości natychmiast zjawiał się zazdrośnik, godny pożałowania i zawsze współczesny. Przez ostatnie miesiące trzymałem ją zamkniętą w moim mieszkaniu. Ale teraz, w mej wyobraźni, Albertyna była wolna; źle używała swej wolności, prostytuowała się na lewo i na prawo. Dawniej ustawicznie myślałem o niepewnej przyszłości, jaka nas czekała; starałem się w niej czytać. Obecnie to, co stało przede mną jako drugi egzemplarz przyszłości (równie absorbujący jak oryginalna przyszłość, jako że tak samo niepewny, tak samo trudny do rozszyfrowania, tak samo tajemniczy i jeszcze bardziej okrutny przez to, że w tym wypadku nie miałem możliwości ani choćby złudnej nadziei, że będę mógł wpłynąć nań tak, jak się wpływa na przyszłość; okrutniejszy i z tego jeszcze powodu, że miał się rozwijać przez cały czas mego życia i bez towarzyszki kojącej cierpienia, które wywoływała), nie było przyszłością Albertyny, lecz jej przeszłością. Jej przeszłością? Źle to nazwałem, skoro dla zazdrości nie istnieje ani przeszłość, ani przyszłość, a wszystko, co widzi jej wyobraźnia, jest zawsze teraźniejszością.

Zmiany atmosfery modyfikują także wnętrze człowieka, budzą różne zapomniane ja, otrząsają nas z drętwoty nawyków, dodają siły pewnym wspomnieniom, pewnym cierpieniom. O ileż bardziej dotyczyło to mnie o tej porze, która mi przypominała czasy w Balbec, kiedy na przykład Albertyna, tuż przed mającym spaść deszczem, wychodziła nie wiadomo po co na długie spacery w swoim nieprzemakalnym płaszczu, obcisłym jak trykoty. Gdyby żyła, na pewno urządziłaby dzisiaj, w pogodę tak podobną, jakąś wycieczkę tego rodzaju do Turenii. Ponieważ nie była już w stanie tego zrobić, mogłem się nie obawiać cierpienia z powodu owej myśli, ale niczym u ludzi, których poddano amputacji, najmniejsza zmiana pogody odnawiała we mnie bóle nie istniejącej części mej osoby.

Nagle wyskoczyło wspomnienie, któregom od bardzo dawna nie przeżywał, było bowiem rozpuszczone w płynnej i niewidzialnej masie mej pamięci, która się teraz krystalizowała. Otóż przed kilku laty, gdy była mowa o jej peniuarze używanym do natrysków, Albertyna zaczerwieniła się. Nie byłem wtedy o nią zazdrosny. Ale później usiłowałem wybadać, czy pamiętała ową rozmowę i czy mogła mi powiedzieć, dlaczego się zaczerwieniła. Interesowało mnie to tym bardziej, że, jak słyszałem, obie przyjaciółki Lei chodziły do zakładu kąpielowego przy hotelu podobno nie tylko w tym celu, by brać natryski. W obawie jednak przed gniewem Albertyny czy też w oczekiwaniu na sposobniejszy moment wciąż odkładałem tę sprawę, a w końcu przestałem o niej myśleć. I nagle, w jakiś czas po śmierci Albertyny, dostrzegłem owo wspomnienie, otoczone irytującą i uroczystą aureolą zagadek na zawsze już nie rozwiązanych wskutek zgonu jedynej istoty, która by mogła rzecz wyjaśnić. A może mógłbym się przynajmniej dowiedzieć, czy Albertyna nie robiła w tym zakładzie kąpielowym nic złego albo czy chociaż nie zachowywała się podejrzanie? Wysyłając kogoś do Balbec mógłbym może to ustalić. Za jej życia na pewno niczego bym się nie dowiedział. Ale języki dziwnie się rozwiązują i z łatwością opowiadają o złych uczynkach, gdy przestaje działać obawa przed gniewem winowajcy. Ponieważ wyobraźnia zachowała swój pierwotny upraszczający charakter (gdyż nie przeszła przez niezliczone przekształcenia, jakich doznały prymitywne modele wynalazków ludzkich, dziś w swej udoskonalonej postaci niemożliwe do rozpoznania, czy to będzie barometr, czy balon lub telefon itp.) i pozwala nam widzieć naraz bardzo niewiele, owo wspomnienie zakładu natryskowego wypełniło całe pole mego wewnętrznego widzenia.

Niekiedy natykałem się w ciemnych ulicach snu na jeden z tych dręczących majaków, które nie są nadto uciążliwe, po pierwsze dlatego, że smutek przez nie wywołany nie trwa dużo dłużej niż godzinę po przebudzeniu, jak złe samopoczucie spowodowane niewygodną pozycją w czasie spania; a także z innej przyczyny, gdyż zjawiają się bardzo rzadko, zaledwie co dwa lub trzy lata. W dodatku nie mamy pewności, czyśmy je rzeczywiście kiedyś spotykali, czy też wyglądają one znajomo wskutek złudzenia, podziału (bo rozdwojenie w tym wypadku nie byłoby słowem wystarczającym).

Naturalnie, skoro miałem wątpliwości co do życia, co do śmierci Albertyny, dawno już powinienem był zorganizować odpowiednie poszukiwania. Ale to samo zmęczenie, to samo tchórzostwo, które kazało mi się cofać w obecności Albertyny, nie pozwalało mi nic przedsięwziąć teraz, kiedym już jej nie widział. Mimo wszystko ze słabości ciągnącej się latami wytryska czasem promień energii. Można by sądzić, że Albertyna przez całe swe życie nic innego nie robiła.[1] Zastanawiałem się, kogo bym mógł wysłać dla zbadania sprawy na miejscu, w Balbec. Dobrym kandydatem wydał mi się Aimé. Nie tylko znakomicie znał teren, lecz należał do prostych ludzi dbających o swój interes, lojalnych wobec chlebodawcy i obojętnych na wszelką moralność, o których (ponieważ dobrze ich opłacając możemy być pewni, że będą tak samo niezdolni do niedyskrecji, niedbalstwa lub nieuczciwości, jak pozbawieni wszelkich skrupułów) zazwyczaj mówimy: ,,To chodząca uczciwość." Możemy mieć do nich całkowite zaufanie. Gdy Aimé wyjechał, pomyślałem sobie, jakby to było dobrze, gdybym zamiast go tam wysyłać po zbieranie wiadomości mógł teraz wypytać o wszystko Albertynę. I w tejże chwili myśl o pytaniach, które chciałbym jej zadać, które jak gdybym już zadawał, przywołała ku mnie Albertynę nie wskutek wskrzeszającego z martwych wysiłku, lecz jakby przypadkowego zbiegu okoliczności, niczym na owych ,,nie upozowanych", migawkowych zdjęciach, gdzie sfotografowana postać zawsze wygląda bardziej naturalnie – i natychmiast poczułem, że to niemożliwe; ujrzałem z nie znanej mi dotąd strony myśl, że wśród żyjących nie było Albertyny, Albertyny, co budziła we mnie czułość, jaką mamy dla istot dalekich, nie korygujących swą obecnością upiększonego ich obrazu, a jednocześnie dawała mi smutną świadomość, że ta nieobecność będzie wieczna i że biedna mała nigdy nie zazna słodyczy życia. I w mgnieniu oka przeszedłem od tortur zazdrości do rozpaczy osamotnienia.

Zamiast jadowitych podejrzeń moje serce było teraz wypełnione rozrzewnieniem i wspomnieniem ufnej tkliwości godzin spędzonych w towarzystwie siostry, którą rzeczywiście utraciłem przez jej śmierć, gdyż mój smutek odnosił się nie do tego, czym Albertyna dla mnie była, lecz do wyobrażenia o niej, jakie mi stopniowo wmówiło moje serce, pragnące zaznać najogólniejszych uczuć miłości; zdałem sobie wtedy sprawę, że dotychczasowe życie, tak nudne (jak mi się zdawało), było, wprost przeciwnie,

---

[1] Rozszerzając tekst Proust zapomniał zostawić to zdanie na jego właściwym miejscu, jak w pierwszej wersji rękopisu – tuż po słowach ,,mego wewnętrznego widzenia". (Przyp. tłum.)

rozkoszne; najkrótsze chwile wspólnych z nią rozmów, choćby na całkiem błahe tematy, miały nowy, teraz odkrywający się urok, który przedtem był dla mnie, co prawda, niedostrzegalny, lecz już wówczas kazał mi uparcie poszukiwać tych właśnie momentów i obojętnie traktować wszystkie inne; najmniejsze wydarzenia, które sobie przypominałem, jakiś jej ruch, gdyśmy jechali obok siebie powozem albo kiedy siadała naprzeciwko mnie przy stole w swoim pokoju, wszystko budziło falę tkliwości i smutku w mej duszy, powoli rozchodzącą się w niej coraz szerzej.

Pokój, gdzieśmy jadali obiad, nie był ładny; chwaliłem go przed Albertyną tylko po to, by moja przyjaciółka była kontenta, że w nim spędza czas. Teraz firanki, krzesła, książki znajdujące się w nim przestały mi być obojętne. Nie tylko sztuka dodaje piękna i tajemniczości rzeczom najbardziej banalnym; tę samą władzę łączenia ich z nami intymnym stosunkiem posiada cierpienie. Wtedy kiedy to się działo, po powrocie z Lasku, nim się wybrałem do Verdurinów, nie zwróciłem wcale uwagi na obiad, który zjedliśmy razem, a obecnie na jego piękno, na jego poważną słodycz patrzałem oczami pełnymi łez. Uczucie miłości jest niewspółmierne z innymi uczuciami, ale gdy się wśród nich zagubi, nie możemy go sobie uświadomić. Nigdy z dołu, w tumulcie ulicznym i w tłoku otaczających domów, lecz tylko z pewnej odległości, znajdując się na stoku sąsiedniego wzgórza, dość daleko, aby całe miasto zniknęło albo przywarło do powierzchni ziemi niewyraźną plamą, zdołamy w skupieniu samotności i wieczoru zmierzyć wysokość katedry, jedyną, niezniszczalną i czystą. Starałem się uchwycić przez łzy obraz Albertyny myśląc o wszystkich poważnych i słusznych rzeczach, które mówiła owego wieczora.

Pewnego ranka miałem wrażenie, że widzę podłużny kształt spowitego mgłą wzgórza, że czuję ciepło filiżanki czekolady, podczas gdy moje serce ściskało się boleśnie na wspomnienie popołudnia, kiedy Albertyna przyszła do mnie z pierwszą wizytą i kiedym ją po raz pierwszy pocałował – to dlatego że usłyszałem czkający dźwięk w centralnym ogrzewaniu, pod którego kotłem zaczęto właśnie palić. Gniewnie odrzuciłem zaproszenie od pani Verdurin podane mi przez Franciszkę. Z jakąż siłą uczucie, które miałem będąc pierwszy raz na obiedzie w La Raspelière, uczucie, że śmierć nie wszystkich zabiera w tym samym wieku, narzucało mi się w tej chwili, kiedy Albertyna, taka młoda, już nie żyła, gdy Brichot nadal bywał na obiadach u pani Verdurin, która wciąż przyjmowała i zapewne przez wiele jeszcze lat będzie przyjmowała! Nazwisko Brichota od razu przypomniało mi koniec owego wieczora, gdy odprowadzony przez niego ujrzałem z dołu lampę zapaloną u Albertyny. Myślałem o tym już parę razy, ale nigdy nie wracałem do tego wspomnienia od tej samej strony. Nasze wspomnienia stanowią bowiem naszą własność, ale tak jak owe nieruchomości mające ukryte, często nam nie znane furtki, które otwiera przed nami jakiś sąsiad, i w ten sposób raz przynajmniej wracamy do siebie drogą, której nigdyśmy jeszcze nie używali. Myśląc z kolei o pustce czekającej mnie w domu i o tym, że już nie zobaczę z ulicy pokoju Albertyny, gdzie światło zgasło na zawsze, zrozumiałem, że tamtego wieczora, kiedym pożegnał Brichota i czuł nudę oraz żal, iż nie mogę pójść na spacer i poszukać sobie miłości gdzie indziej, bardzo się myliłem i że przyczyną mej omyłki był jedynie fakt, że posiadanie skarbu, którego blask dosięgał mnie aż na ulicy, wydawało mi się całkowicie pewne, że zaniedbałem obliczyć jego wartość i wskutek tego musiał on być w moich oczach mniej atrakcyjny niż przyjemności drobne wprawdzie, lecz nabierające dla mnie ceny w miarę jak usiłowałem wyobrazić je sobie. Zrozumiałem, że moje życie w Paryżu, w mym domu będącym również jej domem, było realizacją głębokiego spokoju, o którym marzyłem i który uważałem za nieosiągalny owego wieczora, kiedy ona spała pod jednym dachem ze mną w ,,Grand Hotelu" w Balbec.

Byłbym niepocieszony, gdyby nie miała miejsca nasza rozmowa podczas powrotu z Lasku przed owym ostatnim wieczorem u Verdurinów, rozmowa, która do pewnego stopnia wprowadziła Albertynę w życie moich myśli i częściowo nas zjednoczyła. Nie ulega wątpliwości, że jeżeli tak tkliwie myślałem o jej inteligencji, o jej dobroci dla mnie, to nie dlatego że były one większe niż u innych znanych mi osób. Pani de Cambremer powiedziała mi przecież w Balbec: ,,Jak to? Mógłby pan spędzać całe dnie z Elstirem, który jest człowiekiem genialnym, a poświęca je pan swojej kuzynce!" Inteligencja Albertyny podobała mi się, gdyż drogą skojarzeń budziła we mnie to, co nazywamy uczuciem słodyczy, kiedy mówimy o słodyczy jakiegoś owocu, aby nazwać smak istniejący tylko na naszym podniebieniu. Toteż gdym myślał o inteligencji Albertyny, moje wargi wysuwały się do przodu smakując wspomnienie, które było dla mnie o tyle cenniejsze, że jego materialny odpowiednik znajdował się na zewnątrz, miał wyższość istnienia obiektywnego. Na pewno znałem osoby bardziej inteligentne. Ale nieskończoność czy też może egoizm miłości sprawia, że osoby przez nas kochane są tymi, których fizjognomię intelektualną i moralną określamy w sposób najmniej obiektywny; bez przerwy, stosownie do naszych pragnień i obaw, dokonujemy w nich retuszów, nie oddzielamy się od nich, gdyż są one jedynie ogromnym i nieokreślonym miejscem, gdzie się uzewnętrznia nasza czułość. Nasze własne ciało, w którym pulsuje tyle udręk i rozkoszy, nie jest dla nas uchwytne tak wyraźnie jak sylwetka drzewa, domu lub przechodnia. I może źle zrobiłem, żem nie usiłował głębiej poznać Albertynę w niej samej. Zastanawiając się nad jej urokiem, przez długi czas brałem pod uwagę tylko różne pozycje, jakie zajmowała w mej pamięci na przestrzeni lat, i byłem zdziwiony, stwierdzając, że samorzutnie wzbogaciła się o modyfikacje, które zawdzięczała nie tylko różnicom perspektywy – tak samo powinienem był badać jej charakter traktując ją niby istotę obcą mi, bo wtedy może bym wyjaśnił, czemu z takim uporem strzegła swej tajemnicy, i położyłbym kres jej dziwnej zaciekłości w milczeniu oraz moim nieustającym podejrzeniom, uniemożliwiając przedłużanie się konfliktu, który w końcu doprowadził do jej śmierci. W takich chwilach czułem wielką litość dla niej i wstyd, że ją przeżyłem. Sądziłem mianowicie, gdy mój ból był najmniej dotkliwy, że w pewien sposób korzystałem z jej śmierci, albowiem kobieta jest bardziej pożyteczna dla naszego życia, gdy stanowi w nim nie element szczęścia, lecz narzędzie smutku, i posiadanie jej nigdy nie jest tak cenne jak prawdy, które ona przed nami odsłania każąc nam cierpieć. Porównując śmierć mojej babki i śmierć Albertyny odnosiłem wtedy wrażenie, że moje życie zostało splamione podwójnym morderstwem, wybaczonym mi przez świat tylko wskutek jego podłości. Pragnąłem od niej zrozumienia, wniknięcia w mą duszę, sądząc, że szło mi o zrozumienie, wnikliwość, chociaż dużo łatwiej mogłem to znaleźć u innych. Potrzebujemy zrozumienia dlatego, że chcemy być kochani, a kochani chcemy być dlatego, że kochamy. Zrozumienie, jakie spotykamy u innych, jest nam obojętne, a ich miłość nieznośna. Radość, jaką mi dawało częściowe posiadanie inteligencji Albertyny i jej serca, nie wypływała z ich istotnej wartości, lecz z faktu, że w ten sposób posunąłem się naprzód na drodze do całkowitego jej posiadania, co było moim celem i moją chimerą od pierwszego dnia, kiedym ją ujrzał. Gdy powiadamy, że jakaś kobieta jest „miła", dokonujemy zapewne tylko uzewnętrznienia przyjemności, jaką nam sprawił jej widok; podobnie zachowują się dzieci mówiące: „Moje kochane łóżeczko, moja kochana poduszeczka, moje kochane kwiatki tarniny." Tym się zresztą tłumaczy, że mężczyźni nigdy nie mówią o kobiecie, która jest im wierna: „Ona jest taka miła", natomiast tak często wyrażają się w ten sposób o kobietach, które ich zdradzają.

Pani de Cambremer miała rację twierdząc, że intelektualny urok Elstira był większy. Ale pod względem uroku nie możemy oceniać w jednakowy sposób osoby znajdującej się, jak wszystkie inne, na zewnątrz nas, na horyzoncie naszej myśli, a z drugiej strony istoty, która wskutek spowodowanego pewnymi wydarzeniami, lecz uporczywie trwającego błędu lokalizacji, znalazła się wewnątrz naszego ciała i tak w nie wrosła, że wystarczy, gdy ktoś nas spyta, czy ona kiedyś, w korytarzu nadmorskiej kolejki, spojrzała na jakąś kobietę, i to pytanie sprawia nam taki sam ból jak chirurg, który by szukał kuli w naszym sercu. Najzwyczajniejszy rogalik, ale rogalik, który sami jemy, sprawia nam więcej przyjemności niż wszystkie ortolany, króliki, kuropatwy podawane Ludwikowi XVI, i źdźbło trawy drżące w powietrzu o kilka centymetrów od naszych oczu, gdy leżymy na ziemi w górach, może nam zasłonić zawrotnie wysoki szczyt, jeżeli nas dzieli od niego kilka mil.

Zresztą nasz błąd nie na tym polega, że cenimy inteligencję, miłe usposobienie kobiety, którą kochamy, i to nawet wówczas, gdy te zalety występują u niej w bardzo słabym stopniu. Błądzimy reagując obojętnością na miłe usposobienie, inteligencję innych ludzi. Kłamstwo tylko wtedy nas oburza jak zwykle i dobroć budzi w naszym sercu wdzięczność tylko pod warunkiem, że jedno i drugie pochodzi od ukochanej kobiety; pożądanie fizyczne ma cudowną siłę, która przywraca cenę inteligencji oraz trwałe podstawy moralności. Nigdy już nie miałem odnaleźć tej boskiej rzeczy: istoty, z którą mogłem rozmawiać o wszystkim, której mogłem się zwierzać. Zwierzać się? Czyż inne osoby nie okazywały mi więcej zaufania niż Albertyna? Czyż z innymi nie prowadziłem rozmów bardziej wyczerpujących? Z pewnością, ale zaufanie, rozmowy, jako rzeczy same przez się nieważne, mogą być bardziej lub mniej niedoskonałe, o ile tylko przyłącza się do nich miłość, jedyna rzecz boska. Widziałem znowu Albertynę siadającą przy swej pianoli, różową pod czernią włosów. Na mych wargach, które chciała rozsunąć, czułem jej język, jej język macierzyński, niejadalny, niosący mi pokarm i święty, którego tajemny płomień i ukryta rosa sprawiały, że nawet gdy dotykała nim tylko mej szyi, mego brzucha, te pieszczoty powierzchowne, lecz wychodzące w pewien sposób ze środka jej ciała, uzewnętrznione niby materiał pokazujący swą podszewkę, przybierały także przy dotknięciach całkiem lekkich jak gdyby tajemniczą słodycz przenikania do głębi.

Nie mogę wszelako powiedzieć, żem czuł rozpacz wobec utraty wszystkich owych chwil, tak słodkich, których nic już nie było w stanie mi oddać. Aby doznać rozpaczy mając przed sobą życie, którego dalszy ciąg nie może być inny niż nieszczęśliwy, musimy mieć przynajmniej uczucie, że jesteśmy z tym życiem związani. Byłem zrozpaczony w Balbec, gdym widział, jak wstaje dzień, i zdawał sobie sprawę, iż ani ten, ani żaden następny nie będzie dla mnie szczęśliwy. Pozostałem egoistą w tym samym stopniu, ale ja, do którego byłem obecnie przywiązany, ja stanowiące żywą rezerwę, która rządzi instynktem samozachowawczym, nie znajdowało się już w życiu; gdym myślał o mej sile, o mej życiowej energii, o tym, co miałem najlepszego, myślałem o pewnym skarbie, który posiadałem (na własność wyłączną, ponieważ inni ludzie nie mogli znać dokładnie uczucia, głęboko we mnie ukrytego, jakim go darzyłem) i którego nikt nie mógł mi odebrać, jako że już go nie posiadałem. Patrząc na Albertynę wargami i umieszczając go w swym sercu popełniłem nie tylko nieostrożność, żem kultywował ten skarb w mej duszy, i nie tylko tę drugą nieostrożność, polegającą na łączeniu zażyłości rodzinnej z rozkoszą zmysłową. Ponadto usiłowałem wmówić w siebie, że łączące nas stosunki były miłością, że praktykowaliśmy stosunki zwane miłością, gdyż ona posłusznie zwracała mi pocałunki, które jej dawałem. I ponieważ przyzwyczaiłem się wierzyć w to, straciłem nie tylko kobietę, którą kochałem, lecz także kobietę, która mnie kochała, siostrę, dziecko, tkliwą kochankę. Moim udziałem stało się więc szczęście i nieszczęście, jakich Swann nie zaznał, bo przez cały czas swej miłości do Odety, kiedy był o nią tak zazdrosny, prawie jej nie widywał i bywał u niej bardzo rzadko, tylko w niektóre dni, gdy odwoływała wizyty. Później wszelako miał ją dla siebie, jako swą żonę, i to tak długo, jak żył. Ja natomiast w okresie zazdrości o Albertynę byłem bardziej szczęśliwy niż on, gdyż żyłem z nią wtedy pod jednym dachem. Doświadczyłem wówczas w rzeczywistości tego, co dla Swanna było tak często celem marzeń i co zdołał osiągnąć, kiedy mu już na tym nie zależało. Ale ostatecznie nie utrzymałem Albertyny w swoim domu, jak on Odetę. Uciekła, umarła. Albowiem nic nigdy nie powtarza się dokładnie i egzystencje najbardziej do siebie podobne i które dzięki pokrewieństwu charakterów i analogicznym sytuacjom można uznać za symetryczne, różnią się pod wielu względami. W dodatku główna różnica istniejąca między nimi (sztuka) jeszcze się dotąd nie ujawniła.

Tracąc życie nie byłbym stracił wiele – tylko pustą już formę, pustą ramę, z której wyjęto arcydzieło. Obojętny na myśl, co teraz mogłem w niej umieścić, lecz z dumą wspominając jej dawną zawartość, sięgałem pamięcią do tamtych czasów, tak pełnych szczęścia, i ta podpora moralna dawała mi uczucie spokoju, którego nie mogłoby zakłócić nawet nadejście śmierci. Jak ona prędko przychodziła na spotkanie ze mną w Balbec, kiedym po nią posyłał, i jeżeli zwlekała przez krótką chwilę, to tylko dla uperfumowania sobie włosów, żeby mi się podobać! Te obrazy z Balbec i Paryża, które tak lubiłem oglądać, były świeżymi jeszcze stronicami jej krótkiego życia, odwróconymi tak szybko. To, co ja odczuwałem jak wspomnienie, dla niej było czynem, gwałtowną akcją pędzącą niczym w tragedii ku nagłej śmierci. Istoty ludzkie rozwijają się bowiem w nas w pewien sposób, a w inny poza nami (dobrze sobie z tego zdawałem sprawę w owe wieczory, gdym spostrzegał, jak się Albertyna wzbogacała o cechy pochodzące nie tylko z zasobów mej pamięci) i oba sposoby mogą wzajemnie oddziaływać na siebie. Starając się poznać Albertynę, a następnie posiąść ją całkowicie, ulegałem pragnieniu, które każe nam sprowadzać czynem do nędznej skali naszego własnego ja każdą istotę, każdy kraj mający w naszej wyobraźni odrębny charakter, niszczyć wszystkie nasze prawdziwe radości. Nie mogłem tego zrobić nie wpływając także na życie Albertyny. Być może przyciągająco podziałał na nią mój majątek i perspektywa świetnego małżeństwa; zatrzymała ją przy mnie moja zazdrość; jej dobroć albo inteligencja czy też poczucie winy lub przebiegłość skłoniły ją do przyjęcia, mnie zaś do ciągłego zaostrzania warunków niewoli, będącej jedynie rezultatem wewnętrznej pracy mego umysłu, co nie przeszkadzało, że oddziałała ona również na życie Albertyny i rykoszetem stworzyła nowe i coraz boleśniejsze problemy dla mej świadomości, ponieważ moja uwięziona przyjaciółka uciekła ode mnie i zabiła się spadając z konia, którego by nie miała, gdyby nie ja, przy czym nawet po śmierci zostawiała mi podejrzenia, których ewentualna weryfikacja mogła mi sprawić więcej bólu niż w Balbec odkrycie znajomości Albertyny z panną Vinteuil, skoro nie mogłem już liczyć, że Albertyna osobiście załagodzi owe przypuszczalne rewelacje.

Ta przeciągła skarga duszy przekonanej, iż żyje zamknięta w sobie, jest więc monologiem tylko z pozoru, bo echa rzeczywistości zmieniają jej bieg, i życie, które jest spontanicznie kultywowanym eksperymentem z dziedziny psychologii subiektywnej, dostarcza jednocześnie, z pewnej odległości, „akcji" dla powieści czysto realistycznej, która opowiada historię innej egzystencji i której perypetie modyfikują z kolei krzywą i zmieniają kierunek eksperymentu psychologicznego. Skoro wszystkie tryby zazębiły się, jak szybka była ewolucja naszej miłości i – mimo kilku opóźnień, przerw i wahań, niczym w niektórych nowelach Balzaka i pewnych balladach Schumanna – jak gwałtownie nastąpiło rozwiązanie! W granicach ostatniego roku, dla mnie długiego jak całe stulecie – tak Albertyna od czasów Balbec do jej wyjazdu z Paryża zmieniła swą pozycję w mych myślach, a także, niezależnie ode mnie i często bez mej wiedzy, zmieniała się sama – trzeba było zmieścić całe owo pełne tkliwości życie, które trwało tak krótko, a jednak wydawało mi się tak bogate, prawie nie do ogarnięcia, niemożliwe do powtórzenia i mimo to niezbędne mi. Niezbędne, choć w swej istocie i samych początkach nie miało nic z konieczności, bo nie byłbym poznał Albertyny, gdybym nie był przeczytał w rozprawie archeologicznej o kościele w Balbec, gdyby Swann, powiadając mi, że to kościół niemal perski, nie był skierował mych pragnień w kierunku bizantyjskiej odmiany stylu normandzkiego i gdyby przedsiębiorstwo hotelowe nie zbudowało w Balbec higienicznego i komfortowego hotelu, który zdecydował mych rodziców, żeby zgodzić się na moją prośbę i wysłać mnie tam. Zapewne, w tym Balbec, którego tak długo pragnąłem, nie znalazłem wymarzonego perskiego kościoła ani wiecznych mgieł. Nawet piękny pociąg o pierwszej trzydzieści pięć nie był taki, jak go sobie wyobrażałem. Ale w zamian za to, czego nam wyobraźnia każe oczekiwać i co z tak ogromnym wysiłkiem bezużytecznie staramy się odkryć, życie zwykle daje nam coś, co nam wcale nie przychodziło do głowy. Któż byłby mi przepowiedział w Combray, gdym z takim smutkiem oczekiwał mej matki mającej przyjść do mnie na dobranoc, że owe stany lęku miną i później wrócą, ale nie z powodu matki, lecz młodej dziewczyny będącej początkowo na horyzoncie morza tylko kwiatem, który swym wyglądem codziennie kusił moje oczy, kwiatem myślącym, w którego myślach tak naiwnie pragnąłem zająć poczesne miejsce, żem żałował, iż ona nie wiedziała o mej znajomości z panią de Villeparisis. Tak to z powodu pocałunku na dobranoc miałem po kilku latach cierpieć przez tak obcą osobę – jak niegdyś w dzieciństwie, gdy moja matka nie przychodziła do mego pokoju. Otóż gdyby Swann nie był mi powiedział o Balbec, nigdy bym nie znał tej niezastąpionej Albertyny i nie poczuł do niej miłości, z której moja dusza składała się teraz niemal wyłącznie. Jej życie byłoby wtedy może dłuższe, moje zaś wolne od tego, co je czyniło dziś męczarnią.

Zdawało mi się, że pozwoliłem umrzeć Albertynie ulegając memu uczuciu wyłącznie egoistycznemu, podobnie jak przedtem zamordowałem moją babkę. Nawet później, nawet wówczas, kiedym ją już poznał w Balbec, mogłem nie kochać jej tak, jak kochałem w następnym okresie. Bo gdym rezygnował z Gilberty zdając sobie sprawę, iż pewnego dnia mogę pokochać inną kobietę, byłem niemal całkiem pewny, że przynajmniej w przeszłości nie mogłem był kochać nikogo innego niż Gilbertę. W stosunku do Albertyny natomiast nie miałem wątpliwości, że mogłem jej nie pokochać, że to mogła być inna. Byłoby wystarczyło, żeby panna de Stermaria nie zawiodła w ów wieczór, kiedyśmy mieli zjeść wspólnie obiad na wyspie w Lasku. Był jeszcze wtedy czas i ku niej zwróciłaby się aktywność wyobraźni, która każe nam dopatrywać się w danej kobiecie rysów tak indywidualnych, że uznajemy ją za istotę jedyną w swoim rodzaju, przeznaczoną dla nas i konieczną. Co najwyżej, patrząc na to ze stanowiska prawie fizjologicznego, mógłbym powiedzieć, że potrafiłbym obdarzyć tą wyłączną miłością jakąś inną kobietę, lecz nie każdą inną kobietę. Albowiem Albertyna, tęga brunetka, nie była podobna do Gilberty, smukłej i rudej, ale obie miały ten sam rodzaj bujnego zdrowia i z ich twarzy tryskających tą samą zmysłowością patrzały oczy o wyrazie trudnym do uchwycenia. Były one istotami, na które nie spojrzeliby mężczyźni skłonni do popełniania szaleństw dla kobiet, które mnie znowu ,,nic nie mówiły''. Trudno mi było uwierzyć, aby zmysłowa i stanowcza osobowość Gilberty przeniosła się w ciało Albertyny, niewątpliwie trochę różne od tamtego, ale, gdym teraz o tym myślał, wykazujące głębokie z nim podobieństwo. Każdy człowiek ma prawie zawsze ten sam sposób zaziębiania się, zapadania na choroby – to znaczy, że potrzebny mu jest do tego pewien szczególny zbieg okoliczności; rzecz więc naturalna, że kiedy mu się zdarza być zakochanym, to w specjalnym rodzaju kobiet, przy czym zresztą rodzaj trzeba rozumieć bardzo szeroko. Pierwsze spojrzenia Albertyny, które mnie pobudziły do marzeń, nie były całkiem różne od spojrzeń Gilberty. Mogłem niemal sądzić, że tajemna osobowość, zmysłowość, stanowcza i przebiegła natura Gilberty wróciły kusić mnie, wcieliwszy się tym razem w ciało Albertyny, całkiem inne, a jednak nie pozbawione rysów wspólnych z tamtym. Co do Albertyny, to wskutek naszego życia we dwoje, któremu moja bolesna obsesja zawsze nadawała zwartość uniemożliwiającą powstanie w monolicie myśli jakiegokolwiek pęknięcia, jakiejkolwiek szczeliny roztargnienia i zapomnienia, jej żywe ciało – inaczej niż ciało Gilberty – nigdy nie przybrało postaci, w której przestałem dostrzegać to, co po upływie pewnego czasu okazywało się dla mnie (i nie mogło się tym okazać dla kogo innego) urodą kobiecą. Ale ona nie żyła. Mogłem ją zapomnieć. Kto wie, czy wówczas te same właściwości bogatej krwi, niespokojnych marzeń nie zjawią się przede mną jeszcze raz, aby mnie opętać? Ale w kształt jakiej kobiety się wcielą? Tego nie mogłem przewidzieć. Za pomocą Gilberty tak samo nie mogłem był sobie wyobrazić Albertyny i mojej przyszłej miłości do niej, jak sonata Vinteuila nie byłaby mi pozwoliła odgadnąć jego septetu. Co więcej, podczas pierwszych spotkań z Albertyną miałem wrażenie, że będę kochał inne osoby. Poza tym, gdybym ją był poznał o rok wcześniej, mogłaby mi się wydać równie nijaka jak szare niebo przed świtem.

Jeżeli zmieniłem się w stosunku do niej, to i ona się zmieniła. Młoda dziewczyna, która przyszła do mego łóżka w ów dzień, gdym napisał do panny de Stermaria, nie była tą samą, którą poznałem w Balbec. Zdziałał to może po prostu wybuch kobiecości, jaki następuje w momencie pokwitania, a może szereg przyczyn, których nigdy nie poznałem. W każdym razie, nawet jeżeli ta, którą miałem kiedyś pokochać, będzie pod pewnymi względami do niej podobna – albo, inaczej mówiąc, jeżeli wybór kobiety, którego dokonam, nie będzie całkowicie wolny – to mimo wszystko moja decyzja, ulegająca być może pewnej konieczności, będzie miała zakres szerszy niż jednostka, obejmie pewien rodzaj kobiet. Moja miłość do Albertyny w ten sposób przestawała być czymś absolutnie koniecznym i to dogadzało moim upodobaniom. Kobieta, której twarz mamy przed sobą bardziej nieustannie niż światło, skoro nawet z oczami zamkniętymi bez przerwy uwielbiamy jej piękne oczy, jej piękny nos, szukamy najróżniejszych sposobów, żeby ją znowu zobaczyć – ta jedyna dla nas kobieta, jak dobrze wiemy, byłaby inną, gdybyśmy nie byli pojechali do miasta, gdzie zdarzyło się nam ją spotkać, gdybyśmy chodzili na spacer w inne dzielnice, gdybyśmy bywali w innym salonie. Uważamy ją za jedyną, podczas gdy istnieje w nieskończenie wielu egzemplarzach. A jednak stoi przed naszymi zakochanymi oczami konkretna, niezniszczalna, bardzo długo nie dająca się zastąpić przez inną. Dzieje się tak dlatego, że owa kobieta rozbudziła w nas za pomocą różnych magicznych zaklęć tysiące odruchów czułości dotąd istniejących w nas w stanie fragmentarycznym, a teraz dzięki niej zebranych, połączonych, bez jednej luki między nimi; to my sami, wyposażając ją w jej rysy, dostarczyliśmy materialnego tworzywa na ukochaną osobę. Wskutek tego, nawet jeżeli jesteśmy dla niej tylko jednym spośród tysiąca mężczyzn i może nawet ostatnim w tej liczbie, ona jest dla nas istotą jedyną i wyłącznym celem naszego życia. Było dla mnie rzeczą oczywistą, że ta miłość nie była niczym koniecznym, i to nie tylko dlatego, że mogła dotyczyć panny de Stermaria, ale nawet niezależnie od niej, gdym już kochał Albertynę, stwierdzałem, że była nadto podobna do innych, czułem, że miała zakres szerszy niż Albertyna, że ją obejmowała, że jej nie znała, niczym przypływ morza oblewający wątły falochron. Ale stopniowo w trakcie pożycia z Albertyną, utraciłem możność wyzwolenia się z łańcuchów, które sam sobie ukułem; wszelako przyzwyczajenie, żeby kojarzyć z jej osobą uczucia nie mające w niej swego źródła, kazało mi traktować te uczucia jako specjalnie z nią związane – podobnie, według pewnej szkoły filozoficznej, pod wpływem przyzwyczajenia łudzimy się, że zwykłe skojarzenie myśli, które łączy dwa różne zjawiska, oznacza konieczność związku przyczynowego. Sądziłem, iż moje stosunki towarzyskie, mój majątek uchronią mnie od cierpienia, i to może aż nadto skutecznie, bo wskutek tego powinienem – jak mi się zdawało – nie móc czuć, kochać, wyobrażać sobie; zazdrościłem biednej dziewczynie wiejskiej, która wskutek braku nie tylko znajomości, ale i telegrafu ma do dyspozycji długie miesiące rozmyślań po doznanym rozczarowaniu, którego nie może sztucznie uśpić. Teraz jednak stwierdziłem, że o ile z jednej strony dla pani de Guermantes, opływającej we wszystko, co mogło uczynić dystans między nami nieskończenie długim, dystans ten zniknął w mgnieniu oka pod wpływem opinii, wyobrażenia, wedle którego zalety pozycji społecznej są jedynie materią bezwładną i dającą się przekształcać, to z drugiej strony, w sposób analogiczny, tylko że odwrotnie, moje stosunki towarzyskie, mój majątek, środki materialne, które mi dała do ręki zarówno moja osobista sytuacja, jak cywilizacja mej epoki, miały ostatecznie jedynie ten efekt, że odsunęły termin mojego starcia się z przeciwną, nieugiętą wolą Albertyny, która nie uległa żadnej presji, podobnie jak się to dzieje w nowoczesnych wojnach, w których przygotowanie artyleryjskie i niesamowity zasięg pocisków odwlekają tylko moment, kiedy człowiek rzuca się na człowieka, i w końcu zwycięża ten, kto ma bardziej wytrzymałe serce. Niewątpliwie, mogłem wymieniać depesze, prowadzić rozmowy telefoniczne z Robertem de Saint-Loup, utrzymywać stały kontakt z urzędem pocztowym w Tours, ale czyż oczekiwanie na te połączenia nie okazywało się za każdym razem bezużyteczne, a ich rezultat żaden? I czyż dziewczęta wiejskie, pozbawione przywilejów społecznych i stosunków, albo ludzie nie znający jeszcze owych udoskonaleń technicznych nie cierpią mniej, dlatego że mniej pożądają, albowiem mniej odczuwamy brak tego, cośmy zawsze uważali za niedostępne i co wskutek tego wydaje się nam jakby nierzeczywiste? Bardziej pożądamy osoby, która odda się nam za chwilę, gdyż nadzieja wyprzedza posiadanie; żal za czymś pobudza pragnienie.

Odmowa panny de Stermaria, która nie chciała przyjść na obiad, nie pozwoliła mi jej pokochać. Mogło to być również wystarczającą przyczyną do rozniecenia we mnie tego uczucia, gdybym ją był zobaczył ponownie w odpowiednim czasie. Skoro się wtedy dowiedziałem, że nie przyjdzie, skonstruowałem sobie nieprawdopodobną hipotezę – która się sprawdziła – że może ktoś zazdrosny o nią nie pozwala, by widywała innych, i że wskutek tego nigdy jej nie zobaczę, co sprawiło mi taki ból, że oddałbym wszystko za spotkanie z nią. Była to jedna z największych udręk mego życia i dopiero nadejście Roberta de Saint-Loup przyniosło mi ulgę. Otóż zaczynając od pewnego wieku wszystkie nasze miłości, nasze kochanki są córkami naszych męczarni; nasza przeszłość i jej zabliźnione ślady w naszym ciele określają naszą przyszłość. Co się tyczy w szczególności Albertyny, to już z historii mego uczucia do niej, to znaczy do niej i do jej przyjaciółek, było widać, że – nawet nie licząc roli tych ostatnich – moja miłość nie była niczym koniecznym. Jest rzeczą możliwą, iż lubiłem jej przyjaciółki z jej powodu i dlatego że mi się wydawały czymś analogicznym do niej. W każdym razie przez długi czas mogłem był wahać się między nimi, mój wybór padał raz na tę, kiedy indziej znowu na inną i gdym sądził, że wolę jedną, wystarczyło, aby druga kazała mi czekać na siebie, odmówiła przyjścia na spotkanie, a już czułem do tej właśnie początek miłości. W Balbec zdarzało się bardzo często, że czekając na spotkanie z Anną zmyślałem słowa mające jej dać do zrozumienia, że mi na niej nie zależy: ,,Ach, jaka szkoda, że pani nie przyszła o parę dni wcześniej! Teraz już kocham inną, ale to nic, może mnie pani pocieszyć" – i gdy na krótko przed tym spotkaniem doznałem zawodu od Albertyny, serce biło mi bez przerwy, myślałem, że już jej nigdy nie zobaczę, i tylko ją kochałem. Kiedy zjawiała się Anna, powiadałem jej zgodnie z prawdą (tak jak w Paryżu, gdym się dowiedział, że Albertyna znała pannę Vinteuil) to, co mogła uznać za oświadczenie zmyślone, nieszczere i co byłbym rzeczywiście powiedział tymi samymi słowy, gdybym poprzedniego dnia był szczęśliwy z Albertyną: „Ach, gdyby pani przyszła wcześniej, teraz już kocham inną." Zastępując Anną Albertynę w momencie, gdym się dowiedział o znajomości z panną Vinteuil, darzyłem uczuciem każdą z nich dwóch kolejno, a więc naraz kochałem tylko jedną. Ale przedtem bywało i tak, żem się na pół pokłócił z obydwiema. Ta, która zrobi pierwszy krok, przywróci mi spokój, powiadałem sobie, a jeżeli nie przestanie się gniewać, pokocham drugą, co zresztą nie znaczy, że w końcu nie zwiążę się z pierwszą, gdyż ona mnie pocieszy – co prawda nieskutecznie – po drugiej i jej okrucieństwie, po drugiej, której nigdy nie zapomnę, jeżeli nie wróci. Otóż zdarzało się, że gdym był przekonany, iż przynajmniej jedna z nich wróci, przez jakiś czas nie zjawiała się żadna. Moja udręka była wtedy podwójna i podwójna była miłość. Przyrzekałem sobie, że przestanę kochać tę, która się wreszcie zjawi, ale na razie cierpiałem z powodu obydwóch. Jest to właściwość pewnego wieku, który może zacząć się bardzo wcześnie: miłość budzi się w nas nie tyle do jakiejś istoty, ile wskutek porzucenia przez tę istotę, z której – gdy jej postać zatarła się, dusza przestała istnieć, a nasz wybór jest świeżej daty i nieuzasadniony – zostaje nam tylko jedno, mianowicie konieczność wypowiedzenia tych słów, które mogłyby położyć kres naszej męczarni: „Czy mnie przyjmiesz?" Moje rozstanie z Albertyną w ów dzień, kiedy Franciszka mi rzekła: „Panna Albertyna pojechała", było jakby osłabioną alegorią tylu innych rozstań. Albowiem bardzo często, abyśmy odkryli, że jesteśmy zakochani, lub może nawet więcej, abyśmy się zakochali, trzeba, żeby nadszedł dzień rozstania.

W owych wypadkach, gdy bezowocne czekanie, słowo odmowy ustala nasz wybór, wyobraźnia podniecana cierpieniem pracuje tak sprawnie, w tak nieprzytomnym tempie konstruuje miłość ledwo rozpoczętą i dotąd bezkształtną, od miesięcy istniejącą tylko w postaci szkicu, że nasz intelekt, który nie może nadążyć za sercem, chwilami dziwi się i woła: ,,Czyś oszalał? W jakich to mrzonkach chcesz żyć i cierpieć? To wszystko nie jest prawdziwym życiem." I gdyby niewierna istota nie przestawała nas nękać, normalne rozrywki, działając uspokajająco na serce, byłyby w stanie zlikwidować naszą miłość. W każdym jednak razie, jeżeli życie z Albertyną nie było dla mnie czymś koniecznym, to stało się nieodzowne. Kochając panią de Guermantes czułem lęk, gdyż powiadałem sobie, że promieniując taką siłą przyciągania – nie tylko przez urodę, ale sytuację społeczną, bogactwo – będzie miała nadto swobody udzielania się mnóstwu ludzi, że moja atrakcyjność dla niej okaże się bardzo mała. Natomiast Albertyna, biedna, ze zwyczajnej rodziny, powinna była pragnąć małżeństwa ze mną. A przecież nie zdołałem jej posiąść wyłącznie dla siebie. Zaiste, wszystko jedno, na co liczymy, na sytuację społeczną czy na mądrość naszych przewidywań, nie mamy dostępu do życia drugiej istoty.

Dlaczego mi nie rzekła: ,,Mam takie skłonności"? Byłbym jej ustąpił, pozwolił na ich zaspokojenie. Czytałem kiedyś powieść, której bohaterka nie chciała nic wyznać, choć ją o to błagał zakochany w niej człowiek. W trakcie lektury uważałem tę sytuację za nieprawdopodobną; gdybym to był ja, powiadałem sobie, przede wszystkim zmusiłbym kobietę, żeby mówiła, potem zaś doszlibyśmy do porozumienia. Na co się nam zdają takie bezużyteczne nieszczęścia? Teraz wszelako widziałem, że od nas zależy, czy je sobie przygotowujemy, i że nam nic nie pomaga, że wiemy, czego chcemy, bo inni nie ulegają naszej woli.

A jednak ileż to razy wypowiadaliśmy te bolesne, nieuniknione prawdy, które się nas tyczyły i na które byliśmy ślepi – prawdę naszych uczuć, prawdę naszego przeznaczenia – ileż to razy nie wiedząc o tym, nie chcąc tego wypowiadaliśmy je w słowach traktowanych przez nas jako kłamliwe, lecz po pewnym czasie okazujących się w świetle późniejszych wypadków proroctwami. Dobrze sobie przypominałem te słowa, które wymienialiśmy nie przeczuwając w danym momencie prawdy, która w nich tkwiła, nawet gdyśmy mówili ze świadomością, że gramy komedię; ich fałszywość w porównaniu z tym, co zawierały bez naszej wiedzy, była bardzo nikła, bardzo mało interesująca, nie wychodziła poza naszą żałosną nieszczerość. Były to kłamstwa, omyłki mijające się z istotą rzeczy, której nie widzieliśmy, z drugiej zaś strony prawda, prawda naszych charakterów, której zasadnicze prawa były nam jeszcze niedostępne i potrzebowały czasu, żeby się objawić – a także prawda naszych przeznaczeń. Sądziłem, że kłamię, gdym w Balbec rzekł do niej: ,,Im rzadziej będę panią widywał, tym bardziej będę kochał (a przecież to nasze nieustanne obcowanie ze sobą, rodząc we mnie zazdrość, tak mnie do niej przywiązało). Czuję, że mógłbym być pożyteczny dla pani rozwoju intelektualnego”; albo w Paryżu: ,,Bądź ostrożna. Pomyśl, że gdyby ci się zdarzył wypadek, nic by mnie już nie pocieszyło” (a ona: ,,Przecież wypadek może mi się zdarzyć”); w Paryżu, ów wieczór, kiedym udawał, że chcę się z nią rozstać: ,,Pozwól mi jeszcze popatrzeć na siebie, skoro wkrótce już cię przestanę widzieć, i to na zawsze”; i ona, tegoż wieczora, popatrzywszy dokoła siebie: ,,Pomyśleć, że już nigdy nie zobaczę tego pokoju, tych książek, całego tego domu. Nie mogę uwierzyć, a jednak to prawda”; i wreszcie ostatnie jej listy, kiedy pisała (zapewne rzekłszy sobie: ,,Poudawajmy trochę”): ,,Zostawiam Ci najlepszą część siebie samej” (czyż rzeczywiście jej inteligencja, dobroć, uroda nie były teraz zdane na wierność, siłę – również kruchą, niestety – mej pamięci?), oraz: ,,...te godziny podwójnego zmierzchu, bo zapadał zmrok i my mieliśmy się rozstać. Nie zatrze się to w mej pamięci wcześniej, nim nadejdzie noc zupełna” (to zdanie napisane w przeddzień wypadku, w którym jej umysł naprawdę ogarnęła noc zupełna, kiedy w ostatnich błyskach światła – tak gwałtownych, lecz podzielonych przez grozę chwili na nieskończenie drobne cząsteczki – może ujrzała jeszcze raz nasz ostatni spacer i w owej sekundzie, gdy wszystko nas porzuca, my zaś zaczynamy czuć w sercu wiarę, podobnie jak ateusze stający się chrześcijanami na polu bitwy, może wzywała pomocy przyjaciela, którego tak często przeklinała i jednocześnie tak bardzo szanowała, który zresztą – bo wszystkie religie są do siebie podobne – był na tyle okrutny, by pragnąć, żeby i ona miała czas opamiętać się, poświęcić mu swą ostatnią myśl, wyspowiadać mu się wreszcie, umrzeć z jego imieniem na ustach).

Ale cóż mi z tego, jeżeli nawet miała czas na opamiętanie się, skoro i ona, i ja dopiero wtedy zrozumieliśmy, gdzie było nasze szczęście i cośmy powinni byli zrobić, kiedy szczęście stało się już niemożliwe, skoro zrozumieliśmy to tylko dzięki temu, że było już niemożliwe, skoro tego, co należało, nie mogliśmy zrobić, bo jak długo rzeczy są możliwe do zrobienia, to je odkładamy, czy też dlatego że pociągają nas one i budzą złudną wiarę w łatwość ich realizacji tylko wówczas, gdy rzucone w idealną próżnię wyobraźni uwalniają się od przygniatającej ciężkości i brzydoty środowiska, w którym istnieją. Myśl o własnej śmierci jest bardziej okrutna niż sama śmierć, ale mniej niż myśl, że umarł ktoś inny, że po wchłonięciu go nie utrzymała się w tym miejscu najmniejsza zmarszczka na wyrównanej w tejże chwili płaszczyźnie rzeczywistości, z której owa istota została wykluczona i gdzie już nie ma śladu woli ani świadomości, i skąd równie trudno jest wrócić do myśli, że dany człowiek kiedyś żył, jak na podstawie świeżej jeszcze pamięci o nim wyobrazić go sobie jako jeden z tych zwiewnych obrazów, jedno z owych wspomnień, które zachowujemy po postaciach z przeczytanej powieści.

Cieszyłem się, że ona przed śmiercią napisała do mnie przynajmniej ten list, a zwłaszcza że wysłała ostatnią depeszę, dowód, że byłaby wróciła do mnie, gdyby żyła. Sądziłem, że tak było nie tylko przyjemniej, ale i piękniej, że bez owej depeszy wydarzenie byłoby niekompletne, nie wykazywałoby w takim stopniu linii sztuki oraz przeznaczenia. W istocie, nawet będąc innym, miałoby ją w tym samym stopniu, albowiem wszelkie wydarzenie jest czymś w rodzaju szczególnej formy, z której się robi odlew, i jakikolwiek ma kształt, kiedy się zjawia w pewnej serii faktów i zdaje się stanowić ich konkluzję, narzuca tej serii rysunek wydający się nam jedynie możliwym, dlatego że nie znamy innego, który by go mógł zastąpić.

Dlaczego mi nie rzekła: ,,Mam takie skłonności''? Byłbym jej ustąpił, byłbym pozwolił na ich zaspokojenie, jeszcze teraz pocałowałbym ją. Jakże mi było smutno, gdym sobie przypomniał, że mnie tak okłamała przysięgając – na trzy dni przed ucieczką – że nigdy nie utrzymywała z przyjaciółką panny Vinteuil tych stosunków, których istnienie zdradzał rumieniec towarzyszący owej przysiędze! Biedna mała, była przynajmniej na tyle uczciwa, aby odmówić przysięgi, że przyjemność zobaczenia się z panną Vinteuil i jej przyjaciółką nie działała na nią pociągają-

96

co, kiedy chciała pójść owego wieczora do Verdurinów. Dlaczego nie wyznała wszystkiego do końca? Było zresztą może trochę mojej winy w tym, że mimo mych nalegań usiłujących złamać jej upór nie chciała mi rzec: ,,Mam takie skłonności.'' Mojej winy, bo gdym w Balbec, po wizycie pani de Cambremer, miał pierwszą dyskusję z Albertyną i byłem tak daleki od tego, by ją podejrzewać o coś więcej niż w najgorszym razie nadto egzaltowaną przyjaźń dla Anny, wyraziłem z nadmierną gwałtownością mój wstręt do tego rodzaju obyczajów, potępiłem je w sposób przesadnie kategoryczny. Nie mogłem sobie przypomnieć, czy Albertyna zaczerwieniła się, gdym z całą naiwnością wypowiedział, jaką grozą mnie to przejmowało; nie mogłem sobie przypomnieć, bo często dopiero w długi czas po fakcie chcielibyśmy wiedzieć, jak się zachowała dana osoba w momencie, w którym wcale nie zwróciliśmy na to uwagi, a który następnie, kiedy wracamy myślą do tamtej rozmowy, mógłby nam wyjaśnić bolesny problem. Ale w naszej pamięci istnieje luka, wszystko to minęło bez śladu. Bardzo też często nie dostrzegamy w odpowiedniej chwili rzeczy, które już wówczas mogły były wydać się nam ważne, nie usłyszeliśmy wyraźnie jakiegoś zdania, nie zanotowaliśmy jakiegoś gestu albośmy jedno i drugie zapomnieli. I kiedy później, namiętnie dociekając prawdy, przechodzimy od dedukcji do dedukcji, przerzucając kartki naszej pamięci jak zbiór zeznań, trafiamy na pewne zdanie, na pewien gest i ani rusz nie możemy sobie przypomnieć; sto razy zaczynamy od nowa tę samą drogę, ale na próżno, zawsze się nam ucina w tam samym miejscu. Czy się zaczerwieniła? Nie wiem. W każdym razie nie mogła nie usłyszeć i wspomnienie mych słów zatrzymało ją, gdy może była już gotowa do wyznań. A teraz nie było jej nigdzie, mógłbym obejść ziemię od bieguna do bieguna i nie spotkałbym Albertyny; rzeczywistość, która się nad nią zamknęła, była znowu gładka, zatarła wszelki ślad po istocie opadłej na dno. Ona sama pozostała tylko jako nazwisko, niczym owa pani de Charlus, o której ludzie niegdyś ją znający powiadali obojętnie: ,,To była urocza osoba''. Ale ja całkiem już nie umiałem pojąć, jak mogła istnieć rzeczywistość niedostępna świadomości Albertyny, gdyż moja przyjaciółka istniała we mnie w stopniu aż nadmiernym, wszystkie moje uczucia, wszystkie myśli odnosiły się do jej życia. Być może, gdyby o tym wiedziała, wzruszyłby ją widok tego przyjaciela, który o niej nie zapomniał, gdy jej życie dobiegło kresu, i odpowiedziałaby uczuciem na rzeczy, które dawniej przyjmowała obojętnie. Ale podobnie jak wolelibyśmy, nawet w największym sekrecie, nie zdradzać kobiety, obawiając się, że w przeciwnym razie i ona będzie nam niewierna, myślałem sobie z lękiem: jeżeli zmarli gdzieś żyją, to moja babka tak samo wiedziała, żem o niej zapomniał, jak Albertyna, że ją pamiętam. I dobrze wszystko zważywszy, nawet kiedy w grę wchodzi osoba zmarła, czy możemy być pewni, że bardziej byśmy się cieszyli słysząc, iż ona dowiaduje się pewnych rzeczy, czy też bardziej martwili, gdyby znała je w s z y s t k i e ? I jakkolwiek bolesne byłoby to wyrzeczenie, czy nie wolelibyśmy czasem zrezygnować z możliwości zachowania w charakterze przyjaciół osób, któreśmy przedtem kochali, bo teraz musielibyśmy się obawiać, że będą również naszymi sędziami?

Moja zazdrosna ciekawość na temat postępowania Albertyny nie miała końca. Sprawiałem sobie za pieniądze sam nie wiem ile kobiet, od których niczego się nie dowiedziałem. Jeżeli ta ciekawość była tak żywa, to z tego powodu, że człowiek nie umiera dla nas od razu, lecz pozostaje otoczony atmosferą życia nie mającą nic wspólnego z prawdziwą nieśmiertelnością, ale dzięki niej zajmuje nasze myśli tak samo jak wówczas, kiedy żył. Znajduje się niby w podróży. Jest to życie pośmiertne na sposób bardzo pogański. I odwrotnie, kiedy przestajemy kochać, zainteresowanie, jakie budziła w nas dana istota, umiera przed jej śmiercią. Tak więc nie ruszyłbym się ani na krok, aby zbadać, w czyim towarzystwie Gilberta spacerowała pewnego wieczora na Polach Elizejskich. Dobrze sobie zdawałem sprawę, że te zainteresowania były absolutnie do siebie podobne, bez istotnej wartości, bez szans trwania. Ale w dalszym ciągu wszystko poświęcałem okrutnej satysfakcji, jaką mi dawały, chociaż z góry już wiedziałem, że moje przymusowe rozstanie z Albertyną doprowadzi mnie do takiej samej obojętności, jaka nastąpiła po dobrowolnym rozejściu się z Gilbertą. Dlatego właśnie posłałem Aimégo do Balbec, byłem bowiem pewien, że tam dowie się wielu rzeczy.

Gdyby ona wiedziała, co się stanie, nie byłaby mnie opuściła. Ale to znaczyło, że widząc się umarłą wolałaby raczej żyć nadal ze

mną. Wskutek zawartej w nim sprzeczności tego rodzaju przypuszczenie pozbawione było sensu. Ale nie było nieszkodliwe, bo
wyobrażając sobie, jak Albertyna byłaby szczęśliwa wracając do
mnie, gdyby mogła wiedzieć, gdyby mogła poniewczasie zrozumieć, widziałem ją przed sobą, chciałem ucałować, ale to było
niemożliwe, niestety, ona nigdy nie miała wrócić, nie żyła.

Moja wyobraźnia szukała jej w niebie, w takie same wieczory,
w jakie patrzyliśmy jeszcze razem; ponad ukochane przez nią
światło księżycowe starałem się wznieść aż do niej moje uczucie,
aby ją pocieszyło po utracie życia, i ta miłość ku istocie teraz tak
dalekiej była niby religia, moje myśli płynęły do niej jak modli-
twy. W pragnieniu jest siła, która rodzi wiarę; kiedyś sądziłem, iż
Albertyna nie wyjedzie, tylko dlatego żem tego pragnął; teraz,
pragnąc jej, uwierzyłem, że nie umarła; wziąłem się do czytania
książek o stolikach wirującyh, zacząłem wierzyć w nieśmiertelność duszy. Ale to mi nie wystarczało. Ona mi była potrzebna, po
mojej śmierci, razem ze swym ciałem, jak gdyby nieśmiertelność
była podobna do życia. Czy tylko do życia? Moje wymagania szły
jeszcze dalej. Chciałem, żeby jej śmierć nie pozbawiła mnie na
zawsze różnych przyjemności, które nie ona jedna unicestwia.
Albowiem bez niej one w końcu stępiłyby się, już nawet zaczynały
tracić swą świeżość pod wpływem przyzwyczajenia i nowych
zainteresowań. Poza tym żyjąc Albertyna byłaby się powoli
zmieniła także pod względem fizycznym i ja byłbym się do tej
zmiany przystosował. A moje wspomnienie, mogąc przywoływać
z niej tylko pewne momenty, chciało ją widzieć taką, jaką by
obecnie już nie była, gdyby nie umarła; chciało cudu polegające-
go na uznaniu naturalnych i dowolnych granic pamięci, która nie
zna przeszłości. Jednocześnie wszelako wyobrażałem sobie ową
żywą istotę z naiwnością dawnych teologów, jak mi udziela
wyjaśnień, co było szczytem paradoksu, bo nie o to chodziło, że
ich udzielała, lecz że to były wyjaśnienia, których za życia zawsze
mi odmawiała.W takiej śmierci, będącej rodzajem snu, moja
miłość mogła być dla niej nieoczekiwanym szczęściem; w ten
sposób śmierć oznaczała dla mnie tylko wygodę i optymizm
rozwiązania, które wszystko upraszcza i załatwia.

Niekiedy wyobrażałem sobie nasze spotkania nie tak daleko,
nie na tamtym świecie. Podobnie jak niegdyś, kiedy znałem

Gilbertę tylko jako towarzyszkę zabaw na Polach Elizejskich i wracając wieczorem do domu marzyłem, że dostanę od niej list z wyznaniem miłości, że ona za chwilę się zjawi we własnej osobie, tak też obecnie ta sama potęga pragnienia, również nie przejmująca się prawami fizyki, które stały jej na przeszkodzie (zresztą w sprawie Gilberty miała ona rację, skoro dopięła swego), kazała mi spodziewać się, że dostanę list, w którym Albertyna zakomunikuje mi, że miała rzeczywiście wypadek z koniem, ale pewne bardzo dziwne okoliczności (zdarzające się przecież naprawdę, kiedy przez długi czas uważamy kogoś za nieżyjącego) sprawiły, że nie mogła mi donieść o swym powrocie do zdrowia, i teraz, pełna skruchy, chciała wrócić do mnie na zawsze. Mając pełną świadomość tego, czym może być łagodny obłęd u osób poza tym wyglądających na rozsądne, czułem w sobie jednocześnie pewność, że ona nie żyje, i nieustanną nadzieję, że lada chwila wejdzie do mego pokoju.

Nie miałem jeszcze wiadomości od Aimégo, który jednak powinien już był dotrzeć do Balbec. Niewątpliwie, moje poszukiwania dotyczyły sprawy drugorzędnej i wybranej bardzo przypadkowo. Jeżeli życie Albertyny naprawdę było grzeszne, to musiało zawierać rzeczy znacznie ważniejsze, ale które nie przyszły mi na myśl, jak rozmowa o szlafroczku i rumieniec Albertyny. Ale te rzeczy nie istniały dla mnie właśnie dlatego, żem ich nie widział. Ów dzień, który po kilku latach usiłowałem zrekonstruować, wybrałem w tym celu najzupełniej dowolnie. Rzeczy oraz istoty ludzkie zaczynały istnieć dla mnie dopiero wówczas, gdy miały w mej wyobraźni postać indywidualną. Jeżeli były tysiące innych, podobnych, to jednak tylko te reprezentowały w moich oczach całość. Gdym od dawna pragnął dowiedzieć się, w związku z mymi podejrzeniami co do Albertyny, jak wyglądały owe natryski, to na tej samej zasadzie, która kierowała mym stosunkiem do kobiet: chociaż wiedziałem, że dużo jest młodych dziewcząt i pokojówek tyleż wartych i o których również mogłem przypadkiem usłyszeć, to mimo wszystko chciałem poznać – gdyż o nich mówił mi Saint-Loup i one tylko istniały indywidualnie dla mnie – akurat tę dziewczynę, która bywała w domach schadzek, i pokojówkę pani Putbus. Trudności spowodowane przez stan mego zdrowia, brak decyzji, przez moje ,,dojutrowanie", jak mawiał Saint-Loup, doprowadziły do tego, żem odkładał z dnia na dzień, z miesiąca na miesiąc, z roku na rok zarówno wyjaśnienie pewnych podejrzeń, jak realizację niektórych mych pragnień. Ale wszystkie podejrzenia przechowywałem w pamięci przyrzekając sobie, że nie omieszkam ich zbadać, ponieważ jedynie one prześladowały mnie (inne, nie mając w mych oczach odrębnego kształtu, nie istniały), a również dlatego że przypadek, który je wybrał spośród całej rzeczywistości, stanowił dla mnie gwarancję, że za ich pośrednictwem uzyskam kontakt z częścią rzeczywistości, prawdziwego życia, którego pożądałem. A poza tym, czyż pojedynczy, drobny fakt, o ile był dobrze wybrany, nie pozwala eksperymentatorowi ustalić ogólnego prawa, które ujawni prawdę o tysiącach faktów analogicznych? Chociaż Albertyna istniała w mej pamięci, tak jak ukazywała się za życia, tylko w kolejnych ułamkach czasu, to mój umysł, rekonstruując całość, czynił z niej osobę kompletną i na tę właśnie osobę chciałem mieć pogląd ogólny, o niej chciałem wiedzieć, czy mnie okłamywała, czy lubiła kobiety, czy uciekła ode mnie po to, by móc się swobodnie z nimi zadawać. Oświadczenie kąpielowej było może zdolne rozstrzygnąć raz na zawsze moje wątpliwości tyczące się obyczajów Albertyny.

Moje wątpliwości! Niestety, sądziłem, że będzie dla mnie rzeczą obojętną, a nawet przyjemną, gdy przestanę widywać Albertynę, aż wreszcie jej ucieczka uświadomiła mi moją omyłkę. W ten sam sposób jej śmierć wykazała mi, jak bardzo błądziłem wyobrażając sobie czasami, że pragnę tej śmierci, i myśląc, że mnie ona wyzwoli. I podobnie, w chwili gdym otrzymał list od Aimègo, zrozumiałem, że jeżeli dotąd nie cierpiałem nazbyt boleśnie z powodu mych wątpliwości co do cnoty Albertyny, to dlatego, że to nie były żadne wątpliwości. Mojemu szczęściu, mojemu życiu potrzebna była cnotliwość Albertyny, założyły ją raz na zawsze jako pewnik. Uzbrojony w tę opiekuńczą wiarę, mój umysł mógł nie narażając się na niebezpieczeństwo igrać sobie smutnie z podejrzeniami, którym nadawał wprawdzie kształt, lecz nie ulegał. Powiadałem sobie: ,,Ona może lubi kobiety", ale tak, jak się mówi:,,Mogę umrzeć dziś wieczór"; wypowiadamy takie słowa wierząc w nie i potem myślimy, co będziemy robić nazajutrz. To tłumaczy, dlaczego żywiąc bez uzasadnienia wątpliwość, czy Albertyna lubiła kobiety, i znajdując się wskutek tego w sytuacji, w której żaden fakt obciążający moją przyjaciółkę nie przyniósłby nic, czego bym przedtem po wielekroć nie rozważał, mogłem mimo wszystko wobec obrazów zawartych w liście Aimégo, które na kim innym nie zrobiłyby wrażenia, doznać nieoczekiwanego bólu, najokrutniejszego, jaki dotąd mnie nawiedził; razem z tymi obrazami – ach, nawet więcej, z całym obrazem samej Albertyny – utworzył on rodzaj strątu, jak mawiają chemicy, w którym wszystko było nierozdzielne i o którym list Aimégo, wyodrębniony poniżej w sposób konwencjonalny, nie może dać żadnego wyobrażenia, bo każde słowo tego tekstu było w jednej chwili przekształcone i na zawsze zabarwione cierpieniem, które we mnie wywoływało.

,,Szanowny Panie, łaskawie zechce mi Pan wybaczyć, że nie pisałem wcześniej. Osoba, którą miałem polecone zobaczyć, wyjechała na dwa dni, więc nie chcąc zawieść położonego we mnie zaufania wolałem nie wracać z pustymi rękami. Miałem właśnie rozmowę z tą osobą, która sobie doskonale przypomina (pannę A.).

(Aimé, który posiadał trochę kultury, zamierzał przez umieszczenie w cudzysłowie ,,podkreślić słowa: panna A. Kiedy jednak chciał dać cudzysłów, kreślił nawias, a kiedy zamykał w nawias, wychodził mu cudzysłów. Tak samo Franciszka mówiła o pracy ręcznej ,,robota mechaniczna" albo stwierdzała, że ktoś ma temperament, gdy chciała powiedzieć, że się odznacza zrównoważonym usposobieniem; błędy prostych ludzi często polegają na wymienianiu słów – stosowanym zresztą przez język francuski – które w ciągu wieków przejmują swe funkcje.)

Według niej to, co Szanowny Pan podejrzewał, jest zupełnie pewne. Przede wszystkim to właśnie ona zajmowała się panną Albertyną podczas jej wizyt w zakładzie. Panna A. bardzo często przychodziła brać natryski w towarzystwie wysokiej kobiety, starszej niż ona i zawsze ubierającej się na szaro; kąpielowa nie zna jej nazwiska, już dawniej jednak wiedziała, że ona szuka znajomości z dziewczętami. Ta pani zresztą przestała zwracać uwagę na inne, odkąd poznała (pannę A.). Ona i panna A. zawsze się zamykały w kabinie, siedziały tam bardzo długo i dama w szarej sukni dawała najmniej dziesięć franków napiwku tej osobie, z którą rozmawiałem. Jak mi ta osoba powiedziała, rozumie Pan, że gdyby się zajmowały w kabinie nawlekaniem pereł, to by mi nie dawały dziesięć franków napiwku. Panna A. przychodziła też czasami z młodą dziewczyną o bardzo czarnej cerze, używającą cwikiera. Ale najczęściej (panna A.) przychodziła z młodszymi od siebie, zwłaszcza z jedną, która była bardzo ruda. Z wyjątkiem szarej damy, osoby, które panna A. zwykle sobie przyprowadzała, nie mieszkały w Balbec i musiały nawet przychodzić z dosyć daleka. Nigdy nie wchodziły razem, panna A. wchodziła pierwsza, kazała mi, żebym zostawiła drzwi od kabiny otwarte, bo czeka na przyjaciółkę, i osoba, z którą rozmawiałem, już wiedziała, co to miało znaczyć. Ta osoba nie może mi podać więcej szczegółów, bo nie pamięta, ,,co nie jest dziwne, skoro upłynęło tyle czasu". Zresztą ta osoba nie starała się dowiadywać, bo jest dyskretna i była w tym zainteresowana, ponieważ panna A. dawała jej ładnie zarobić. Była bardzo szczerze wzruszona, kiedy powiedziałem, że ona umarła. Rzeczywiście, taka młoda, to wielkie nieszczęście dla niej i dla rodziny. Oczekuję decyzji Szanownego Pana, czy mogę wyjechać z Balbec, gdzie chyba niczego więcej już się nie dowiem. Dziękuję też Szanownemu Panu za podróż, którą dzięki temu odbyłem, to było bardzo przyjemne, zwłaszcza że pogoda jest jak na zamówienie. Sezon w tym roku dobrze się zapowiada. Mamy nadzieję, że Szanowny Pan się tu chociaż na krótko ukarze[1].

Nie mam więcej ciekawych wiadomości, itd."

Aby zrozumieć, jak głęboko trafiały mnie te słowa, trzeba pamiętać, że pytania, którem sobie stawiał w związku z Albertyną, nie były przypadkowe, obojętne, nie tyczyły się szczegółów – takie tylko formułujemy w stosunku do istot, które nie są nami, dzięki czemu, odgrodziwszy się hermetyczną myślą od reszty świata, możemy kroczyć wśród cierpienia, kłamstwa, występku i śmierci. Nie, pytanie na temat Albertyny było zasadnicze: kim ona była w istocie? O czym myślała? Kogo kochała? Czy okłamywała mnie? Czy moje życie z nią było równie godne pożałowania jak życie Swanna z Odetą? Toteż odpowiedź Aimégo, choć nie była ogólna, lecz właśnie tyczyła się szczegółu – i to właśnie

[1] W oryg.: ,,*fera... une petite apparission*" zamiast ,,*apparition*", i w rękopisie uwaga Prousta: ,,NB. Nie dam więcej błędów ortograficznych w liście Aimégo." (Przyp. tłum.)

decydowało w tym wypadku – sięgała do głębin w Albertynie, we mnie.

W owym obrazie Albertyny przychodzącej małą uliczką, w towarzystwie kobiety ubranej na szaro, do zakładu kąpielowego widziałem wreszcie przed sobą fragment przeszłości, który wydawał mi się nie mniej tajemniczy, nie mniej straszliwy niż wówczas, gdym się go lękał, kiedy był zamknięty w pamięci, w spojrzeniu Albertyny. Zapewne, kto inny mógłby zbagatelizować owe szczegóły, którym nie mogłem przeciwstawić, wobec śmierci Albertyny, osobistego zaprzeczenia z jej strony, co im nadawało pewnego rodzaju prawdopodobieństwo. Jest też nawet rzeczą prawdopodobną, że w oczach Albertyny jej grzechy, nawet jeżeli były prawdziwe i gdyby się do nich przyznała (i niezależnie od tego, czy jej sumienie uważałoby je za niewinne lub godne potępienia, czy jej zmysły oceniłyby je jako rozkoszne lub dosyć mdłe), byłyby pozbawione tego charakteru niewypowiedzianej potworności, który zawsze miały dla mnie. Za pomocą moich własnych doświadczeń z kobietami – jakkolwiek u Albertyny musiało to wyglądać inaczej – mogłem sobie trochę wyobrazić jej przeżycia. I był już początek cierpienia w tym, żem ją sobie wyobrażał oddaną na pastwę takiej samej żądzy jak ta, której i ja często byłem ofiarą, żem ją widział kłamiącą mi tak samo jak ja, gdym ją tylekroć okłamywał, zajętą tą czy ową młodą dziewczyną, wydającą na nią pieniądze, jak ja na pannę de Stermaria, na tyle innych, na dziewczęta wiejskie. Tak, wszystkie moje pragnienia pomagały mi do pewnego stopnia zrozumieć odruchy jej zmysłów; i to już mi zadawało wiele bólu, gdyż moje żądze, im były niegdyś żywsze, obecnie zamieniały się w tym okrutniejsze tortury, jak gdyby w całej tej algebrze uczuć zjawiały się na nowo z tym samym współczynnikiem, ale ze znakiem minus zamiast plusa. Albertyna jednak, o ile mogłem sądzić, uważała swoje grzeszne czyny, jakkolwiek starannie ukrywała je przede mną – z czego wnioskowałem, że czuła się winną lub nie chciała mi robić przykrości – uważała więc swoje czyny, przygotowywane swobodnie w jasnym świetle wyobraźni wybiegającej naprzeciw pragnieniom, za coś mimo wszystko nie różniącego się od reszty jej życia, za przyjemności, których odmówić sobie nie miała odwagi, za przykrości wyrządzane mnie, lecz których chciała mi oszczędzić przez

104

ukrywanie ich – jednym słowem, za przyjemności i przykrości, które mogły figurować wśród różnych przyjemnych i nieprzyjemnych stron życia. Ja wszelako zostałem ugodzony od zewnątrz, bez żadnego uprzedzenia, nie mogąc sobie stworzyć tych obrazów na własną rękę, gdy list Aimégo pokazał mi Albertynę zbliżającą się do natrysków z przygotowanym napiwkiem. Mimo to kochałem ją teraz jeszcze bardziej; była daleko ode mnie; obecność, odsuwając od nas jedyną rzeczywistość, tę, która istnieje w myśli, łagodzi cierpienia, podczas gdy nieobecność ożywia je i razem z nimi rozbudza miłość.

Naturalnie, to dlatego żem w milczącym i ukartowanym przybyciu Albertyny i jej ubranej na szaro towarzyszki odczytał naznaczone rendez-vous, seans miłości umówiony w kąpielisku, co zakładało wprawę w rozpuście i całą dobrze ukrytą organizację podwójnego życia, to dlatego że te obrazy przynosiły mi straszliwą wiadomość o winie Albertyny, natychmiast poczułem fizyczny ból, który już na zawsze miał pozostać skojarzony z nimi. Ale w tejże chwili mój ból oddziałał z kolei na nie: fakt rzeczywisty, obraz zmienia się w zależności od nastroju, w jakim do niego przystępujemy. Cierpienie jest równie potężnym czynnikiem modyfikującym rzeczywistość jak oszołomienie wywołane alkoholem. W połączeniu z owymi obrazami ból, który wtedy odczułem, uczynił natychmiast czymś absolutnie różnym od tego, co mógł zobaczyć ktoś inny, zarówno kobietę ubraną na szaro, jak napiwek, natrysk i ulicę, którą szły Albertyna i ta druga w szarej sukni: ujrzałem fragment życia pełnego kłamstw i występków, o jakim dotąd nie miałem pojęcia; moje cierpienie natychmiast to przekształciło aż do samej materii, przestałem widzieć te wszystkie rzeczy w świetle padającym na zjawiska ziemskie, była to część jakiegoś innego świata, jakiejś planety nieznanej i przeklętej, widok z piekła. Piekłem było całe owo Balbec, wszystkie okoliczne wsie, skąd – według listu Aimégo – ona często sprowadzała sobie młodziutkie dziewczęta, które brała do natrysków. Niegdyś czułem w okolicach Balbec tajemnicę, która znikła, gdym tam przeżył pewien czas, ale poznawszy Albertynę miałem nadzieję, że ją odnajdę, gdyż patrząc na tę młodą dziewczynę idącą przez plażę i lekkomyślnie pragnąc, żeby nie była cnotliwa, myślałem, że ona właśnie była jej wcieleniem; jak straszliwie przesiąknięte ową tajemnicą było teraz wszystko, co miało związek z Balbec! Nazwy stacji, Apollonville (przepisać nazwy), tak mi bliskie, tak uspokajające, gdym je słyszał wieczorem wracając od Verdurinów, teraz, na myśl, że Albertyna mieszkała koło jednej z nich, chodziła spacerem do drugiej i często mogła jeździć na rowerze do trzeciej, napełniały mnie bardziej bolesnym lękiem niż za pierwszym razem, kiedy niespokojnie spoglądałem ku nim z wagonu kolejki wąskotorowej, gdym w towarzystwie mej babki przybywał do Balbec, którego jeszcze nie znałem.

Zazdrość ma między innymi to do siebie, że odkrywa nam, jak bardzo rzeczywistość faktów zewnętrznych i uczuć jest czymś nie znanym, pozwalającym na tysiące przypuszczeń. Zdaje się nam, że dokładnie znamy wszystkie rzeczy i wiemy, co ludzie myślą, ale to dlatego, że się tym nie przejmujemy. Wystarczy, żebyśmy, jak człowiek opanowany zazdrością, pragnęli wiedzieć, a widzimy chaotyczny kalejdoskop, w którym nic nie jesteśmy w stanie rozróżnić. Czy Albertyna mnie zdradziła, z kim, w czyim domu, którego dnia, może wtedy, kiedy mi rzekła to a to, kiedy przypominałem sobie, żem przedtem sam rzekł takie a takie słowa? – nic z tego nie wiedziałem. Tak samo nie wiedziałem, jakie były jej uczucia w stosunku do mnie, czym podyktowane, interesem czy przywiązaniem. I nagle przypominałem sobie jakiś nieznaczący fakt, na przykład to, że Albertyna chciała jechać do Saint-Martin-le-Vêtu twierdząc, że ją interesuje ta nazwa, podczas gdy w rzeczywistości może poznała jakąś pochodzącą stamtąd wieśniaczkę. Ale cóż z tego, że Aimé wydobył dla mnie te wiadomość od kąpielowej, skoro Albertyna do końca wieczności nie dowie się, że mi o tym doniósł, a w moim uczuciu dla niej potrzeba dowiadywania się była zawsze czymś podrzędnym w porównaniu z potrzebą wykazywania, że już się dowiedziałem; w ten sposób bowiem usuwałem istniejącą między nami przegrodę, jaką stanowiła rozbieżność naszych złudzeń, i zresztą nie osiągałem przez ten zabieg, żeby mnie bardziej kochała – raczej wprost przeciwnie. Otóż od chwili jej śmierci ta druga potrzeba stopiła się w jedno z efektem pierwszej: rozmowę, w której zakomunikowałbym jej to, czegom się dowiedział, wyobrażałem sobie równie żywo jak rozmowę na temat rzeczy nie znanych mi, których wyjawienia dopiero bym żądał; to znaczy, że pragnąłem ją widzieć

106

koło mnie, odpowiadającą mi z dobrocią, z twarzą nabrzmiewającą jak wtedy, gdy jej oczy przestawały być złośliwe i przybierały wyraz smutku; to znaczy, jeszcze inaczej mówiąc, chciałem ją kochać i zapomnieć w mej rozpaczliwej samotności, jak mnie pożera zazdrość. Bolesna tajemnica tkwiąca w niemożliwości zakomunikowania jej kiedykolwiek tego, com zdobył, i skonfrontowania naszych poglądów na prawdziwość moich odkryć (do których doszło może tylko dzięki temu, że ona nie żyła) przysłaniała swym smutkiem tajemnicę bardziej bolesną, dotyczącą jej prowadzenia się. Jak to? Tak mi zależało, by Albertyna dowiedziała się, że poznałem historię zakładu kąpielowego, i Albertyna rozpłynęła się w nicości! Była to jeszcze jedna konsekwencja sytuacji, w której znajdujemy się, gdy chcąc rozmyślać o śmierci nie jesteśmy w stanie wyobrazić sobie nic oprócz życia. Albertyna przestała istnieć, lecz dla mnie była osobą, która ukryła przede mną swoje spotkania w Balbec z kobietami i wyobrażała sobie, że zdołała to ukryć na zawsze. Czyż przewidując, co się stanie po naszej śmierci, nawet wówczas nie rzutujemy błędnie w przyszłość naszej osoby jako ciągle żyjącej? Czy więc jest rzeczą bardziej śmieszną, gdy ktoś żałuje, że zmarła już kobieta nie usłyszy, czegośmy się dowiedzieli o jej postępowaniu sprzed sześciu lat, niż gdy ktoś pragnie, aby przez sto lat po jego śmierci czytelnicy wspominali go z uznaniem? Jeżeli ten drugi ma więcej rzeczywistych podstaw do swoich rojeń niż pierwszy, to żale mojej wstecz zwróconej zazdrości wywodziły się jednak z tego samego błędu optycznego co u innych ludzi pożądanie sławy pośmiertnej. Ale mimo wszystko, chociaż świadomość majestatycznej ostateczności mego rozstania z Albertyną wypierała w tej chwili myśl o jej grzechach, to jednocześnie pogłębiała je, nadając im charakter rzeczy nieodwołalnych. Widziałem się zagubiony w życiu, niby na ogromnej plaży, po której błądziłem sam jeden i gdziekolwiek bym się zwrócił, nigdy nie mogłem mieć nadziei spotkania się z nią.

Na szczęście, bardzo à propos znalazłem w mej pamięci – najrozmaitsze rzeczy, niebezpieczne, kiedy indziej zbawienne, zalegają w stosie wspomnień po kolei rzucających na siebie snop światła – jak robotnik trafiający na przedmiot, który mu się przyda do tego, co ma zrobić, odkryłem pewne słowa mej babki.

Z okazji jakiejś nieprawdopodobnej historii opowiedzianej przez kąpielową pani de Villeparisis moja babka rzekła do mnie: ,,To jest kobieta, która musi być chora na kłamstwo." To wspomnienie bardzo mi się przydało. Jaką wartość mogły mieć rewelacje kąpielowej uczynione wobec Aimégo? Zwłaszcza że ona w gruncie nic nie widziała. Można przecież brać natryski wspólnie z przyjaciółkami nie myśląc przy tym o niczym zdrożnym. Może kąpielowa przez próżność wyolbrzymiała wielkość napiwków. Kiedyś przecież słyszałem, jak Franciszka twierdziła, iż moja ciotka Leonia oświadczyła w jej obecności że ma ,,na swoje wydatki milion miesięcznie", co nie miało żadnego sensu; innym razem opowiadała, że widziała ciotkę Leonię dającą Eulalii cztery banknoty po tysiąc franków, podczas gdy banknot pięćdziesięciofrankowy, złożony na czworo, już byłby mi się wydawał mało prawdopodobny. W ten sposób usiłowałem, w końcu z dobrym skutkiem, pozbyć się owej bolesnej pewności, zdobytej z tak wielkim trudem, przy czym wciąż wahałem się między pożądaniem prawdy a obawą przed cierpieniem. Moje uczucie mogłoby się w tej chwili odrodzić, ale razem z nim smutek, żem został pozbawiony Albertyny, i byłbym wtedy może jeszcze bardziej nieszczęśliwy niż w ciągu owych niedawnych godzin, kiedy torturowała mnie zazdrość. I ona to właśnie nagle się odrodziła pod wpływem wspomnienia z Balbec, gdym ujrzał w myśli obraz (który dotąd nigdy nie był dla mnie bolesny i nawet zdawał mi się najbardziej nieszkodliwym składnikiem mej pamięci) przedstawiający jadalnię w Balbec i po drugiej stronie szyb okiennych ludzi stłoczonych w mroku niby przy oświetlonej tafli akwarium, wpatrzonych w dziwne istoty, które się poruszały w jasności, a zarazem ciasno mieszających w swej masie (nigdy dotąd o tym nie pomyślałem) rybaczki i dziewczęta wiejskie z pannami miejskimi, zazdrosnymi o ten zbytek, nowy w Balbec i na który ich rodzice nie pozwalali sobie, nie tyle może z braku pieniędzy, co przez skąpstwo i wierność tradycji; wśród tych drobnomieszczańskich podlotków na pewno była prawie co wieczór Albertyna, której wtedy jeszcze nie znałem i która niewątpliwie zaczepiała jedną z tych dziewczyn, aby się z nią po paru minutach spotkać w ciemnościach nocy na piasku lub w jakiejś pustej kabinie pod skałami wybrzeża. Następnie wrócił mój smutek, gdyż usłyszałem niczym wyrok skazujący mnie na wygnanie, odgłos windy, która nie zatrzymała się na moim piętrze, lecz pojechała wyżej. Zresztą jedyna osoba, której wizyty mogłem sobie życzyć, nigdy się już nie zjawi u mnie, bo nie żyje. Ale mimo to, gdy winda zatrzymywała się na moim piętrze, serce mi zaczynało bić i przez chwilę powiadałem sobie: ,,Ach, gdyby jednak to wszystko było tylko snem! To może ona, w tej chwili zadzwoni, wróciła; do pokoju wejdzie Franciszka, bardziej wylękniona niż zła, bo jest przesądna jeszcze bardziej niż mściwa i mniej bałaby się Albertyny żywej niż tej, którą może uznać za upiora. Powie mi: «Panicz nigdy nie zgadnie, kto przyszedł.»" Starałem się nie myśleć o niczym, brałem do ręki gazetę. Ale nie wytrzymałem lektury tych artykułów pisanych przez ludzi, którzy nie odczuwali prawdziwego bólu. O jakiejś błahej piosence ktoś mówił: ,,To wyciska łzy", chociaż ja słuchałbym jej w nastroju najbardziej radosnym, gdyby Albertyna żyła. Ktoś inny, poza tym wielki pisarz, powitany owacyjnie w chwili, gdy wysiadał z pociągu, twierdził, że spotkała go manifestacja niezapomniana, podczas gdy ja, znalazłszy się obecnie w takiej sytuacji, wcale nie byłbym zwrócił na to uwagi. Trzeci znowu zapewniał, że gdyby nie ta okropna polityka, życie w Paryżu byłoby ,,zupełnie rozkoszne"; ja natomiast dobrze wiedziałem, że nawet bez polityki to życie musi być nieznośne, ale i z nią wydałoby mi się rozkoszne, gdybym odnalazł Albertynę. Dziennikarz prowadzący kronikę myśliwską pisał (było to w maju): ,,Przeżywamy okres doprawdy bolesny albo zgoła tragedię, bo autentyczny myśliwy całkiem, ale to całkiem nie ma do czego strzelać", a kronikarz wystaw malarskich: ,,Wobec takich metod organizacji człowiek czuje bezbrzeżnie zniechęcenie, zapada w otchłań smutku..." Jeżeli intensywność tego wszystkiego, com czuł, sprawiała, że słowa ludzi nie znających prawdziwego szczęścia i nieszczęścia wydawały mi się blade i kłamliwe, to z drugiej strony zdania nic nie znaczące, byleby tylko potrącały choćby mimochodem o Normandię lub Niceę czy o zakłady wodolecznicze, o Bermę, księżnę de Guermantes, miłość, nieobecność, niewierność, wywoływały nagle przede mną, nim zdążyłem się odwrócić od niego, obraz Albertyny i znowu zaczynałem płakać. Ponadto na ogół nie byłem w stanie czytać gazet, ponieważ sam gest ich rozkładania przypominał mi, że tak też robiłem za życia Albertyny, a jednocześnie, że ona już nie żyła; i opuszczałem gazetę na kolana, nie mając siły otworzyć jej do końca. Każde z doznawanych przeze mnie wrażeń wywoływało jakieś inne wrażenie, ale zranione przez odcięcie istnienia Albertyny, tak że traciłem odwagę przeżycia do końca tych okaleczonych minut, które cierpiały w mym sercu. Nawet wtedy, gdy ona stopniowo przestała być obecna w mych myślach i wszechwładna w mym sercu, cierpienie powracało w jednej chwili, gdym musiał, jak za czasów naszego wspólnego życia, wejść do jej pokoju, zapalić światło, siąść przy jej pianoli. Podzielona na drobne bóstwa domowe, Albertyna długo żyła w płomieniu świecy, w gałce przy drzwiach, w oparciu krzesła i w innych rejonach, bardziej niematerialnych, jak bezsenna noc lub wzruszenie spowodowane pierwszą wizytą kobiety, która mi się spodobała. Mimo to nieliczne zdania, które moje oczy zdołały przeczytać w ciągu dnia lub które mój umysł zachował z jakiejś dawnej lektury, często budziły we mnie straszliwą zazdrość. Nie było rzeczą konieczną, żeby dostarczały ważkich argumentów potwierdzających tezę o niemoralności kobiet; wystarczało, gdy mi przypominały jakieś dawne przeżycie związane z Albertyną. Jej występki, przeniesione wówczas w zapomniany moment, którego wyrazistość nie została dla mnie stępiona wskutek częstych rozmyślań, i umieszczone w okresie, kiedy one jeszcze żyła, nabierały cech bardziej bliskich, niepokojących, okrutnych. I wtedy zadawałem sobie pytanie, czy informacje kąpielowej mogły być fałszywe. Najlepszym sposobem dotarcia do prawdy byłoby wysłanie Aimégo, żeby spędził parę dni w Nicei, w sąsiedztwie willi pani Bontemps. Jeżeli Albertyna lubiła przyjemności, jakich kobieta doznaje z kobietami, jeżeli odeszła ode mnie w tym celu, by nie być ich dłużej pozbawioną, to zaledwie odzyskawszy wolność powinna się była im oddać, nie spotykając przeszkód w okolicy, którą dobrze znała i gdzie nie byłaby pojechała, gdyby nie liczyła, że się to jej uda łatwiej niż u mnie. Nie było nic dziwnego w tym, że śmierć Albertyny tak mało zmieniła przedmiot mych zainteresowań. Jak długo nasza kochanka żyje, znaczna część myśli tworzących to, co nazywamy naszą miłością, przychodzi nam do głowy w chwilach, kiedy jesteśmy sami. Przyzwyczajamy się więc do rozmyślań na temat istoty nieobecnej, która nawet gdy jej nieobecność trwa nie więcej niż parę godzin, jest przez ten czas jedynie wspomnieniem. Toteż śmierć niewiele już zmienia. Skoro Aimé wrócił, poprosiłem go, żeby się udał do Nicei, i w ten sposób mogę powiedzieć, iż nie tylko moje myśli, smutki, wzruszenia, jakie we mnie wzbudziła kojarząca się z nią, wprawdzie nader odlegle, nazwa miejscowości, lecz także wszystkie moje czyny, poszukiwania, które przedsiębrałem, wydatki, jakie ponosiłem wyłącznie po to, by zbadać zachowanie się mej przyjaciółki – wypełniły cały ów rok mego życia uczuciem do niej, prawdziwym związkiem miłosnym. A ta, której się to wszystko tyczyło, już nie żyła. Powiadają niekiedy, że człowiek może do pewnego stopnia przetrwać po śmierci, jeżeli to był artysta, który przelał część duszy w swe dzieło. W ten sam zapewne sposób coś jak gdyby pęd odcięty z jednej istoty i zaszczepiony w sercu drugiej żyje nadal, gdy człowiek, który był dla owego pędu pniem macierzystym, przestał istnieć.

Aimé znalazł sobie mieszkanie obok willi pani Bontemps, zawarł znajomość z tamtejszą pokojówką i z człowiekiem odnajmującym pojazdy, od którego Albertyna często wypożyczała bryczkę na cały dzień. Ani on, ani ona niczego nie zauważyli. W drugim liście Aimé pisał mi o młodej praczce z miasta, która mu opowiedziała, że Albertyna w jakiś specjalny sposób ściskała ją za ramię, kiedy ona odnosiła bieliznę. „Ale – powiadała – ta panienka nigdy z nią nie robiła nic innego." Posłałem Aimému pieniądze wynagradzające za tę podróż, za przykrość, jaką mi sprawił swym listem, i jednocześnie usiłowałem ją złagodzić mówiąc sobie, że była to poufałość, która nie świadczyła o żadnym zboczeniu, gdy nagle otrzymałem od Aimégo telegram:

„Dowiedziałem się rzeczy bardzo interesujących. Mnóstwo wiadomości. List w drodze."

Nazajutrz przyszedł list, który już swoją kopertą wywołał we mnie dreszcz, albowiem każdy człowiek, nawet najskromniejszy, włada drobnymi istotkami, które intymnie z nim zrośnięte, żyją i zarazem leżą odrętwiałe na papierze, tworząc charakter pisma jemu tylko właściwy.

...Z początku ta mała praczka nic mi nie chciała powiedzieć, twierdziła, że panna Albertyna tylko ją szczypała za ramię. Żeby

111

jej rozwiązać język, wziąłem ją na kolację i namówiłem do picia. Wtedy opowiedziała mi, że panna Albertyna widywała się z nią nad brzegiem morza, kiedy ona szła się kąpać; że panna Albertyna miała zwyczaj wstawać bardzo wcześnie, bo też chodziła się kąpać, i spotykała się z nią nad morzem, w miejscu, gdzie drzewa rosną tak gęsto, że nic nie można zobaczyć, a zresztą o tej porze nikogo tam nie ma. Później praczka przyprowadzała też swoje koleżanki i wszystkie się kąpały, a jak już było gorąco i słońce prażyło nawet pod drzewami, kładły się na trawie, żeby wyschnąć, i pieściły się, łaskotały i bawiły. Ta mała praczka przyznała mi się, że bardzo lubiła zabawy ze swoimi koleżankami i że widząc, jak panna Albertyna wciąż się o nią ociera w swoim szlafroczku, kazała go jej zdejmować i pieściła ją językiem wzdłuż karku i ramion, i nawet w stopy, które panna Albertyna do niej wyciągała. Praczka też się rozbierała i jedna drugą dla zabawy pchała do wody; tego wieczora nie powiedziała mi nic więcej. Ale posłuszny udzielonym mi rozkazom i gotów na wszystko, byle tylko Szanownemu Panu sprawić przyjemność, wziąłem tę praczkę do siebie na noc. Spytała mnie, czy chcę, żeby mi zrobiła to samo co pannie Albertynie, kiedy ona zdejmowała kostium kąpielowy. Powiedziała mi: (Gdyby pan wiedział, jak się ta panienka wierciła, mówiła mi: ,,Ach, co za rozkosz!" i była taka podniecona, że nie mogła się powstrzymać i gryzła mnie.) Widziałem jeszcze ślad na ramieniu praczki. Rozumiem przyjemność panny Albertyny, bo ta mała jest naprawdę bardzo zręczna.

Bardzo cierpiałem w Balbec, gdy mi Albertyna opowiedziała o swej przyjaźni z panną Vinteuil. Ale Albertyna była wówczas blisko, aby mnie pocieszyć. Później, gdy przez nadmierne zainteresowanie jej czynami skłoniłem ją wreszcie do ucieczki z mego domu, gdy Franciszka przyniosła mi wiadomość, że jej już nie ma, i kiedy zostałem sam, cierpiałem jeszcze bardziej. Ale przynajmniej Albertyna, którą niegdyś kochałem, była wciąż w mym sercu. Teraz na jej miejscu – aby mnie ukarać za to, żem zbyt daleko posunął ciekawość, której śmierć wbrew mym oczekiwaniom nie uspokoiła – znajdowałem inną młodą dziewczynę, która motała dokoła siebie niezliczone kłamstwa i oszustwa i podczas gdy jej poprzedniczka tak słodko mi przysięgała, że obce jej były tego rodzaju przyjemności, ona, w pierwszym upojeniu odzyskaną

112

swobodą, pojechała zanurzyć się w nie aż do szału i spotykając się o wschodzie słońca nad brzegiem Loary z ową małą praczką gryzła ją i wołała: ,,Ach, co za rozkosz!" Była to Albertyna różna od tamtej, nie tylko w znaczeniu, jakie nadajemu słowu ,,różny" mówiąc do innych. Jeżeli inni ludzie okazują się niepodobni do tego, cośmy o nich sądzili, to fakt ten nie dotyka nas głęboko, a że wahadło intuicji nie może na zewnątrz od nas sięgać dalej, niż sięga w naszym własnym wnętrzu, zaobserwowane odrębności sytuujemy tylko na powierzchni naszych bliźnich. Gdym dawniej słyszał, że jakaś kobieta lubiła kobiety, nie wydawało mi się wskutek tego, że jest ona istotą szczególną. Ale gdy w grę wchodzi kobieta, którą kochamy, aby uśmierzyć ból wywołany taką rewelacją, chcemy się dowiedzieć nie tylko tego, co robiła, lecz także, co wtedy czuła, jakie miała o tym wyobrażenie; i posuwając się w ten sposób coraz dalej, przez głębię cierpienia docieramy do tajemnicy, do istoty. Owa ciekawość, w której współdziałały wszystkie siły mego umysłu i mej podświadomości, zadawała mi męczarnie przenikające mnie do samej głębi, bardziej bolesne dla ciała i serca niż strach przed utratą życia; dlatego też, wszystko, czegom się dowiedział o Albertynie, przeżywałem w głębinach jej osobowości. I to cierpienie, które tak głęboko wtargnęło we mnie, ta rzeczywistość zboczonych gustów Albertyny oddały mi znacznie później wielką przysługę. Tak jak krzywda wyrządzona przeze mnie mej babce, ból zadany mi przez Albertynę stał się ostatnią więzią między nią i mną, przeżył nawet pamięć o niej, albowiem, gromadząc energię jak każdy proces natury fizycznej, cierpienie odbywa się bez lekcji pamięci; człowiekowi, który zdążył zapomnieć o pięknych nocach księżycowych spędzonych w lesie, wciąż jeszcze dolega reumatyzm wtedy właśnie nabyty.

Te skłonności, do których nie chciała się przyznać, choć je miała, te skłonności, które odkryłem nie drogą chłodnego rozumowania, lecz w palącym bólu, jaki odczułem czytając słowa: ,,Ach, co za rozkosz!", w bólu nadającym im jakościową odrębność, te skłonności uzupełniały obraz Albertyny nie tylko tak jak nowa skorupa, którą biernatek ciągnie za sobą, lecz raczej jak sól, która wchodzi w kontakt z inną solą i zmienia jej barwę, a nawet, wydzielając opad, jej naturę. Kiedy mała praczka rzekła do swych koleżanek: ,,Wyobraźcie sobie, nigdy bym w to nie uwierzyła, ta

113

panienka też jest taka", powyższe słowa nie oznaczały w moich oczach wyłącznie zboczenia, dotąd dla nich niewidocznego, które te dziewczęta dodawały do cech Albertyny, lecz odkrycie, że to była inna osoba, zresztą podobna do nich, mówiąca tym samym językiem; odkrycie to, czyniące ją krajanką owej grupki przyjaciółek, sprawiało, że dla mnie stawała się ona jeszcze bardziej obca, było dowodem, że to, com z niej miał, com nosił w sercu, było tylko znikomą jej częścią, podczas gdy reszta – przybierająca nieskończone rozmiary jako coś więcej niż indywidualne pożądanie, samo przez się już tajemnicze i doniosłe, bo Albertyna dzieliła swoje skłonności z innymi kobietami – była mi zawsze nie znana, ponieważ ona trzymała ją w tajemnicy przede mną, niczym kobieta ukrywająca, że pochodzi z kraju nieprzyjacielskiego i jest szpiegiem, przy czym postępowała jeszcze bardziej zdradziecko, bo szpieg oszukuje tylko co do swej narodowości, podczas gdy moja przyjaciółka zataiła swoją najgłębszą istotę, fakt, że nie była taka jak wszyscy ludzie, lecz należała do pewnej osobliwej rasy, która wmieszała się w ogół ludzkości, ale, chociaż ukryta w nim, nigdy się z resztą całkowicie nie połączyła. Widziałem kiedyś dwa obrazy Elstira przedstawiające nagie kobiety wśród zarośniętego pejzażu. Na jednym z tych obrazów młoda dziewczyna wznosi nogę tym samym gestem, jaki Albertyna musiała robić bawiąc się z praczką. Na drugim wpycha do wody inną dziewczynę, która opiera się jej wesoło, trzymając udo podniesione i jedną stopę lekko zanurzoną w niebieskawej wodzie. Przypomniałem sobie, że to podniesione udo tworzyło z kątem narysowanym przez zgięte kolano taki sam meander jak udo Albertyny, kiedy leżała w moim łóżku. Nieraz chciałem jej powiedzieć, że mi przypominała owe dwa obrazy, lecz nie zrobiłem tego, aby nie kierować jej myśli ku nagim ciałom kobiecym. Teraz widziałem ją obok praczki i jej koleżanek, odtwarzającą grupę, którą tak lubiłem, gdym siedział wśród przyjaciółek Albertyny w Balbec. Gdybym nie był niczym więcej niż amatorem piękna, mógłbym stwierdzić, że Albertyna odtwarzała obecnie tę grupę tysiąc razy lepiej, używając posągów nagich bogiń, podobnych do tych, jakie wielcy rzeźbiarze rozrzucili po parku wersalskim między drzewami lub w basenach, gdzie je woda obmywa i gładzi swym pieszczotliwym ruchem. Teraz, siedząca obok praczki, Albertyna wydawała mi się dużo bardziej dziewczyną na brzegu morza niż w Balbec: nagość kobiecego marmuru była podwójna w gęstwie krzaków i trawy, zanurzała się w wodzie jak płaskorzeźba o motywach morskich. Przypominając ją sobie na moim łóżku, miałem uczucie, że widzę jej odchylone udo, widziałem je, była to szyja łabędzia szukająca ust drugiej dziewczyny. Potem udo znikło, widziałem już tylko zuchwałą szyję łabędzia, wyglądającą jak ta, co w rozedrganym szkicu obrazu sięga do ust Ledy, całym ciałem pulsującej w rozkoszy specyficznie kobiecej, bo to tylko łabędź, i jej się zdaje, że jest bardziej sama, podobnie jak rozmawiając przez telefon odkrywamy modulacje głosu, niedostrzegalne dla nas tak długo, jak go nie oddzielamy od twarzy, w której zobiektywizował się nam jego wyraz. W owym szkicu rozkosz, zamiast iść ku kobiecie, która ją inspiruje i jest nieobecna, zastąpiona przez bezwładnego łabędzia, koncentruje się w kobiecie, która ją odczuwa. Chwilami połączenie między moim sercem i pamięcią przerywało się. To, co Albertyna wyprawiała z praczką, docierało do mnie już tylko w postaci skrótów niemal algebraicznych, nic mi nie przedstawiających, ale przerwany prąd wracał sto razy na godzinę i moje serce paliło się w bezlitosnym ogniu piekieł, gdym widział, jak Albertyna wskrzeszona przez mą zazdrość, naprawdę żywa, sztywniała od pieszczot małej praczki, do której mówiła: ,,Ach, co za rozkosz!''

Ponieważ w momencie, kiedy popełniała swój grzech, znajdowała się przy życiu tak jak ja teraz, nie wystarczało mi, żem wiedział o tym grzechu, lecz chciałem, aby ona wiedziała, że wiem. Toteż o ile w takich chwilach z żalem myślałem, że już jej nigdy nie zobaczę, ten żal nosił piętno mej zazdrości i całkiem różny od rozdzierającej tęsknoty, którą czułem kochając ją, opłakiwał tylko niemożliwość powiedzenia jej następujących słów: ,,Myślałaś, że nigdy się nie dowiem, co robiłaś po wyjeździe ode mnie; otóż wiem wszystko o praczce nad Loarą, mówiłaś do niej: «Ach, co za rozkosz!» Widziałem ślad ugryzienia.'' Wprawdzie usiłowałem to sobie wyperswadować: ,,Czemu mam się dręczyć? Ta, co doznawała rozkoszy z praczką przestała istnieć, nie była więc osobą, której czyny mają trwałą wartość. Nie myśli, że wiem, ale też nie przypuszcza, że nie wiem, bo w ogóle nic nie myśli i nie przypuszcza.'' To rozumowanie działało na mój umysł jadnak nie tak skutecznie jak widok doznawanej przez nią rozkoszy, który mnie przenosił w owe chwile, kiedy ona ją przeżywała. Istnieje dla nas wyłącznie to, co czujemy, i dokonując projekcji naszych uczuć w przeszłości i w przyszłości nie dajemy się zatrzymać przed fikcyjną barierą śmierci. O ile żal za nią ulegał w takich momentach wpływowi mej zazdrości i przybierał tak szczególną formę, to ów wpływ nie mógł nie obejmować również moich rozmyślań okultystycznych, marzeń o życiu pozagrobowym, które były jedynie próbą zrealizowania mych pragnień. Gdybym ją wtedy mógł przywołać do wirującego stolika, co Bergotte uważał za rzecz możliwą, albo spotkać w zaświatach, co zdaniem księdza X też nie było wykluczone, chciałbym powiedzieć tylko tyle: ,,Wiem o praczce. Mówiłaś jej: «Ach, jaka rozkosz!» Widziałem ślad ugryzienia.''

Na pomoc przeciwko temu obrazowi praczki przyszedł mi – co prawda dopiero wówczas, gdy trochę potrwał – on sam, bo naprawdę znamy tylko to, co jest nowe, co nagle wywołuje w świecie naszych uczuć uderzającą dla nas zmianę tonacji, co nie ustąpiło jeszcze miejsca bladym faksymilom przyzwyczajenia. Ponadto jedynym sposobem istnienia Albertyny we mnie było rozbicie się jej na mnóstwo części, mnóstwo Albertyn. Wracały chwile, w których ona była wyłącznie dobra albo inteligentna czy też poważna lub nawet uwielbiająca sporty bardziej niż wszystko inne. I czyż w istocie nie było rzeczą słuszną, żeby właśnie owo rozbicie działało na mnie uspokajająco? Bo skoro nie miało w sobie nic rzeczywistego, skoro było zależne od kolejnych kształtów poszczególnych godzin, w których ona mi się dawniej ukazywała – przy czym i forma mej pamięci tak od nich zależała jak kontury obrazów rzucanych na ścianę przez moją latarnię czarnoksięską od kształtu kolorowych przezroczy – to czyż ono nie wyrażało na swój sposób prawdy, i to prawdy obiektywnej, głoszącej, że nikt z nas nie jest istotą jednolitą, lecz zawiera szereg osób różnej wartości moralnej, i że istnienie Albertyny o zboczonych skłonnościach wcale nie wyklucza, że istniały również inne – Albertyna, która lubiła rozmawiać ze mną w swoim pokoju o Saint-Simonie, albo ta, co w ów wieczór, kiedym powiedział o czekającym nas rozstaniu, rzekła tak smutno: ,,Ta pianola, ten pokój – pomyśleć, że już tego nigdy nie zobaczę'', i kiedy ujrzała wzruszenie, które mi się udzieliło pod wpływem mego własnego kłamstwa, zawołała z tak szczerym współczuciem: ,,Ach, nie! Wszystko, byleby ci nie sprawić przykrości. A więc postanowione – nie będę się widywać z tobą." Wtedy nie byłem już sam; czułem, jak znikała oddzielająca nas przegroda. Z chwilą gdy ta pełna dobroci Albertyna wróciła, odnalazłem jedyną osobę, od której mogłem uzyskać antidotum na cierpienie spowodowane przez Albertynę. Zapewne, nadal pragnąłem porozmawiać z nią o historii z praczką, ale to już nie miał być mój okrutny triumf i złośliwe wykazanie, że wiem o wszystkim. I zachowując się tak, jakbym postąpił, gdyby żyła, spytałem tkliwie, czy historia z praczką odpowiadała prawdzie. Ona mi przysięgła, że nie, że Aimé w ogóle nie był nadto prawdomówny i chcąc zrobić wrażenie, iż zapracował na pieniądze, które dostał ode mnie, wolał nie wracać bez łupu i wmówił w praczkę, co mu się podobało. Na pewno Albertyna i teraz nie przestała kłamać. A jednak w przypływach i odpływach jej sprzecznych zeznań czułem pewien postęp, który był moją zasługą. Nie mógłbym już nawet przysiąc, że w początkowym okresie nie zrobiła mi pewnych zwierzeń (co prawda może mimowolnych, w słowach, które wymykają się uwadze) – po prostu nie pamiętałem. Poza tym miała takie dziwne sposoby nazywania różnych rzeczy, że jedno i to samo mogło mieć różne znaczenia. I zdając sobie sprawę z mej zazdrości musiała gwałtownie odwołać wszystko, co mi przedtem z taką łatwością wyznała. A zresztą wcale mi nie potrzebowała tego mówić. Abym uwierzył w jej niewinność, wystarczyło mi ją pocałować; teraz to już było możliwe, skoro przestała istnieć owa przegroda, która wyrosła niczym niematerialna, lecz twarda ściana, jaka powstaje między skłóconymi kochankami i nie przepuszcza pocałunków. Tak, mogła mi już nic nie mówić. Co bądź podobało się mojej biednej małej uczynić, to jednak ponad tym, co nas dzieliło, były uczucia, w których mogliśmy się połączyć. Jeżeli historia była prawdziwa i moja przyjaciółka ukrywała przede mną swe skłonności, to w tym celu, żeby mi nie było przykro. Poczułem słodycz, gdym to usłyszał z ust tej Albertyny. Czy zresztą znałem inną? Dwie są największe przyczyny omyłek w stosunkach z drugą istotą: nasze dobre serce i miłość do tej istoty. Kochamy na podstawie uśmiechu, spojrzenia, widoku ramion. To nam wystarcza, i później, w długich godzinach nadziei lub rozpaczy, tworzymy całą osobę, komponujemy charakter. I kiedy następnie obcujemy z naszą ukochaną, tak samo nie jesteśmy już zdolni, nawet w obliczu rzeczywistości najbardziej okrutnej, odebrać jej ów charakter, ową naturę kochającej nas kobiety, jak nie możemy pozbawić jej na starość tego spojrzenia, tych ramion, skoro znamy daną osobę od czasów, kiedy była młoda. Przywołałem pamięcią spojrzenie tej dobrej Albertyny, poczciwe i miękkie jej okrągłe policzki, jej kark o jędrnym naskórku. Widziałem obraz zmarłej, ale ponieważ ona żyła, mogłem z łatwością uczynić w jednej chwili to, co bym na pewno uczynił, gdyby teraz była przy mnie jak za życia (i co zrobiłbym również, gdybym ją miał spotkać w zaświatach) – przebaczyłem.

Chwile, które przeżyłem z tą Albertyną, były tak dla mnie tak cenne, że nie chciałbym utracić ani jednej. Tak jak czasami można uratować okruchy roztrwonionego majątku, i ja znajdowałem drobiazgi, które zdawały się stracone: zawiązując kiedyś szalik z tyłu, a nie z przodu, przypomniałem sobie pewien spacer, do którego nigdy nie wracałem; Albertyna, przedtem pocałowawszy mnie, zabezpieczyła mi wtedy gardło od chłodu w identyczny sposób. Ów spacer tak zwyczajny, ożywiony w mej pamięci przez gest tak prosty, sprawił mi tę samą przyjemność co zwrócone przez starą służącą przedmioty codziennego użytku, które należały do bliskiej nam osoby i są dla nas bezcenne; moja tęsknota była teraz bogatsza, i to tym więcej, żem nigdy o tym nie myślał. Przeszłość daje nam odczuć swój smak, podobnie jak przyszłość, nie wtedy gdy jej próbujemy jeden haustem, lecz kropla po kropli.

Zresztą mój smutek przybierał tyle kształtów, że czasami przestawałem go rozpoznawać; pragnąłem przeżyć wielką miłość, chciałem znaleźć osobę, która by żyła ze mną, i to zdawało mi się świadczyć, iż nie kocham już Albertyny, gdy w rzeczywistości było dowodem, że wciąż ją kochałem; owo pragnienie wielkiej miłości stanowiło bowiem, tak samo jak potrzeba całowania okrągłych policzków Albertyny, część mej tęsknoty. W gruncie byłem szczęśliwy, żem się nie zakochał w innej kobiecie; zdawałem sobie sprawę, że ta wielka, tak długo trwająca miłość do Albertyny była jakby cieniem uczucia, którym ją niegdyś darzyłem, że powtarzała różne jego składniki i podlegała tym samym prawom, co rzeczywistość uczuciowa, której była pośmiertnym odbiciem. Wiedziałem, że gdybym mógł wsunąć między moje myśli o Albertynie jakąś przerwę nadto długą, przestałbym ją kochać; moja przyjaciółka stałaby mi się wtedy obojętna niczym teraz moja babka. Zbyt długi czas spędzony bez myśli o niej zniszczyłby w mej pamięci ciągłość, która jest podstawą życia, lecz daje się nawiązać po upływie pewnego czasu. Czyż nie tak samo było z moją miłością dla Albertyny za jej życia, podejmowaną od nowa po długim okresie bez myślenia o niej? W moich wspomnieniach rządziły te same prawa, nie znosiłem dłuższych przerw, ponieważ moja pamięć, na podobieństwo zorzy północnej, nie miała innej funkcji niż odbijanie po śmierci Albertyny uczucia, jakie dla niej żywiłem w tamtych czasach, była jakby cieniem mej miłości. Dopiero zapomniawszy ją mógłbym rzec, że bez miłości żyje się bardziej rozsądnie, bardziej szczęśliwie. W ten sposób żal po stracie Albertyny, który budził we mnie potrzebę znalezienia sobie siostry, sam się czynił nienasyconym. I w miarę jak będzie słabł, potrzeba siostry, stanowiąca tylko jego podświadomy wyraz, też będzia traciła na sile. A jednak owe dwa ślady mej miłości nie znikały w jednakowym tempie. Były godziny, kiedym był zdecydowany na małżeństwo – tak bardzo pierwsze pragnienie odeszło w cień, drugie natomiast pozostawało pełne wigoru. I odwrotnie, kiedy później moje zazdrosne wspomnienia przygasły, czasem odczuwałem w sercu nagły przypływ tkliwości dla Albertyny i myśląc o mych stosunkach z innym kobietami powiadałem sobie, że ona każdą tę miłość byłaby zrozumiała i podzieliła; jej zboczenie stawało się więc jakby bodźcem dla mych żądz. Niekiedy moja zazdrość odradzała się w chwilach, kiedym już nie pamiętał o Albertynie, chociaż o nią to byłem wtedy zazdrosny. Zdawało mi się, że w ten sposób zareagowałem na wiadomość o nowym romansie Anny. Ale Anna była dla mnie tylko pseudonimem, pośrednikiem, kontaktem łączącym mnie okrężną drogą z Albertyną. Podobnie nadajemy we śnie inną twarz, inne nazwisko jakiejś osobie, której identyczność jest dla nas wciąż niewątpliwa. W sumie zatem, mimo przypływów i odpływów zakłócających w poszczególnych przypadkach ogólne prawo, uczucia pozostałe mi po Albertynie zamierały wolniej niż

119

pamięć najpierwszej ich przyczyny. Nie tylko zresztą uczucia, lecz i wrażenia. Różniąc się pod tym względem od Swanna, gdy przestał kochać Odetę, i odtąd nie potrafił nawet odtworzyć sobie wrażenia swej miłości, czułem, jak we mnie żyje przeszłość będąca jedynie historią innego człowieka; moje ja, niby podzielone na dwie części, u góry było twarde i zimne, podczas gdy dół rozpalał się za każdym razem, gdy jakaś iskra otwierała drogę dawnemu prądowi, i to jeszcze wtedy, kiedy mój umysł całkiem już stracił zdolność wyobrażania sobie Albertyny. A ponieważ ani ślad jej obrazu nie towarzyszył straszliwym porywom mego nagle rozkołatanego serca, łzom wyciskanym z mych oczu przez chłodny wiatr, który jak w Balbec chwiał różowymi już jabłoniami, zadawałem sobie pytanie, czy ów odradzający się ból nie wynikał z przyczyn czysto patologicznych i czy to, com poczytywał za nawrót wspomnienia i ostatni okres miłości, nie było raczej początkiem choroby serca.

Przy pewnych dolegliwościach zdarzają się objawy poboczne, które cierpiący nadto jest skłonny utożsamiać z właściwą chorobą. Kiedy one znikają, dziwi się, że jest dalszy od wyleczenia, niż sądził. Tak było z cierpieniem – „komplikacją" – wywołanym przez list Aimégo tyczący się natrysków i praczek. Gdyby mnie wówczas odwiedził jakiś lekarz duszy, stwierdziłby, że poza tym sam mój smutek ma się lepiej. Niewątpliwie istniała we mnie, jako w człowieku, czyli jednej z owych amfibii pogrążonych zarazem w czasie minionym i w aktualnej rzeczywistości, nieustanna sprzeczność między żywym wspomnieniem Albertyny i świadomością, że ona nie żyje. Ale owa sprzeczność była poniekąd odwróceniem sytuacji dawniejszej. Myśl, iż Albertyna umarła, niedawno z takim impetem uderzająca w moje przekonanie, że jednak żyje, co sprawiało, żem przed nią uciekał jak dzieci przed nadchodzącą falą, ta myśl o jej śmierci, wykorzystująca owe nieustanne uderzenia, w końcu zajęła we mnie to samo miejsce, w którym się niedawno jeszcze znajdowała myśl o jej życiu. Choć nie zdawałem sobie z tego sprawy, obecnie ta myśl o śmierci – a nie wspomnienie jej życia – wypełniała przeważającą część moich podświadomych refleksji tak dalece, że gdym je przerywał, aby zastanowić się nad sobą samym, to nie dziwiło mnie – jak to się zdarzało z początku – że Albertyna, tak żywa we mnie, mogła przestać istnieć na ziemi, lecz że nie istniejąc na ziemi, będąc umarłą, pozostała tak żywa we mnie. Zbudowany ze ściśle przylegających do siebie wspomnień czarny tunel, pod którym moja myśl od zbyt dawna tkwiła w zadumie, by zwracać na niego uwagę, nagle przerywał się słoneczną luką wśród uśmiechniętego i błękitnego świata, gdzie Albertyna stanowiła już tylko wspomnienie, obojętne i urocze. Czy to ta jest prawdziwa, pytałem sam siebie, czy tamta, którą tak długo widziałem w mrokach tunelu i uważałem za jedyną rzeczywistość? Osobnik, którym byłem tak niedawno i który żył wyłącznie oczekiwaniem chwili, kiedy Albertyna przyjdzie mu powiedzieć dobranoc i pocałować go, jak gdyby się rozmnożył i okazał zaledwie nieznaczną, na wpół ogołoconą częścią mej istoty i niczym kwiat zaczynający się rozwijać czułem, jak mnie odmładza świeżość spadających płatków. Zresztą te krótkie olśnienia może jeszcze bardziej mi uświadamiały moją miłość do Albertyny, gdyż wszystkie idee długo trwające potrzebują opozycji, żeby się utwierdzić. Na przykład ludzie, którzy przeżyli wojnę 1870 roku, opowiadają, iż myśl o wojnie wydawała im się w końcu naturalna, nie dlatego jednak żeby mało myśleli o niej, lecz że myśleli bez przerwy. I aby zrozumieć, jak dziwnym i doniosłym wydarzeniem jest wojna, musieli oderwać się od swej ustawicznej obsesji, musieli zapomnieć na chwilę, że wojna trwa, odnaleźć się w sytuacji, w jakiej żyli przed jej wybuchem, aż wreszcie na tle tej chwilowej bieli zarysowała się, teraz już wyraźna, potworna rzeczywistość, którą od dawna przestali widzieć, bo nic oprócz niej nie widzieli.

Gdyby różne moje wspomnienia o Albertynie cofały się we mnie krocząc nie pojedynczymi oddziałami, lecz wszystkie naraz, równo, jednym frontem, na całej linii mej pamięci, myśli o zdradzie jednocześnie z innymi, w których zachowała się jej słodycz – zapomnienie przyniosłoby mi ulgę. Ale tak się nie stało. Niby podczas przypływu wchodzącego nieregularnie na wybrzeże, czułem ukąszenia tych czy innych spośród mych podejrzeń, gdy jej obraz pełen dobroci znajdował się już za daleko, aby mnie uleczyć swym balsamem.

Zdrady sprawiały mi ból, bo nawet jeżeli miały miejsce dawno, nie odczuwałem ich jako wydarzeń starych; a jednak mniej cierpiałem, gdy się starzały, to znaczy, gdym je sobie przedstawiał mniej żywo, albowiem oddalenie każdej rzeczy jest raczej proporcjonalne do siły wzroku, jaką się odznacza spoglądająca pamięć, niż do rzeczywistej odległości wyrażonej w dniach; w ten sam sposób sen z ostatniej nocy, o ile jest mglisty i zatarty, może się nam wydać bardziej oddalony niż fakt, który się zdarzył przed laty. Ale jakkolwiek myśl o śmierci Albertyny czyniła we mnie postępy, to uczucie, że ona żyje, wracające jak przypływ, jeżeli nie hamowało tamtego procesu, to go w każdym razie utrudniało i czyniło nieregularnym. Obecnie zdaję sobie sprawę, że w owym okresie (zapewne dlatego żem zapomniał o godzinach, które spędziła uwięziona w mym domu i które, pozwalając mi nie cierpieć z powodu jej wykroczeń – w tamtym czasie niemal obojętnych dla mnie, gdyż wiedziałem, że ich wtedy nie popełniała – stały się jednym wielkim dowodem niewinności) znosiłem torturę polegającą na obcowaniu bez przerwy z myślą równie nową jak myśl o jej śmierci (dotąd punktem wyjścia zawsze było wyobrażenie Albertyny żyjącej) i którą także byłbym uznał za niemożliwą do przyjęcia, lecz która niepostrzeżenie opanowała mą świadomość wypierając z niej obraz Albertyny niewinnej – była to myśl o winie Albertyny. Gdym sądził, że wątpię o niej, w rzeczywistości darzyłem ją zaufaniem; podobnie teraz przyjąłem za podstawę pewność – tak samo często podważaną jak to, czegom był pewien poprzednio – pewność jej winy, jednocześnie wyobrażając sobie, że wciąż nie jestem o niej przekonany.

Musiałem wiele przecierpieć w tym czasie, ale rozumiem, że inaczej być nie mogło. Wyleczyć się z cierpienia można tylko pod warunkiem, że się go doświadczy do samego końca. Chroniąc Albertynę od wszelkich kontaktów, wmawiając w siebie, że była niewinna, następnie zaś opierając swoje rozumowania na założeniu, że ona żyje, jedynie opóźniałem godzinę ozdrowienia, gdyż opóźniałem długi szereg godzin, który był wstępem do niego, pełnym koniecznych cierpień. Wiedziałem przy tym, że gdy zacznie działać przyzwyczajenie, potraktuje owe myśli o Albertynie według tych samych praw, które już poznałem w ciągu mego życia. Tak jak nazwa ,,Guermantes'' straciła znaczenie i urok drogi obrzeżonej grzybieniami oraz pięknego witraża z Gilbertem

Złym, jak obecność Albertyny nie była już niebieską falistością powierzchni morza, jak nazwiska Swanna, windziarza, księżnej de Guermantes i tylu innych przestały znaczyć dla mnie to co przedtem (ów urok i owo znaczenie zostawiły mi jedno proste słowo, dość wymowne dla nich, aby mogło żyć samo) i jak ktoś, kto przyucza służącego do jego zajęć domowych i po kilku tygodniach, osiągnąwszy swoje, może już wrócić do swojego życia, tak przyzwyczajenie miało pozwolić, żeby bolesna myśl o winie Albertyny wyszła ze mnie. Zresztą dwaj sprzymierzeńcy przyzwyczajenia pomogą mu, nacierając z dwóch flank jednocześnie. Stając się bardziej prawdopodobną, bardziej zwyczajną, myśl o winie mej przyjaciółki będzie też mniej bolesna. Z drugiej strony, jako mniej bolesna, będzie mniej odporna na obiekcje przeciwstawiane przeze mnie hipotezie, że Albertyna była winna, i podyktowane memu rozumowi jedynie obawą przed nadmiernym cierpieniem; upadną one jedna po drugiej i dzięki tym dwóm nazwajem się wypierającym akcjom dość szybko przejdę od pewności, że Albertyna była niewinna, do pewności, że była winna. Musiałem żyć z myślą o jej śmierci, z myślą o jej grzesznych czynach, abym się mógł z tymi myślami oswoić, to znaczy zapomnieć je i na koniec zapomnieć samą Albertynę.

Alem jeszcze do tego nie doszedł. Czasem moja pamięć, zaostrzona jakąś podnietą intelektualną – kiedy na przykład czytałem książkę – odnawiała mój smutek; czasem, odwrotnie, smutek – wywołany na przykład dręczącą atmosferą burzliwej pogody – podnosił wyżej, ku światłu, jakieś wspomnienie o naszej miłości.

Zresztą nawroty mego uczucia do zmarłej Albertyny mogły występować między okresami obojętności przetykanej przez inne zainteresowania; długi okres tego rodzaju w Balbec miał swój początek w niedoszłym do skutku pocałunku, po którym bardziej zająłem się panią de Guermantes, Anną i panną de Stermaria; miłość do Albertyny wróciła, gdyśmy znowu zaczęli się częściej widywać. Obecnie różne sprawy też mi się kazały od niej odrywać – tym razem od nieżyjącej – i byłem wtedy wobec niej bardziej obojętny. Ale dla mnie ona wciąż żyła. I nawet później, kiedym już jej tak nie kochał, to uczucie pozostało mi jako jedno z tych, które prędko się męczą, lecz odżywają po wypoczynku. Goniłem za jakąś żywą kobietą, potem za drugą, lecz w końcu wracałem do mej zmarłej. Bywało, że w najgłębszych zakamarkach mej duszy, gdym już stracił wszelki wyraźny obraz Albertyny, nagle jakieś przypadkowe słowo wywoływało bolesne reakcje, które byłyby mi się wydały niemożliwe, niczym ruchy ludzi konających, gdy mózg przestał działać i członki odpowiadają tylko na ukłucia igłą. Niekiedy w ciągu długich okresów czasu te podniety zdarzały mi się tak rzadko, żem sam szukał pretekstów do zmartwień, do ataków zazdrości, aby przenieść się w minione dni i lepiej ją sobie przypomnieć. Tęsknota za kobietą nie jest niczym innym jak odradzającą się miłością, wobec czego podlega tym samym prawom i siła mojej tęsknoty wzrastała pod wpływem tych samych czynników co miłość do Albertyny za jej życia; w pierwszym szeregu owych czynników zawsze się znajdowały zazdrość i cierpienie. Ale sprzyjające okazje najczęściej rodziły się niezależnie ode mnie – bo choroby i wojny mogą trwać znacznie dłużej, niż to sobie obliczył najbardziej przewidujący rozsądek – i wstrząsały mną tak gwałtownie, żem więcej myślał, jak się bronić przed cierpieniem, niż szukał w nim wspomnień.

Zresztą słowo nie musiało mieć, jak Chaumont, związku z pewnymi podejrzeniami, aby je znowu obudzić, stać się umówionym hasłem, magicznym: ,,Sezamie, otwórz się", uchylającym wrota przeszłości nie branej już przez nas pod uwagę, bośmy dosyć się na nią napatrzywszy właściwie przestali ją posiadać; byliśmy o nią pomniejszeni i sądziliśmy, że wskutek tej amputacji nasza osobowość zmieniła swój kształt, niby figura geometryczna, która tracąc jakiś kąt została zarazem pozbawiona jednego ze swych boków. Niektóre zdania na przykład, jeżeli zawierały nazwę ulicy, drogi, na której Albertyna mogła się kiedyś znaleźć, wystarczały, żeby się wcieliła zazdrość potencjalna, nie istniejąca, szukająca dopiero ciała, miejsca, materialnej podstawy, ukonkretnienia. (Nawet jedna sylaba wspólna dwóm różnym słowom wystarczała mi – jak elektrotechnikowi, który umie wykorzystać najmniejszy kawałek przewodnika – żeby przywrócić kontakt między Albertyną i moim sercem.) Często zdarzało się po prostu, że gdym spał, owe ,,repryzy", owe *da capo* snu, przewracające jednym zamachem wiele stronic

124

pamięci, wiele kartek kalendarza, prowadziły mnie wstecz, kazały się cofnąć do jakiegoś bolesnego i dawnego wrażenia, które od długiego czasu było zastąpione przez jakieś inne i nagle stawało się teraźniejsze. Zwykle towarzyszyła mu inscenizacja, niezręczna, lecz przejmująca; łudziła mnie, pokazywała mi, dawała usłyszeć widowisko, które odtąd nosiło datę tej nocy. Czyż zresztą w dziejach miłości i jej walk przeciwko zapomnieniu sen nie odgrywa ważniejszej roli niż jawa, skoro nie bierze pod uwagę podziału czasu na nieskończenie drobne odcinki, zaciera przejścia, operuje wielkimi kontrastami, rozbija w mgnieniu oka dzieło pocieszenia tak mozolnie utkane przez cały dzień i urządza nam nocą, pod warunkiem, że się nigdy więcej nie zobaczymy, spotkanie z tą, którą bylibyśmy w końcu zapomnieli? Albowiem wbrew temu, co się głosi, we śnie możemy mieć wrażenie całkowitej rzeczywistości jego akcji. Przeciwstawić się temu wrażeniu mogłyby jedynie argumenty zaczerpnięte z naszych doświadczeń na jawie, w tym momencie jednak ukrytych przed nami. Dlatego to nieprawdopodobne życie wydaje się nam prawdziwe.

Czasami wskutek defektu oświetlenia wewnętrznego, który psuł widowisko, moje wspomnienia, dobrze wyreżyserowane, dawały mi złudzenie życia, byłem przekonany, że naprawdę mam rendez-vous z Albertyną, żem ją odnalazł, ale nie mogłem uczynić ku niej ani kroku, wymówić słów, które chciałem jej rzec, zapalić w lichtarzu świecy, która zgasła; wszystko to było po prostu odbiciem w świecie snu nieruchomości, niemoty i ślepoty człowieka, który śpi; podobnie widzimy niekiedy w latarni magicznej, jak przeszkadza wielki cień zasłaniający osoby wyświetlone na ścianie – to cień samej latarni lub operatora. Kiedy indziej Albertyna, ukazawszy mi się we śnie, chciała jeszcze raz wyjechać, ale jej decyzja nie zdołała mnie wzruszyć. Stało się tak dlatego, że moja pamięć wcisnęła w mroki snu promień światła; tym, co pozbawiło wszystkie jej czyny i zapowiedziany wyjazd jakiegokolwiek znaczenia, była świadomość, że Albertyna umarła. Ta sama myśl, często nawet jeszcze wyraźniejsza, łączyła się też z wrażeniem – którego wcale nie podważała – że ona jednak żyje. Rozmawiałem z nią, gdy tymczasem w głębi pokoju chodziła moja babka. Część jej podbródka wykruszyła się jak zwietrzały marmur, ale ja nie widziałem w tym nic dziwnego. Oświadczyłem Albertynie, że chcę jej zadać kilka pytań na temat zakładu kąpielowego w Balbec i pewnej praczki z Turenii, ale odłożyłem to, ponieważ mieliśmy dużo czasu i nic już nas nie nagliło. Albertyna zapewniła mnie, że nie robiła nic złego, tyle że poprzedniego dnia pocałowała w usta pannę Vinteuil. „Jak to? Ona jest tutaj?" – „Tak, muszę cię nawet zostawić samego, bo za chwilę mam ją odwiedzić." Ponieważ od chwili śmierci Albertyna nie była już uwięziona przeze mnie, jak w ostatnim okresie swego życia, ta wizyta u panny Vinteuil wydała mi się niepokojąca. Nie chciałem jednak dać tego poznać po sobie. Albertyna mówiła mi, że ją tylko pocałowała, lecz na pewno zaczęła znowu kłamać jak wtedy, kiedy się wszystkiego wypierała. Prawdopodobnie za chwilę nie ograniczy się do całowania panny Vinteuil. Z pewnego punktu widzenia mój niepokój nie był uzasadniony, skoro się mówi, że zmarli nie mogą nic odczuwać, nic robić. Tak się mówi, a mimo to moja babka, która umarła, od szeregu lat nadal sobie żyła i w tej chwili krąży po pokoju. I niewątpliwie po przebudzeniu ta myśl o zmarłej osobie, która wciąż żyje, powinna była stać się dla mnie tak niezrozumiała, jak jest niemożliwa do wytłumaczenia. Ale formułowałem ją tyle razy w okresach przejściowego szaleństwa, jakim są nasze sny, żem się do niej w końcu przyzwyczaił; pamięć snów, często się powtarzających może być trwała. Myślę, że trochę lepiej niż inni rozumie swoje słowa – nawet jeżeli jest dzisiaj wyleczony i odzyskał rozum – ów człowiek, który chcąc przekonać zwiedzających szpital psychiatryczny, że sam, wbrew twierdzeniu lekarza, nie jest chory umysłowo, kazał porównywać swój rozsądek i obłąkane chimery poszczególnych pacjentów, po czym wołał: „Więc tego człowieka, który się niczym nie różni od normalnych ludzi, nie uznacie za wariata? To jednak wariat, bo się uważa za Chrystusa, co nie ma sensu, gdyż Chrystusem jestem ja!" Długo po przebudzeniu nękał mnie ów pocałunek, o którym Albertyna powiedziała mi w słowach wciąż brzmiących mi w uszach. Istotnie, mogłem to słyszeć, jako żem sam wypowiedział te słowa. Przez cały dzień prowadziłem z nią rozmowy, zadawałem jej pytania, przebaczałem, wynagradzałem zapomnienie rzeczy, które chciałem jej powiedzieć przez cały czas, kiedy żyła. I nagle czułem strach na myśl, że istocie przywołanej we wspomnieniu, do której zwracały się wszystkie moje słowa, nie odpowiada żadna rzeczywistość, że rozsypały się części twarzy, którym tylko uparta wola życia, dziś już pogrążona w niebycie, nadała kiedyś jedność ludzkiej indywidualności.

Zdarzało się, że spędziwszy noc bez snów, zaraz po przebudzeniu czułem w sobie zmieniony kierunek wiatru; dął zimnym i nieprzerwanym podmuchem z innej strony przeszłości, przynosząc mi bicie dalekich zegarów i gwizdy odjazdów, czegom zwykle nie słyszał. Próbowałem wtedy wziąć do ręki książkę. Czytałem powieść Bergotte'a, którą szczególnie lubiłem. Postacie sympatyczne bardzo mi się podobały, i natychmiast owładnięty czarem książki, zacząłem pragnąć jak osobistej satysfakcji, żeby niedobra kobieta została ukarana; gdy szczęście narzeczonych było zapewnione, poczułem łzy w oczach. ,,Ależ w takim razie – zawołałem z rozpaczą – waga, jaką przywiązuję do tego, co mogła robić Albertyna, wcale mi nie pozwala wierzyć, że jest ona istotą rzeczywistą, niezniszczalną, którą kiedyś spotkam w niebie pod dawną jej postacią! Jaką życzliwość, jaki niepokój, jaką radość wywołują we mnie te przygody i pomyślne ich zakończenie, choć w grę wchodzi osoba, która istniała tylko w fantazji Bergotte'a, której nigdy nie widziałem i której twarz mogę sobie dowolnie wyobrażać!" Poza tym w owej powieści były także urocze dziewczęta, listy miłosne, puste aleje nadające się do spotkań; to mi przypominało, że można kochać w tajemnicy, budziło moją zazdrość, jakby Albertyna mogła jeszcze chodzić po pustych alejach. Była tam również mowa o człowieku odnajdującym po pięćdziesięciu latach kobietę, którą kochał, gdy była młoda, której z początku nie poznaje i przy której teraz się nudzi. To mi znowu przypomniało, że miłość nie trwa wiecznie, i kazało się martwić, jakbym miał rozstać się z Albertyną i następnie ją spotkać jako zobojętniały starzec. Jeżeli patrzałem na mapę Francji, moje przerażone oczy usiłowały omijać Turenię, żebym nie dostał ataku zazdrości i żebym nie poczuł się nieszczęśliwy, Normandię, gdzie widniały co najmniej Balbec i Doncières, między którymi zawierały się dla mnie wszystkie drogi tylekroć wspólnie przebyte. Wśród innych nazw miast i wsi francuskich były takie, które miały tylko postać widzialną, i takie, które były wyłącznie dla słuchu, lecz Tours wydawało się skonstruowane inaczej, nie z obrazów bez materii, lecz z trujących substancji, które natychmiast atakowały moje serce, przyspieszając jego bicie i czyniąc je bolesnym.

Jeżeli nawet niektóre nazwy były nabrzmiałe tą siłą i tak przez nią odrębne od innych, to czyż mogłem się dziwić, kierując wzrok bardziej w moją stronę i zatrzymując go przy Albertynie, że nieodparta również w swym działaniu na mnie, choć mogła powstać przy udziale każdej innej kobiety, siła owa była splotem i stopem snów, pożądań, przyzwyczajeń, czułości, na co musiały się nałożyć w przemiennym rytmie cierpienie i rozkosz? W niej przedłużała się jej śmierć, bo pamięć może udźwignąć życie rzeczywiste, którego natura jest duchowa.

Przypominałem sobie Albertynę, jak wychodziła z wagonu mówiąc mi, że ma ochotę pojechać do Saint-Martin-le-Vêtu; pamiętałem ją i z wcześniejszych dni, kiedy ściągała sobie polo na twarz. Odnajdywałem możliwości szczęścia, ku którym biegłem powiadając sobie: „Bylibyśmy mogli pojechać razem aż do Quimperlé, aż do Pont-Aven." Widziałem ją z powrotem na wszystkich stacjach w okolicy Balbec, tak że ta ziemia, niczym jakiś ocalony kraj mitologiczny, mówiła do mnie żywym i okrutnym językiem legend najbardziej starożytnych, najbardziej uroczych i zatartych przez to, co nastąpiło po naszej miłości. Ach, jak bolesny będzie mój sen, jeżeli mi wypadnie znowu położyć się w moim łóżku w Balbec! Dokoła jego miedzianej ramy, jakby to była nieruchoma oś, obróciło się moje życie, przechodząc przez wesołe rozmowy z moją babką, grozę jej śmierci, pieszczoty Albertyny, odkrycie jej zboczenia; potem zaczynało się od początku i patrząc na oszklone szafy biblioteczne wiedziałem, że Albertyna w to nowe życie już nie wejdzie. Czy hotel w Balbec nie wyglądał jak jedyna dekoracja w prowincjonalnych teatrach, która od lat służy do najrozmaitszych sztuk, w której przedstawiano komedię, jedną tragedię, drugą tragedię, dramat poetycki – czyż nie taki jest ów hotel, sięgający dosyć daleko w moją przeszłość i wciąż ukazujący w swoich ścianach nowe okresy mego życia? Ponieważ tylko to było niezmienne – ściany, biblioteki, lustro – tym lepiej pojmowałem, że w jego całości zmieniła się tylko reszta, to znaczy ja, i dzięki temu miałem uczucie, którego nie znają dzieci, wyobrażające sobie w swoim pesymistycznym optymizmie, że tajemnice życia, miłości, śmierci są przed nimi zamknięte, że one w nich nie uczestniczą. Z bolesną dumą spostrzegałem, że człowiek w miarę upływu lat zrasta się ze swoim życiem.

Próbowałem czytać gazety.[1]

Lektura dzienników była mi jednak wstrętna, ponadto zaś kryła w sobie niebezpieczeństwa. Z każdej bowiem naszej myśli, niby ze skrzyżowania dróg wśród lasu, wychodzi tyle różnych szlaków, że w chwili gdy tego najmniej oczekiwał, znajdowałem się przed nowym wspomnieniem. Tytuł komedii Faurégo *Sekret* prowadził mnie do *Sekretu królewskiego* księcia de Broglie, nazwisko de Broglie do nazwy Chaumont. Albo słowa ,,Wielki Piątek" nasuwały mi na myśl Golgotę, ta zaś swoją etymologię, będącą, jak się zdaje, odpowiednikiem łacińskiego Calvus Mons, czyli Chaumont. Jakąkolwiek bądź drogą przybywałem do Chaumont, doznawałem tak straszliwego wstrząsu, żem od tej chwili więcej myślał, jak się bronić przed cierpieniem, niż szukał w nim wspomnień. W kilka chwil po tym uderzeniu intelekt, poruszający się niczym odgłos pioruna, z mniejszą szybkością, przynosił mi jego powód. Pod wpływem nazwy Chaumont pomyślałem o Buttes-Chaumont, gdzie według pani Bontemps Anna często się wybierała w towarzystwie Albertyny, chociaż Albertyna twierdziła, że nie była tam ani razu. Poczynając od pewnego wieku nasze wspomnienia tak są ze sobą splecione, iż rzecz, o której myślimy, lub książka, którą czytamy, nie mają już żadnego znaczenia. Wszędzie wkładamy część samych siebie, wszystko jest płodne, wszystko niebezpieczne i odkryć równie cennych jak w *Myślach* Pascala możemy dokonać w reklamie mydła.

Zapewne historia z Buttes-Chaumont, która w swoim czasie wydała mi się tak błaha, była jako argument oskarżenia przeciw Albertynie mniej ważna, mniej decydująca niż sprawa z kąpielową lub z praczką. Ale przede wszystkim wspomnienie, które niespodziianie przychodzi nam do głowy, znajduje w nas świeżą siłę wyobraźni, to znaczy w tym wypadku zdolności do cierpienia, podczas gdy owa siła jest już częściowo zużyta, o ile jakieś

---

[1] W tym miejscu rękopis – od kilku stron wyjątkowo niedopracowany – ma dużą białą lukę, którą Proust najprawdopodobniej zamierzał wypełnić. (Przyp. tłum.)

wspomnienie przywoływaliśmy w sposób świadomy. Poza tym obie tamte kobiety (kąpielowa i praczka) były zawsze obecne w mej pamięci, choć z dala od światła, niby owe meble stojące w półmroku korytarza, których nie widzimy, ale które umiemy wymijać. Zdążyłem się do nich przyzwyczaić. Od dawna za to nie myślałem o Buttes-Chaumont ani na przykład o wyrazie oczu Albertyny przeglądającej się w lustrze kasyna w Balbec, ani o jej tajemniczym spóźnieniu, kiedym tak długo na nią czekał po wieczorze u Guermantów. Wszystkie te części jej życia zostały poza mym sercem, a chciałbym je poznać i wchłonąć, przyłączyć do niego, aby tam spotkały milsze wspomnienia o innej Albertynie, wewnętrznej i naprawdę będącej w moim posiadaniu. Gdym podnosił ciężką zasłonę przyzwyczajenia (tej otępiającej siły, co przez całe życie ukrywa przed nami cały świat i wśród ciemnej nocy, nie zmieniając ich etykiet, podsuwa nam zamiast najniebez-pieczniejszych i najbardziej upajających trucizn życia substancje całkiem nieszkodliwe i nie sprawiające przyjemności), wracały do mnie jak pierwszego dnia, z ostrą świeżością zaczynającej się pory roku i zmienionego rozkładu naszych codziennych zajęć, który również od strony przyjemności, kiedy wsiadamy do powozu w pierwszy pogodny dzień wiosenny lub opuszczamy dom o wschodzie słońca, każe nam odczuwać najprostszą czynność w skupionym zachwycie, nadającym tej intensywnej chwili war-tość większą niż wszystkim poprzednim dniom naszego życia razem wziętym. Minione dni powoli zakrywają te, po których nastąpiły, same też jednak nikną z kolei za swoimi następcami. Ale każdy taki dzień pozostaje w nas jak w ogromnej bibliotece, gdzie na pewno istnieją egzemplarze bardzo starych książek, o które nikt nie pyta. Niekiedy jeden wypływa z przeroczystych głębin epok na powierzchnię, rozpościera się w nas szeroko i wtedy nazwy znowu mają przez chwilę swoje dawne znaczenia, ludzie swoje dawne twarze, a my odzyskujemy duszę z tamtych czasów i jeszcze raz odczuwamy – trochę boleśnie, lecz nie w sposób dotkliwy, bo to długo nie potrwa – problemy, które od dawna stały się niemożliwe do rozwiązania i wtedy tak nas nękały. Nasze ja składa się z naszych kolejnych stanów ułożonych warst-wami. Ale nie jest to układ niezmienny jak warstwy geologiczne w pasmie górskim. Stare pokłady bez przerwy wznoszą się ku powierzchni. Odnajdowałem siebie po wieczorze u księżnej de Guermantes, czekającego na powrót Albertyny. Cóż ona robiła w tę noc? Czy mnie zdradzała? Z kim? Rewelacje Aimégo, nawet jeżeli miałem je przyjąć, w niczym nie zmniejszały dręczącej, bolesnej wagi tych niespodziewanych pytań, jak gdyby w każdej z różnych Albertyn, w każdym nowym wspomnieniu tkwił odrębny problem zazdrości, wobec którego rozwiązania innych problemów były bezsilne.

Ale ja chciałem się dowiedzieć nie tylko, z którą kobietą ona spędziła ową noc, lecz jaką to dla niej oznaczało przyjemność, co się w niej wtedy działo. Franciszka opowiadała mi, że czasami w Balbec, kiedy wchodziła do jej pokoju, zastawała ją wychyloną przez okno, z wyrazem niepokoju, poszukiwania, jakby na kogoś czekała. Przypuśćmy, że to miała przyjść do niej Anna. W jakim stanie ducha, ukrytym za owym niespokojnym i myszkującym spojrzeniem, oczekiwała wówczas Anny? Jakie znaczenie przywiązywała do swych skłonności? Jakie miejsce zajmowały one w jej myślach? Pamiętałem swoje własne wzruszenie za każdym razem, gdym spostrzegł młodą dziewczynę, która mi się podobała (bywało zresztą, żem wcale jej nie widział, a tylko słyszał, jak o niej opowiadano), przypominałem sobie moje wysiłki, żeby ładnie wyglądać i pokazać się awantażownie, a także mój strach – i aby wziąć się samemu na tortury, nie potrzebowałem już nic więcej, niestety, jak tylko wyobrazić sobie to samo rozkoszne zdenerwowanie u Albertyny, niby za pomocą aparatu, o którego wynalezieniu zaczęła marzyć moja ciotka Leonia, gdy doktor potraktował sceptycznie jej dolegliwości: byłby to przyrząd zadający lekarzom, dla lepszej orientacji, wszystkie cierpienia, jakich doznają ich pacjenci. Wystarczającą dla mnie torturą było, gdym sobie rzekł, że w zestawieniu z tym wszystkim Albertynę musiały nudzić nasze poważne rozmowy o Stendhalu czy Wiktorze Hugo, i gdym pojął, że jej serce lgnęło do innych, oddalało się ode mnie i wcielało się gdzie indziej. Ale sam fakt, że to pożądanie było dla niej czymś tak ważnym i wszędzie dokoła napotykającym przeszkody, nie mówił mi jeszcze, czym była jakościowo i, zwłaszcza, jak ona je nazywała na swój własny użytek. W dolegliwościach fizycznych jesteśmy przynajmniej zwolnieni od wybierania sobie naszego bólu. Sama choroba ustala go nam i narzuca. Przeżywając natomiast zazdrość musimy wypróbować rozmaite odmiany i rozmiary cierpienia, żeby w końcu wybrać takie, które zdaje się najlepiej nam odpowiadać. A co za trudność, kiedy cierpienie jest takie jak w moim wypadku, kiedy ukochana istota doznaje rozkoszy z osobami innej płci niż my, dostarczającymi jej wrażeń, których my dać nie możemy, a w każdym razie przedstawiającymi swoją konfiguracją, swoją treścią i swoim charakterem coś, co nas wcale nie przypomina! Ach, czemuż Albertyna nie kochała Roberta de Saint-Loup! O ile mniej, jak mi się zdawało, byłbym wtedy cierpiał!

Indywidualna wrażliwość każdego człowieka jest nam oczywiście nie znana, lecz zazwyczaj nie uświadamiamy sobie, że jej nie znamy, bo to dla nas sprawa obojętna. Co się tyczyło Albertyny, całe moje nieszczęście lub szczęście było uzależnione od tego, jaka była jej wrażliwość; wiedząc, że jej nie znam, już dlatego cierpiałem. Jednak przeżyłem złudzenie, że widzę, a później, że słyszę nie znane mi pragnienia, rozkosze, których ona doznawała. Zdawało mi się, żem to ujrzał, gdy pewnego dnia, w jakiś czas po jej śmierci, odwiedziła mnie Anna. Po raz pierwszy wydała mi się piękna; powiadałem sobie, że Albertyna z pewnością kochała jej kędzierzawe włosy, jej ciemne i podkrążone oczy; w tym wszystkim zmaterializowało się przede mną to, co wypełniało miłosne zamyślenia mej przyjaciółki, co się ukazało antycypującym spojrzeniom jej tęsknoty w ów dzień, kiedy tak raptownie postanowiła wyjechać z Balbec. Niby w obliczu czarnego, nieznanego kwiatu przyniesionego mi zza grobu od istoty, u której w swoim czasie nie mogłem go znaleźć, miałem uczucie, że asystuję niespodziewanej ekshumacji odsłaniającej bezcenną relikwię i widzę przed sobą w Annie ucieleśnioną żądzę Albertyny, podobnie jak Wenus była żądzą Jowisza. Anna mówiła o Albertynie z żalem, lecz od razu pojąłem, że nie czuła jej braku. Straciwszy ją zrządzeniem siły wyższej, zdawała się prędko pogodzona z ostatecznym rozstaniem, którego nie byłbym ośmielił się zażądać, gdyby Albertyna żyła, tak bardzo bowiem lękałem się ze strony Anny odmowy. Miałem wprawdzie wrażenie, iż rezygnacja przyszła jej łatwo, stało się to jednak w chwili, gdy ja już nie mogłem na tym skorzystać. Oddała mi Albertynę, ale dla mnie pozbawioną nie tylko życia, lecz częściowo również swej przeszłej rzeczywistości, odkąd stwierdziłem, że nie była dla przyjaciółki konieczna, jedyna, bo Anna mogła ją zastąpić innymi.

Za życia Albertyny nie byłbym miał odwagi prosić Annę o zwierzenia na temat ich przyjaźni oraz stosunków, które je łączyły z przyjaciółką panny Vinteuil, gdyż nie byłem pewien, czy Anna nie powtórzy naszej rozmowy Albertynie. Teraz takie przesłuchanie, nawet gdyby nie miało dać rezultatów, było przynajmniej bezpieczne. Zacząłem mówić nie tonem pytającym, lecz tak, jak gdybym bardzo już dawno słyszał – może od Albertyny – o jej, Anny, skłonnościach do kobiet i stosunkach z panną Vinteuil. Przyznała się do wszystkiego bez trudu, pogodnie uśmiechnięta. To wyznanie pozwalało mi na wyciągnięcie straszliwych wniosków; najprzód dlatego że Anna, odnosząca się w Balbec do młodych mężczyzn w sposób tak przyjemny i kokieteryjny, mogła nie budzić w niczyich oczach podejrzeń o skłonności, których się wcale nie wypierała, co znaczyło na zasadzie analogii, że odkrywając tę nową Annę miałem prawo sądzić, iż Albertyna wyznałaby to równie łatwo każdemu innemu niż ja, bo odgadywała moją zazdrość. Z drugiej zaś strony, skoro Anna była najbliższą przyjaciółką Albertyny, dla której zapewne wtedy wróciła z Balbec, i skoro teraz nie ukrywała swych gustów, to narzucała mi się konkluzja, że obie utrzymywały ze sobą stosunki. Ale podobnie jak przy obcym człowieku nie ośmielamy się zapoznać z otrzymanym od niego prezentem i rozpakowujemy go dopiero po wyjściu ofiarodawcy, tak ja przez cały czas tej wizyty nie zamknąłem się w sobie, aby zbadać ból, który mi Anna przyniosła, i chociaż już słyszałem mój fizyczny personel – nerwy, serce – dyskutujący o wielkich zaburzeniach, to jednak posłuszny zasadom dobrego wychowania udawałem, żem nic nie dostrzegł, i prowadziłem z młodą dziewczyną, którą gościłem u siebie, najwykwintniejszą rozmowę, nie zwracając oczu ku tym wewnętrznym wydarzeniom. Szczególnie przykro zrobiło mi się, gdym usłyszał, jak rzekła mówiąc o Albertynie:

– Ach tak, ona bardzo lubiła spacery w dolinie Chevreuse.

Miałem uczucie, że nieokreślony i nie istniejący świat, w którym odbywały się ich wycieczki, zniknął, i że Anna, dokonując dodatkowego i diabelskiego aktu stworzenia, uzupełniła dzieło Boga doliną naznaczoną przekleństwem. Zdawało mi się, że natychmiast opowie wszystko, co robiła z Albertyną, i usiłowałem – przez grzeczność, z wyrachowania, pod wpływem miłości własnej czy może przez wdzięczność – być wobec niej coraz bardziej serdeczny, podczas gdy obszar, na którym jeszcze byłem skłonny widzieć niewinność Albertyny, kurczył się z każdą chwilą; czułem jednak, że wbrew wszystkim moim wysiłkom wyglądam jak zdrętwiałe zwierzę pośrodku kręgów, które zacieśnia w locie drapieżny ptak, paraliżujący mnie spojrzeniem i nie spieszący się, bo wie, że chwyci swą zdobycz kiedy zechce, i że ona mu nie ucieknie. Patrzałem jednak na nią i z tą resztą humoru, bezceremonialności i spokoju, jaka pozostaje ludziom, którzy chcą udawać, że nie boją się wzroku hipnotyzera, rzekłem niby mimochodem:

– Nigdy o tym z tobą nie mówiłem w obawie, że się pogniewasz, lecz skoro tak przyjemnie rozmawiamy o niej, to mogę teraz powiedzieć, że dawno już wiem o waszych stosunkach tego rodzaju; ucieszysz się z wiadomości, którą zresztą chyba znasz: Albertyna cię uwielbiała.

Następnie dodałem, że bardzo byłbym ciekaw zobaczyć, jak ona to robi (ale nie posuwając się do pieszczot, które przy mnie mogłyby ją krępować) z przyjaciółkami Albertyny mającymi te same skłonności, i wymieniłem dla sprawdzenia Rozamundę, Bertę oraz wszystkie pozostałe.

– Nie mówiąc o tym, że za żadne skarby nie robiłabym przy tobie rzeczy, o których mówisz – odrzekła mi Anna – nie sądzę, żeby którakolwiek z wymienionych przez ciebie dziewcząt miała te gusty.

Mimo woli zbliżając się do potwora, który mnie fascynował, odparłem:

– Jak to, nie będziesz chyba we mnie wmawiała, że z całej waszej „bandy" robiłyście to tylko wy dwie?

– Ależ ja tego nigdy z Albertyną nie robiłam!

– Moja droga, czemu masz się wypierać rzeczy, które ja znam od co najmniej trzech lat? Ja w tym nie widzę nic złego, wprost przeciwnie. Otóż w związku z wieczorem, kiedy ona tak bardzo chciała, żebyście następnego dnia poszły do pani Verdurin, może sobie przypominasz...

Nim skończyłem to zdanie, ujrzałem w oczach Anny błysk

ostry niczym owe klejnoty, których jubilerzy nie lubią oprawiać z powodu ich spiczastości, spojrzenie zaaferowane jak to, które wygląda zza kurtyny, gdy jakiś członek zespołu patrzy na widownię przed rozpoczęciem przedstawienia i natychmiast wycofuje się, aby go nie zauważono. Ów niespokojny błysk zniknął w tejże chwili, wszystko wróciło do porządku, ale byłem pewien, że to, co teraz zobaczę, będzie już sztucznie ułożone ze względu na mnie. Wtem dostrzegłem moje odbicie w lustrze; uderzyło mnie, że jestem trochę podobny do Anny. Gdybym od dawna nie przestał golić wąsów i miał nad górną wargą tylko sinawy cień, to podobieństwo byłoby niemal całkowite. Być może wówczas w Balbec Albertyna zobaczyła moje odrastające wąsy i na ich widok uczuła nagle tę nieopanowaną, żywiołową chęć powrotu do Paryża.

– Przecież nie mogę ci powiedzieć rzeczy nieprawdziwych tylko dlatego, że ty ich nie potępiasz. Przysięgam, że nigdy nic nie robiłam z Albertyną, i jestem pewna, że to budziło w niej obrzydzenie. Ludzie, od których to słyszałeś, okłamali cię, może mieli w tym jakiś interes – rzekła mi z miną pytającą i nieufną.

– Więc niech tak będzie, skoro nie chcesz powiedzieć – odrzekłem, aby wyglądało, że nie chcę przedstawić dowodu, którego nie miałem. Mimo to na wszelki wypadek wspomniałem bez żadnego związku Buttes-Chaumont.

– Mogłam sobie bywać z Albertyną w Buttes-Chaumont, ale czyż to jest jakieś miejsce nieodpowiednie?

Spytałem, czy nie mogłaby o tych sprawach porozmawiać z Gizelą, która w pewnym okresie żyła bardzo blisko z Albertyną. Ale Anna oświadczyła mi na to, że po niesłychanej niegodziwości, jaką Gizela ostatnio jej wyrządziła, zwrócenie się do niej o przysługę jest jedyną rzeczą, której nigdy nie zrobi, nawet dla mnie.

– Jeżeli ją zobaczysz – dodała – nie powtarzaj tego. Stałaby się moim wrogiem. Zresztą ona wie, co myślę o niej, ale zawsze wolę unikać z nią gwałtownych kłótni, po których się na nowo godzimy. Poza tym ona jest niebezpieczna. Rozumiesz, że kiedy tydzień temu widziało się na własne oczy list, w którym kłamała tak perfidnie, to nic, nawet najszlachetniejszy czyn, nie może tego zmazać.

W sumie zatem, skoro Anna miała te skłonności w takim

135

stopniu, że ich nawet nie ukrywała, i z drugiej strony cieszyła się wielką przyjaźnią Albertyny – bo przecież tak było – a mimo to nie miała z nią stosunków cielesnych i nigdy nie słyszała o podobnych skłonnościach swej przyjaciółki, to znaczyło, że Albertyna była od nich wolna i z nikim nie miała takich stosunków, bo gdyby je miała, to przede wszystkim z Anną. Po jej odejściu zauważyłem, że to stanowcze oświadczenie uspokoiło mnie. Ale może Anna przez lojalność wobec zmarłej, której wspomnienie było jeszcze dla niej żywe, czuła się w obowiązku zaprzeczać takim pogłoskom, o co ją Albertyna za życia na pewno prosiła.

Po tych próbach, żeby sobie wyobrazić przyjemności Albertyny, przyglądając się Annie jak gdybym je zobaczył, a pewnego razu miałem nawet wrażenie, iż to samo przychwyciłem nie tylko wzrokiem – wydało mi się, że słyszę. Sprowadziłem sobie do domu schadzek dwie małe praczki z dzielnicy, w której Albertyna często bywała. Jedna z nich pod wpływem pieszczot drugiej zaczęła nagle wydawać coś, czego w pierwszej chwili nie mogłem określić, nigdy bowiem nie rozumiemy dokładnie dźwięku naturalnego, uzewnętrzniającego wrażenie, którego sami nie doznajemy. Jeżeli słuchamy takiego dźwięku z sąsiedniego pokoju, jednocześnie nic nie widząc, to możemy wziąć za wybuch nieprzytomnego śmiechu głos cierpienia, który się wyrywa choremu operowanemu bez narkozy, a gdy usłyszymy matkę, która się właśnie dowiedziała o śmierci swego dziecka, będzie nam równie trudno przełożyć jej odpowiedź na język ludzki, o ile nie orientujemy się w sytuacji, jak gdyby to był głos jakiegoś zwierzęcia lub harfy. Trzeba trochę czasu, aby pojąć, że ów hałas wyraża w jednym i w drugim wypadku to, co – przez analogię do naszych własnych doznań, zresztą bardzo do tego niepodobnych – nazywamy cierpieniem; tak samo dopiero po paru chwilach zrozumiałem, że dźwięk, który słyszę, jest wyrazem tego, co – również przez analogię do mało podobnych uczuć, które znałem z doświadczenia – nazwałem rozkoszą; musiała ona być niezmiernie gwałtowna, żeby aż do tego stopnia zbulwersować istotę, która ją przeżywała wypowiadając się w jakimś nieznanym języku, widocznie nazywającym i komentującym wszystkie fazy upajającego dramatu, który przeżywała owa kobietka i którego moje oczy nie mogły ujrzeć, gdyż rozgrywał się za kotarą, do końca świata

136

skrywającą przed postronnym spojrzeniem to, co się dzieje w najosobistszej tajemnicy każdego człowieka. Żadna z tych dwóch małych nie mogła mi poza tym nic powiedzieć, nie znały bowiem Albertyny.

Powieściopisarze twierdzą często w swoich przedmowach, że podróżując po jakimś kraju spotkali kogoś, kto im opowiedział życie pewnej osoby. Następnie oddają głos owemu człowiekowi, który w ten sposób został ich przyjacielem, i jego zaczynające się teraz opowiadanie to właśnie ich powieść. Tak na przykład życie Fabrycego del Dongo opowiedział Stendhalowi pewien kanonik z Padwy. Jakże bardzo byśmy chcieli, kiedy jesteśmy zakochani, to znaczy, gdy istnienie drugiej osoby wydaje się nam tajemnicze, znaleźć tak dobrze poinformowanego narratora! Nie ulega wątpliwości, że on istnieje. Czyż my sami nie opowiadamy często, bez żadnego wzruszenia, o tej lub owej kobiecie któremuś z naszych znajomych albo komuś obcemu, ludziom nie mającym pojęcia o jej miłostkach, a słuchającym nas ciekawie? Skoro ja stawałem się człowiekiem, który mówił Blochowi o księżnej de Guermantes, o pani Swann, to był gdzieś może i taki, co mnie potrafiłby opowiadać o Albertynie. Owszem, taki człowiek zawsze istnieje... ale go nie spotykamy. Zdawało mi się, że gdybym mógł znaleźć kobiety, które ją znały, dowiedziałbym się wszystkiego do końca. Ktoś obcy mógłby sądzić, że jej życie nie powinno było być nikomu lepiej znane niż mnie. Czyż nie znałem jej najlepszej przyjaciółki Anny? W ten sam sposób ludzie wyobrażają sobie, że przyjaciel ministra musi orientować się w pewnych rzeczach albo nie może zostać uwikłany w sprawę sądową. Ale jedynie ów przyjaciel wie z doświadczenia, że ilekroć próbował rozmawiać o polityce, minister nie wychodził poza ogólniki i co najwyżej powtarzał wiadomości znane z dzienników, a proszony o pomoc wszystkie naleganie zbywał niezmiennym: ,,Na to nie mam wpływu", z czego przyjaciel wnosił, że i jego wpływ na ministra nic nie znaczy. Powiadałem sobie: ,,Gdybym tylko mógł poznać tych a tych świadków!", lecz gdybym rzeczywiście poznał, nie mógłbym od nich wydobyć więcej niż od Anny, posiadającej tajemnicę, której nie chciała wydać. Różniąc się i pod tym względem od Swanna, który zapomniawszy o zazdrości przestał się interesować, jak Odeta spędzała czas z Forcheville'em, znajdowałem urok, nawet nie będąc już zazdrosny, w poszukiwaniach za praczką Albertyny, za osobami z jej dzielnicy, w rekonstruowaniu jej życia, jej intryg. A ponieważ pragnienie ma zawsze podstawę w czymś, co nas już wcześniej zaczęło fascynować, szukałem kobiet w dzielnicach, gdzie Albertyna mieszkała niegdyś – tak samo w swoim czasie podziałały na mnie Gilberta i księżna de Guermantes. Nawet jeżeli nie mogłem się od nich niczego dowiedzieć, interesowałem się wyłącznie kobietami z jej sfery lub ze środowisk, które ona lubiła, jednym słowem kobietami pociągającymi mnie tym, że były do niej podobne lub że jej by się podobały. Wśród tych ostatnich zwracałem uwagę przede wszystkim na dziewczyny z ludu, których życie tak bardzo było różne od tego, jakie znałem. Tylko za pomocą myśli możemy coś posiadać, nie posiada więc obrazu ktoś, kto go powiesił w swojej jadalni nie rozumiejąc, czym on przemawia, nie przyswoił sobie nic z danego kraju ten, kto w nim mieszka, lecz nie patrzy dokoła. Mimo to ulegałem złudzeniu, że objąłem w posiadanie Balbec, kiedy Albertyna odwiedzała mnie w Paryżu i gdym ją brał w ramiona; teraz też wchodziłem w kontakt, powierzchowny zresztą i przelotny, z jej życiem, z atmosferą fabryk, z rozmowami przy kontuarze, z duszą ruder czynszowych, kiedy całowałem jakąś robotnicę. Anna i tamte kobiety, wszystkie w związku z Albertyną – podobnie jak przedtem Albertyna istniała dla mnie w związku z Balbec – były to dla mnie zastępcze przyjemności, wymieniające się nawzajem w malejącej gradacji; dzięki nim możemy obejść się bez czegoś, co już jest nam niedostępne, jak podróż do Balbec, miłość Albertyny, przyjemności (w rodzaju pójścia do Luwru, żeby zobaczyć Tycjana, który tam dawniej wisiał, i znaleźć w tym pociechę, że nie możemy się wybrać do Wenecji), które, różniąc się niedostrzegalnymi odcieniami, czynią z naszego życia jakby szereg stref koncentrycznych, przylegających do siebie, harmonicznych i zanikających dokoła pierwotnego pragnienia, które nadało ton, wyeliminowało wszystko, co się z nim nie godzi, wybrało panującą barwę (jak to mi się zdarzyło na przykład w stosunku do księżnej de Guermantes i do Gilberty). Anna i owe kobiety były dla mej – na pewno nie mającej się już nigdy zrealizować – tęsknoty za Albertyną tym, czym w pewien wieczór, gdym ją znał jeszcze tylko z widzenia, dla mych marzeń – jak mi

138

się wtedy zdawało, niemożliwych do zrealizowania – żeby ją mieć dla siebie, była ziarnista i chłodna słoneczność winogron. Przypominając sobie w ten sposób albo samą Albertynę, albo typ kobiecy, do którego niewątpliwie miała szczególne upodobanie, przeżywałem uczucia bolesne, zazdrość lub żal, które później, kiedy mi wrócił spokój, zamieniły się w ciekawość nie pozbawioną uroku.

Skojarzone ze wspomnieniem mej miłości pewne fizyczne i społeczne cechy Albertyny, mimo których ją kochałem, kierowały mnie teraz w stronę kobiet przedtem najzupełniej mi obojętnych: w stronę drobnomieszczańskich brunetek. Częściowo zaczynała się we mnie odradzać owa potężna żądza, nigdy nie nasycona całkowicie przez mą zmarłą przyjaciółkę, owa gwałtowna chęć poznania życia, którą czułem niegdyś na drogach pod Balbec, na ulicach Paryża, żądza, co mi niegdyś przysporzyła tyle cierpień, gdym, podejrzewając jej istnienie także w sercu Albertyny, starał się uniemożliwić, aby ją zaspokoiła w ramionach innych niż moje. Obecnie, kiedy już znosiłem myśl o tych jej pragnieniach, ustawicznie budzącą się pod wpływem mych własnych zachcianek, oba te wielkie strumienie żądzy biegły zgodnie jeden koło drugiego; bardzo byłbym chciał, żebyśmy wspólnie mogli dać im upust, powiadałem sobie: ,,Ta dziewczyna podobałaby się jej", i w tejże chwili, nagle pomyślawszy o niej i o jej śmierci, czułem się nadto smutny, by iść dalej za mym pożądaniem. Jak niegdyś strona Méséglise i strona Guermantes wyrobiły we mnie przywiązanie do wsi, wskutek czego nie byłbym znajdował prawdziwego uroku w pejzażu bez starego kościoła, chabrów i jaskrów, tak obecnie miłość do Albertyny, przez pamięć dla pełnej wdzięku przeszłości, kazała mi szukać wyłącznie jednego rodzaju kobiet; znowu, jak w okresie kiedym jej jeszcze nie kochał, zaczynałem odczuwać potrzebę sylwetek harmonizujących z nią, pozwalających się wymieniać z mym wspomnieniem, które było coraz mniej ekskluzywne. Nie byłoby mi teraz przyjemnie w towarzystwie dumnej księżniczki o blond włosach, bo nie budziłaby ona we mnie żadnego ze wzruszeń mających źródło w Albertynie, w moim pożądaniu jej osoby, w mojej dawnej zazdrości o jej uczucia, w bólu, jaki mi sprawiła jej śmierć. Albowiem nasze doznania są silne tylko wówczas, gdy wyzwalają w nas także coś innego – uczucie, które nie znajdzie zadowolenia w rozkoszy, lecz dodaje się do pożądania, wyolbrzymia je, każe mu rozpaczliwie wczepić się w rozkosz. W miarę jak uczucia, które Albertyna mogła żywić dla pewnych kobiet, przestawały być mi przykre, owe kobiety wchodziły w skład mojej przeszłości, nadawały jej charakter bardziej rzeczywisty, podobnie jak niegdyś jaskry, tarniny miały pod wpływem wspomnień z Combray więcej rzeczywistości niż nowe kwiaty. Nawet o Annie nie myślałem już z irytacją: ,,Albertyna ją kochała", lecz przeciwnie, dla wytłumaczenia, że miałem na nią chęć, powiadałem sobie: ,,Przecież Albertyna ją kochała." Rozumiałem wdowców, o których ludzie mówią, że się pocieszyli, podczas gdy wciąż są niepocieszeni, czego dają dowód żeniąc się ze szwagierkami.

Tak więc moja miłość, wszedłszy w stadium schyłkowe, zdawała się pozwalać mi, bym zaczął kochać od nowa, i Albertyna, niczym owe kobiety, które po długich latach okazywanego im uwielbienia w końcu spostrzegają, że uczucie kochanka wygasa, lecz umieją zachować swą władzę ograniczając się do roli stręczycielek, podsuwała mi – niczym pani Pompadour Ludwikowi XV – nowe dziewczęta. Dawniej czas mój dzielił się na okresy według kobiet, których pożądałem. Kiedy wyczerpywały się gwałtowne rozkosze, jakie mi dawała jedna z nich, przechodziłem do drugiej, szukając tym razem tkliwości niemal czystej, aż do chwili gdy znowu się zjawiała potrzeba pieszczot bardziej wyrafinowanych, która mi kazała odszukać pierwszą. Obecnie te zmiany nie miały miejsca czy też raczej jeden okres trwał bez końca. Pragnąłem teraz, żeby moja nowa przyjaciółka zamieszkała u mnie i przed pójściem spać żegnała się ze mną siostrzanym pocałunkiem. Dzięki temu mógłbym sobie wyobrazić – gdybym nie wiedział, jak nieznośna stała mi się obecność nowej kobiety – żem żałował pocałunku bardziej niż pewnych warg, przyjemności bardziej niż miłości, przyzwyczajenia bardziej niż osoby. Chciałbym ponadto, żeby, tak jak Albertyna, mogła mi grać Vinteuila i rozmawiać ze mną o Elstirze. Wszystko to było niemożliwe. Miłość tych dziewcząt nie byłaby warta tyle co tamta, powiadałem sobie; czy to dlatego że miłość, na którą złożyły się niezliczone epizody, wizyty w muzeach, wieczory na koncertach, wszystkie komplikacje życia wypowiadające się za pomocą listów, rozmów; że miłość poprzedzona flirtem, który przechodzi następnie w poważną przyjaźń, ma więcej możliwości działania na nas niż uczucie do kobiety umiejącej jedynie oddawać się, że jest bogatsza jak orkiestra w porównaniu z fortepianem; czy też może przyczyna była głębsza i moje przywiązanie do uczucia tego rodzaju, jakiego doznawałem od Albertyny, do pieszczot młodej kobiety dosyć wykształconej i zarazem będącej dla mnie siostrą – było – podobnie jak pociąg do dziewcząt z jej środowiska – właściwie tylko pamięcią o Albertynie, wciąż żywą pamięcią o jej miłości. Jeszcze raz przekonywałem się w ten sposób, że pamięć po pierwsze ma ograniczoną zdolność inwencji, że nie jest w stanie pragnąć czegoś innego, nawet czegoś lepszego niż to, cośmy już posiadali; że po drugie jest natury duchowej, wskutek czego stanu, którego pożąda, rzeczywistość nie może jej stworzyć, i że wreszcie, gdy się odnosi do jakiejś osoby zmarłej, dokonując aktu wskrzeszającego nie tyle w nas budzi potrzebę kochania, co tęsknotę za ową nieobecną istotą. W rezultacie zatem nawet podobieństwo do Albertyny u wybranej przeze mnie kobiety, podobieństwo – jeżeli udawało mi się to uzyskać – jej pieszczot kazało mi tym boleśniej odczuwać nieobecność tego, za czym się bezwiednie ubiegałem i od czego zależał powrót mego szczęścia – czyli odczuwać nieobecność Albertyny, czasu wspólnie z nią przeżytego, przeszłości, której szukałem nie wiedząc o tym.

Zapewne, Paryż wydawał mi się w pogodne dni nieskończenie ukwiecony mnóstwem dziewcząt, które – nawet gdy ich nie pragnąłem – sięgały swymi korzeniami w ciemności pożądania i wieczorów nie znanych Albertynie. Niegdyś, na samym początku, kiedy się jeszcze nie pilnowała przede mną, rzekła mi o jednej z nich: ,,Zachwycająca jest ta mała, co za śliczne włosy!'' Całe zainteresowanie, jakie dawniej budziło we mnie jej życie, znane mi jeszcze tylko z widzenia, i cały mój własny gród życia stopiły się w tej jednej ciekawości: jak Albertyna doznawała rozkoszy, jak wyglądała w towarzystwie kobiet? Sądziłem, że może po ich odejściu zostanę sam na sam z nią, ostatni, trzymając ją w ręku. Ujrzawszy jej niepewność, czy warto spędzić wieczór z tą lub ową, jej pełne dosytu zmęczenie po rozstaniu z jakąś inną, może uczucie zawodu – kto wie, czy nie potrafiłbym wyświetlić, sprowadzić do rozsądnych rozmiarów tej zazdrości, która mną

141

targała, bo widząc Albertynę w takim stanie mógłbym zmierzyć rozkosze przeżywane przez nią i określić ich granice. Iluż przyjemności, jak czarownego życia pozbawiła nas obojga, powiadałem sobie, przez ten dziki upór w ukrywaniu swych gustów! I gdym znowu zaczął rozmyślać, gdzie tkwiła przyczyna jej uporu, nagle przypomniałem sobie słowa, które pewnego dnia w Balbec rzekłem do niej, gdy mi dała ołówek. Robiąc jej wtedy wyrzuty, że nie pozwoliła się pocałować, oświadczyłem, iż uważam to za coś równie naturalnego, jak wstrętne mi się wydają stosunki kobiet z kobietami. Albertyna mogła to, niestety, zapamiętać.

Sprowadzałem sobie dziewczyny, które kiedy indziej najmniej byłyby mi się podobały; gładziłem sploty stylowego niewiniątka, podziwiałem kształtny nosek, bladość hiszpańskiej seniority. Dawniej nawet wobec kobiety zauważonej na drodze koło Balbec, na ulicy w Paryżu byłem świadomy, jak indywidualny charakter miało moje pożądanie, i wiedziałem, że gdybym je zaspokoił na kim innym, popełniłbym zdradę. Ale życie, ujawniając mi krok po kroku trwałość naszych potrzeb, nauczyło mnie w braku jednej osoby zadawalać się drugą i zdawałem sobie sprawę, że to czegom chciał od Albertyny, mogłem dostać od innej, na przykład od panny de Stermaria. Ale akurat zdarzyła się Albertyna; i między zaspokojeniem potrzeb mego serca i osobliwościami jej ciała zadzierzgnął się tak pogmatwany splot wpomnień, żem już nie był w stanie oderwać swych spraw uczuciowych od wspomnień utkanych z ciała Albertyny. Ona jedna mogła mi dać to szczęście. Wyobrażenie, że była istotą jedyną w swoim rodzaju, było już nie metafizyczną ideą a priori, opartą na indywidualnych cechach Albertyny, jak to miało miejsce z kobietami spotykanymi na drogach i ulicach, lecz koncepcją a posteriori, wynikłą z przypadkowego, lecz trwałego zrośnięcia się we mnie różnych obrazów Albertyny. Nie mogłem doznać żadnego tkliwego uczucia nie będąc w tejże chwili nawiedzony tęsknotą za nią, rozpaczą, że jej nie ma. Tak więc nawet podobieństwo kobiety, którą sobie znalazłem, do mego dawnego szczęścia, podobieństwo jej – narzuconego przeze mnie – sposobu manifestowania swej tkliwości pozwalało mi tylko lepiej ocenić, ile brakowało, żebym znowu mógł być szczęśliwy. Tę samą pustkę, która mnie męczyła w mym pokoju po wyjeździe Albertyny i którą usiłowałem zapełnić biorąc w ramiona różne kobiety, odnajdowałem w każdej z nich. One mi nigdy nie mówiły o muzyce Vinteuila, o *Pamiętnikach* Saint-Simona, nie przychodziły do mnie zbyt mocno uperfumowane, nie bawiły się w dotykanie moich rzęs swoimi rzęsami – nie znały tych wszystkich sposobów, które podobno są ważne dlatego, że skupiają nasze myśli wokół aktu płciowego i pomagają stworzyć sobie złudzenie miłości, lecz naprawdę były istotne jako składnik mych wspomnień o Albertynie, której potrzebowałem. To, co te kobiety miały z Albertyny, służyło jedynie do uwypuklenia, czego im było brak, a co było wszystkim i czego nigdy już nie miałem spotkać, bo Albertyna nie żyła. I w końcu moja miłość do niej pchając mnie w objęcia innych kobiet czyniła mi je obojętnymi, a moja tęsknota i zazdrość, które przetrwały znacznie dłużej, niż to wynikało z mych najbardziej pesymistycznych przewidywań, nigdy zapewne nie doznałyby poważniejszych zmian, gdyby istniały w izolacji od reszty mego życia, podległe tylko działaniu mych wspomnień, psychologicznym prawom akcji i reakcji odnoszącym się wyłącznie do stanów nieruchomych, a nie były częścią większego systemu, gdzie dusze poruszają się w czasie jak ciała w przestrzeni.

Podobnie jak znamy geometrię w przestrzeni, istnieje też psychologia w czasie, i w jej obrębie obliczenia psychologii na płaszczyźnie straciłyby swą dokładność, gdyż nie uwzględniałyby czasu i jednej z postaci, w jakich on występuje, zapomnienia – zapomnienia, którego siłę już czułem i które stanowi tak potężne narzędzie w przystosowaniu się do rzeczywistości, ponieważ stopniowo unicestwia jeszcze w nas żywą przeszłość, pierwiastek zawsze sprzeczny z jego istotą. Dawno mogłem się domyślić, że nadejdzie kiedyś dzień, kiedy przestanę kochać Albertynę. Już wtedy, gdym spostrzegłszy różną wagę, jaką jej osoba i czyny miały w moich i cudzych oczach, zrozumiał, że moja miłość nie tyle była miłością do niej co we mnie, mogłem był wyciągnąć z subiektywnego charakteru tego uczucia dalsze konsekwencje. Mogłem mianowicie pojąć, że będąc stanem duchowym miało ono szanse przetrwania dłużej niż jego przedmiot, ale zarazem, nie rozporządzając oparciem na zewnątrz, musiało – jak wszelki stan duchowy, nawet najbardziej odporny – osiągnąć wreszcie taki moment, kiedy nie nada się więcej do użytku, kiedy będzie zastąpione, i wówczas to wszystko, co zdawało się tak intymnie, tak mocno łączyć mnie ze wspomnieniem Albertyny, zniknie bez śladu. Nieszczęściem ludzi jest to, że są dla nas tylko bardzo kruchymi kolekcjami pamiątek przechowywanych w naszych myślach. Dlatego też budujemy na nich projekty, które płoną żarem myśli, ale myśl męczy się, wspomnienia niszczeją: czekała mnie chwila, kiedy pierwszej lepszej chętnie miałem oddać pokój Albertyny, tak jak kiedyś Albertynie podarowałem bez cienia żalu kulę agatową czy inne prezenty od Gilberty.

ROZDZIAŁ DRUGI

Panna de Forcheville

To nie znaczy, żebym już nie kochał Albertyny; kochałem ją wciąż, ale inaczej niż ostatnio; raczej tak jak w pierwszych czasach, kiedy wszystko, co się z nią wiązało, miejsca i ludzie, wzbudzało we mnie ciekawość, w której więcej było uroku niż cierpienia. Zdawałem sobie teraz sprawę, że chcąc o niej całkowicie zapomnieć, będę musiał dla osiągnięcia dawnej obojętności, niby podróżnik wracający tą samą drogą do punktu, skąd wyruszył, przejść w odwróconym porządku przez wszystkie uczucia, jakie przeżyłem, nim się rozwinęła moja wielka miłość. Ale te etapy, te momenty przeszłości nie są czymś nieruchomym i nadal zachowują straszliwą siłę, szczęśliwą niewiedzę nadziei, która wtedy wybiegała na spotkanie czasu będącego dziś już przeszłością, co nie przeszkadza, że nasza halucynacja każe go nam przez chwilę odczuwać retrospektywnie jako przyszłość. Czytałem list Albertyny zapowiadający mi jej przyjście wieczorem i przez sekundę żyłem radością oczekiwania. W owych powrotach tą samą trasą z kraju, do którego nigdy już nie wrócimy i gdzie rozpoznajemy nazwy i wygląd wszystkich stacji mijanych w tamtą stronę, podczas postojów ulegamy niekiedy złudzeniu, że pociąg rusza, lecz w kierunku, skąd jedziemy, jakby to było za pierw-

144

szym razem. Złudzenie rozwiewa się natychmiast, ale przez mgnienie oka unosiło nas ku temu miejscu: tak okrutne bywają wspomnienia.

Jeżeli ponowne zobojętnienie nie jest możliwe bez przebycia w odwrotnym kierunku drogi, która nas doprowadziła do naszej miłości, to jednak linia, trasa naszej podróży niekoniecznie musi być ta sama. Wspólną cechę jednej i drugiej stanowi brak bezpośrednich połączeń, albowiem ani miłość, ani zapomnienie nie rozwijają się regularnie i mogą się poruszać po różnych trasach. Ta, którą wybrałem wracając, miała tuż przed stacją końcową cztery przystanki. Dobrze je pamiętam, zapewne dlatego żem dostrzegł wówczas rzeczy nie wchodzące w skład mojej miłości do Albertyny albo przynajmniej należące do niej jedynie o tyle, o ile to, co znajdowało się w naszej duszy już przed nastaniem wielkiej miłości, łączy się z nią podsycając ją, zwalczając lub też tworząc w naszym analizującym umyśle kontrast w stosunku do niej i zarazem jej obraz.

Pierwszy z tych etapów zaczął się na początku którejś zimy, w niedzielę Wszystkich Świętych, kiedy poszedłem przejść się. Zdążając w stronę Lasku wspominałem ze smutkiem Albertynę, jak szła z Trocadéro spotkać się ze mną; był to bowiem ten sam dzień, tylko bez niej. Wspominałem o tym ze smutkiem, lecz mimo wszystko nie bez pewnej przyjemności, gdyż powtórzenie w minorowej, eligijnej tonacji motywu, który mi wypełnił tamten dzień, nawet brak telefonu od Franciszki i spóźnianie się Albertyny, nie było niczym negatywnym, a tylko przekreślało w rzeczywistości treść wspomnienia. Wskutek tego dzień miał w sobie coś bolesnego i był piękniejszy niż zwyczajne dni bez wydarzeń, bo to, czego mu brakowało, co było z niego wydarte, pozostało w nim jako odciśnięty ślad. Nuciłem motywy z sonaty Vinteuila. Nie sprawiała mi już zbytnio cierpienia myśl, że Albertyna grywała mi ją tak często, prawie wszystko bowiem, co w związku z nią żyło w mojej pamięci, przeszło już w tę drugą fazę chemiczną, kiedy wspomnienia przestają uciskać serce i przynoszą ukojenie. Chwilami co prawda, w miejscach, które grała najczęściej i zwykle urozmaicała uwagami, wówczas pełnymi dla mnie uroku i budzącymi różne reminiscencje, mówiłem sobie: ,,Biedna mała" – ale bez smutku, wzbogacając tylko melodię o coś nowego, co miało poniekąd wartość historycznej osbliwości, jaka zdobi tak piękny sam przez się portret Karola I pędzla Van Dycka dzięki temu, że dostał się on do zbiorów narodowych za sprawą pani du Barry, która chciała wstrząsnąć królem. Kiedy mała fraza rozpadała się przed całkowitym zniknięciem na swoje różne składniki, wśród których jeszcze przez chwilę trwała rozproszona, nie była ona dla mnie, jak dla Swanna, wysłanniczką odchodzącej Albertyny. Ja reagowałem zwłaszcza na jej rozwój, początki narodzin, na „stawanie się" frazy, która nabierała rzeczywistości w trakcie sonaty tak, jak ta miłość nabrała jej w trakcie mojego życia. I zdając sobie teraz sprawę, jak co dzień przepada jakaś nowa cząstka mej miłości, a jednocześnie widząc, jak przywołana łagodną pobudką pierwszych taktów wraca powoli w zamglonym wspomnieniu najpierw zazdrość, a potem reszta uczuć, odnosiłem wrażenie, że w ulatującej małej frazie mam przed sobą moją miłość rozpływającą się w powietrzu.

Kiedym kroczył przez aleje rozdzielone szpalerem dzikich krzaków, pokryte gazą z każdym dniem cieńszą, kiedym wspominał spacer z Albertyną siedzącą obok mnie w powozie, którym wracaliśmy do domu, i uświadamiał sobie, jak ona ogarniała moje życie i wciąż jeszcze unosiła się dokoła mnie w niepewnej mgle ściemniałych gałęzi, gdzie zachód słońca rozpalał jakby zawisłą w próżni linię poziomą, usianą złotymi liśćmi, nie wystarczało mi, żem patrzył na to oczami pamięci – rozpościerający się przede mną widok interesował mnie, wzruszał jak te stronice czysto opisowe, w które artysta, aby je uczynić bardziej kompletnymi wprowadza jakąś fikcję, jakąś osobną powieść; i ta przyroda nabierała w ten sposób jedynego uroku melancholii, jaki mógł odpowiadać memu sercu. Istota owego uroku zdawała mi się tkwić w tym, że wciąż jednakowo kochałem Albertnę, podczas gdy naprawdę zapomnienie nadal czyniło we mnie postępy i jej obraz nie sprawiał mi już bólu, czyli że się zmienił. Cóż jednak z tego, że bywamy świadomi naszych stanów uczuciowych, jak ja wtedy właśnie, przekonany, że rozumiem przyczynę swojej melancholii – nie umiemy dotrzeć do ich głębszego znaczenia. Jak w tych chorobach, kiedy lekarz wysłuchuje zwierzeń pacjenta, by za ich pomocą dotrzeć do przyczyn bardziej rzeczywistych, nie znanych choremu, tak samo nasze stany uczuciowe, nasze myśli mają tylko wartość symptomów. Skoro moją zazdrość odsunęło ode mnie uczucie oczarowania i łagodnego smutku, które mnie wypełniło, moje zmysły obudziły się. I znowu, tak jak wówczas, kiedy przestałem widywać Gilbertę, emanowała ze mnie miłość do kobiety, daleka już od wszelkiej asocjacji z jakąkolwiek dotąd kochaną osobą, i płynęła jak te niematerialne byty, którym procesy destrukcyjne przywróciły wolność i które błądzą zawieszone w powietrzu wiosennym, łaknące zjednoczenia z jakąś nową istotą. Nigdzie nie rośnie tyle kwiatów, nawet niezapominajek, co na cmentarzu. Patrzyłem na młode dziewczęta, którymi ten piękny dzień był rozrzutnie ukwiecony, z tym samym uczuciem co niegdyś siedząc w powozie pani de Villeparisis albo gdym tu przyjeżdżał w taką samą niedzielę z Albertyną. Kiedy zatrzymałem wzrok na tej czy owej z nich, obok zjawiało się natychmiast ciekawe, dyskretne, przedsiębiorcze, pełne niepochwytnych myśli spojrzenie, którym by te dziewczęta ukradkiem obdarzyła Albertyna. Nagłe i jasnobłękitne, zdwajało swoim tajemniczym skrzydłem mój rzut oka i wprowadzało w te aleje, dotąd tak naturalne, dreszcz niewiadomego. Moja własna żądza nie potrafiłaby tego zdziałać, gdyby pozostała sama, bo dla mnie nie było w niej nic niezwykłego.

Zdarzało się, że lektura jakiejś smutniejszej książki nagle cofała mnie wstecz, niektóre powieści są bowiem jak krótkotrwałe nieszczęścia, obalają nawyki, stykają nas na nowo z rzeczywistym życiem – co prawda tylko na parę godzin, jak męczący sen, ponieważ siła przyzwyczajenia i zapomnienie, jakie ona przynosi, wesołość, jaką wywołuje, gdy ujawnia bezsilność umysłu próbującego walczyć przeciw niej i odtworzyć prawdę, nieskończenie przeważają nad prawie hipnotycznym wpływem pięknej książki, który wszakże, jak wszelka sugestia, działa tylko na bardzo krótką metę.

A zresztą, czyż w Balbec nie dlatego chciałem poznać Albertynę, że wydawała mi się jedną z owych dziewcząt, na których widok tak często przystawałem, i mogła być dla mnie streszczeniem ich życia? Czyż nie była to naturalna kolej rzeczy, iż gasnąca gwiazda mej miłości, w której te dziewczęta były skondensowane, obecnie rozpadała się na powrót w rozsiany pył mgławic? Wszystkie były dla mnie Albertynami, obraz, który nosiłem w duszy, sprawiał, że wszędzie ją odnajdywałem, a raz nawet, na zakręcie

147

którejś alei, jedna z nich, wsiadająca do samochodu, miała tak podobną figurę, że przez chwilę myślałem, czy to nie ją widzę, czy mnie nie oszukano historią o jej śmierci. Znowu ją miałem przed sobą na zakręcie alei, może w Balbec, jak wsiadała do samochodu, tak jeszcze wtedy pełna wiary w życie. Ruch tej wsiadającej dziewczyny stwierdziłem nie tylko za pomocą oczu, jako powierzchowne zjawisko, które często się zdarza w trakcie przechadzki. Stał się on czymś w rodzaju ruchu utrwalonego, jak gdyby sięgającego także w przeszłość tą swoją stroną, którą mu przed chwilą dodałem i która tak rozkosznie, tak smutno opierała się o moje serce.

Ale ona już zniknęła. Trochę dalej ujrzałem grupę trzech dziewcząt nieco starszych, może już właściwie młodych kobiet; ich elegancka i energiczna postawa tak mi przypominała to, co mnie urzekło, kiedym po raz pierwszy zobaczył Albertynę i jej przyjaciółki, że poszedłem za tą nową trójką dziewcząt i w momencie gdy wsiadły do fiakra, począłem rozpaczliwie szukać na lewo i na prawo drugiego, znalazłem go w końcu, było już jednak za późno. Nie dogoniłem ich. Ale za to w kilka dni potem, wracając do siebie, ujrzałem je wychodzące z bramy naszego domu. Były one wszystkie, zwłaszcza dwie z nich, brunetki, zupełnie podobne – trochę tylko starsze – do tych szykownych panien, które często widziałem przez okno lub mijałem na ulicy, rojąc sobie na ich temat mnóstwo projektów, płonąc dzięki nim miłością do życia i nie mogąc się z nimi zapoznać. Trzecia, blondynka, miała wygląd wątły, niemal chorowity, przez co mniej mi się podobała. Ona to jednak sprawiła, że nie przyjrzałem się im przelotnie, lecz, jakby wrośnięty w ziemię, utkwiłem w nich wzrok nieruchomy, nie dający się odwrócić, zawzięty jak przy rozwiązywaniu trudnego zagadnienia, usiłujący przedrzeć się poza to, co widać. Niewątpliwie pozwoliłbym im zniknąć jak tylu innym, gdyby, w chwili kiedy przechodziły obok mnie, blondynka – może dlatego, że się jej przyglądałem z taką uwagą – nie rzuciła mi ukradkiem spojrzenia, a następnie, obejrzawszy się za mną, drugiego, które mnie rozpaliło do reszty. Ponieważ jednak przestała się mną zajmować i podjęła rozmowę z przyjaciółkami, płomień ten zgasłby zapewne, gdyby nie został gwałtownie podsycony w następujący sposób. Kiedym zapytał odźwiernego, kim były te młode osoby, usłyszałem w odpowiedzi: ,,Pytały o księżnę panią. Zdaje mi się, że tylko jedna z nich ją zna. Tamte ją odprowadzały i czekały w bramie. Tu mam jej nazwisko, ale nie wiem, czy dobrze zapisane." Przeczytałem: ,,Panna Déporchevil- le", co łatwo dało się zrekonstruować jako ,,d'Éporcheville" – jeżeli dobrze pamiętam, tak lub jakoś podobnie nazywała się młoda panna ze świetnej rodziny, daleka krewna Guermantów, o której Robert powiadał mi, że ją widywał w domu schadzek i utrzymywał z nią stosunki. Teraz zrozumiałem jej spojrzenie i to, że się odwróciła w sposób niepostrzeżony dla przyjaciółek. Ileż razy myślałem o niej, wyobrażając ją sobie na podstawie nazwiska wymienionego przez Roberta! I oto ujrzałem ją, nie różniącą się od tamtych dwóch niczym oprócz tego skrytego spojrzenia, które otwierało tajemne przejście do zakamarków jej .życia, z pewnością ukrytych dla przyjaciółek, a czyniących ją łatwiej osiągalną dla mnie – prawie już do połowy moją – milszą niż zazwyczaj są panny z arystokracji. W jej umyśle już teraz łączyły nas godziny, które moglibyśmy spędzić razem, gdyby tylko udało się jej naznaczyć mi schadzkę. Czyż nie to właśnie chciało mi wyrazić jej pełne wymowy, dla nikogo poza mną niezrozumiałe spojrzenie? Serce biło mi jak młotem, nie potrafił- bym dokładnie opisać, jak panna d'Éporcheville wygląda, ledwo pamiętałem włosy blond i twarz widzianą z profilu, ale byłem w niej zakochany nieprzytomnie. Wtem uświadomiłem sobie, iż rozumuję zakładając, że z owych trzech dziewcząt panną d'Épor- cheville była blondynka, która odwróciła się i dwukrotnie spojrza- ła w moją stronę. A przecież odźwierny wcale mi tego nie powiedział. Wróciłem do niego i zapytałem, na co mi rzekł, iż nie jest w stanie dokładniej mnie poinformować, ponieważ te panie przyszły pierwszy raz, i to pod jego nieobecność, ale spyta żony, która już je kiedyś widziała. Żona odźwiernego sprzątała w tym czasie schody kuchenne. Któż w ciągu swego życia nie doświad- czył niepewności mniej lub bardziej podobnych do tej i tak samo rozkosznych? Życzliwy przyjaciel, któremu opisujemy spotkaną na balu młodą dziewczynę, dochodzi do wniosku, że to jego znajoma, i zaprasza nas razem do siebie. Ale czy nie popełniamy omyłki wybierając wśród tylu osób jedynie na podstawie mówio- nego portretu? Czy dziewczyna, którą za chwilę ujrzymy, nie będzie zupełnie inna od tej upragnionej? A jednak może wyciągnie do nas rękę, uśmiechając się, ta właśnie, o której myślimy? Zdarza się to dość często, nie zawsze na zasadzie rozumowania tak przekonywającego jak identyfikacja panny d'Éporcheville, lecz raczej dzięki pewnego rodzaju intuicji, a także szczęściu, które niekiedy nam sprzyja. Widząc ją wreszcie, mówimy sobie: „Tak, to ona." Przypomniałem sobie, że w grupie dziewcząt spacerujących nad brzegiem morza odgadłem bez błędu Albertynę Simonet. To wspomnienie przejęło mnie ostrym, ale krótkim bólem i podczas gdy odźwierny szukał swojej żony, zastanawiałem się – myśląc o pannie d'Éporcheville, jak to bywa w momentach oczekiwania, kiedy nazwisko czy coś innego, co informuje o człowieku i cośmy nie wiadomo dlaczego utożsamili z pewną twarzą, na chwilę zostaje od niej uwolnione i trzepoce się wśród różnych możliwości, gotowe, jeśliby przylgnęło do nowej twarzy, uczynić retrospektywnie tamtą pierwszą, którą nam dotąd określało, czymś nieznanym, nietkniętym, nieuchwytnym – czy odźwierny nie powie mi zaraz, że panna d'Éporcheville to jedna z dwóch brunetek. Wtedy rozwiałaby się w nicość istota, w której rzeczywistość wierzyłem i którą z góry kochałem, myśląc tylko o tym, jak ją posiąść. Pod wpływem tej nieszczęsnej odpowiedzi jasnowłosa i skryta panna d'Éporcheville, rozdzieliłaby się natychmiast na dwa różne składniki, samowolnie złączone przeze mnie tak, jak to czyni powieściopisarz stapiający w celu stworzenia zmyślonych postaci różne rzeczywiste elementy, które wzięte z osobna – gdy nazwisko nie współdziała z intencją spojrzenia – tracą wszelki sens. W tym wypadku moja argumentacja poniosłaby klęskę, lecz jakże mocna się okazała, kiedy odźwierny wrócił powiadając mi, że panna d'Éporcheville to właśnie owa blondynka!

Odtąd nie mogłem już wierzyć w zbieżność nazwisk. Trzeba by było zbyt niezwykłego trafu, żeby jedna z tej trójki dziewcząt nosiła nazwisko d'Éporcheville, żeby mi się przyglądała w ten sposób, prawie z uśmiechem (co stanowiło pierwszy istotny argument za moim przypuszczeniem), i żeby nie była tą, która uczęszczała do domów schadzek.

Zaczął się dla mnie dzień niesamowicie nerwowy. Jeszcze przed wyruszeniem po zakup wszystkiego, czym mogłem uświetnić swoją toaletę, aby zrobić jak najlepsze wrażenie za dwa dni podczas wizyty u pani de Guermantes, u której miałem poznać dziewczynę o niezbyt surowych zasadach i umówić się z nią na spotkanie (liczyłem bowiem, że znajdę sposobność, aby porozmawiać z nią w kącie salonu), dla większej pewności zadepeszowałem do Roberta pytając o jej nazwisko i wygląd. Miałem nadzieję, że mi odpowie w ciągu doby, zanim ona, zgodnie z informacją odźwiernego, znów przyjdzie do pani de Guermantes. Nie myśląc ani przez chwilę o niczym innym, nawet o Albertynie, byłem zdecydowany złożyć księżnej wizytę o tej samej godzinie, choćby mi się przedtem nie wiem co przydarzyło, nie wyłączając choroby, bo w takim razie kazałbym się zanieść na krześle. Depeszowałem do Roberta nie dlatego, żebym miał wątpliwości co do osoby i żeby dziewczyna, którą zobaczyłem, jeszcze się w moich oczach różniła od tej, którą on mi opisał. Przestałem już wątpić, że to była jedna i ta sama. Ale w niecierpliwości oczekiwania sprawiłoby mi przyjemność i byłby to już początek tajemniczej władzy nad nią, gdybym otrzymał depeszę, a w niej mnóstwo dotyczących jej szczegółów. Wypełniając na poczcie formularz, co czyniłem z ożywieniem człowieka, którego podnieca nadzieja, zauważyłem, o ile mniej byłem teraz bezbronny wobec panny d'Éporcheville niż w dzieciństwie wobec Gilberty. Skoro tylko zadałem sobie trud napisania tej depeszy, wystarczyło, że urzędnik odebrał ją z moich rąk i przekazał sieci najszybszych połączeń telegraficznych, a cały obszar Francji i Morza Śródziemnego, cała hulaszcza przeszłość Roberta de Saint-Loup, zaangażowanego do identyfikacji spotkanej przeze mnie osoby, oddawały się na usługi mojego romansu w zarodku; mogłem nie myśleć już o nim, bo wszystko miało być tak czy owak rozstrzygnięte przed upływem dwudziestu czterech godzin. A dawniej, przyprowadzony przez Franciszkę z Pól Elizejskich, wydany w domu na pastwę bezsilnych żądz, nie mając dostępu do narzędzi cywilizacji, kochałem jak dzikus, a nawet, będąc pozbawiony swobody ruchów, zgoła jak kwiat. Odtąd czas płynął mi jak w gorączce; żądanie ojca, abym wyjechał z nim na dwa dni, przez co straciłbym wizytę u księżnej de Guermantes, wprawiło mnie w taki gniew i taką rozpacz, że matka wtrąciła się do tej sprawy i wyjednała, bym został w Paryżu. Długo potem nie mogłem się uspokoić, a tymczasem pożądanie panny d'Éporcheville wzmogło się stokrotnie pod wpływem przeszkody wzniesionej między nami, co prawda na krótko, oraz obawy, która wtedy zaciążyła nade mną, że nic nie będzie z tych godzin wizyty u pani de Guermantes, do których uśmiechałem się bez przerwy jako do czegoś, czego nikt nie jest mnie w stanie pozbawić. Zdaniem niektórych filozofów świat zewnętrzny nie istnieje i całe nasze życie przeżywamy w nas samych. Niezależnie od słuszności tego twierdzenia miłość, nawet w najskromniejszych swoich początkach, stanowi uderzający dowód, jak małe znaczenie ma dla nas rzeczywistość. Gdyby mi kazano narysować z pamięci portret panny d'Éporcheville, opisać ją lub choćby poznać na ulicy, nie potrafiłbym tego zrobić. Widziałem ją z profilu, w ruchu, miałem wrażenie, że jest ładna, bezpretensjonalna, wysoka i że ma włosy blond – nic więcej nie mógłbym o niej powiedzieć. Ale uczucie pożądania, niepokoju i śmiertelnego strachu, iż mogę jej nie zobaczyć, jeżeli ojciec zabierze mnie ze sobą, a do tego wygląd, którego w gruncie rzeczy nie znałem, lecz wystarczało mi, że się wydawał przyjemny, to wszystko stanowiło już miłość. Wreszcie następnego dnia rano, po nocy wypełnionej błogą bezsennością, dostałem depeszę od Roberta de Saint-Loup: ,,De l'Orgeville, *de* – partykuła, *orge* – zboże w rodzaju żyta, *ville* – jak miasto[1], drobna, pulchna brunetka, jest teraz w Szwajcarii." A więc to nie była ona.

W chwilę później weszła moja matka przynosząc ranną pocztę i od niechcenia położyła mi ją na łóżku; wyglądała przy tym, jakby myślała o czymś innym, i natychmiast wyszła zostawiając mnie samego. Znałem wszystkie podstępy mojej drogiej mamy i wiedziałem, że można bez obawy popełnienia błędu czytać z jej twarzy, jeżeli za klucz weźmie się potrzebę czynienia bliźnim przyjemności. Pomyślałem więc sobie z uśmiechem: ,,W poczcie jest coś ciekawego dla mnie i mama z umysłu przybrała ten wygląd obojętny i roztargniony, aby moja niespodzianka była całkowita, bo nie chce postępować jak ludzie, którzy nas pozbawiają połowy przyjemności wyjawiając od razu, o co chodzi. A wyszła natychmiast dlatego, żebym powodowany miłością własną nie ukrył przyjemności i przez to nie odczuł jej mniej żywo." Wracając ku drzwiom moja matka natknęła się na Franciszkę, która właśnie

[1] *Orge* znaczy właściwie jęczmień; *ville* – miasto. (Przyp. tłum.)

wchodziła. Zmusiła ją do zawrócenia z drogi i pociągnęła za sobą, wylękłą, dotkniętą i zaskoczoną. Franciszka uważała bowiem, że piastowany przez nią urząd upoważniał ją do zjawiania się w moim pokoju i przebywania w nim, jak długo miała na to ochotę. Zdziwienie i gniew znikły jednak w mgnieniu oka z twarzy Franciszki pod czarnym, obleśnym uśmieszkiem transcendentnej litości i filozoficznej ironii, której lepką ciecz wydzielało jej urażone poczucie godności dla zagojenia doznanej rany. Aby nie czuć się pogardzaną, sama nami gardziła. W jej pojęciu byliśmy poza tym „państwem", to znaczy kapryśnymi istotami, które nie odznaczają się nadmiarem inteligencji, i aby pokazać, że mają władzę, znajdują upodobanie w narzucaniu osobom inteligentnym, czyli służbie, różnych bezsensownych poleceń, jak przygotowywanie wody podczas epidemii, zamiatanie mego pokoju szczotką owiniętą mokrym gałganem lub opuszczanie tego pokoju akurat wtedy, kiedy miałoby się chęć zabawić w nim dłużej. Moja matka w pośpiechu zabrała świecę. Zauważyłem, że położyła mi pocztę pod samą ręką, aby mi się nie zsunęła na podłogę. Poczułem, że były to same gazety. Zapewne w jednej z nich znajdował się artykuł któregoś z moich ulubionych, a rzadko drukujących pisarzy i na tym polegała owa niespodzianka. Podszedłem do okna i rozsunąłem kotary. Dzień wstawał blady i mglisty, lecz w górze jaśniało niebo, różowe jak o tej godzinie płyty kuchenne, pod którymi rozpala się ogień. Ten widok napełnił mnie nadzieją i pragnieniem przebudzenia się po całonocnej podróży na górskiej stacyjce, gdzie widziałem mleczarkę o różowych policzkach.

Otworzyłem „Figaro". Jaka przykra historia! Akurat pierwszy artykuł był zatytułowany tak samo jak mój, który im posłałem bez rezultatu. Ale nie tylko tytuł.... proszę, oto kilka zupełnie podobnych zdań. Tego już za wiele. Pomyślałem o wysłaniu listu protestującego. Jednocześnie dochodziło mnie zrzędzenie Franciszki, oburzonej wypędzeniem z mojego pokoju: „Słyszane to rzeczy! Chłopiec, którego znam od urodzenia. Pewno, że nie byłam przy tym, jak go matka rodziła, ale żeby prawdę powiedzieć i nie skłamać, to nie miał nawet pięciu lat, jakem go poznała!" Ależ to nie tylko tych parę słów, lecz wszystko, mój własny podpis! To mój artykuł nareszcie wydrukowany! Mój umysł wszakże, który może już wówczas zaczynał zdradzać odznaki starości i zmęczenia, jeszcze przez chwilę rozumował, jak gdyby nie zdołał pojąć, że miałem przed sobą swój własny artykuł; byłem jak starcy, którzy zawsze muszą dokończyć rozpoczęty ruch, nawet jeżeli okazał się zbyteczny, nawet gdy nieoczekiwana przeszkoda, przed którą należałoby się natychmiast cofnąć, czyni go niebezpiecznym. Za czym skupiłem uwagę na pokarmie duchowym, jakim jest gazeta, jeszcze ciepła i wilgotna od prasy drukarskiej i porannej mgły, w której skoro świt zostaje doręczona służącym, aby ją zaniosły państwu z kawą, jak cudowny, rozmnażający się chleb, zarazem pojedynczy i zwielokrotniony do dziesięciu tysięcy egzemplarzy, ten sam dla każdego z osobna i przenikający do niezliczonych domów.

To, co trzymałem w ręku, nie było po prostu numerem gazety, lecz jakimś jednym numerem spośród dziesiątka tysięcy; nie zawierał on tekstu napisanego przeze mnie, lecz tekst napisany przeze mnie i czytany przez wszystkich. Aby zdać sobie dokładnie sprawę, co się dzieje w tym samym czasie w innych domach, powinienem był przeczytać ten artykuł nie jako autor, ale jako jeden z czytelników; trzymałem przecież w ręku nie tylko zdania, które wyszły spod mego pióra, lecz także symbol ich wcielenia w ogromną liczbę umysłów. Żeby to więc przeczytać, trzeba było przestać być autorem i przeobrazić się w pierwszego lepszego czytelnika gazet. Ale od razu niepokój. Czy nie uprzedzony czytelnik w ogóle zauważył ten artykuł? Rozkładam numer niedbale, jak ten ktoś nie uprzedzony, przybieram nawet minę człowieka nie mającego pojęcia, co mu przynosi jego poranna gazeta, i szukającego przede wszystkim kroniki porannej lub politycznej. Mój artykuł jest jednak taki długi, że spojrzeniem, które go unika (aby pozostawać w granicach prawdopodobieństwa i nie zwiększać swoich szans, jak ktoś, kto czeka licząc i przez lojalność liczy bardzo powoli), trafiam na jego fragment. Ale wielu ludzi, którzy zwracają uwagę na pierwszy artykuł i nawet go czytają, nie patrzy na podpis. Ja sam byłbym w kłopocie, gdyby mi kazano wymienić autora wczorajszego artykułu wstępnego. Odtąd przyrzekam sobie czytać je wszystkie razem z podpisem; ale jak zazdrosny kochanek, który dochowuje wierności ukochanej, aby móc wierzyć w jej wierność, myślę ze smutkiem, że moja

154

przyszła uwaga nie zmusi w zamian, nie zmusiła do uważnej lektury innych czytelników. Znajdą się też i tacy, co wyjechali na polowanie albo zbyt wcześnie wyszli z domu. W każdym jednak razie parę osób przeczyta mój artykuł. Wobec tego zaczynam czytać i ja. Wiem wprawdzie, że niejednemu ten mój artykuł wyda się okropny, niemniej czytając mam wrażenie, iż to, co widzę w każdym słowie, znajduje się na papierze, i nie mogę sobie wyobrazić, aby czytelnik mający otwarte oczy nie widział bezpośrednio tych samych co ja obrazów. Sądząc, że myśl autora jest bezpośrednio postrzegana przez czytelnika, podczas gdy w jego intelekcie rodzi się przecie myśl zupełnie inna, ulegam naiwnemu złudzeniu tych, którzy sobie wyobrażają, że słowa wypowiadane przez nich do telefonu podróżują po drucie we własnej postaci dźwiękowej. W chwili kiedy staram się być zwykłym czytelnikiem, mój umysł autora odtwarza pracę tych, co będą czytać mój artykuł. Jeżeli pan de Guermantes nie zrozumie jakiegoś zdania, które spodoba się Blochowi, to może w zamian za to ubawi go refleksja, którą Bloch pogardzi. W ten sposób każda część artykułu, odrzucona przez jednego czytelnika, znajdzie innego amatora i całość zostanie wyniesiona pod niebiosa przez tłum ludzi, przezwyciężając moją nieufność do samego siebie i uwalniając mnie od obowiązku ratowania sytuacji. W istocie bowiem z wartością artykułu, jakkolwiek wielkie byłyby jego zalety, sprawa przedstawia się tak jak z owymi sprawozdaniami z posiedzeń Izby Deputowanych, gdzie wypowiedziane przez ministra słowa: ,,To się jeszcze okaże", są tylko częścią, może nawet najmniej ważną, zdania wyglądającego, jak następuje: ,,PREZES RADY MINISTRÓW, MINISTER SPRAW WEWNĘTRZNYCH I WYZNAŃ RELIGIJNYCH: «To się jeszcze okaże» (owacja na skrajnej lewicy, okrzyki: «Doskonale, doskonale!», z kilku ławek na lewicy i w centrum)" – koniec piękniejszy niż środek i godny początku. Znaczna część jego piękna – to jest organiczna wada tego gatunku literackiego, nie wyłączając słynnych *Poniedziałków* – polega na wrażeniu, jakiego doznają czytelnicy. Jest to jakby zbiorowa Wenus, z której ciała dostajemy jedynie okaleczoną część, jeżeli trzymamy się wyłącznie myśli autora, bo całkowite jej urzeczywistnienie następuje dopiero w umysłach czytelników. W nich otrzymuje ona swój kształt ostateczny. A ponieważ tłum, choćby był elitą, nie jest artystą, pozostawiony przezeń ślad zawsze będzie miał coś pospolitego. Tak to Sainte-Beuve mógł sobie w poniedziałki wyobrażać panią de Boigne, jak w swym ośmiokolumnowym łożu czyta „Constitutionnel" z jego felietonem, doceniając piękno pewnego zdania, którym on sam długo się przedtem rozkoszował i którego nigdy by może nie oddał do druku, gdyby nie uznał za stosowne uczynić zeń przybitkę do tego artykułu, aby strzał był donośniejszy. Kanclerz też pewno przeczytał felieton i nie omieszka wspomnieć o nim swej starej przyjaciółce podczas wizyty, którą jej złoży nieco później. Tego samego jeszcze wieczora diuk de Noailles, ubrany w szare spodnie, zabierze go do swego powozu i powtórzy mu opinię towarzystwa, jeżeli już wcześniej nie objaśniło go w tym względzie jakieś słówko pani d'Arbouville. Opierając swój brak wiary w siebie na tej dziesięciotysięcznej aprobacie, czerpałem w tej chwili z mej lektury tyleż uczucia siły i nadziei, że mam talent, ile wprzódy, kiedy to, co pisałem, było przeznaczone tylko dla mnie, znajdowałem w niej nieufności.

Widziałem, jak moja myśl, o tej samej godzinie przemawiająca do tylu ludzi – a u tych, co nie mogli jej pojąć, nie myśl wprawdzie, lecz przynajmniej zwielokrotnienie mego nazwiska, stanowiące jakby upiększoną ewokację mojej osoby – lśniła nad nimi, zabarwiała ich myśli kolorem jutrzenki, napełniającej mnie większą siłą i bardziej triumfalną radością niż nieogarniona różowość, która się właśnie pokazywała we wszystkich oknach. Widziałem, jak Bloch, Guermantowie, Legrandin, Anna, pan X wyciągają z każdego zdania zawarte w nim obrazy, gdy ja w tej samej chwili usiłuję być zwyczajnym czytelnikiem i zarazem czytam jako autor. Ale żeby nieprawdopodobna istota, w którą chcę się zmienić, połączyła wszystkie najkorzystniejsze dla mnie przeciwieństwa, oceniam samego siebie, mimo iż czytam okiem autora, ze stanowiska czytelnika, bez żadnych wymagań, jakie by mógł stawiać utworowi ktoś, kto go porównuje do ideału, dla którego szukał wyrazu. Po napisaniu artykułu jego zdania wyglądały tak bezbarwnie, gdym je porównywał z moją myślą, były do tego stopnia pogmatwane i matowe w żestawieniu z moją harmonijną i przejrzystą wizją, tak pełne luk, których nie potrafiłem wypełnić, że lektura sprawiała mi ból, potęgowała uczucie bezsilności i nieuleczalnego braku talentu. Ale teraz, starając się być tylko czytelnikiem, zrzucam na innych obowiązek osądzenia mego dzieła i osiągam przynajmniej tyle, że czytając to, co zrobiłem, mogę przejść do porządku nad tym, co chciałem zrobić. Czytałem ten artykuł wmawiając w siebie, że jest innego pióra. Wszystkie moje obrazy, refleksje, określenia, oceniane same w sobie i bez myśli o klęsce, jakiej były świadectwem w stosunku do mych zamierzeń, zachwycały mnie efektownością, bogactwem pomysłów i głębią. I gdy moje samopoczucie słabło ponad miarę, mówiłem sobie, chroniąc się w duszy jakiegoś oczarowanego czytelnika: ,,No i kto się na tym pozna? Możliwe, że nie wszystko jest tu doskonałe, ale nic nie szkodzi, jeżeli niektórzy będą grymasić. I tak jeszcze mają dosyć pięknych rzeczy, więcej niż zwykle spotykają.''

Toteż ledwo skończyłem tę pokrzepiającą lekturę, natychmiast zapragnąłem – ja, który nie miałem odwagi przeczytać rękopisu – rozpocząć ją od nowa, bo do niczego bardziej niż do naszych własnych artykułów nie pasuje maksyma ,,*bis repetita placent*''. Postanowiłem wysłać Franciszkę, żeby kupiła większą ilość egzemplarzy dla znajomych, a w rzeczywistości po to, aby dotknąć palcem cudu rozmnożenia mej myśli i przeczytać w innym egzemplarzu te same zdania, jak gdybym był kimś obcym, kto też wziął do ręki ,,Figaro''. Bardzo dawno nie widziałem Guermantów, teraz więc, idąc tam z wizytą, miałem szanse, że się od nich dowiem, jakie wrażenie wywołał mój artykuł.

Myślałem o różnych czytelniczkach, do których sypialni tak chętnie bym wkroczył i którym gazeta przyniosłaby, jeżeli nie samą moją myśl, niezrozumiałą dla nich, to chociażby moje nazwisko, wypowiadające w ten sposób moją pochwałę. Ale pochwały kierowane pod adresem tych, których nie kochamy, nie chwytają za serce, tak jak nie docierają do naszej świadomości myśli człowieka, którego nie możemy przeniknąć. Co dotyczy innych moich przyjaciół, powiadałem sobie, że jeżeli stan mojego zdrowia będzie się nadal pogarszał i uniemożliwi mi widywanie ich, przyjemnie byłoby pisać, żeby zachować kontakt z nimi, mówić między wierszami różne rzeczy przeznaczone dla nich, podsuwać im swoje myśli, podobać się im i znaleźć miejsce w ich sercach. Snułem takie plany dlatego, że stosunki towarzyskie odgrywały pewną rolę w mym dotychczasowym życiu i czułem lęk na myśl o przyszłości, w której miałoby ich zabraknąć – a także i z tego powodu, że takie utrwalenie się w pamięci przyjaciół – a może nawet wzbudzenie ich podziwu – stanowiłoby dla mnie pociechę, zanim poczuję się na tyle silny, aby znów ich widywać. Tak myślałem, ale czułem, że to nieprawda i że chociaż sobie wyobrażałem ich zainteresowanie jako źródło przyjemności, to jednak miałem na celu przyjemność wewnętrzną, duchową, świadomą, której nie daliby mi oni sami przez się ani też swoimi rozmowami, mogłem ją bowiem znaleźć tylko pisząc z dala od nich; a gdybym zabrał się do pisania po to, żeby utrzymywać z nimi kontakt pośredni, zyskać ich lepszą opinię i przygotować sobie lepsze przyjęcie w świecie, wówczas kto wie, czy pisząc nie straciłbym ochoty na widywanie się z nimi, a światowa sytuacja, jaką bym zdobył może za pośrednictwem literatury, przestałaby mnie nęcić, bo wtedy moim udziałem stałyby się przyjemności nie świata, lecz literatury.

Toteż kiedym się udał po obiedzie do pani de Guermantes, uczyniłem to nie tyle dla panny d'Éporcheville, która wskutek depeszy Roberta straciła najlepszą część swojej istoty, co dla zobaczenia w osobie samej księżnej jednej z czytelniczek mego artykułu, która by mi pozwoliła wyobrazić sobie, co myślała publiczność, prenumeratorzy i nabywcy „Figara". Nie bez przyjemności zresztą szedłem do pani de Guermantes. Chociaż sobie wmawiałem, że jej salon różnił się od innych tylko dłuższą zażyłością z moją wyobraźnią, to jednak rozumiejąc, skąd się ta różnica bierze, nie przestawałem jej odczuwać. Ponadto istniało dla mnie wiele nazwisk „Guermantes". O ile z tym, które moja pamięć zapisała po prostu jak w książce adresowej, nie łączyło się nic poetycznego, o tyle starsze, należące do czasów, kiedy nie znałem jeszcze pani de Guermantes, mogły ulegać we mnie przemianom, zwłaszcza gdy jej długo nie widziałem i ostre światło postaci o ludzkiej twarzy nie gasiło tajemniczych promieni nazwiska. Wtedy znowu zaczynałem myśleć o domu pani de Guermantes niby o czymś istniejącym poza rzeczywistością; tak samo myślałem o zamglonym Balbec moich pierwszych marzeń, jak gdybym się tam później nie wybrał naprawdę, i o pociągu pierwsza piętnaście, jak gdybym nigdy nim nie jechał. Przez chwilę traciłem świadomość, że to wszystko nie istnieje, tak jak czasem myślimy o ukochanej istocie zapominając na mgnienie oka, że ona już nie żyje. Ale poczucie rzeczywistości wróciło mi, gdym wchodził do przedpokoju księżnej. Pocieszyłem się jednak powiadając sobie, że mimo wszystko jest ona dla mnie prawdziwym punktem przecięcia rzeczywistości z marzeniem.

Wchodząc do salonu ujrzałem młodą blondynkę, o której przez całą dobę myślałem, że była ową znajomą Roberta. Ona sama poprosiła księżnę, żeby nas „od nowa zapoznała". Rzeczywiście, gdym tylko wszedł, miałem wrażenie, że się dobrze znamy, ale księżna rozproszyła je powiadając:

– O, chyba nieraz już pan spotykał pannę de Forcheville?

Byłem głęboko przekonany, że nikt mnie nigdy nie przedstawiał żadnej młodej osobie o tym nazwisku, które na pewno byłoby zwróciło moją uwagę, tkwiło bowiem w mojej pamięci, odkąd usłyszałem historię miłostek Odety i zazdrości Swanna. Podwójna omyłka polegająca na tym, że nazwisko „de l'Orgeville" przypomniałem sobie jako „d'Éporcheville" i w postaci „Éporcheville" odtworzyłem to, co w rzeczywistości brzmiało „Forcheville", nie była niczym niezwykłym. Nie mamy racji, kiedy przedstawiamy rzeczy takie, jakimi są, nazwiska tak, jak się piszą, ludzi takich, jakich ukazuje w nieruchomych ujęciach fotografia i psychologia. W rzeczywistości zazwyczaj postrzegamy wcale nie to. Otaczający nas świat oglądamy, słyszymy, pojmujemy całkiem na opak. Powtarzamy czyjeś nazwisko według usłyszanego brzmienia, póki naszego błędu nie sprostuje doświadczenie, a to nie zawsze się zdarza. W Combray wszyscy przez ćwierć wieku mówili Franciszce o pani Sazerat, a tymczasem ona zawsze ją nazywała panią Sazerin, i to nie przez normalny u niej, umyślny upór, z jakim trwała w błędach i który tylko się wzmagał w obliczu naszych sprzeciwów, będąc w jej umysłowości jedyną spośród demokratycznych zasad roku 1789 dodaną przez nią do Francji z kościoła Św. Andrzeja Polnego (ze wszystkich swobód obywatelskich Franciszka żądała dla siebie tylko prawa do innej wymowy niż nasza i do utrzymywania, że słowa: *hôtel*, *été* i *air*, są rodzaju żeńskiego) – ale po prostu dlatego, że w rzeczywistości zawsze słyszała nazwisko Sazerin. Ta wieczna omyłka, którą jest życie, nakłada swe tysiączne formy nie tylko na świat widzialny i słyszalny, ale również na inne światy, społeczny, uczuciowy, historyczny itd. Księżna Luksemburska ma w oczach żony premiera tylko rangę kokoty, co jest zresztą prawie bez znaczenia; nieco więcej znaczy już fakt, że gdy Odeta nie daje się łatwo zdobyć Swannowi, ów zmyśla cały romans, przez który cierpi nawet silniej, i to także po zrozumieniu swej omyłki; jeszcze ważniejsze jest to, że Niemcy widzą Francuzów jako naród żyjący tylko potrzebą odwetu. Świat istnieje dla nas wyłącznie jako szereg bezkształtnych, fragmentarycznych wyobrażeń, które sobie uzupełniamy całkowicie dowolnymi skojarzeniami myśli, tworzącymi niebezpieczne sugestie. Nie miałbym więc powodu do zbytniego zdziwienia słysząc nazwisko ,,Forcheville" (już się zresztą w duchu zapytywałem, czy to czasem nie jaka krewniaczka Forcheville'a, o którym tyle mówiono), gdyby blondynka, chcąc widocznie uprzedzić w taktowny sposób pytanie, które by mogło być jej niemiłe, nie rzekła mi natychmiast:

– Czy nie pamięta pan – tak często pan do nas przychodził – swojej przyjaciółki Gilberty? Od pierwszej chwili spotrzegłam, że mnie pan nie poznaje. Ale ja poznałam pana od razu.

(Powiedziała to tak, jakby rozpoznanie nastąpiło dopiero teraz, chociaż zauważywszy mnie już kiedyś na ulicy rzuciła mi ,,dzień dobry"; później słyszałem od pani de Guermantes, że Gilberta mówiła jej o tym jako o czymś niezmiernie śmiesznym i niecodziennym, bo poszedłem wtedy za nią i próbowałem ją zaczepić myśląc, że to kokota.) Dopiero po jej odejściu dowiedziałem się, dlaczego nosi nazwisko Forcheville. Po śmierci Swanna Odeta, wprawiająca wszystkich w podziw swym głębokim, długotrwałym i szczerym bólem, była niezwykle majętną wdową. Forcheville ożenił się z nią, odbywszy uprzednio długą podróż po zamkach prowincjonalnych, gdzie się upewnił, że jego żona będzie przyjmowana. (Rodzina z początku robiła trudności, ale ustąpiła wobec perspektywy, że nie będzie już musiała łożyć na utrzymanie kuzyna, który prawie z nędzy stawał się bogaczem.) Wkrótce potem wuj Swanna, spadkobierca wielu swoich krewnych, po których zgromadził olbrzymi majątek, umarł zostawiając całą tę fortunę Gilbercie, odtąd jednej z najbogatszych partii we Francji. Działo się to jednak w okresie, gdy pod wpływem sprawy Dreyfusa powstał antysemityzm, a jednocześnie potomkowie

Izraela zaczęli penetrować świat bardziej żywiołowo niż dotąd. Politycy słusznie przewidywali, że odkrycie pomyłki sądowej może zadać cios antysemityzmowi, ale przynajmniej na razie, wprost przeciwnie, przybrał on na sile i zaciekłości. Forcheville, który, jak każdy szlachetka, wyniósł był z rodzinnych dyskusji przekonanie, że nosi nazwisko starsze niż książęta La Rochefoucauld, sądził, iż zawierając małżeństwo z wdową po Żydzie spełnia taki sam akt miłosierdzia jak milioner wydobywający z rynsztoka prostytutkę; był nawet gotów rozciągnąć swoją dobroć na Gilbertę, której miliony mogłyby ułatwić małżeństwo, gdyby nie to straszne nazwisko ,,Swann". Oświadczył więc, że ją zaadoptuje.

Jak wiemy, po ślubie Swanna pani de Guermantes, ku wielkiemu zdziwieniu swoich znajomych – które wywoływała często i z upodobaniem – nie chciała przyjmować jego żony ani córki. Jej odmowa wydawała się tym okrutniejsza, że dla Swanna perspektywa małżeństwa z Odetą przez długi czas oznaczała tylko jedną rzecz – wprowadzenie córki do pani de Guermantes. Zapewne, jako człowiek, który tyle przeżył, powinien był on wiedzieć, że ludzkie marzenia nigdy się nie spełniają, a to z najrozmaitszych powodów. Był wśród nich jeden, który mu pozwolił myśleć bez nadmiernego żalu o niedojściu do skutku tej prezentacji. Ów powód polega na tym, że jakikolwiek obraz kołysze się w naszych marzeniach – zaczynając od pstrąga, który ma być podany na kolację w świetle zachodu słońca i skłania człowieka prowadzącego nieruchomy tryb życia, aby się udał w daleką podróż, a kończąc na chęci zaimponowania dumnej kasjerce wspaniałym ekwipażem, którym by się pewnego dnia przybyło przed jej magazyn, co z kolei prowadzi człowieka do morderstwa lub tylko do pragnienia rychłej śmierci kogoś z rodziny, kto by mu pozostawił spadek, jedno lub drugie w zależności od tego, czy jest to człowiek bardziej odważny, czy też bardziej leniwy, bardziej konsekwentny w realizowaniu swoich zamiarów czy też ograniczający się do biernej kontemplacji samego pomysłu – akt mający nam pomóc w realizacji naszego marzenia (i wszystko jedno, czym będący: podróżą, małżeństwem, zbrodnią itd.) przekształca nas dość głęboko, aby stracił znaczenie, a może nawet całkiem zniknął nam z myśli ten obraz utworzony przez człowieka, który wtedy nie był jeszcze podróżnikiem, mężem, zbrodniarzem lub samotnikiem (pogrążonym w pracy, aby stać się sławnym, i już przez to samo wolnym od pragnienia sławy) itd. Zresztą nawet gdybyśmy się uparli i doprowadzili nasz zamiar do skutku, jest rzeczą prawdopodobną, że efekt zachodzącego słońca nie powtórzyłby się, że czując w tym momencie chłód wolelibyśmy zupę przy kominku niż pstrąga na świeżym powietrzu, że nasz ekwipaż nie zrobiłby wrażenia na kasjerce, która może z całkiem innych powodów miała dla nas dużo szacunku i na widok naszego niespodziewanego bogactwa poczułaby nieufność. Krótko mówiąc, stwierdziliśmy, że Swann po ślubie przywiązywał wagę przede wszystkim do stosunków swojej żony i córki z panią Bontemps itd.

Do wszystkich pobudek, które miały źródło w guermantowskim pojmowaniu życia światowego i sprawiły, że księżna de Guermantes postanowiła nigdy się nie zgodzić na wizytę pani i panny Swann, można dorzucić również ową szczęśliwą równowagę ducha, z jaką ludzie nie kochający odwracają się od tego, co ganią u zakochanych, a co znajduje wytłumaczenie w miłości. „Ja nie mam z tym nic wspólnego. Jeżeli biedny Swann chce robić głupstwa i zatruć sobie życie, to jego sprawa, nie moja. To wszystko może się źle skończyć, ale bez mojego udziału." Było to *suave mari magno*, które Swann mi doradzał w stosunku do Verdurinów, gdy dawno już przestał kochać Odetę i nie zależało mu na „paczce". To zawsze leży u podstaw mądrych sądów wypowiadanych przez osoby postronne o namiętnościach, których nie odczuwają, i o wynikających stąd komplikacjach życiowych.

Pani de Guermantes ignorowała panią i pannę Swann z uporem, który budził zdziwienie. W okresie kiedy panie Molé i Marsantes nawiązały stosunki z Odetą i zaczęły wprowadzać do niej wiele pań z towarzystwa, nie tylko pozostała niedostępna, ale postarała się o zerwanie wszystkich mostów, jak również o to, żeby jej kuzynka, księżna de Guermantes, poszła w jej ślady. Któregoś dnia, w czasie wyjątkowego napięcia za premierostwa Rouviera, kiedy powszechnie sądzono, że dojdzie do wojny między Francją a Niemcami, zaproszony przez nią de Guermantes na kolację tylko w towarzystwie pana de Bréauté, zauważyłem, iż księżna jest czymś zatroskana. Ponieważ interesowała się polityką, wyobrażałem sobie, że uzewnętrznia w ten sposób swój lęk przed wojną, tak jak kiedyś, gdy siadłszy do stołu z twarzą równie pełną troski, odzywając się monosylabami, z całą powagą odpowiedziała komuś, kto ją spytał o powód zmartwienia: „Niepokoją mnie Chiny." Teraz po chwili sama wyjaśniła tajemnicę tego wyrazu twarzy, który przypisywałem obawie przed wojną, rzekła bowiem do pana de Bréauté: „Kursują plotki, że Maria Aynard ma zamiar wprowadzić panie Swann do towarzystwa. Jutro rano muszę się koniecznie zobaczyć z Marią Gilbertą, żeby mi pomogła nie dopuścić do tego. W przeciwnym razie towarzystwo przestanie istnieć. Sprawa Dreyfusa to ładna rzecz, ale odtąd wystarczy sklepikarce z przeciwka ogłosić się nacjonalistką i już może chcieć, żebyśmy ją przyjmowali u siebie." Słysząc te słowa, jakże błahe w porównaniu z tym, czegom oczekiwał, czułem zdziwienie czytelnika szukającego w „Figaro" na zwykłym miejscu ostatnich komunikatów z wojny rosyjsko-japońskiej i zamiast nich znajdującego listę osób, które złożyły podarunki ślubne pannie de Mortemart, bo znaczenie arystokratycznego małżeństwa zepchnęło bitwy lądowe i morskie na koniec gazety. Ta niezmordowana wytrwałość sprawiała księżnej de Guermantes satysfakcję okazywaną przy każdej sposobności. „Babal twierdzi – powiadała – że jesteśmy najelegantszymi osobami w Paryżu, bo tylko my dwoje nie pozwalamy, żeby pani Swann i jej córka nam się kłaniały. Elegancja jego zdaniem polega na tym, że się nie zna pani Swann." I mówiąc to wybuchała radosnym śmiechem.

Ale po śmierci Swanna niedopuszczanie do siebie jego córki przestało sprawiać pani de Guermantes przyjemność, jaką w tym mogła znajdować jej duma, świadomość niezależności, wiara w swój autorytet, żądza dokuczania. Skończyło się to z chwilą, gdy zabrakło człowieka napawającego ją rozkosznym uczuciem, że mu się opiera, że mimo jego nacisku nie odwołuje raz wydanych dekretów. Księżna zaczęła wówczas ogłaszać inne dekrety, wymierzone w osoby żyjące, dzięki czemu zachowywała pewność, że ma władzę absolutną. Nigdy nie myślała o małej Swannównie, ale kiedy ktoś jej o niej mówił, budziła się w niej ciekawość, jaką wywołują nowe miejscowości, i teraz już nie maskowała przed sobą tego odruchu potrzebą opierania się Swannowi. Zresztą każde uczucie może być ukształtowane z tylu różnych składników, że nie wiadomo, czy w tym zainteresowaniu nie było jakiejś tkliwości dla Swanna. We wszystkich sferach czcze życie światowe paraliżuje wrażliwość oraz umiejętność wskrzeszania zmarłych i księżna należała niewątpliwie do kobiet, które wymagają obecności człowieka (i jak przystało córce rodu Guermantów, świetnie potrafiła tę obecność przedłużać), żeby go naprawdę kochać albo – rzecz bardziej niezwykła – trochę nienawidzić. Nieraz też jej życzliwość dla ludzi, zawieszona za ich życia pod wpływem irytacji, którą spowodowali jakimś swoim postępkiem, odradzała się, kiedy umarli. Księżna zaczynała wówczas odczuwać niemal chęć naprawienia krzywdy, ponieważ odtąd wyobrażała sobie te istoty, bardzo mgliście zresztą, w aureoli samych zalet, wolne od małostkowych satysfakcji i niskich zabiegów, które ją drażniły za ich życia. Sprawiało to, że postępowanie pani de Guermantes, mimo płochego jej usposobienia, było niekiedy – w połączeniu ze sporą dozą podłości– dosyć szlachetne. Gdy bowiem trzy czwarte ludzi schlebia żywym i przestaje się liczyć ze zmarłymi, ona często po śmierci osób, które źle traktowała, świadczyła im to, czego bardzo niegdyś pragnęły.

Co dotyczy Gilberty, to wszyscy, którzy ją lubili i czuli za nią trochę miłości własnej, mogliby się cieszyć z nowych nastrojów księżnej de Guermantes tylko pod warunkiem, że córka Swanna odrzuciłaby pogardliwe awanse, które przyszły z dwudziestopięcioletnim opóźnieniem, i w ten sposób zemściłaby się wreszcie. Ale na nieszczęście reakcje duchowe nie zawsze są tym, co sobie wyobraża zdrowy rozsądek. Człowiek, który kogoś niesłusznie znieważył i myśli, że na zawsze pogrzebał nadzieje, które wiązał z tą osobą, często je właśnie w ten sposób ratuje. Gilberta, dosyć oziębła wobec znajomych otaczających ją względami, zawsze myślała z podziwem o aroganckiej pani de Guermantes i zadawała sobie pytanie, skąd się ta arogancja bierze; kiedyś nawet myślała – ludzie, którzy ją choć trochę lubili, umarliby ze wstydu, gdyby się o tym dowiedzieli – żeby napisać do księżnej i spytać ją, co ma przeciwko młodej pannie, która jej nic nie zrobiła. Guermantowie przybrali w jej oczach proporcje, jakich by im nigdy nie nadało ich szlachectwo. Dla niej zajmowali miejsce powyżej nie tylko szlachty, ale i wszystkich rodzin królewskich.

Dawne przyjaciółki Swanna bardzo się zajmowały Gilbertą. Skoro tylko wśród arystokracji rozeszła się wiadomość o spadku,

który ostatnio odziedziczyła, zaczęto zwracać uwagę, jak świetne otrzymała wychowanie i jaka urocza będzie z niej żona. Niektórzy mówili, że kuzynka pani de Guermantes, księżna de Nièvre, chciała z nią ożenić swego syna. Pani de Guermantes nie cierpiała pani de Nièvre i zaczęła wszędzie rozgłaszać, że to małżeństwo wywołałoby skandal. Przerażona pani de Nièvre oświadczyła, że nigdy o czymś podobnym nie myślała. Pewnego pogodnego dnia, po obiedzie, kiedy pan de Guermantes miał wyjechać z żoną, pani de Guermantes wkładała przed lustrem kapelusz, jej niebieskie oczy wpatrywały się w siebie i w jej włosy, które wciąż zachowywały kolor blond, a pokojówka trzymała dla niej kilka parasolek do wyboru. Słońce wpadało strumieniami przez okno i małżonkowie postanowili skorzystać z tego pięknego dnia, by złożyć wizytę w Saint-Cloud. Pan de Guermantes, już gotowy do wyjścia, w szaroperłowych rękawiczkach i z cylindrem na głowie, powiadał do siebie: ,,Oriana doprawdy nie przestaje być zdumiewająca. Wygląda rozkosznie." I widząc dobry humor żony, rzekł głośno:
– A propos, mam ci coś przekazać od pani de Virelef. Chciałaby cię zaprosić w poniedziałek do Opery. Ale będzie miała małą Swannównę, więc brak jej odwagi i prosiła mnie, żebym zbadał teren. Nic ci nie doradzam, powtarzam tylko to, co mi powiedziała. Mój Boże, zdaje mi się, że moglibyśmy... – dodał wymijająco. Ponieważ ich stosunek do ludzi kształtował się wspólnie i u obojga był zawsze identyczny, pan de Guermantes wiedział, że niechęć jego żony do panny Swann już minęła i ustąpiła miejsca pragnieniu, żeby ją poznać. Księżna ułożyła w końcu woalkę i wybrała jedną z parasolek.
– Oczywiście, jeżeli chcesz – rzekła. – Cóż mnie to obchodzi? Nie widzę najmniejszego powodu, żebyśmy nie mieli poznać tej małej. Wiesz, że nigdy nie miałam nic przeciw niej. Nie chciałam tylko wyglądać na osobę, która przyjmuje fałszywe rodziny swoich przyjaciół. To było wszystko.
– I miałaś zupełną rację – odrzekł książę. – Jesteś, o pani, uosobieniem mądrości, a poza tym świetnie ci w tym kapeluszu.
– Jesteś bardzo miły – odparła pani de Guermantes uśmiechając się do męża i zmierzając ku drzwiom. Zanim wsiadła do powozu, uznała za stosowne wyjaśnić jeszcze: – Teraz dużo ludzi podtrzymuje znajomość z jej matką, która zresztą jest na tyle

rozsądna, że przez trzy czwarte roku choruje. Mała jest podobno zupełnie sympatyczna. Wszyscy wiedzą, żeśmy bardzo lubili Swanna, będą więc uważali, że to całkiem naturalne. I pojechali do Saint-Cloud.

W miesiąc później mała Swannówna, która nie nazywała się jeszcze Forcheville, była na obiedzie u Guermantów. Mówiło się o najrozmaitszych rzeczach; pod koniec obiadu Gilberta rzekła nieśmiało:

– Mam wrażenie, że państwo dobrze znali mojego ojca.

– Ależ oczywiście – odparła pani de Guermantes tonem melancholijnym na dowód, że rozumie smutek córki, i z umyślnie przesadnym naciskiem, co jej nadawało wygląd osoby, która nie jest pewna, czy sobie dokładnie przypomina ojca. – Znaliśmy go bardzo dobrze, pamiętam go doskonale. (I rzeczywiście mogła pamiętać, bywał u niej prawie codziennie przez dwadzieścia pięć lat.) Wiem, kto to był. Zaraz pani powiem – dorzuciła po chwili, jakby chciała wytłumaczyć córce, kim był jej ojciec, i udzielić jej informacji o nim. – Był to wielki przyjaciel mojej świekry i żył bardzo blisko z moim szwagrem Palamedem.

– Przychodził też i do nas, nawet bywał tu na obiadach – uzupełnił pan de Guermantes, manifestując swoją skromność i szacunek dla drobnych szczegółów. – Na pewno przypominasz sobie, Oriano. Jaki to był miły człowiek, ten pani ojciec! Od razu się czuło, że pochodził z dobrej rodziny. Kiedyś zresztą poznałem przelotnie jego rodziców. Też bardzo poczciwi ludzie.

Widać było, że gdyby rodzice i syn jeszcze żyli, książę de Guermantes nie zawahałby się polecić ich na stanowisko ogrodników. Tak to Faubourg Saint-Germain mówi do każdego człowieka pochodzenia mieszczańskiego o innych ludziach z jego sfery – czy to w celu pochlebienia rozmówcy lub rozmówczyni wyjątkiem, jaki się dla nich robi na czas trwania rozmowy, czy też raczej – a może jednocześnie – po to, żeby ich upokorzyć. Tak samo antysemita, który rozmawia z Żydem i jest wobec niego jak najbardziej ujmujący, wyraża się źle o Żydach, ale w sposób ogólny, dzięki czemu może go zadrasnąć bez grubiaństwa.

Będąc władczynią chwili – kiedy naprawdę potrafiła uszczęśliwić człowieka i nie mogła zdecydować się na rozstanie z nim – pani

166

de Guermantes była również jej niewolnicą. Dawnymi czasy, w upajającej atmosferze rozmowy, Swannowi udawało się niekiedy natchnąć księżnę złudzeniem, że go darzy przyjaźnią – teraz jednak nie mógł już tego uczynić.

– To był człowiek uroczy – rzekła ze smutnym uśmiechem, spowijając Gilbertę bardzo tkliwym spojrzeniem, które miało wykazać – jeżeli młoda kobieta była wrażliwa – że ją zrozumiano i że pani de Guermantes, gdyby tylko znalazły się sam na sam i w odpowiednich okolicznościach, chętnie by przed nią odsłoniła całą głębię swojej uczuciowości. Ale pan de Guermantes, sądząc, że właśnie okoliczności nie są odpowiednie do tego rodzaju wywnętrzeń, lub też może w przekonaniu, że przesadne wyrażanie uczuć jest sprawą czysto kobiecą, od której mężczyźni powinni stronić podobnie jak od wszystkich innych będących ich atrybutami – z wyjątkiem kuchni i piwnicy, te bowiem zarezerwował dla siebie, gdyż na jednej i na drugiej znał się lepiej niż księżna – uważał za stosowne nie podtrzymywać swoim udziałem tej rozmowy, której słuchał z widocznym zniecierpliwieniem. Zresztą pani de Guermantes, gdy tylko jej minął ten przypływ czułości, dorzuciła frywolnym tonem kobiety światowej, zwracając się do Gilberty:

– Zaraz pani powiem, to był barrrdzo wielki przyjaciel mojego szwagra Charlusa, a jednocześnie był zaprzyjaźniony z Voisenon (zamek księcia de Guermantes) – jak gdyby Swann zawdzięczał znajomość pana de Charlus i księcia przypadkowi i zaprzyjaźnił się ze szwagrem i z kuzynem księżnej w jakichś szczególnych okolicznościach, podczas gdy na takiej samej stopie żył z całym tym towarzystwem. Ponadto słowa pani de Guermantes zdawały się mieć na celu uzmysłowienie Gilbercie, kim mniej więcej był jej ojciec, „usytuowanie" go jej za pomocą jednego z tych rysów charakterystycznych, których się używa, kiedy chcąc wytłumaczyć, jak doszło do jakiejś niezwykłej znajomości, albo pragnąc ubarwić swoje opowiadanie, szukamy specjalnego patrona w pewnej osobie. Co do Gilberty, przyjęła ona ugrzęźnięcie rozmowy na mieliźnie z tym większą przyjemnością, że właśnie zastanawiała się, jak by zmienić temat, gdyż odziedziczyła po Swannie jego niezrównany takt i czarującą inteligencję, co księżna oraz jej mąż zauważyli i ocenili prosząc Gilbertę, żeby ich wkrótce znowu odwiedziła. Z drobiazgowością ludzi, których życie jest pozbawione celu, co pewien czas spostrzegali oni u osób, z którymi utrzymywali stosunki, najprostsze zalety i wybuchali naiwnym entuzjazmem mieszczucha, który odkrywa na wsi źdźbło trawy, albo też, przeciwnie, powiększali jak pod mikroskopem i komentowali w nieskończoność najmniejsze wady, które ich irytowały nieraz u tego samego człowieka. U Gilberty bezczynna przenikliwość państwa de Guermantes zanalizowała najprzód zalety:

– Czy zauważyłeś, jak ona wymawia niektóre słowa? – spytała księżna po jej odejściu. – Zupełnie jak Swann. Zdawało mi się, że go słyszę we własnej osobie.

– Chciałem to samo powiedzieć, Oriano.

– Ona ma dowcip zupełnie w stylu ojca.

– Moim zdaniem nawet znacznie lepszy. Przypomnij sobie, jak opowiedziała tę historię o kąpielach morskich. Swann nie miał takiej werwy.

– A jednak to był człowiek bardzo dowcipny!

– Ja przecież nie twierdzę, że nie był dowcipny, mówię tylko, że nie miał werwy – rzekł pan de Guermantes tonem zbolałym, gdyż podagra rozdrażniała go, a kiedy nie miał nikogo, przed kim by mógł uzewnętrznić swoje rozdrażnienie, czynił to w obecności księżnej. Ale nie będąc w stanie zrozumieć jego przyczyny, wolał przybrać postawę człowieka nie zrozumianego.

Ten dobry nastrój księstwa de Guermantes sprawił, że teraz w razie potrzeby mówiono by czasami: „biedny pani ojciec", co i tak by nie było na miejscu, ponieważ właśnie wtedy została adoptowana przez Forcheville'a. Mówiła mu „ojcze", podbijała stare arystokratki manierami i dystynkcją, toteż powszechnie uważano, że jeżeli Forcheville znalazł się wobec niej bardzo szlachetnie, to i ona okazywała wiele serca i umiała mu się odpłacić. Niekiedy zapewne mogła i chciała demonstrować zupełny brak skrępowania, przypomniała mi naszą dawną znajomość i mówiła w mojej obecności o swoim prawdziwym ojcu. Ale to był wyjątek i nikt już nie odważył się wymieniać przy niej nazwiska Swanna.

Ledwo wszedłszy do salonu, zauważyłem dwa rysunki Elstira, dawniej znajdujące się w pokoiku na górze, gdzie je kiedyś zobaczyłem tylko dzięki przypadkowi. Elstir był teraz modny.

Pani de Guermantes, która tyle jego płócien podarowała kuzynce, nie mogła tego przeboleć – nie dlatego, że przyszła na nie moda, ale że je właśnie zaczęła lubić. Rzeczywiście bowiem moda jest rezultatem zachwytu grupy ludzi takich jak Guermantowie. Księżna nie mogła już myśleć o nabyciu innych dzieł tego artysty, ponieważ od pewnego czasu osiągały one ceny wprost zawrotne. Chcąc jednak mieć w swoim salonie cokolwiek Elstira, kazała znieść z góry te dwa rysunki, o których mówiła, że je ,,woli niż jego malarstwo". Gilberta rozpoznała fakturę.

– To wygląda na Elstira – rzekła.

– Ależ tak – pośpieszyła z odpowiedzią księżna. – To właśnie pani... to nasi przyjaciele ułatwili nam ich kupno. Wspaniałe rzeczy. Moim zdaniem znacznie przewyższają jego malarstwo.

Nie słysząc tego dialogu podszedłem do rysunku, żeby mu się przyjrzeć.

– Ach, to ten Elstir, którego... – nagle dostrzegłem rozpaczliwe znaki pani de Guermantes. – Tak, ten sam, którego podziwiałem na górze. A propos Elstira, wspomniałem o nim we wczorajszym ,,Figaro". Czy państwo czytali mój artykuł?

– Napisał pan artykuł w ,,Figaro"? – spytał pan de Guermantes tak gwałtownie, jakby wołał: ,,Ależ to moja kuzynka!"

– Tak jest, wczoraj.

– W ,,Figaro"? Na pewno? To by mnie dziwiło. Każde z nas ma swój egzemplarz i niemożliwe, żebyśmy oboje nie zauważyli go. Prawda, Oriano, że nie było tam nic takiego?

Książę polecił przynieść ten numer ,,Figara" i ustąpił dopiero wobec rzeczywistości, jak gdyby aż do tego momentu było raczej prawdopodobne, że się pomyliłem co do nazwy pisma.

– Jak to, nie rozumiem, wydrukował pan artykuł w ,,Figaro"? – zwróciła się ku mnie księżna zadając sobie gwałt, żeby mówić o czymś, co jej nie interesowało. – Ależ zostaw, Błażeju, przeczytasz sobie później.

– Ach, nie, księciu jest bardzo do twarzy w ten sposób, z tą wielką brodą na gazecie – rzekła Gilberta. – Ja sobie to wszystko przeczytam, jak tylko wrócę do domu.

– Tak, teraz, kiedy wszyscy się golą, zapuścił sobie brodę. On zawsze robi inaczej niż inni. Kiedyśmy brali ślub, golił sobie nie tylko brodę, ale nawet wąsy. Wieśniacy, którzy go nie znali, nie chcieli wierzyć, że jest Francuzem. Nazywał się wtedy książę des Laumes.

– Czy jeszcze istnieje jakiś książę des Laumes? – spytała Gilberta, pełna zainteresowania dla wszystkiego, co miało związek z ludźmi, którzy jej przez tyle czasu nie poznawali.

– Nie ma ani jednego – odparła księżna ze spojrzeniem melancholijnym i pieszczotliwym.

– Takie piękne nazwisko! Jedno z najpiękniejszych nazwisk francuskich! – powiedziała Gilberta, gdyż pewien rodzaj banałów zjawia się w sposób nieunikniony, jak bicie godziny na zegarze, w ustach niektórych osób inteligentnych.

– I ja tego żałuję. Błażej chciałby, żeby je przybrał jego siostrzeniec, ale to już nie to samo, chociaż w gruncie rzeczy ono nie jest przywiązane do starszeństwa i może przechodzić na młodszych potomków rodu. Otóż mówiłam pani, że Błażej był w tamtych czasach gładko wygolony i pewnego dnia, podczas odpustu – pamiętasz, kochanie, ten odpust w Paray-le-Monial? – mój szwagier Charlus, który dosyć lubi rozmowy z chłopami, pytał ich po kolei: ,,A ty skąd jesteś?", a ponieważ jest bardzo wspaniałomyślny, dawał im coś albo zabierał ich na wino. Bo nie ma drugiego człowieka, który byłby bardziej wyniosły i jednocześnie prostszy niż Mémé. Nie ukłoni się księżnej, która jest dla niego za mało księżną, a potrafi obsypywać komplementami służącego z psiarni. I ja wtedy mówię do Błażeja: ,,Popatrz, Błażeju, porozmawiaj też z nimi." Na to mój mąż, który nie zawsze jest bardzo pomysłowy...

– Dziękuję ci, Oriano – wtrącił diuk nie przerywając czytania mojego artykułu, w którym był pogrążony.

– ...zaczepił jakiegoś wieśniaka i dosłownie powtórzył mu pytanie swojego brata: ,,A ty skąd jesteś?" – ,,Ja jestem z Laumes." – ,,Z Laumes? To ja w takim razie jestem twoim księciem." – Wieśniak popatrzał na wygoloną twarz Błażeja i powiedział: ,,Nieprawda. Pan jest Angielczyk."

W tych anegdotach księżnej stare, wspaniałe nazwiska – jak książę des Laumes – zjawiały się na właściwym miejscu, w swoim dawnym stanie i z kolorytem lokalnym, podobnie jak w niektórych średniowiecznych modlitewnikach wyrasta z ciżby wieża katedry w Bourges.

Przyniesiono karty wizytowe, które złożył czyjś lokaj.
– Nie wiem, czego ona chce, nie znam jej. To twoje sprawki,
Błażeju. Nie udał ci się ten rodzaj znajomości, mój biedaku. –
I zwracając się do Gilberty: – Nie umiem nawet powiedzieć, kto to
jest. Na pewno jej pani nie zna. Nazywa się lady Rufus Israel.
Gilberta mocno się zaczerwieniła.

– Nie znam jej – rzekła (było to tym bardziej nieprawdą, że
lady Israel na dwa lata przed śmiercią Swanna pogodziła się z nim
i mówiła do Gilberty po imieniu) – ale wiem dobrze od znajomych,
kto to taki.

Opowiadano mi, że gdy pewna młoda dziewczyna, powodowana złośliwością albo może niezręczna, spytała, jak brzmi nazwisko
jej ojca, ale nie przybranego, lecz prawdziwego, ona, zbita z tropu
i pragnąc trochę zniekształcić to, co miała powiedzieć, wymówiła
,,Svan" zamiast ,,Suan" i dopiero później zdała sobie sprawę, że
jeszcze bardziej wszystko popsuła, gdyż z angielskiego nazwiska
zrobiła niemieckie. I nawet dorzuciła upodlając się, aby lepiej
wyglądać: ,,Opowiadano bardzo różne rzeczy o moim pochodze-
niu, ale ja nie mogę nic o tym wiedzieć." Jakkolwiek Gilberta
w pewnych chwilach, myśląc o swoich rodzicach (bo pani Swann
była również osobą godną i dobrą matką), musiała się wstydzić, że
w ten sposób patrzy na życie, trzeba niestety przyjąć, że częściowo
przekazali jej to najprawdopodobniej właśni rodzice, bo nasza
osobowość nigdy nie jest całkiem oryginalna. Do pewnej sumy
egoizmu istniejącego u matki dochodzi inny egoizm, właściwy
rodzinie ojca, co nie zawsze oznacza, że jeden i drugi dodają się
lub są choćby mnożnikami, lecz że powstaje nowy egoizm,
nieskończenie potężniejszy i groźniejszy. Licząc od początku
świata i biorąc pod uwagę, ile rodzin mających jakąś wadę
w jednej postaci skojarzyło się z rodzinami, gdzie ta sama wada
istnieje w innej postaci, co w końcu tworzy u dziecka odmianę
szczególnie kompletną i wstrętną, nagromadzone egoizmy (żeby
jedynie o nich mówić) osiągnęłyby taką siłę, że cała ludzkość
zostałaby zniszczona, gdyby samo to zło, dla sprowadzenia się do
właściwych proporcji, nie narzucało sobie naturalnych hamul-
ców, analogicznych do tych, które nie pozwalają żeby rozmnaża-
jące się w nieskończoność wymoczki unicestwiły naszą planetę lub
jednopłciowo zapładniające się rośliny doprowadziły do zniknię-

171

cia z niej flory itd. Od czasu do czasu jakaś cecha składa się razem z tym egoizmem na czynnik nowy i bezinteresowny. Chemia moralna zatrzymuje w ten sposób i neutralizuje składniki zbyt groźne posługując się kombinacjami, które są niezliczone, i gdyby ktoś uwzględniając je napisał historię rodzin, byłoby to dzieło odznaczające się pasjonującą rozmaitością. Poza tym z nagromadzonymi egoizmami w rodzaju tych, jakie musiały się składać na charakter Gilberty, może współistnieć jakaś urocza zaleta rodziców; przez pewien czas wypełnia ona całe intermedium i odgrywa swoją wzruszającą rolę z absolutną szczerością. Zapewne, Gilberta szła tak daleko tylko wówczas, kiedy dawała do zrozumienia, że jest może nieślubną córką jakiejś wielkiej osobistości; najczęściej wszakże ukrywała swoje pochodzenie. Może po prostu było jej nieprzyjemnie przyznawać się do niego i wolała, żeby się o tym dowiadywano skądinąd. A może naprawdę myślała, że je skutecznie ukrywa, wierząc tą niepewną wiarą, która nie jest mimo wszystko wątpieniem i zostawia szansę dla tego, czego sobie życzymy, jak to czyni Musset, kiedy mówi o nadziei w Bogu.

– Nie znam jej osobiście – rzekła jeszcze raz Gilberta. Czy występując pod nazwiskiem panny Forcheville rzeczywiście wyobrażała sobie, że przestanie być dla ludzi córką Swanna? Prawdopodobnie oczekiwała tego od pewnej liczby osób, która z czasem miała tak wzrosnąć, że objęłaby prawie wszystkich. Ale co do aktualnej wielkości tej liczby nie mogła chyba mieć nadmiernych złudzeń i musiała wiedzieć, że dużo ludzi szeptało: ,,To córka Swanna." Ale wiedziała o tym tak, jak idąc na bal wie się, że istnieją ludzie, którzy z nędzy popełniają samobójstwo – to znaczy wiedziała w sposób przybliżony i mglisty, nie mając ochoty przekonać się za pomocą bezpośredniej obserwacji, jak jest naprawdę. Ponieważ na odległość rzeczy wydają się nam bardziej nikłe, niepewne, mniej niebezpieczne, Gilberta wolała nie być blisko ludzi, którzy właśnie odkrywali, że była z domu Swannówną. Należała – przynajmniej w tych latach – do najbardziej rozpowszechnionego gatunku strusiów ludzkich chowających głowę nie po to, aby nie były widziane – uważają to za mało prawdopodobne – lecz w nadziei, że nie będą widziały, że ich inni widzą, co już ma dla nich duże znaczenie i pozwala im oddać resztę w ręce losu. Zawsze czujemy się w bliskości osób, które

172

sobie wyobrażamy, a że można sobie wyobrazić ludzi czytających gazety, Gilberta wolała, by ją w gazetach nazywano panną de Forcheville. Tylko w swojej osobistej korespondencji stosowała metodę przejściową podpisując się „G.S. Forcheville". Prawdziwa hipokryzja tego podpisu polegała nie tyle na opuszczeniu pozostałych liter nazwiska ojca, co na zastosowaniu tej samej operacji do imienia Gilberta. Redukując bowiem to niewinne imię do litery „G" panna de Forcheville jak gdyby sugerowała, że i nazwisko Swanna amputowała tylko dla skrótu. Kładła nawet szczególny nacisk na „S" pisząc je w kształcie długiego ogonka, który przekreślał „G", ale widać było, że jest to coś tymczasowego i skazanego na zagładę, podobnie jak długi ogon małpy, który już nie istnieje u człowieka.

Ale mimo wszystko w jej snobizmie było coś z inteligentnej ciekawości Swanna. Pamiętam, jak w to samo popołudnie zapytała panią de Guermantes, czy mogłaby poznać pana du Lau, a kiedy księżna odpowiedziała, że jest chory i nie wychodzi, Gilberta spytała, jak on wygląda gdyż – dodała lekko się czerwieniąc – dużo słyszała o nim. (Markiz du Lau był mianowicie jednym z najbliższych przyjaciół Swanna przed jego małżeństwem i Gilberta może go nawet kiedyś widziała, ale wówczas nie interesowała się tym towarzystwem.)

– Czy jest podobny do pana de Bréauté albo do księcia Agrygentu? – spytała.

– Nic a nic! – zawołała pani de Guermantes, która miała bardzo żywe wyczucie tych prowincjonalnych odcieni i szkicowała szybkie, lecz barwne portrety swoim złotym, niskim głosem harmonizującym z łagodnym światłem jej fiołkowych oczu. – Du Lau to był szlachcic perygordzki, uroczy i ze wszystkimi wytwornymi manierami oraz bezceremonialnością swojej prowincji. W Guermantes, podczas wizyty króla angielskiego, z którym du Lau bardzo się przyjaźnił, po polowaniu siadało się do podwieczorku; o tej porze du Lau miał zwyczaj zdejmować buty i wkładać zwyczajne pantofle z sukna. Proszę sobie wyobrazić, że obecność króla Edwarda i wszystkich tych wielkich książąt wcale go nie krępowała. Schodził do salonu w swych rannych pantoflach. Uważał, że będąc markizem du Lau d'Allemans nie miał obowiązku krępować się czymkolwiek wobec króla angielskiego. On i ten uroczy Quasimodo de Breteuil podobali mi się najbardziej ze wszystkich. Byli to zresztą serdeczni przyjaciele... – chciała powiedzieć „pani ojca", ale zatrzymała się w połowie zdania. – Nie, to nie ma żadnego związku z Gri-Gri ani panem de Bréauté. Był to prawdziwy magnat z Périgord. Mémé lubi cytować stronę z Saint-Simona o którymś z markizów d'Allemans, to zupełnie on.

Zacytowałem pierwsze słowa tego portretu:

– „Pan d'Allemans, który się znacznie wybijał pomiędzy szlachtą perygordzką swoim urodzeniem i własną zasługą, był przez całe tameczne obywatelstwo trzymany za najwyższego arbitra, do którego wszyscy biegali dla jego poczciwości, rozumu, jako też łagodnych manier, i niby za koguta prowincji..."

– Tak, du Lau miał coś z tego – rzekła pani de Guermantes – tym bardziej że zawsze był czerwony jak kogut.

– Tak, tak, pamiętam, jak powoływano się na ten portret – rzekła Gilberta, nie dodając jednak, że czynił to Swann, który był wielbicielem Saint-Simona.

Lubiła też mówić o księciu Agrygentu i panu de Bréauté dla innej jeszcze przyczyny. Książę Agrygentu drogą dziedzictwa wywodził się z domu aragońskiego, lecz jego dobra rodowe leżały w Poitou. Co zaś do zamku – przynajmniej tego, w którym rezydował – był on własnością nie jego rodziny, lecz rodziny pierwszego męża jego matki i znajdował się mniej więcej pośrodku drogi między Martinville a Guermantes. Dlatego też Gilberta mówiła o nim i o panu de Bréauté jako o sąsiadach ze wsi, którzy jej przypominali tamte strony. Dokładnie rzecz biorąc, było w tych słowach trochę kłamstwa, jako że dopiero w Paryżu, za pośrednictwem hrabiny de Molé, poznała pana de Bréauté, który zresztą rzeczywiście był starym przyjacielem jej ojca. Poza tym przyjemność wspominania okolic Tansonville mogła być szczera. Snobizm jest u pewnych ludzi jak te smaczne napoje, do których się wrzuca substancje pożyteczne. Gilberta mogła się interesować jakąś elegancką kobietą, ponieważ była ona właścicielką wspaniałych książek i obrazów Nattiera, których moja dawna przyjaciółka nie poszłaby zapewne oglądać w Bibliotece Narodowej czy w Luwrze, i myślę, że mimo jeszcze bliższego sąsiedztwa Gilberta odczuwałaby urok Tansonville ucieleśniony w osobach pani Sazerat lub pani Goupil o wiele słabiej niż w księciu Agrygentu.

– Biedny ten Babal i biedny Gri-Gri – rzekła pani de Guermantes. – Są bardziej chorzy niż du Lau i obawiam się, że obaj niedługo pociągną.

Gdy pan de Guermantes skończył czytanie mojego artykułu, powiedział mi parę komplementów, zresztą dosyć umiarkowanych. Nie podobała mu się pewna banalność mego stylu, w którym widział „emfazę i metafory w guście tak już przestarzałej prozy Chateaubrianda”; bardzo gorąco natomiast winszował mi, że się „czymś zająłem”.

– Lubię, kiedy człowiek używa do czegoś swoich dziesięciu palców. Nie znoszę ludzi bezużytecznych. To są zawsze pozerzy albo narwańcy. Głupie nasienie!

Gilberta, która z ogromną szybkością przyswajała sobie maniery wielkoświatowe, oświadczyła, że będzie bardzo dumna ze znajomości z człowiekiem, który pisze.

– Może pan sobie wyobrazić, jak będę mówiła, że mam przyjemność, z a s z c z y t znać pana.

– Czy nie poszedłby pan jutro z nami do Opery Komicznej? – spytała mnie księżna i pomyślałem sobie, że to na pewno ta sama loża, w której widziałem ją za pierwszym razem i która wtedy wydawała mi się niedostępna jak podmorskie królestwo nereid. Odpowiedziałem jednak smutnym głosem:

– Nie chodzę to teatru, straciłem osobę, którą bardzo kochałem.

Wypowiadając te słowa miałem prawie łzy w oczach, ale po raz pierwszy czułem, że mówienie o tym sprawia mi pewną przyjemność. Odtąd zacząłem pisać do wszystkich, że miałem wielkie zmartwienie, i jednocześnie zacząłem o nim zapominać.

Kiedy Gilberta wyszła, pani de Guermantes zwróciła się do mnie:

– Nie zrozumiał pan moich znaków, nie chciałam, żeby pan mówił o Swannie. – I kiedy się usprawiedliwiałem: – Ależ doskonale pana rozumiem. Ja sama omal go nie wspomniałam, ledwo się na czas ugryzłam w język. Wiesz Błeżeju, że to bardzo nieprzyjemne – rzekła do męża, by pomniejszyć moją winę udając, że ją przypisuje skłonności właściwej wszystkim ludziom i trudnej do opanowania.

– Cóż ja na to poradzę? – odparł książę. – Każ zanieść te

rysunki z powrotem na górę, skoro ci przypominają Swanna. Nie myśląc o Swannie, nie będziesz o nim mówiła. Nazajutrz dostałem dwa listy z gratulacjami, co mnie bardzo zdziwiło. Jeden był od pani Goupil z Combray, której już od tylu lat nie widziałem i z którą nawet w Combray rozmawiałem nie więcej niż trzy razy. Wzięła „Figaro" z wypożyczalni pism. Tak więc, ilekroć w życiu zdarza się nam coś, co wywołuje trochę rozgłosu, wiadomości o tym przychodzą od osób znajdujących się tak daleko i tak zatartych w naszym wspomnieniu, że osoby te wydają się nieskończenie oddalone od nas, zwłaszcza w sensie głębi. Zapomniana przyjaźń z czasów szkolnych, która miała dwadzieścia okazji, żeby się przypomnieć, teraz daje znak życia, chociaż bywa też inaczej. Na przykład Bloch, którego zdanie o moim artykule tak bardzo chciałbym poznać, nie napisał do mnie. Przeczytał co prawda mój artykuł i miał mi się później do tego przyznać, ale dopiero pod działaniem rykoszetu. W kilka lat później również opublikował w „Figaro" artykuł i natychmiast zapragnął powiadomić mnie o tym wydarzeniu. Skoro to, co uważał za przywilej, stało się i jego udziałem, zazdrość, która kazała mu udawać, że nie czytał mego artykułu, przestała działać jak za podniesieniem kompresora i Bloch powiedział mi o tej publikacji, ale zupełnie inaczej, niżby chciał słyszeć ode mnie o swojej: „Słyszałem – mówił – że i ty napisałeś artykuł, ale wolałem ci o nim nie mówić, żeby cię nie dotknąć, bo nie powinno się przyjaciołom wspominać o upokorzeniach, jakie się im przydarzają. A niewątpliwie upokarzającą rzeczą jest pisanie w gazecie spod znaku szabli i kropidła oraz five o'clocków, nie mówiąc już o wodzie święconej." Jego charakter nie zmienił się, ale styl był teraz mniej wyszukany, jak się to zdarza pisarzom, którzy porzucają manieryzm z chwilą, gdy przestają pisać wiersze symbolistyczne i zaczynają uprawiać powieść odcinkową.

Aby się wynagrodzić za jego milczenie, przeczytałem jeszcze raz list pani Goupil; nie było w nim jednak ani trochę ciepła, bo jeżeli arystokracja używa pewnych formuł wznoszących nieprzebyte mury, to przecież między nimi, między „Łaskawy panie" w nagłówku i „zapewnieniami wysokiego szacunku" w zakończeniu, okrzyki radości i podziwu mogą strzelać w górę jak kwiaty, których zapach tchnący uwielbieniem sięga poza te mury. Konwencjonalizm mieszczański natomiast zamyka również wnętrze listów w sieci zwrotów w rodzaju: „ten sukces tak zasłużony", lub w najlepszym razie: „pański piękny sukces". Szwagierki wierne zasadom dobrego wychowania, które im wszczepiono, i zamknięte w gorsetach wykwintnej rezerwy, wyobrażają sobie, że wybuchnęły rozpaczą lub entuzjazmem, gdy napisały o swoich „najlepszych myślach". „Moja matka przyłącza się do mnie" to superlatyw, którym rzadko psują swych korespondentów. Poza panią Goupil napisał do mnie jeszcze ktoś, nazwiskiem Sanilon, zupełnie mi nie znany. Pismo było bardzo zwyczajne, język pełen wdzięku. Byłem niepocieszony, że nie mogłem odkryć autora tego listu.

W dwa dni później, rankiem, cieszyłem się, że mój artykuł znalazł uznanie u Bergotte'a, który nie mógł go czytać bez zazdrości. Po chwili wszakże moja radość zgasła. Bo istotnie Bergotte nic mi o tym nie napisał. Wprawdzie zadawałem sobie pytanie, czy pochwalał mój artykuł, i obawiałem się, że nie. Pani de Forcheville powiedziała mi na to, że artykuł podobał mu się niesłychanie, że widział w nim wielki talent. Ale powiedziała mi to, kiedy spałem: to był tylko sen. Prawie wszyscy odpowiadają na nurtujące nas pytanie za pomocą skomplikowanych twierdzeń, starannie inscenizowanych sytuacji, które jednak nie mogą dotrwać do następnego dnia.

Co zaś tyczy panny de Forcheville, nie byłem w stanie myśleć o niej bez uczucia bólu. Cóż się bowiem działo na moich oczach? Córka Swanna, którą on tak bardzo chciał widzieć u Guermantów i której oni, mimo łączącej go z nimi wielkiej przyjaźni, nie chcieli dopuścić do siebie, zjawiła się tam z ich własnej inicjatywy, skoro upłynął czas, który nam odnawia, napełnia inną osobowością – według tego, co się o nich mówi – istoty nie widziane od dawna przez nas, którzyśmy też zdążyli przywdziać nową skórę i nabrać innych gustów. Gdy Swann mówił niekiedy, przyciskając Gilbertę do piersi i całując: „Jak to dobrze, moje dziecko, mieć taką córkę jak ty; jeżeli kiedyś, kiedy mnie już nie będzie, zdarzy się komuś mówić o twoim biednym ojcu, to tylko w rozmowie z tobą i z twojego powodu", pokładając w ten sposób w swojej córce trwożliwą i bolesną nadzieję przeżycia poza grób, mylił się tak samo jak stary bankier, który zapisując majątek młodziutkiej tancerce, urzymywanej przez niego i doskonale się zachowującej, myśli, że choć jest dla niej tylko przyjacielem, ona pozostanie wierna jego pamięci. Mimo swego doskonałego zachowania, tancerka pod stołem korespondowała nogami z przyjaciółmi starego bankiera, którzy jej się podobali, robiła to jednak w zupełnym ukryciu, ze świetnymi pozorami. Będzie nosiła żałobę po swoim poczciwym opiekunie i zadowolona, że się go pozbyła, wykorzysta nie tylko płynną gotówkę, lecz także nieruchomości, samochody, które jej zostawił. Wszędzie każe usunąć trochę ją zawstydzający monogram dawnego właściciela i używając dóbr zapisanych jej w testamencie nigdy nie będzie z nimi kojarzyła żalu po testatorze. Złudzenia miłości ojcowskiej nie są chyba mniejsze niż tamte; wiele córek widzi w swoim ojcu jedynie starca, który im zostawia majątek. Obecność Gilberty w salonie nie tylko nie stwarzała sposobności do rozmawiania o jej ojcu, lecz nawet przeszkadzała wykorzystywać coraz rzadsze jej okazje do takich rozmów. Przyjął się zwyczaj nieprzypominania go nawet przy wyrażeniach, których często używał, przy prezentach, które od niego pochodziły, i właśnie istota mająca obowiązek odmłodzić – jeżeli nie uwiecznić – pamięć o nim przyśpieszała i doprowadzała do końca dzieło śmierci i zapomnienia.

Dokonała tego dzieła nie tylko wobec ojca, lecz i wobec Albertyny we mnie. Pod wpływem pragnienia – to znaczy pragnienia szczęścia – rozbudzonego podczas tych godzin, kiedym ją miał za kogo innego, pewna ilość cierpienia, bolesnych odruchów, które niedawno jeszcze nękały mój umysł, obsunęła się w mej świadomości pociągając za sobą cały masyw wspomnień na temat Albertyny, prawdopodobnie mocno już zwietrzały i chwiejący się. Bo jeżeli wiele tych wspomnień w pierwszym okresie podtrzymywało mój żal po jej śmierci, to z kolei ów żal utrwalał wspomnienia. W rezultacie modyfikacja mego stanu uczuciowego, zapewne przygotowana powolnym rozszerzaniem się sfery zapomnienia, lecz w całości swojej jednorazowa i gwałtowna, dała mi po raz pierwszy wrażenie pustki, zniknięcia całego splotu skojarzeń, jak się to dzieje u ludzi, którym pęka w mózgu jakaś arteria od dawna nadwątlona i część pamięci ulega unicestwieniu lub paraliżowi. Nie kochałem już Albertyny. Co najwyżej tylko w pewne dni, kiedy pogoda zmieniając i budząc naszą wrażliwość odświeża nasz kontakt z rzeczywistością, czułem straszliwy smutek, gdym o niej myślał. Cierpiałem z powodu miłości już nie istniejącej. Tak samo człowiek po amputacji czuje przy zmianie pogody ból w nodze, którą stracił.

Po zniknięciu mego cierpienia i tego wszystkiego, co ono uprowadziło ze sobą, zostałem pomniejszony, jak się często zdarza po przebyciu choroby, która odgrywała dużą rolę w naszym życiu. Jest rzeczą pewną, że nietrwałość miłości ma swoje źródło w tym, że wspomnienia nie mogą być zawsze prawdziwe i że nasze istnienie polega na wiecznym odnawianiu się komórek. Gdy jednak idzie o wspomnienia, owo ciągłe odnawianie się jest mimo wszystko hamowane przez uwagę, która na chwilę zatrzymuje, utrwala to, co ma się zmienić. A ponieważ ze zmartwieniem jest tak jak z pożądaniem kobiet – rosnącym, kiedy się wciąż o tym myśli – to przy licznych zajęciach, które ułatwiają trwanie w czystości, łatwiej by też było zapominać.

Z drugiej znowu strony, o ile jest rzeczą pewną (chociaż w moim wypadku właśnie dystrakcja – pożądanie panny d'Éporcheville – uświadomiła mi i uzmysłowiła zapomnienie), że czas każe nam powoli zapominać, to i zapomnienie wywiera pewien wpływ na pojęcie czasu. Złudzenia optyczne istnieją w czasie podobnie jak w przestrzeni. Wytrwałość, z jaką latami pielęgnowałem dawną myśl, żeby zabrać się do pracy, odrobić stracony czas, zmienić swoje życie lub raczej zacząć je od początku, wywoływała we mnie złudne uczucie, że wciąż jestem młody. Natomiast wspomnienie wszystkich wydarzeń, które miały miejsce w moim życiu (a także tych, które zaszły w mym sercu, bo kiedy człowiek bardzo się zmienił, jest skłonny wyolbrzymiać swoje przeżycia) w trakcie paru ostatnich miesięcy przed śmiercią Albertyny, sprawiło, że te miesiące były dla mnie dłuższe niż cały rok. W chwili obecnej zapomnienie tylu rzeczy oddzielało mnie rejonami pustki od faktów całkiem świeżych, które wydawały się dawne, ponieważ – jak to się mówi – miałem „czas" zapomnieć o nich, i owo zapomnienie rozrzucone w postaci interpolowanej, fragmentarycznej, nieregularnej pośród mojej pamięci, niby gęsta mgła nad oceanem, która kryje wszystkie punkty orientacyjne, mąciło, zakłócało moje poczucie miejsca w czasie, to skracając, to znowu rozciągając odległości, i często miałem wrażenie, że jestem albo dużo dalej od czegoś, albo dużo bliżej, niż było naprawdę. A skoro w nie przebytych jeszcze przestrzeniach, które się rozciągały przede mną, nie będzie więcej śladów mej miłości do Albertyny, niż w ostatnio przeze mnie utraconych czasach było uczuć, jakimi niegdyś darzyłem moją babkę – moje życie, będące następstwem okresów, z których żaden nie zawierał już w sobie ani trochę tego, co podtrzymywało okres poprzedni, ukazywało mi się jako coś zupełnie pozbawionego oparcia w indywidualności identycznej i trwałej, coś równie bezużytecznego na przyszłość, jak długiego w perspektywie czasów minionych, coś, co śmierć mogłaby zakończyć w dowolnym punkcie, bez żadnej konkluzji, jak w klasie retoryki przerywa się najrozmaiciej kurs historii Francji, zatrzymując go zgodnie z fantazją programów lub nauczycieli na rewolucji 1830 albo 1848 roku czy też na upadku Drugiego Cesarstwa.

Zmęczenie i smutek, jakie wówczas poczułem, w mniejszym może stopniu były wywołane tym, żem obdarzył bezużyteczną miłością istotę, którą już zapominałem, jak faktem, że zacząłem znajdować upodobanie w innych ludziach, żyjących, wyłącznie światowcach, po prostu w znajomych Guermantów, osobach tak mało interesujących. Z większą, jak sądzę, łatwością, przychodziło mi stwierdzić, że ta, którą kochałem, stała się już tylko bladym wspomnieniem, niż odnajdywać w sobie tę czczą aktywność sprowadzającą się do marnowania czasu na obsadzanie naszej egzystencji roślinnością żywą, lecz pasożytniczą, która po śmierci też się rozpłynie w nicości i już teraz jest obca wszystkiemu, cośmy znali, a której mimo to usiłuje się przypodobać nasza gadatliwa i pełna melancholii, i kokieteryjna zgrzybiałość. Nowa istota, łatwo mogąca znieść życie bez Albertyny, już się we mnie ukazała, skoro potrafiłem mówić o niej u pani de Guermantes ze smutkiem, lecz bez głębokiego bólu. Te różne nowe ja, mające nosić inne imiona niż ich poprzednicy, zawsze mnie trwożyły w momencie, kiedy mogły nadejść, przerażając swoją obojętnością w stosunku do osób, które kochałem. Doświadczyłem tego uczucia niegdyś w związku z Gilbertą, kiedy jej ojciec powiedział mi, że gdybym się osiedlił na Oceanii, nie chciałbym stamtąd wrócić. To samo poczułem całkiem niedawno czytając ze ściśniętym sercem pamiętniki pewnego drugorzędnego pisarza, którego życie zmusiło do rozstania się z kobietą uwielbianą w latach młodzieńczych: gdy ją spotkał jako starzec, to już bez przyjemności, bez żadnej ochoty ponownego jej oglądania. Nie tylko jednak zapomnienie, ale i prawie całkowity zanik bólu, możliwość odzyskania wewnętrznej pogody przynosiła mi owa istota oczekiwana z takim lękiem, tak dobroczynna i nie będąca niczym innym jak jednym z tych zapasowych ja, które los przechowuje z myślą o nas i którymi w odpowiedniej chwili, nie słuchając naszych próśb, niczym lekarz czerpiący stanowczość w swej umiejętności przewidywania, zastępuje nasze ja nazbyt już poranione. Tej zamiany dokonuje on zresztą regularnie, jak regeneracji zużytych tkanek, my zaś spostrzegamy ją tylko wówczas, kiedy w dawnym ja działał jakiś bolesny uraz, jakieś obce i jątrzące ciało, którego zniknięcie zdumiewa nas podobnie jak fakt, że staliśmy się kimś innym, dla kogo cierpienie doznawane przez poprzednika jest już tylko cudzym cierpieniem, które może budzić w nas litość, ponieważ go nie przeżywamy. Nawet to, żeśmy znieśli tyle cierpień, odczuwamy teraz jako coś mało ważnego, gdyż przypominamy sobie te nasze cierpienia w sposób bardzo mglisty. Możliwe, że i nasze koszmary są dla nas w nocy straszne, ale po przebudzeniu jesteśmy inną osobą, którą niewiele obchodzi, że jej poprzedniczka musiała we śnie uciekać przed bandytami.

To nowe ja utrzymuje pewien kontakt z poprzednim, jak przyjaciel, obojętny wobec nieszczęścia, rozmawia jednak o nim z gośćmi i co pewien czas wraca do pokoju, gdzie wdowiec, który mu zlecił robienie honorów domu, łka bez przerwy. I w mojej piersi wybuchało łkanie, gdy stawałem się na chwilę dawnym przyjacielem Albertyny. Cały wszakże dążyłem do przeistoczenia się w nową postać. Nasze uczucia dla osób drogich nam niegdyś słabną nie dlatego, że te osoby umarły, ale że my umieramy. Albertyna nie mogła nic zarzucić swemu przyjacielowi. Ten, który uzurpował sobie jego nazwisko, był tylko jego spadkobiercą. Wierność jest możliwa jedynie wobec istot, które się pamięta, a pamiętamy wyłącznie tych, których znaliśmy. Moje nowe ja, kiedy jeszcze rosło w cieniu starego, nieraz od niego słyszało o Albertynie i wyobrażało sobie, że ją tą drogą poznaje; czuło dla niej sympatię, kochało ją, ale to była tkliwość z drugiej ręki.

Drugą osobą, u której w stosunku do Albertyny dzieło zapom-

181

nienia dokonywało się chyba równie szybko i która nieco później pomogła mi uprzytomnić sobie postępy tego procesu w mojej świadomości (to właśnie jest drugi etap przed zapomnieniem ostatecznym), była Anna. W gruncie tylko zapomnienie Albertyny mogło być przyczyną – jeżeli nie jedyną i nawet nie główną, to przynajmniej konieczną – rozmowy, jaką Anna miała ze mną w blisko sześć miesięcy po poprzedniej, o której wspomniałem w odpowiednim miejscu. Tym razem mówiła zupełnie inaczej. Pamiętam, że działo się to w moim pokoju, ponieważ sprawiało mi wtedy przyjemność utrzymywanie z nią stosunków na wpół seksualnych, co było refleksem zbiorowego charakteru, jaki miała początkowo i teraz znowu zaczęła przybierać moja miłość do dziewcząt z ,,bandy", długo nie rozdzielona między nie i związana z Albertyną tylko przez krótki okres czasu, w ciągu kilku miesięcy poprzedzających jej śmierć i tuż potem.

Znajdowaliśmy się w moim pokoju z jeszcze jednej przyczyny, która umożliwia mi bardzo dokładne usytuowanie owej rozmowy. Wygnano mnie z reszty mieszkania, ponieważ mama miała właśnie swój ,,dzień". Dlatego też zastanawiała się, czy przedtem złożyć wizytę pani Sazerat. Ale pani Sazerat nawet w Combray zawsze jakoś celowała w ściąganiu do siebie osób nieciekawych i moja matka, pewna, że nic tam nie będzie zabawnego, mogła, jak sobie wyliczyła, wrócić dość wcześnie nie tracąc żadnej przyjemności. Rzeczywiście, przyszła do domu na czas i bez cienia żalu, bo zastała u pani Sazerat tylko ludzi śmiertelnie nudnych, zmrożonych już samym głosem – mama nazywała to jej głosem środowym – jaki gospodyni przybierała przy gościach. Moja matka bardzo ją zresztą lubiła, współczuła jej skromnym warunkom – spowodowanym przez wybryki jej ojca, którego zrujnowała księżna de X – warunkom zmuszającym ją do spędzania w Combray całego roku z wyjątkiem parotygodniowych wizyt u kuzynki w Paryżu i raz na dziesięć lat wielkiej ,,podróży dla przyjemności".

Pamiętam, że poprzedniego dnia, ulegając mojej prośbie ponawianej od wielu miesięcy, ponieważ księżna Parmy wciąż się o to dopominała, moja matka odwiedziła ją. Ta księżna nie składała wizyt i zwykle wystarczało wpisać się u niej do książki, ale w tym wypadku nalegała na osobistą wizytę mojej matki, skoro protokół nie pozwalał, żeby ona przyszła do nas. Moja matka wróciła bardzo niezadowolona.

– Popełniłam przez ciebie gafę – rzekła. – Księżna Parmy ledwo się ze mną przywitała i wróciła do rozmowy, którą prowadziła z jakimiś paniami, na mnie już nie zwracając uwagi. Po dziesięciu minutach, kiedy się nie odezwała do mnie ani słowem, poszłam sobie, a ona mi nawet nie podała ręki na pożegnanie. Zrobiło mi się bardzo przykro, ale za to przy wyjściu spotkałam księżnę de Guermantes, która była bardzo sympatyczna i dużo mówiła o tobie. Co ci przyszło do głowy, żeby z nią rozmawiać o Albertynie? Opowiadała mi, żeś się jej zwierzał, jakim zmartwieniem była dla ciebie jej śmierć. (Rzeczywiście, zwierzałem się, lecz sam prawie już zapomniałem o tym fragmencie rozmowy, bo to było tylko mimochodem. Osoby najbardziej roztargnione czasami z dziwnym uporem zwracają uwagę na słowa, które wypowiadamy niechcący, i rzeczy dla nas całkiem naturalne głęboko poruszają ich ciekawość.) Nigdy nie będę chodziła do księżnej Parmy. Z twojej winy zrobiłam głupstwo.

Nazajutrz, w ,,dzień" mojej matki, przyszła do mnie Anna. Nie miała dużo czasu, bo bardzo chciała być na obiedzie z Gizelą.

– Znam jej wszystkie wady, ale to jest moja najlepsza przyjaciółka i osoba, którą najbardziej lubię – rzekła mi.

Wydawało się przy tym, jakby czuła obawę, że im zaproponuję wspólną kolację. Była bardzo zachłanna w stosunkach z ludźmi i ktoś trzeci, kto znał ją aż nadto dobrze, jak ja, narzucając jej powściągliwość uniemożliwiłby osiągnięcie pełnej przyjemności.

Kiedy przyszła, nie było mnie jeszcze w domu; czekała na mnie i miałem właśnie przejść przez mój salonik, aby się z nią przywitać, kiedy słysząc jakiś głos zdałem sobie sprawę, że mam jeszcze jedną wizytę. Było mi spieszno zobaczyć Annę, która znajdowała się w moim pokoju, a że nie wiedziałem, kto był ten drugi gość – najwidoczniej nie znany jej, skoro go wprowadzono do innego pokoju, zacząłem nasłuchiwać pod drzwiami saloniku. Gość bowiem mówił. Nie był sam i zwracał się do kobiety.

– ,,Ach, mój aniele, to w moim sercu" – nucił cytując wiersze Armanda Silvestre. – Tak, będziesz zawsze moim aniołem, cokolwiek uczynisz.

Les morts dorment en paix dans le sein de la terre.
Ainsi doivent dormir nos sentiments éteints.
Ces reliques du coeur ont aussi leur poussière;
Sur leurs restes sacrés ne portons pas les mains.[1]

– To jest trochę staromodne, ale jakie ładne. Albo te słowa, które ci mogłem powiedzieć już pierwszego dnia:

Tu les feras pleurer, enfant belle et chérie...

– Jak to, nie znasz tego?

Tous ces bambins, hommes futurs,
Qui suspendent déjà leur juene rêverie
Aux cils câlins de tes yeux purs.[2]

– Ach, przez chwilę zdawało mi się, że mogę sobie powiedzieć:

Le premier soir qu'il vint ici
De fierté je n'eus plus souci
Je lui disais: «Tu m'aimeras
Aussi longtemps que tu pourras.»
Je ne dormais bien qu'en ses bras.[3]

Pragnąc dowiedzieć się, choćby za cenę opóźnienia mojej pilnej rozmowy z Anną, dla kogo był przeznaczony ten strumień poezji, otworzyłem drzwi. Ujrzałem pana de Charlus recytującego wiersze żołnierzowi, w którym prędko rozpoznałem Morela. Wyjeżdżał on właśnie na ćwiczenia. Z panem Charlus nie był już na stopie przyjacielskiej, ale czasami widywał go, aby prosić o różne przysługi. Pan de Charlus, który zazwyczaj nadawał miłości postać bardziej męską, miewał też momenty roztkliwienia. Zresz-

---

[1] Zmarli śpią spokojnie w łonie ziemi. Tak samo powinny spać nasze wygasłe uczucia. Te relikwie serca też mają swój kurz; na ich święte pozostałości nie podnośmy ręki. (Przyp. tłum.)
[2] Każesz im płakać, dziecko piękne i drogie... Tym dzieciom, przyszłym ludziom, które już zawieszają swoje młodociane marzenia na pieszczotliwych rzęsach twych czystych oczu. (Przyp. tłum.)
[3] Pierwszego wieczora, kiedy tu przyszła, przestałem myśleć o dumie. Mówiłem jej: „Będziesz mnie kochała, jak długo potrafisz." Spałem dobrze tylko w jej ramionach. (Przyp. tłum.)

tą już jako mały chłopiec nie mógł rozumieć i odczuwać wierszy inaczej niż wyobrażając sobie, że są zwrócone nie do jakiejś pięknej i niewiernej kobiety, lecz do młodego mężczyzny. Pożegnałem ich tak szybko, jak tylko mogłem, chociaż rozumiałem, że wizyty składane wspólnie z Morelem sprawiały panu de Charlus ogromną satysfakcję, dając mu na chwilę złudzenie, że się powtórnie ożenił. Poza tym łączył on w sobie snobizm monarchiń ze snobizmem lokai.

Wspomnienie Albertyny stało się przez ten czas czymś tak fragmentarycznym, że nie wywoływało już we mnie smutku i było jedynie przejściem do nowych pragnień, jak akord przygotowujący zmianę tonacji. Niezależnie od wszelkich przejściowych kaprysów pożądania zmysłowego to, co mi jeszcze pozostało z wierności dla Albertyny, nie przeszkadzało, że więcej szczęścia, niż mogłoby mi dać jej cudowne odnalezienie, znajdowałem przy Annie. Ta bowiem mogła mi więcej powiedzieć o Albertynie niż niegdyś Albertyna o sobie samej. Sprawy z nią związane istniały nadal w moim umyśle, podczas gdy moja czułość dla niej – fizyczna i duchowa – zdążyła już zniknąć. Chęć poznania jej życia, która mniej zmalała, była teraz większa stosunkowo niż potrzeba jej obecności. Ponadto myśl, że jakaś druga kobieta miała może z nią stosunki, nie budziła już we mnie nic oprócz pożądania tej drugiej. Powiedziałem to Annie w trakcie pieszczot. Ona zaś, nie troszcząc się bynajmniej o to, by jej słowa pasowały do tego, co mi mówiła przed paru miesiącami, rzekła:

– Tak, ale ty jesteś mężczyzną. Nie możemy więc robić zupełnie tego samego, co robiłam z Albertyną.

I nie wiem dlaczego, może pragnąc spotęgować moją żądzę (kiedyś, celem sprowokowania wyznań, powiedziałem jej, że chciałbym mieć stosunki z kobietą, która należała do Albertyny) lub mój smutek, a może po to, bym stracił poczucie wyższości nad nią, jakie w jej mniemaniu dawała mi myśl, żem był jedynym kochankiem Albertyny, dorzuciła:

– Ach, spędzałyśmy we dwie rozkoszne godziny. Ona była taka pieszczotliwa, taka namiętna. Bawiła się zresztą nie tylko ze mną. U pani Verdurin poznała przystojnego chłopca nazwiskiem Morel. Od razu doszli do porozumienia. On wziął na siebie – w nagrodę otrzymując pozwolenie zabawiania się na własną rękę, bo lubił małe debiutantki, które porzucał, jak tylko je wyprowadził na złe drogi – wziął na siebie rolę uwodziciela w stosunku do młodych rybaczek z odległej plaży, do dziewcząt od praczki, które łatwo się rozkochiwały w mężczyźnie, ale nigdy by nie przyjęły zalotów kobiety. Skoro dziewczyna dostała się pod jego władzę, sprowadzał ją w jakieś pewne miejsce i oddawał Albertynie. Nie chcąc stracić tego Morela, który zresztą też brał udział w zabawie, dziewczęta nigdy nie odmawiały, ale i tak go traciły, bo z obawy przed następstwami, a także dlatego że wystarczało mu raz albo dwa, znikał zostawiając fałszywy adres. Kiedyś odważył się zaprowadzić Albertynę i jedną z nich do domu publicznego w Couliville, gdzie cztery, a może pięć wzięły ją jednocześnie czy też po kolei. To była dla niego i dla Albertyny największa przyjemność. Tylko że Albertyna miała potem okropne wyrzuty sumienia. Mnie się zdaje, że ona mieszkając u ciebie opanowała swoją namiętność i z dnia na dzień odkładała powrót do niej. Poza tym była tak przywiązana do ciebie, że miała skrupuły. Ale nie ulegało wątpliwości, że gdyby cię porzuciła, znowu by zaczęła. Miała nadzieję, że ją uratujesz, że się z nią ożenisz. W głębi duszy myślała, że to był jakiś zbrodniczy obłęd, i nieraz się zastanawiałam, czy nie zabiła się właśnie po czymś takim, co już kiedyś w jednej rodzinie doprowadziło do samobójstwa. Muszę przyznać, że na samym początku pobytu u ciebie nie od razu przerwała te zabawy ze mną. Czasami wydawało się, że bardzo tego potrzebowała, i nawet któregoś dnia, w twoim mieszkaniu, chociaż mogłyśmy pójść sobie gdzie indziej, nie chciała mnie puścić, zanim nie położyłam się z nią. Miałyśmy wtedy pecha i niewiele brakowało, a byłbyś nas przyłapał. Albertyna skorzystała z tego, że Franciszka poszła coś załatwić, a ty jeszcze nie wróciłeś. Na wypadek, gdybyś miał swój klucz, pogasiła wszystkie światła, żebyś stracił trochę czasu szukając wyłącznika; zostawiła też otwarte drzwi do swego pokoju. Usłyszałyśmy, jak wchodzisz po schodach. Ledwo zdążyłam się ogarnąć, zejść z łóżka. Cały ten pośpiech był niepotrzebny, bo dziwnym zbiegiem okoliczności zapomniałeś klucza i musiałeś dzwonić. Ale mimo wszystko takeśmy potraciły głowy, że aby ukryć nasze zakłopotanie, obie jednocześnie, nie mogąc się nawet co do tego umówić, wpadłyśmy na ten sam pomysł: udawać, że nie znosimy zapachu bzu tureckiego, który w rzeczywistości uwielbiałyśmy. Przyniosłeś drugą gałązkę tego bzu, co mi pozwoliło odwrócić głowę i ukryć moje zdenerwowanie. Ale i tak powiedziałam ci w sposób niebywale niezręczny, że Franciszka chyba już wróciła i mogła otworzyć – chociaż przed chwilą okłamałam cię mówiąc, że właśnie wróciłyśmy ze spaceru i kiedyśmy wchodziły, Franciszka jeszcze nie zeszła (i tak było naprawdę). Najgorsze było zgaszenie światła w przekonaniu, że masz klucz – bałyśmy się, że wchodząc zobaczysz, jak zapalamy; w każdmy razie zbyt długo wahałyśmy się. I Albertyna przez trzy noce nie mogła zmrużyć oka ze strachu, że będziesz coś podejrzewał i spytasz Franciszki, dlaczego wychodząc nie zapaliła światła. Albertyna bardzo się ciebie bała i czasami twierdziła, że jesteś przebiegły, złośliwy i że w istocie jej nienawidzisz. Po trzech dniach, widząc twój spokój, zrozumiała, że nie przyszło ci do głowy pytać Franciszki, i odzyskała sen. Przerwała jednak stosunki ze mną, bojąc się czy też czując wyrzuty sumienia, bo mówiła, że bardzo cię kocha, a może kochała kogoś innego. Odtąd za każdym razem, kiedy kto wspomniał przy niej o bzie, robiła się purpurowa i zasłaniała twarz ręką, myśląc, że zdoła ukryć rumieniec.

Tak jak niektóre wydarzenia szczęśliwe, pewne nieszczęścia, przychodząc zbyt późno, nie przybierają w nas całej tej wielkości, jaką by osiągnęły nieco wcześniej. Tak też się miała rzecz z nieszczęściem, którym była dla mnie straszliwa rewelacja Anny. Zapewne, kiedy złe wiadomości mają nas pogrążyć w smutku, zwykle tak się to układa, że wśród zabawy, w zrównoważonym toku rozmowy, przechodzą koło nas nie zatrzymując się, a my, zajęci odpowiedziami na tysiące pytań, przekształceni żądzą podobania się naszym rozmówcom w kogoś innego, chronieni na razie w tym nowym życiu przed uczuciami i cierpieniami, któreśmy porzucili i do których wrócimy, gdy pryśnie ten krótki czar – nie mamy czasu ich przyjąć. Ale i wtedy, o ile opadają nas uczucia i cierpienia nazbyt silne, uczestniczymy z roztargnieniem w owej strefie nowego i nietrwałego świata, gdzie, nadmiernie lojalni wobec naszej udręki, nie możemy przeistoczyć się w innych; słowa w takich razach nawiązują bezpośredni kontakt z sercem, które nie było zamknięte na to wszystko. Ale od pewnego czasu słowa dotyczące Albertyny, jak zwietrzała trucizna, nie miały już zabójczej mocy. Odległość stała się zbyt wielka. I jak ktoś, kto spacerując po południu widzi na niebie zamglony rogalik i myśli: „A więc to jest ten olbrzymi księżyc!", powiadałem sobie: „Jak to, ta prawda, której tak szukałem, przed którą czułem taki lęk, to tylko tych parę słów w trakcie rozmowy, których nawet nie można przemyśleć do końca, bo nie jestem sam!" Ponadto zaskoczyła mnie ona, gdyż bardzo się zmęczyłem z Anną. Istotnie, wolałbym móc poświęcić więcej siły tej prawdzie; była wciąż na zewnątrz mnie, ponieważ nie znalazłem jeszcze dla niej miejsca w moim sercu. Chcielibyśmy, żeby prawda objawiała się nam jakimiś nowymi znakami, a nie pierwszym lepszym zdaniem, podobnym do zdań, któreśmy tylekroć wypowiadali. Nawyk myślenia utrudnia niekiedy przeżywanie rzeczywistości, uodparnia przeciwko niej, czyni ją przedłużeniem myśli. Nie ma idei, która by w sobie nie zawierała swej potencjalnej negacji, słowa, w którym by się nie kryło inne słowo, będące jego zaprzeczeniem.

W każdym razie cała ta bezużyteczna rewelacja – o ile jest prawdziwa – dotycząca nieżyjącej już kochanki, zjawia się wypływając z głębin na powierzchnię właśnie w chwili, kiedy nic nam z tego przyjść nie może. I wtedy (myśląc zapewne o jakiejś innej kobiecie, którą teraz kochamy i której mogłoby się przydarzyć to samo, bo istoty zapomniane nie budzą naszej troski) czujemy rozdzierający ból. Powiadamy sobie: „Gdybyż ona, póki żyje, mogła to zrozumieć i zdać sobie sprawę, że po jej śmierci dowiem się wszystkiego, co przede mną ukrywa!" Ale to jest błędne koło. Gdybym mógł przedłużyć życie Albertyny, jednocześnie uniemożliwiłbym rewelacje Anny. Przypomina to trochę ową pogróżkę: „Zobaczysz, kiedy cię przestanę kochać", tak prawdziwą i tak absurdalną, gdyż w istocie wiele byśmy zyskali przestając kochać, ale nie chcemy tego zyskać. Jest to nawet zupełnie to samo. Jeżeli bowiem spotykamy kobietę, którą przestaliśmy kochać, i dowiadujemy się od niej wszystkiego, to znaczy, że ona nie jest sobą albo my nie jesteśmy sobą: istota, która kochała, już nie istnieje. I tędy przeszła śmierć czyniąc wszystko łatwym i bezużytecznym.

Snułem te refleksje zakładając, że Anna mówiła prawdę – co nie było wykluczone – i że do szczerości skłoniły ją właśnie obecne stosunki ze mną, ów rys św. Andrzeja Polnego, jaki początkowo wykazywała Albertyna. Pomagała jej w tym okoliczność, że nie czuła już lęku przed Albertyną, gdyż istoty nieżyjące są dla nas jeszcze rzeczywistością tylko przez krótki czas po śmierci, a gdy upłynie kilka lat, przypominają zdetronizowane bóstwa, które można obrażać bez obawy, skoro się przestało wierzyć w ich istnienie. Ale to, że Anna straciła wiarę w istnienie Albertyny, mogło też ją ośmielić (równie dobrze jak do wyjawienia tajemnicy, której przyrzekła strzec) do zmyślenia kłamstwa celem popsucia opinii swojej rzekomej wspólniczki. Czy, nie czując obawy i mogąc przez powiedzenie mi tego wszystkiego odkryć wreszcie prawdę albo wmówić kłamstwo, wykorzystała to dlatego, że wydałem się jej z jakiegoś powodu pełen szczęścia i dumy i że chciała mi sprawić przykrość? Kto wie, czy nie czuła się rozdrażniona (tłumiąc wszakże swoje rozdrażnienie, jak długo mnie widziała nieszczęśliwym, niepocieszonym) wskutek moich stosunków z Albertyną, których mi może zazdrościła wyobrażając sobie, że uważam się za bardziej od niej uprzywilejowanego dzięki temu szczęściu, może niedostępnemu jej albo nawet nigdy nie budzącemu w niej pożądania. Nieraz słyszałem, jak mówiła różnym osobom, że wyglądają bardzo niezdrowo, ponieważ irytowały ją swoim znakomitym wyglądem i zwłaszcza świadomością tego wyglądu. Aby im dokuczyć, twierdziła, że sama czuje się doskonale, czego nie przestała powtarzać w najcięższym okresie swojej choroby, aż do dnia, kiedy zrezygnowana w obliczu śmierci nie przejmowała się już tym, że ludzie szczęśliwi są zdrowi i wiedzą, że ona umiera. Ale do tego dnia było jeszcze daleko. Może gniewała się na mnie o coś, o czym sa nie miałem pojęcia, tak jak kiedyś zawzięła się na owego młodego człowieka, świetnego znawcę sportu, poza tym kompletnego ignoranta, któregośmy poznali w Balbec i który później żył z Rachelą. Rozpowiadała mnóstwo kompromitujących go rzeczy chcąc sprowokować proces o zniesławienie, dzięki czemu mogłaby zarzucić jego ojcu czyny hańbiące, których nieprawdziwości nie potrafiłby on udowodnić. Może też ta złość na mnie ogarniała ją tylko nawrotami i cichła, kiedy było widać, że jestem taki smutny. W samej rzeczy, ilekroć Anna spostrzegała, że ludzie, którym z ogniem wściekłości w oczach pragnęła znieważyć, zabić, zmiażdżyć wyrokiem sądowym – choćby opartym na fałszywych zeznaniach – byli smutni, upokorzeni, natychmiast powstrzymywała swoją nienawiść i chciała ich obsypywać dobrodziejstwami. Nie była bowiem z gruntu zła, a jeżeli jej niewidoczna głębsza natura nie okazywała się w rzeczywistości tak miła, jak można było sądzić po jej subtelnej usłużności, lecz zdradzała raczej zawiść i dumę, to trzecia natura, jeszcze głębsza, prawdziwa, lecz nie całkiem zrealizowana, skłaniała się ku dobroci i miłości bliźniego. Jak wszystkie istoty, które znajdują się w jakimś punkcie i dążą do stanu lepszego, ale znając go jedynie ze swego pragnienia nie rozumieją, że pierwszym warunkiem jest zerwanie ze stanem obecnym – podobnie do neurasteników lub morfinistów, którzy bardzo by chcieli wyleczyć się nie rezygnując jednak ze swoich manii czy z morfiny; podobnie też do umysłów religijnych lub rozmiłowanych w sztuce, które są przywiązane do życia światowego i marzą o samotności, lecz ją sobie przedstawiają jako stan nie wymagający całkowitego zerwania z ich życiem dotychczasowym – Anna była skłonna kochać wszystkich, ale pod warunkiem, że wprzód będzie mogła ich widzieć nie jako istoty triumfujące, czyli że zacznie od zadawania im upokorzeń. Nie pojmowała, że powinna była kochać nawet dumnych i zwyciężać ich dumę miłością, a nie jeszcze większą dumą. Postępowała jak ci chorzy, co chcą być wyleczeni za pomocą środków podtrzymujących ich chorobę, które to środki kochają i natychmiast przestaliby kochać, gdyby się ich wyrzekli. Nie można zdobyć umiejętności pływania trzymając jedną nogę na lądzie.

Co się zaś tyczy młodego sportowca, kuzyna Verdurinów, którego spotykałem za moich dwóch pobytów w Balbec, to trzeba powiedzieć nawiasem i wyprzedzając fakty, że w jakiś czas po wizycie Anny – relacja z tej wizyty zostanie podjęta za chwilę – miały miejsce rzeczy, które zrobiły dosyć duże wrażenie. Przede wszystkim ten młody człowiek może przez pamięć Albertyny (kochał ją bowiem, o czym wtedy nie wiedziałem) zaręczył się z Anną i poślubił ją, w najmniejszym nawet stopniu nie wzruszony rozpaczą Racheli. Wówczas (to znaczy w kilka miesięcy po wizycie, o której opowiadam) Anna przestała nazywać go łajdakiem; jak później zrozumiałem, obmawiała go tylko dlatego, że była nieprzytomnie zakochana w nim i przekonana o braku wzajemności. Ale wybuchła jeszcze większa sensacja. Ten młody człowiek wystawił kilka skeczów w dekoracjach i kostiumach własnego pomysłu, wywołując rewolucję artystyczną co najmniej równą tej, jaką spowodowały balety rosyjskie. Krótko mówiąc, najpoważniejsze autorytety uznały jego twórczość za coś kapitalnego, niemal za dowód geniuszu. Ja ze swej strony myślę to samo, potwierdzając w ten sposób, ku własnemu zdziwieniu, dawny sąd Racheli. Ludzie, którzy go spotykali w Balbec, kiedy się interesował wyłącznie problemem, czy jego nowi znajomi noszą dobrze skrojone ubrania, ludzie, którzy pamiętali, jak spędzał czas na bakaracie, wyścigach konnych i grze w golfa lub w polo, a poza tym wiedzieli, że w szkole zawsze siedział na oślej ławce i nawet został wyrzucony z liceum (po czym na złość rodzicom mieszkał przez dwa miesiące w domu publicznym, gdzie pan de Charlus chciał przyłapać Morela), zaczęli myśleć, że autorką jego dzieł była może Anna, która z miłości odstąpiła mu swoją sławę, albo że – co wydawało się bardziej prawdopodobne – mając wielki majątek, nieznacznie tylko nadszarpnięty jego szaleństwami, opłacał jakiegoś genialnego specjalistę cierpiącego biedę (tego rodzaju bogaci ludzie – nie ogładzeni przez kontakt z arystokracją i nie mający pojęcia, co to jest artysta, utożsamiający go z aktorem zaangażowanym na zaręczyny ich córki celem wygłoszenia paru monologów, po których natychmiast prosi się go do sąsiedniego salonu, by mu dyskretnie wręczyć honorarium, albo też widzący w nim tylko malarza portretującego ich córkę po ślubie, nim zacznie rodzić dzieci i jeszcze wygląda korzystnie – chętnie sobie wyobrażają, że ludzie z wyższych sfer, którzy piszą, komponują lub malują, zamawiają swoje dzieła u innych i płacą, by uchodzić za twórców, tak jak inni tym samym sposobem zdobywają fotele deputowanych). Wszystko to jednak nie odpowiadało prawdzie. Młody człowiek był rzeczywiście autorem owych wspaniałych dzieł.

Dowiedziawszy się o tym, nie byłem w stanie wybrać między różnymi przypuszczeniami. Albo naprawdę był on przez długie lata beznadziejnym tępakiem, jakim się wydawał, i dopiero jakiś kataklizm fizjologiczny obudził jego geniusz uśpiony niby zaczarowana królewna z bajki; albo też w burzliwych latach szkolnych, w okresie obcinania się na maturze, wielkich przegranych przy zielonym stoliku w Balbec i obawy przed jazdą tramwajem w towarzystwie źle ubranych przyjaciół ciotki Verdurin, był już człowiekiem genialnym, który dał się porwać młodzieńczymi namiętnościami i włożywszy klucz pod słomiankę zostawił swój geniusz w domu, a może nawet od początku był geniuszem całkowicie świadomym i miał złe postępy tylko dlatego, że gdy nauczyciel wygłaszał banały o Cyceronie, on czytał Rimbauda i Goethego. Co prawda, nic nie zapowiadało uzasadnienia tej hipotezy, kiedym go poznał w Balbec, gdzie wszystkie jego myśli zdawały się skoncentrowane na poprawności zaprzęgów i przygotowywaniu cocktaili. Tę obiekcję można jednak podważyć. Mógł być człowiekiem bardzo próżnym, co się nieraz łączy z genialnością, i mógł chcieć błyszczeć w sposób, który uważał za najodpowiedniejszy, kiedy się ma olśnić świat, w którym on żył – świat całkiem niewrażliwy na głęboką znajomość *Powinowactw z wyboru*, a dodatnio reagujący raczej na umiejętność powożenia w cztery konie. Zresztą wcale nie jestem pewien, czy będąc autorem tych pięknych i tak oryginalnych utworów miałby wielką ochotę spotykać się – poza teatrami, gdzie go znano – z ludźmi nie noszącymi smokinga, jak jego znajomi sprzed lat, co by świadczyło, że był nie głupi, lecz próżny i że posiadał nawet pewien zmysł praktyczny, pewną przenikliwość, skoro przystosował swoje próżne usposobienie do mentalności głupców, na których szacunku mu zależało i którzy zapewne łatwiej ulegają czarowi smokinga niż spojrzeniu myśliciela.

Kto wie, czy oglądany od zewnątrz ten lub inny człowiek o dużych zdolnościach albo i człowiek pozbawiony zdolności, lecz lubiący problemy intelektualne – ja na przykład – nie wydałby się w oczach kogoś, kto by go spotkał w Rivebelle, w hotelu czy na dydze w Balbec, absolutnym i pretensjonalnym idiotą? Trzeba jeszcze dodać, że dla Oktawa sprawy sztuki musiały być czymś tak intymnym, tak ukrytym w najtajniejszych głębinach duszy, że nie przyszłoby mu do głowy mówić o nich, jak by to zrobił taki Saint-Loup, dla którego sztuka miała tyleż znaczenia co dla Oktawa pojazdy. Poza tym jest rzeczą możliwą, że był namiętnym graczem, i mówiono, że to mu pozostało. Mimo wszystko, nawet jeżeli kult przywracający życie nieznanej twórczości Vinteuila wyszedł z niezdrowej atmosfery domu w Montjouvain, to czułem zaskoczenie, kiedym sobie zdał sprawę, że najniezwyklejsze może arcydzieła naszej epoki nie są produktem egzaminów konkursowych i wzorowego, akademickiego wychowania à la Broglie, lecz powstały dzięki asystowaniu przy wadze wyścigowej i uczęszczaniu do wielkich barów. W każdym razie przyczyny, które podczas pobytu w Balbec budziły we mnie chęć poznania go, a w Albertynie i jej przyjaciółkach życzenie, żebym się z nim nie zetknął, nie miały nic wspólnego z jego istotnymi zaletami i mogłyby tylko służyć jako ilustracja wiecznego nieporozumienia, jakie istnieje między „intelektualistą" (w tym wypadku byłem nim ja) i światowcami (reprezentowanymi przez małą „bandę") na temat osoby innego światowca (młodego człowieka grającego w golfa). W najmniejszym stopniu nie przeczuwałem, że był on obdarzony talentem, i cały jego urok w moich oczach – taki sam jak ten, który niegdyś miała dla mnie pani Blatin – polegał na tym, że był, wbrew ich twierdzeniom, przyjacielem moich przyjaciółek i bardziej należał do ich „bandy" niż ja. Z drugiej strony Albertyna i Anna, pod tym względem żywe symbole niezdolności ludzi światowych do wydawania słusznych sądów w sprawach ducha i zarazem uosobienie skłonności tychże ludzi do kontentowania się w tej dziedzinie pozorami, nie tylko miały ochotę uznać mnie za półgłówka, ponieważ interesowałem się takim kretynem, ale nade wszystko dziwiły się, że skoro szło o gracza w golfa, wybrałem sobie akurat najmniej ciekawego. Gdybym chociaż chciał poznać młodego Gilberta de Belloeuvre, to był także poza golfem chłopiec, który umiał rozmawiać, dostał wyróżnienie na maturze i pisał wcale niezłe wiersze (w rzeczywistości zaś był głupszy niż wszyscy inni). Albo gdybym chciał „zbierać materiały" potrzebne do „książki, którą piszę", to Guy Saumoy, zupełny wariat, mający na swoim koncie porwanie dwóch dziewcząt, był przynajmniej ciekawym typem i mógłby być dla mnie „interesujący". Na tych dwóch „mogły się zgodzić", ale co widziałem w tamtym? Oktaw był uosobieniem „bezgranicznej głupoty", „głupcem do kwadratu".

Wracając do odwiedzin Anny, to po wyjawieniu mi swoich stosunków z Albertyną powiedziała mi jeszcze, że odejście mojej przyjaciółki ode mnie było spowodowane przede wszystkim obawą, co sobie pomyślą jej koleżanki z „bandy", a także inne znajome, widząc ją mieszkającą z młodym mężczyzną, który nie był jej mężem.

- Ja wiem, że mieszkaliście u twojej matki, ale to nic nie zmienia. Nie masz pojęcia, co to są dziewczęta, jak się kryją przed sobą, jak się boją tego, co ludzie o nich myślą. Znałam takie, które były niesłychanie ostrożne w stosunkach z chłopcami tylko dlatego, że jako znajomi ich przyjaciółek mogli powtórzyć różne rzeczy. Ale później mimo wszystko dowiadywałam się przypadkiem, że naprawdę one były zupełnie inne.

O kilka miesięcy wcześniej ta wiedza, jaką Anna zdawała się posiadać na temat motywów postępowania dziewcząt z ,,bandy'', byłaby dla mnie czymś bezcennym. Możliwe, że jej wyznanie tłumaczyło, dlaczego Albertyna, która oddała mi się w Paryżu, odmówiła mi poprzednio w Balbec, gdzie wciąż widywałem jej przyjaciółki, co najopaczniej uważałem za okoliczność sprzyjającą zacieśnieniu naszej znajomości. Kto wie nawet, czy nie jakiś mój odruch zaufania wobec Anny albo nieostrożnie udzielona jej przeze mnie informacja, że Albertyna zamieszka w ,,Grand Hotelu'', nie skłoniły tej ostatniej, która może o godzinę wcześniej była gotowa pozwolić mi na pewne przyjemności jako na rzecz całkiem naturalną, żeby zmienić postanowienie i zagrozić mi dzwonkiem. Ale w takim razie musiała ulegać wielu innym. Ta myśl rozbudziła mą zazdrość i powiedziałem Annie, że chcę ją o coś zapytać.

- Robiłyście to w pustym pokoju twojej babki?
- O nie, nigdy. Tam by nam przeszkadzano.
- Tak? A ja myślałem, zdawało mi się...
- Zresztą Albertyna lubiła robić to poza Paryżem.
- Gdzie?
- Dawniej, kiedy nie mogła jeździć bardzo daleko, jeździłyśmy do Buttes-Chaumont. Ona tam znała jeden taki dom. Albo pod drzewami, gdzie nikt nie chodzi. Czasami też w Małym Trianon, w grocie.
- Sama widzisz, że tobie nie można wierzyć. Przecież niecały rok temu przysięgałaś mi, że w Buttes-Chaumont nic nie było.
- Nie chciałam ci robić przykrości.

Jak już mówiłem, pomyślałem sobie - znacznie później - że tym razem, w dzień owych wyznań, Anna dla odmiany umyślnie sprawiała mi przykrość. Zrozumiałbym to natychmiast, podczas kiedy mówiła, bo byłbym potrzebował tego stwierdzenia, gdy-

194

bym jeszcze kochał Albertynę jak dawniej. Ale słowa Anny nie sprawiały mi dosyć bólu, żebym je musiał natychmiast ocenić jako kłamliwe. Ostatecznie, jeżeli to, co Anna powiedziała, było prawdą – w pierwszej chwili nie miałem żadnych wątpliwości – to Albertyna rzeczywista, którą teraz odkrywałem, poznawszy tyle jej rozmaitych obrazów, bardzo mało różniła się od bachantki, która pierwszego dnia zjawiła się i dała przeczuć na molu w Balbec – podobnie jak nieznane miasto, w miarę zbliżania się do niego, zmienia raz po razie układ swoich budowli, aż wreszcie rozgniata, zaciera gmach najcharakterystyczniejszy, jeszcze niedawno jedynie widoczny z oddalenia; w końcu wszakże, gdy już je znamy i umiemy dokładnie ocenić, okazuje się, że prawdziwymi proporcjami były właśnie te, które nam odsłonił pierwszy rzut oka, reszta zaś, przebyta następnie, była tylko serią kolejnych linii obronnych, którymi każda istota odgradza się od naszych spojrzeń i które trzeba sforsować jedną po drugiej, za cenę jakże wielkich cierpień, nim się dostaniemy do środka. Ponadto, o ile bezwzględna wiara w niewinność Albertyny nie była mi koniecznie potrzebna, gdyż moje cierpienie zmalało, to i na odwrót, mogę powiedzieć, że owa rewelacja nie zadała mi nadmiernego bólu dlatego, że od pewnego czasu na miejsce wmuszonej sobie przeze mnie samego wiary w niewinność Albertyny wśliznęła się stopniowo, mimo że nie zauważyłem tego, wiara, która zawsze istniała we mnie – pewność, że Albertyna była winna. Nie wierzyłem w niewinność Albertyny, ponieważ nie odczuwałem już potrzeby, namiętnego pragnienia tej wiary. Każda wiara rodzi się z pragnienia, a jeżeli zazwyczaj nie zdajemy sobie z tego sprawy, to dlatego że większość pragnień rodzących wiarę żyje – inaczej niż w tym wypadku, kiedym sobie wmówił, że Albertyna była niewinna – tak długo jak my. Zamiast tylu dowodów potwierdzających moją pierwszą wersję wybrałem bezmyślnie zwyczajne oświadczenia Albertyny. Dlaczego jej uwierzyłem? Kłamstwo jest nierozłącznie związane z naturą człowieka. Odgrywa w niej prawdopodobnie równie ważną rolę jak poszukiwanie przyjemności, które zresztą nim kieruje. Kłamiemy, aby ukryć naszą przyjemność lub nasz honor, jeżeli ujawnienie przyjemności jest sprzeczne z honorem. Okłamujemy przez całe życie – nawet, przede wszystkim, a może tylko tych, co nas kochają. Albowiem jedynie te osoby budzą w nas obawę o naszą przyjemność i pragnienie szacunku z ich strony. Z początku byłem przekonany o winie Albertyny i dopiero moje pragnienie, wykorzystując wszystkie siły mego umysłu w tym celu, bym zaczął wątpić, sprowadziło mnie na manowce. Żyjemy zapewne wśród sygnałów elektrycznych, sejsmicznych, które powinniśmy interpretować w dobrej wierze, o ile chcemy znać prawdę o charakterach. Muszę powiedzieć, że jakkolwiek byłem słowami Anny mimo wszystko zasmucony, to jednak ucieszyłem się, iż rzeczywistość była w końcu zgodna z początkowym przeczuciem mego instynktu, a nie z żałosnym optymizmem, przed którym się następnie ugiąłem jak tchórz. Wolałem, by życie stało na wysokości mych przeczuć. Zresztą przeczucia, które miałem pierwszego dnia na plaży, kiedy mi się wydało, że te dziewczęta były wcieleniem orgiastycznej rozkoszy i grzechu, a także pod wieczór, kiedym widział nauczycielkę Albertyny wprowadzającą tę namiętną dziewczynę do małej willi, tak jak się wpycha do klatki dzikie zwierzę, które później, mimo pozorów, w żaden sposób nie da się poskromić – czyż nie były w harmonii z tym, co powiedział Bloch, gdy czyniąc mi ziemię tak piękną odsłonił przed mymi oczami powszechność pożądania, wskutek czego na każdym spacerze, przy każdym spotkaniu wstrząsały mną dreszcze? Możliwe jednak, że odnalezienie owych pierwszych przeczuć w postaci zweryfikowanej, następujące dopiero teraz, było dla mnie korzystne. Jak długo trwała moja miłość do Albertyny, sprawiałyby mi one zbyt wiele bólu i lepiej było, że pozostawał z nich tylko jeden ślad, wieczne podejrzenie rzeczy, których nie widziałem, a które działy się stale tak blisko mnie, i może jeszcze drugi ślad, wcześniejszy, większy: s a m a   m o j a   m i ł o ś ć. Czyż bowiem wybrać sobie i pokochać Albertynę nie znaczyło poznać ją w pełni jej ohydy? I nawet w chwilach, kiedy nieufność przycicha, czyż miłość nie jest jej pozostałością i transpozycją ? Czyż miłość nie jest dowodem przenikliwości (niezrozumiałym nawet dla osoby, która kocha), skoro pożądanie, kierujące się zawsze w stronę tego, co jest nam najbardziej przeciwne, każe nam kochać istotę, przez którą będziemy cierpieć? Urok tej istoty, działający w jej oczach, ustach, talii, zawiera w sobie składniki nie znane nam i zdolne uczynić nas najnieszczęśliwszymi z ludzi, tak że czując do tej osoby sympatię, zaczynając ją kochać, jakkolwiek to się nam wydaje niewinne, czytamy już w zmienionej wersji wszystkie jej zdrady i występki.

A te uroki, które celem przyciągnięcia mnie tworzyły powłokę dla szkodliwych, niebezpiecznych i śmiertelnych substancji znajdujących się w danej istocie – czy nie łączył ich i tych ukrytych trucizn stosunek przyczyny i skutku bardziej bezpośredni niż ten, jaki istnieje między urzekającą bujnością a jadowitym sokiem pewnych roślin trujących? To prawdopodobnie złe skłonności Albertyny, powiadałem sobie, źródło moich przyszłych cierpień, wytworzyły u niej sposób bycia ujmujący i szczery, z czego powstawało złudne wrażenie, iż w stosunkach z nią możliwe jest koleżeństwo lojalne i bez zastrzeżeń, jak z mężczyzną; w podobny sposób analogiczne skłonności pana de Charlus wykształciły u niego kobiecą delikatność uczuć i myśli. Wśród największego zaślepienia nie przestaje działać rozeznanie pod postacią sympatii czy tkliwości – nie jest przeto słuszne mówić, mając na myśli czyjąś miłość, o złym wyborze, skoro wybór, o ile był możliwy, był tylko jeden: zły.

– Czyście się wybierały na te wycieczki wtedy, kiedyś po nią przychodziła do domu? – spytałem Anny.

– Ach, nie! Od waszego powrotu z Balbec Albertyna nigdy już nic ze mną nie robiła, jeżeli nie liczyć tego, co mówiłam.

– Moja droga Anetko, dlaczego wciąż kłamiesz? Przez czysty przypadek, bo nigdy się tymi sprawami nie interesuję specjalnie, zdobyłem bardzo szczegółową informację o rzeczach tego rodzaju, które Albertyna robiła nad wodą – mogę ci powiedzieć dokładnie – z pewną praczką, na kilka dni zaledwie przed śmiercią.

– Ach, to może było po ucieczce od ciebie, nie wiem. Ona czuła, że nie może, że nigdy nie będzie mogła odzyskać twego zaufania.

Te słowa raniły mnie w samo serce. Później zacząłem myśleć o wieczorze z bzem tureckim i przypomniałem sobie, że w jakieś dwa tygodnie po tym wypadku, gdy moja zazdrość zmieniała swój przedmiot, spytałem Albertyny, czy nigdy nie miała stosunków z Anną, i ona mi na to rzekła: ,,Ach, nigdy! Oczywiście, kocham Annę, żywię dla niej głębokie uczucie, ale takie jak dla siostry, i nawet gdybym miała te skłonności, które mi widocznie przypisujesz, ona byłaby ostatnią osobą, o której bym pomyślała. Mogę ci to przysiąc, na co chcesz, na moją ciotkę, na grób mojej biednej mamy." Uwierzyłem. A przecież, nawet jeżeli nie wzbudziła we mnie żadnych podejrzeń sprzeczność między jej częściowym przyznaniem się do rzeczy, których się później wyparła, skoro tylko dostrzegła, że to mi nie jest obojętne, powinienem był przypomnieć sobie, jak to Swann wierzył w platoniczny charakter różnych przyjaźni pana de Charlus i zapewniał mnie o tym akurat w ten dzień, kiedym zobaczył Jupiena z baronem na podwórzu; powinienem był pomyśleć, że istnieją obok siebie dwa światy – jeden proklamowany przez ludzi najuczciwszych i najbardziej szczerych oraz drugi, ukryty za tamtym i składający się z rzeczy, które ci sami ludzie robią. Jest to prawdziwe tak dalece, że gdy zamężna kobieta mówi nam o jakimś młodym mężczyźnie: ,,Ach, rzeczywiście, mam dla niego wiele przyjaźni, ale to jest coś bardzo niewinnego, czystego; przysięgam na pamięć moich rodziców" – to bez chwili wahania możemy dać słowo honoru, że najprawdopodobniej wyszła ona z łazienki, dokąd biegnie po każdej schadzce z tym młodym człowiekiem, żeby nie mieć z nim dziecka. Bez turecki napełniał mnie śmiertelnym smutkiem. Tak samo reagowałem na myśl, że Albertyna nazywała mnie człowiekiem przebiegłym i czującym do niej nienawiść, a jeszcze bardziej przejmowałem się jej nieoczekiwanymi kłamstwami, które ledwo mogłem pojąć. Pewnego dnia mówiła mi, że była na lotnisku, że znała jakiegoś lotnika (miało to niewątpliwie odwrócić moje podejrzenia od kobiet, sądziła bowiem, iż o mężczyzn jestem mniej zazdrosny). Opowiadała o zachwycie, jaki w Annie wzbudził ów lotnik i jego hołdy składane jej, Albertynie; doszło do tego, że Anna chciała odbyć z nim przejażdżkę powietrzną. Otóż to wszystko było zmyślone od początku do końca, Anna nigdy nie była na tym lotnisku itd.

Po wyjściu Anny był już czas na kolację.

– Nigdy się nie domyślisz, kto mi dziś złożył co najmniej trzygodzinną wizytę – rzekła do mnie moja matka. – Mówię trzygodzinną, ale to mogło być jeszcze więcej. Ta osoba przyszła niemal jednocześnie z moim pierwszym gościem, panią Cottard, i widziała wszystkich następnych – było ich ponad trzydziestu – jak wchodzili i wychodzili. Pożegnała się ze mną dopiero kwadrans temu. Gdybyś nie miał wizyty twojej przyjaciółki Anny, posłałabym po ciebie.

– Któż to był?

– Pewna osoba, która nigdy nie składa wizyt.

– Księżna Parmy?

– Doprawdy, mój syn jest bardziej inteligentny, niż mi się zdawało. Nie warto ci dawać zagadki, bo je od razu rozwiązujesz.

– Czy cię przeprosiła za wczorajsze zimne przyjęcie?

– Nie, to by nie miało żadnego sensu. Jej wizyta była właśnie przeprosinami. Twoja babka powiedziałaby, że to ładnie z jej strony. Jak się dowiedziałam, księżna przysłała koło drugiej lokaja z pytaniem, kiedy mam swój dzień. Odpowiedziano mu, że właśnie dzisiaj, i weszła na górę.

W pierwszej chwili przyszła mi do głowy myśl, której nie ośmieliłem się wyznać mamie, że poprzedniego dnia księżna Parmy otoczona świetnym towarzystwem, z którym żyła blisko i lubiła rozmawiać, poczuła na widok mojej matki gwałtowną niechęć, czego nawet nie usiłowała ukryć. Arogancja później łagodzona wyszukaną grzecznością była całkiem w stylu arystokratek niemieckich, który zresztą przejęło wiele osób z rodziny Guermantów. Ale moja matka zrozumiała, a ja następnie myślałem tak jak ona, że księżna Parmy po prostu nie poznała jej i dlatego nie zajęła się nią, lecz gdy mama wyszła, dowiedziała się, kto to był – czy to od księżnej de Guermantes, która ją spotkała na dole, czy też z listy gości, gdyż odźwierni pytali przed wejściem o nazwiska, by je zapisać. Księżna pomyślała, że nie byłoby uprzejmie powiedzieć mojej matce przez kogoś lub osobiście: „Nie poznałam pani", i doszła do wniosku – co było równie zgodne z grzecznością dworów niemieckich i manierami Guermantów jak moja pierwsza interpretacja – że wizyta, rzecz wyjątkowa ze strony Jej Wysokości, a zwłaszcza wizyta kilkugodzinna, dałaby mojej matce to wyjaśnienie w sposób pośredni i nie mniej przekonywający. Tak się też stało.

Nie chciało mi się jednak tracić czasu na relację mojej matki o wizycie księżnej, gdyż właśnie przyszło mi na myśl parę faktów dotyczących Albertyny, o które chciałem zapytać Annę, i zapomniałem to uczynić. Jakże niewiele zresztą wiedziałem i miałem szanse dowiedzieć się z tej historii, jedynej, jaka mnie głęboko interesowała i przynajmniej w pewnych chwilach znowu zaczynała interesować. Człowiek jest bowiem istotą bez określonego wieku, mającą zdolność odmładzania się w ciągu kilku sekund o wiele lat. Otoczony ścianami czasu, który przeżył, pływa wśród nich, ale jak gdyby w basenie, gdzie poziom wody zmienia się co chwila i utrzymuje go raz na wysokości jednej epoki, a potem przenosi w drugą. Napisałem do Anny, żeby przyszła. Dopiero po tygodniu zdołała się wybrać. Niemal na początku wizyty spytałem ją:

– Skoro sądzisz, że Albertyna przestała robić rzeczy tego rodzaju podczas swego pobytu tutaj, to znaczy, że opuszczając mnie chciała mieć więcej swobody – ale o którą przyjaciółkę jej chodziło?

– Nic podobnego. To wcale nie o to chodziło.

– Może o to, że byłem zbyt niemiły?

– Chyba nie. Mnie się zdaje, że do porzucenia ciebie zmusiła ją ciotka, która miała projekty co do niej i tej kanalii, wiesz, tego młodego człowieka, którego nazywałeś ,,naprali mnie''. On kochał się w Albertynie i poprosił o jej rękę. Widząc, że ty się z nią nie żenisz, oni zaczęli myśleć, że jej pobyt u ciebie, tak szokująco długi, zniechęci tego młodego człowieka do małżeństwa. Pani Bontemps, na którą on wciąż nalegał, wezwała Albertynę. Ona w gruncie potrzebowała swoich wujostwa i kiedy kazali jej zdecydować się, uciekła od ciebie.

Nigdy w mojej zazdrości nie przyszło mi do głowy takie wytłumaczenie tej ucieczki. Myślałem jedynie o skłonnościach Albertyny do kobiet i o moim nadzorze, zapominając, że pani Bontemps mogła nieco później uczuć się dotknięta tym samym, co od początku szokowało moją matkę. Pani Bontemps mogła w każdym razie obawiać się, że ten potencjalny narzeczony, którego trzymała w pogotowiu, wycofa się, jeżeli nie dojdzie do małżeństwa ze mną. Albertyna, wbrew dawniejszym przewidywaniom matki Anny, znalazła sobie dobrą, mieszczańską partię. I kiedy miała zamiar pójść do pani Verdurin, kiedy odbyła z nią sekretną rozmowę, kiedy się tak gniewała, żem poszedł tam wieczorem nie uprzedzając jej, intryga uknuta wspólnie z panią Verdurin polegała na tym, by spotkać nie pannę Vinteuil, lecz owego kuzyna, który się kochał w Albertynie i któremu pani

Verdurin – znajdując w tym dla swych planów matrymonialnych satysfakcję, która dziwi u pewnych rodzin, jak długo się nie wejdzie do głębi w ich mentalność – pozwalała wziąć sobie żonę bez posagu. Ja osobiście całkiem przestałem myśleć o tym kuzynie, który może odegrał pionierską rolę w uświadamianiu Albertyny, dzięki czemu uzyskałem jej pierwszy pocałunek. Na miejsce zbudowanego przeze mnie systemu niepokojów, jakie ona wówczas przeżyła, trzeba było teraz ułożyć inny albo go nałożyć na tamten, bo kto wie, czy jeden wykluczał drugi, jako że skłonność do kobiet mogła u niej nie przeszkadzać małżeństwu. Czy owo małżeństwo było istotnie przyczyną jej ucieczki i czy nie powiedziała mi o tym, aby nie wyglądać na uzależnioną od ciotki lub nie zmuszać mnie do małżeństwa? Zacząłem zdawać sobie sprawę, że metoda licznych przyczyn jednego i tego samego postępku, używana przez Albertynę w stosunkach z przyjaciółkami, kiedy każdej dawała do zrozumienia, że przyszła dla niej, była jak gdybym sztucznym, wymyślonym symbolem rozmaitych wyglądów, jakie przybiera dany czyn w zależności od naszego punktu widzenia. Zdziwienie i rodzaj wstydu na myśl, że nigdy sobie nie uświadomiłem, iż Albertyna znajdowała się u mnie w sytuacji fałszywej, mogącej sprawić przykrość jej ciotce – to zdziwienie było nie pierwsze ani nie ostatnie w moim życiu. Kiedy usiłowałem zrozumieć stosunki, jakie zachodziły między dwojgiem istot, oraz wynikające stąd kryzysy, ileż to razy zdarzało mi się słyszeć kogoś trzeciego, kto mi przedstawiał swój własny punkt widzenia, gdyż znał jeszcze bliżej jedną z tych dwóch osób i właśnie dostrzegł to, co może było przyczyną owego kryzysu! A skoro czyny są tak niepewne, to jakim cudem same osoby byłyby bardziej pewne? Przyznając rację ludziom, którzy twierdzili, że Albertyna była spryciarą usiłującą wydać się za tego czy owego mężczyznę, nietrudno jest wyobrazić sobie, jak by oni scharakteryzowali jej pobyt u mnie. Tymczasem wszakże była ona według mnie ofiarą, może ofiarą nie całkiem czystą, ale w takim razie winną z innych powodów, z powodu złych skłonności, o których się wcale nie mówiło.

Ale przede wszystkim trzeba sobie powiedzieć rzecz następującą: z jednej strony kłamstwo jest często rysem charakteru; z drugiej zaś, u kobiet, które by z natury nie kłamały, stanowi naturalną, improwizowaną, a później coraz bardziej organizowaną obronę przeciwko niebezpieczeństwu zjawiającemu się niespodziewanie i mogącemu zniszczyć całe życie – przeciwko miłości. Ponadto nie jest dziełem przypadku, że intelektualiści i ludzie wrażliwi wiążą się zawsze z kobietami nieczułymi i mniej wartościowymi, na których im mimo to zależy, i że nawet widząc swą miłość nie odwzajemnioną nie przestają poświęcać wszystko, aby taką kobietę zatrzymać przy sobie. Jeżeli powiem, że tacy ludzie odczuwają potrzebę cierpienia, wyrażę się ściśle, pomijając tylko szereg stwierdzeń wstępnych, które czynią tę potrzebę cierpienia – w pewnym sensie mimowolną – czymś, co z absolutną konsekwencją wynika z owych stwierdzeń. Pominę już tę prawdę, że natury wszechstronnie obdarzone występują rzadko i wobec tego człowiek o intensywnym życiu umysłowym, a zarazem wrażliwy, ma zwykle wolę słabą, jest igraszką przyzwyczajenia oraz lęku, który się w nim budzi na myśl o cierpieniu mogącym spaść nań za chwilę i czyni go niewolnikiem stałych męczarni; w rezultacie taki człowiek nigdy nie odsunie od siebie nie kochającej go kobiety. Dziwne się wyda, że mu wystarcza tak niewiele jej miłości, ale trzeba raczej uprzytomnić sobie, jaki ból może sprawiać miłość, którą on żywi w swoim sercu. Nie trzeba się nad nim zbytnio litować, bo te straszliwe wzruszenia, jakich doznajemy wskutek nie odwzajemnionego uczucia, wyjazdu lub śmierci ukochanej osoby, działają podobnie jak ataki paraliżu, które nas początkowo unieruchomiają, ale później nasze mięśnie odzyskują powoli swoją elastyczność i energię życiową. Poza tym ów ból jest w pewien sposób rekompensowany. Ci wrażliwi intelektualiści na ogół unikają kłamstwa. Są też wobec niego tym bardziej bezbronni, że przy całej swej inteligencji nie wychodzą poza świat abstrakcyjnych koncepcji, rzadko reagują, żyją bólem zadanym im przez ową kobietę, a nie jasną świadomością, czego ona chciała, co robiła, kogo kochała, świadomością będącą zwłaszcza udziałem ludzi o silnej woli, konieczną dla nich, aby patrzeć w przyszłość raczej niż opłakiwać przeszłość. Istoty te czują się więc oszukiwane, ale nie wiedzą jak. Dlatego kobieta przeciętna, którą darzą miłością wywołującą ogólne zdziwienie, wzbogaca ich świat wewnętrzny znacznie bardziej, niżby to mogła uczynić kobieta inteligentna. Za każdym jej słowem przeczuwają kłamstwo, za każdym domem, gdzie jakoby miała być – inny dom, za każdym czynem, za każdą istotą – inny czyn, inną istotę. Nie wiedzą, co to jest, nie mają dość energii, aby się dowiedzieć, nie mieliby może w ogóle możliwości po temu. Kobieta, która kłamie, potrafi zwodzić za pomocą bardzo prostego sposobu – nie zadając sobie nawet trudu, żeby go zmieniać – wiele osób naraz albo, co więcej, jedną i tę samą, mającą wszelkie dane, by to kłamstwo wykryć. Wszystko to stwarza u wrażliwego intelektualisty świat pełen znikających w dali perspektyw, które jego zazdrość pragnie zbadać i wobec których jego inteligencja wykazuje pewne zainteresowanie. Ja nie byłem całkiem dokładnie jednym z tych ludzi, ale może teraz, po śmierci Albertyny, stałem na progu tajemnicy jej życia. Nawiasem mówiąc, czy niedyskrecje popełniane w momencie, kiedy ziemskie życie danej osoby dobiegło kresu, nie świadczą, że nikt naprawdę nie wierzy w życie przyszłe? Jeżeli te niedyskrecje odpowiadają prawdzie, ich autorzy powinni się obawiać, iż będą im wzięte za złe przez ową osobę, której tak bardzo się lękali, gdy żyła, że trzymali jej tajemnice w ukryciu. Jeżeli niedyskrecje są fałszywe, powinni się bać gniewu zmarłego jeszcze bardziej, o ile wierzą w niebo. Ale nikt nie wierzy w nie.

Jest zatem rzeczą prawdopodobną, że w sercu Albertyny rozegrał się długi dramat między myślą o pozostaniu i projektem odejścia ode mnie, przy czym odejście byłoby sprowokowane przez ciotkę lub przez owego młodego człowieka. Najważniejsze jednak dla mnie było to, że Anna – nie mająca już przecież powodów, aby mi cokolwiek ukrywać na temat obyczajów Albertyny – przysięgła, iż nie było nic z rzeczy tego rodzaju między Albertyną z jednej strony a panną Vinteuil i jej przyjaciółką z drugiej (Albertyna nie orientowała się jeszcze w swoich skłonnościach, gdy poznała te młode kobiety, one zaś w obawie, że ulegając pragnieniu mogą się omylić – lęk taki powoduje tyleż omyłek co samo pragnienie – uznały ją za bardzo wrogą wobec tych spraw. Później, być może, dowiedziały się o zgodności swych gustów, ale wtedy zbyt dobrze już znały Albertynę i ona zdążyła je poznać zbyt dobrze, aby mogły myśleć o robieniu tego wspólnie).

Ostatecznie jednak wciąż nie rozumiałem, dlaczego Albertyna mnie porzuciła. Jeżeli twarz kobiety trudno jest uchwycić oczami, które nie mogą objąć całej tej ruchliwej powierzchni, lub wargami, a jeszcze trudniej pamięcią zaciemnioną przez różne obłoki, zależnie od naszej pozycji społecznej, od wysokości, na jakiej się znajdujemy, to jakaż zasłona i o ile gęstsza oddziela jej widoczne dla nas czyny od pobudek! Pobudki tkwią w głębi, której nie dostrzegamy, i w dodatku oprócz znanych nam czynów rodzą inne, często najzupełniej sprzeczne z tamtymi. W jakiej epoce nie istniał mąż stanu, czczony przez swych przyjaciół jak święty, aż się okazywało, że popełniał fałszerstwa, okradał państwo, zdradzał ojczyznę? Jak często wielki pan jest co roku okradany przez intendenta, którego wychował i uważa za porządnego człowieka i który może nawet nim był! O ileż owa zasłona ukrywająca cudze pobudki jest trudniejsza do przeniknięcia, jeżeli kochamy istotę, o którą chodzi! Miłość wprowadza niejasność w nasz umysł, a także w postępowanie kochanej osoby, która widząc nasz stosunek do niej przestaje nagle cenić to, co skądinąd traktowałaby jako uśmiech losu. Być może, pod wpływem naszego uczucia udaje trochę tę pogardę losu w nadziei, że każąc nam cierpieć uzyska więcej. Pewną rolę mogłaby w tym również odgrywać chęć potargowania się albo nawet jakiś konkretny fakt z jej życia, jakaś intryga, której nie zwierzyła nikomu bojąc się, że wiadomość dotrze do nas, chociaż wiele osób mogłoby ją było zdobyć, gdyby tego pragnęły tak gorąco jak my, zachowując jednocześnie więcej spokoju ducha i budząc u zainteresowanej mniej podejrzeń – intryga, kto wie, czy nie dostrzeżona przez kogoś, ale przez kogoś, kogo my znowu nie znamy i nie potrafilibyśmy odnaleźć. Wśród rozmaitych czynników powodujących niewytłumaczony stosunek do nas trzeba też uwzględnić dziwaczne usposobienie, które sprawia, że człowiek przez brak dbałości o swoje dobro, z nienawiści, z przywiązania do niezależności, w nagłym wybuchu gniewu lub w obawie przed tym, co pomyślą inni, postępuje wprost przeciwnie, niż oczekiwaliśmy. A ponadto istnieją jeszcze różnice środowiska, wychowania, których nie chcemy brać pod uwagę, ponieważ rozmawiając we dwoje zacieramy je w słowach, ale które zjawiają się z powrotem, kiedy jesteśmy sami, i kierują czynami każdej osoby z punktu widzenia tak odmiennego, że prawdziwe ich spotkanie staje się niemożliwe.

– Ależ, droga Anetko, ty znowu kłamiesz. Przypomnij sobie

(sama mi to powiedziałaś, telefonowałem do ciebie poprzedniego dnia – pamiętasz?), że Albertyna bardzo chciała pójść na przyjęcie do pani Verdurin, gdzie miała być panna Vinteuil, i że ukrywała to przede mną jako coś, o czym nie powinienem był wiedzieć.

– Tak, tylko Albertyna nie miała pojęcia, że panna Vinteuil tam się wybiera.

– Jak to? Przecież mi mówiłaś, że na parę dni przedtem widziała panią Verdurin. A zresztą, po co się mamy nawzajem oszukiwać? Któregoś dnia rano znalazłem w pokoju Albertyny list od pani Verdurin przynaglający ją, żeby przyszła na to przyjęcie. – I pokazałem Annie ów list, który Franciszka specjalnie położyła na samym wierzchu wśród rzeczy należących do Albertyny (było to w ostatnich dniach przed ucieczką), abym go zobaczył, i – obawiam się – umyślnie pozostawiła tamże, aby podsunąć Albertynie myśl, żem przetrząsał jej papiery, a przynajmniej dać do zrozumienia, żem ten list czytał. Później zadawałem sobie nieraz pytanie, czy ta podstępna inscenizacja nie zaważyła mocno na jej decyzji odejścia ode mnie, kiedy stwierdziła, że nic już nie może przede mną ukryć, i czuła się zniechęcona, zwyciężona. Pokazałem Annie ową kartkę: ,,Nie mam wcale wyrzutów sumienia, zupełnie mnie usprawiedliwia to uczucie tak rodzinne..." – Wiesz przecież, Anno, że według tego, co zawsze mówiła Albertyna, przyjaciółka panny Vinteuil była dla niej matką, siostrą.

– Ależ zrozumiałeś ten list całkiem niewłaściwie. Osobą, którą pani Verdurin chciała zetknąć z Albertyną, nie była wcale panna Vinteuil, lecz narzeczony, ,,naprali mnie". Mówiąc o uczuciu rodzinnym miała na myśli właśnie tę kanalię, swojego kuzyna. Mam co prawda wrażenie, że Albertyna później dowiedziała się o zamierzonej wizycie panny Vinteuil. Pani Verdurin mogła jej to mimochodem powiedzieć. Myśl, że zobaczy dawną przyjaciółkę, na pewno sprawiła jej radość jako wspomnienie miłej przeszłości, lecz o tyle tylko, o ile i ty byłbyś kontent, gdyby ci powiedziano, że Elstir też będzie w domu, do którego się wybierasz – ale nie więcej, nawet mniej. Tak, jeżeli Albertyna nie chciała ci powiedzieć, po co zamierzała tam pójść, to dlatego że miała się odbyć próba, na którą pani Verdurin zaprosiła bardzo niewiele osób, a wśród nich tego kuzyna, którego poznałeś w Balbec. Pani Bontemps żeniła go z Albertyną i ona chciała z nim porozmawiać.

To był kawał łobuza... Zresztą nie trzeba się doszukiwać tylu przyczyn. Bóg jeden wie, jak uwielbiałam Albertynę i jakie to było dobre stworzenie, ale zwłaszcza odkąd przebyła tyfus (na rok przedtem, zanim nas wszystkie poznałeś), była naprawdę postrzelona. Nagle zniechęcała się do tego, co akurat robiła, chciała wszystko zmieniać, i to w mgnieniu oka, pewno nie wiedząc, z jakiego powodu. Pamiętasz, jak to było w Balbec za pierwszym razem, w tym roku, kiedyśmy się poznali? Pewnego pięknego dnia kazała sobie przysłać depeszę wzywającą ją do Paryża i ledwośmy zdążyły spakować jej walizki. Nie miała żadnego powodu, żeby wyjeżdżać. Wszystkie preteksty, jakie wymieniała, były fałszywe. Paryż był wtedy dla niej śmiertelnie nudny. My zostawałaśmy w Balbec. Grano jeszcze w golfa i nawet zawody o wielki puchar, z których tak cię cieszyła, nie były skończone. Na pewno byłaby je wygrała. Wystarczało poczekać wszystkiego tydzień. Ale ona wyrwała się stamtąd galopem. Później często z nią o tym rozmawiałam. Przyznawała, że sama nie wie, dlaczego jej ten wyjazd przyszedł do głowy; mówiła, że to była nostalgia (nostalgia za Paryżem – wyobrażasz sobie, jakie to prawdopodobne), że nie podobało się jej w Balbec, że czuła dokoła siebie ludzi, którzy z niej kpili.

To, co usłyszałem od Anny, było słuszne o tyle, że skoro różnice istniejące między umysłami tłumaczą rozbieżność wrażeń wywoływanych u rozmaitych ludzi przez jedno i to samo dzieło, a różnice w typach uczuciowości pozwalają zrozumieć, dlaczego nie umiemy przekonać osoby, która nas nie lubi, to istnieją także różnice między charakterami, osobliwości danego charakteru, od których zależy postępowanie. W końcu przestawałem myśleć o tej interpretacji i mówiłem sobie, jak trudno jest w życiu poznać prawdę.

Rzeczywiście spostrzegłem wtedy, że Albertyna chciała iść do pani Verdurin i ukrywała to przede mną. Nie myliłem się. Ale kiedy w ten sposób uchwyciliśmy jeden fakt, inne, ukazujące nam tylko swoje pozorne oblicza, wymykają się i widzimy jedynie defiladę płaskich sylwetek, o których powiadamy sobie: to jest to, a to znów tamto, to z jej powodu, a tamto przez tę drugą. Wiadomość, że panna Vinteuil miała tam być obecna, zdawała mi się tłumaczyć wszystko, zwłaszcza iż Albertyna, wyprzedzając

206

bieg rzeczy, powiedziała mi o tym. A później czyż mi nie odmówiła, kiedym żądał, aby przysięgła, że obecność panny Vinteuil wcale jej nie sprawiała przyjemności? Tu w związku z owym młodym człowiekiem przypomniałem sobie coś, co mi wypadło z pamięci. Kiedy Albertyna mieszkała u mnie, spotkałem go przypadkiem i – zupełnie inaczej, niż to bywało w Balbec – zachował się bardzo ujmująco, niemal serdecznie. Prosił mnie, bym mu pozwolił odwiedzić się, na co nie przystałem z wielu powodów. Teraz już rozumiałem, że wiedząc o pobycie Albertyny pod moim dachem, chciał po prostu nawiązać ze mną stosunki, aby sobie ułatwić widywanie jej i wreszcie uprowadzenie. Doszedłem do wniosku, że był łajdakiem. Gdy w jakiś czas potem zobaczyłem jego pierwsze utwory, wciąż oczywiście myślałem, że tak bardzo pragnąc złożyć mi wizytę miał na widoku Albertynę, i nie byłem skłonny darować mu tego, lecz przypomniałem sobie, żem niegdyś pojechał odwiedzić w Doncières Roberta Saint-Loup, ale w istocie odbyłem tę podróż, ponieważ kochałem się w pani de Guermantes. Co prawda, sytuacja nie była identyczna: Saint-Loup nie kochał pani de Guermantes i moja serdeczność wobec niego była może trochę dwulicowa, niemniej wszakże nie zaprawiona ani odrobiną zdrady. Następnie myślałem też sobie, że tkliwość, jaką odczuwamy wobec kogoś, w czyich rękach znajduje się przedmiot pożądany przez nas, działa i wówczas, gdy posiadacz owego przedmiotu kocha go dla niego samego. Niewątpliwie, w takim wypadku trzeba walczyć przeciwko przyjaźni, która prowadzi prosto do zdrady. Sądzę, że sam zawsze tak postępowałem. Ale nie można twierdzić, że ci, co mają na to siły, czują wobec posiadacza przyjaźń będącą jedynie podstępem. Jest to u nich uczucie szczere i dlatego wyrażane z wielką ostentacją, wskutek czego, gdy zdrada została już dokonana, oszukany mąż lub kochanek może powiedzieć tonem człowieka zaskoczonego i oburzonego: ,,Gdyby kto słyszał, jak ten łajdak stale mnie zapewniał o swym przywiązaniu! Rozumiem jeszcze, że się kradnie człowiekowi jego skarb. Ale żeby jednocześnie odczuwać szatańską potrzebę wmawiania mu przedtem swojej przyjaźni, to szczyt ohydy i przewrotności przechodzący wszelkie wyobrażenie.'' Otóż nie, przewrotności w tym wypadku nie było ani nawet całkiem świadomego kłamstwa.

Ten rodzaj serdeczności, jaki mi owego dnia okazywał pseudo-narzeczony Albertyny, miał jeszcze jedno wytłumaczenie, będąc czymś więcej niż tylko pochodną jego uczucia dla mej przyjaciółki. Było to wtedy, kiedy on zaczął uświadamiać sobie, przyznawać się, że pragnie być uznany za intelektualistę. Od niedawna istniały dla niego wartości inne niż sportowe i biesiadne. Fakt, że mnie cenili Elstir, Bergotte, że Albertyna zapewne mu opowiadała, co sądziłem o różnych pisarzach i jak w jej oczach wyglądało to, co sam mógłbym stworzyć, sprawił, iż na poczekaniu stałem się dla niego (który wreszcie zrozumiał, że był *homo novus*) kimś interesującym, z kim chętnie by zawarł przyjaźń, kogo by pragnął wtajemniczyć w swoje projekty i może poprosić o przedstawienie go Bergotte'owi. Wskutek tego był szczery, kiedy pytał, czy pozwolę, aby mi złożył wizytę, i okazywał sympatię, której motywy intelektualne w połączeniu z odblaskiem Albertyny nadawały cechy prawdziwości. Na pewno nie dlatego tak usilnie dążył do wizyty u mnie i byłby rzucił wszystko, aby ją złożyć. Ale ten ostatni powód, którego znaczenie polegało niemal wyłącznie na spotęgowaniu dwóch poprzednich do stopnia jak gdyby paroksyzmu namiętności, był może nawet jemu samemu nie znany, podczas gdy tamte dwa istniały rzeczywiście, podobnie jak w sercu Albertyny, kiedy chciała pójść na próbę u pani Verdurin, mogła rzeczywiście istnieć całkowicie uczciwa przyjemność na myśl, że spotka przyjaciółki z lat dziecięctwa, dla niej nie bardziej zdeprawowane niż ona dla nich, że porozmawia z nimi, że biedna dziewczyna, którą niegdyś znały, pokaże im się teraz jako bywalczyni wytwornego salonu – a poza tym jeszcze przyjemność, jaką w niej może budziła perspektywa usłyszenia muzyki Vinteuila. Jeżeli to wszystko było zgodne z prawdą, to rumieniec na twarzy Albertyny, kiedym wspomniał pannę Vinteuil, tłumaczył się tym, iż moje słowa dotyczyły poranka, który chciała ukryć przede mną z powodu owego projektu małżeństwa, o czym nie mogłem być powiadomiony. Odmawiając mi wtedy złożenia przysięgi, że spotkanie tego dnia panny Vinteuil nie byłoby dla niej żadną przyjemnością, Albertyna pogłębiła moją udrękę, utwierdziła mnie w podejrzeniach, ale obecnie dawała mi retrospektywny dowód, że chciała być szczera, i to w sprawie niewinnej, może właśnie dlatego że szło tu o sprawę niewinną. Pozostawało jednak to, co mi Anna opowiedziała na temat ich stosunków. Nie idąc aż tak daleko, żeby widzieć w tych rewelacjach wyłącznie kłamstwo Anny pragnącej, abym nie był szczęśliwy i nie czuł się wyższy od niej, mogłem jeszcze przypuszczać, że ona trochę przesadziła to, co robiła z Albertyną, a tamta znowu na zasadzie restrykcji wewnętrznej trochę pomniejszała to, co robiła z Anną; wykorzystując po jezuicku pewne definicje, które bezmyślnie sformułowałem, doszła do wniosku, że stosunek łączący ją i Annę nie wchodził w zakres tego, co powinna mi była wyznać, i że mogła wyprzeć się go nie popełniając kłamstwa. Tylko dlaczego to raczej ona miała mnie okłamywać, a nie Anna? Prawda i życie są czymś bardzo trudnym, nie zdołałem ich w gruncie poznać i zostawało mi po nich uczucie, w którym smutek nie zajmował może nawet tyle miejsca co zmęczenie.

Co do trzeciego razu, kiedym sobie uświadomił, że zbliżam się do całkowitej obojętności wobec Albertyny (tym razem poczułem nawet, żem już ten stan osiągnął), było to pewnego dnia – upłynęło już sporo czasu od ostatniej wizyty Anny – w Wenecji.

ROZDZIAŁ TRZECI

Pobyt w Wenecji

Moja matka zabrała mnie tam na kilkutygodniowy pobyt, a że piękno może promieniować z rzeczy najcenniejszych tak samo jak z najbardziej skromnych, przeżywałem w tym mieście wrażenia podobne do tych, jakich mi tak często dostarczało niegdyś Combray, tyle że były one przetransponowane na tonację zupełnie inną i bogatszą. Kiedy o dziesiątej rano pokojowa przychodziła otworzyć okiennice, widziałem zamiast czarnego marmuru, jakim łupkowy dach kościoła Św. Hilarego stawał się w blasku słonecznym, płonącego anioła ze złota na dzwonnicy Św. Marka. Buchając jasnością, która prawie nie pozwalała utkwić w nim oczu, dawał mi on szeroko rozwartymi ramionami zapowiedź, że gdy w pół godziny później zejdę na Piazzettę, doznam radości bardziej niewątpliwej niż ta, którą miał kiedyś polecenie zwiastować ludziom dobrej woli. Jak długo leżałem w łóżku nie mogłem widzieć nic oprócz niego, ale ponieważ świat jest wielkim zegarem słonecznym, któremu dla wskazania godziny potrzeba światła tylko na jednym jego wycinku, od razu pierwszego ranka pomyślałem o sklepikach na placu Kościelnym w Combray, które właśnie zamykano, gdym przychodził na mszę niedzielną, podczas gdy słoma rozrzucona po rynku wydawała silny odór pod gorącymi już promieniami słońca. Drugiego dnia budząc się ujrzałem coś, co mnie skłoniło do wstania (bo zajęło w mej pamięci i w mych pragnieniach miejsce wspomnień z Combray) – były to wrażenia, jakie mi pozostawiła pierwsza przechadzka po ulicach Wenecji, gdzie życie codzienne nie jest mniej rzeczywiste niż w Combray: tak jak tam niedzielnym rankiem, i tu przyjemnie było wyjść na odświętnie wyglądającą ulicę, tylko że to była ulica z szafirowej wody, muskana ciepłym podmuchem, o barwie tak odpornej, że moje zmęczone oczy mogły dla wypoczynku oprzeć na niej swoje spojrzenia bez obawy, że od nich spłowieje. Zupełnie jak to czynią w Combray poczciwi mieszkańcy ulicy Ptasiej, obywatele tego nowego miasta wychodzili przed domy stojące równo jeden koło drugiego wzdłuż chodnika, lecz rolę domów rzucających pod stopy wenecjan trochę cienia spełniały pałace z porfiru i jaspisu, o sklepionych odrzwiach, nad którymi głowa jakiegoś brodatego bożka (wystająca poza linię muru niczym w Combray młotki przy drzwiach wejściowych) przydawała gęstości cieniowi, nie na ziemi wszakże, ale na wspaniałym błękicie wody. Piazza miała swój cień, odpowiadający temu, jaki w Combray rzucały markiza nad sklepem z konfekcją i wywieszka fryzjera, tylko że był on w deseń z niebieskich kwiatków rozsiewanych przez relief renesansowej fasady na tonącą w słońcu pustynię placu – co nie znaczy zresztą, żeby wenecjanie, nawet mieszkający nad kanałami, nie musieli opuszczać stor, kiedy się robiło gorąco. Ale ich story wisiały między czterowrębnymi liśćmi i krętymi gałęziami okien gotyckich. Tak właśnie wyglądały w naszym hotelu, przed którego balustradą moja matka czekała na mnie patrząc w Kanał z cierpliwością, jakiej nigdy chyba nie okazywała dawnymi czasy w Combray, kiedy pokładając we mnie nadzieje, których później nie spełniłem, ukrywała przede mną, jak bardzo mnie kocha. Obecnie zdawała sobie sprawę, że pozorny chłód nic już nie zdoła zmienić, i czułość, z jaką się do mnie odnosiła, była niczym owe zabronione potrawy, na które się pozwala chorym od chwili, gdy wiadomo, że są nieuleczalni. Zapewne, skromne osobliwości nadające charakter indywidualny oknu w pokoju ciotki Leonii, wychodzącemu na ulicę Ptasią, jego asymetria spowodowana nierównymi odstępami od sąsiednich okien, nadmierna wysokość drewnianego parapetu, zagięta sztaba, którą otwierało się okiennice, stora z niebieskiego, lśniącego atłasu przewiązana w połowie wstążkami, wszystko to istniało również w naszym hotelu weneckim, skąd słychać było te słowa tak szczególne i wymowne, dzięki którym z daleka poznajemy domostwo, gdzie wracamy śniadać, a później pozostają w naszej pamięci jako dowód, że ów dom był przez pewien czas naszym; ale w Wenecji, inaczej niż w Combray i prawie wszędzie indziej, misja ich wypowiadania była powierzona nie rzeczom najprostszym, a nawet najbrzydszym, lecz na wpół arabskiemu łukowi fasady, który figuruje we wszystkich zbiorach odlewów gipsowych i jest reprodukowany we wszystkich podręcznikach historii sztuki wśród arcydzieł średniowiecznej architektury; z bardzo daleka, ledwo minąwszy San Giorgio Maggiore, dostrzegałem ten łuk, który w tej chwili też mnie widział i lotnością złamanych ramion dodawał swemu powitalnemu uśmiechowi dystynkcję spojrzenia zwróconego bardziej w górę i prawie nie zrozumianego. I ponieważ moja matka za balustradą z kolorowego marmuru czytała w oczekiwaniu na mnie, przesłoniwszy twarz tiulową woalką o bieli równie rozdzierającej dla mnie co jej siwizna, gdyż wiedziałem, że kryjąc łzy ozdobiła w ten sposób swój słomkowy kapelusz nie po to, by mieć dla mieszkańców hotelu wygląd bardziej ,,ubrany", lecz raczej pragnąc, by mi się wydawała mniej pogrążona w żałobie, mniej smutna, prawie pocieszona; ponieważ, nie poznawszy mnie w pierwszej chwili, gdym zawołał ku niej siedząc w gondoli, przesłała mi z głębi serca swą miłość zatrzymującą się dopiero tam, gdzie już brakło jej oparcia na powierzchni spojrzenia, które zbliżała do mnie tak, jak tylko było możliwe, i usiłowała podnieść wysoko, na końcach warg wysuniętych do przodu w uśmiechu jak gdyby dającym mi pocałunek, w obramowaniu i pod baldachimem jeszcze dyskretniejszego uśmiechu, jakim promieniował ów łuk oświetlony południowym słońcem – z tych wszystkich powodów okno hotelowe wypełniło się w mej pamięci słodyczą rzeczy, które jednocześnie z nami, obok nas, uczestniczyły w pewnej godzinie, co wybiła tak samo dla nas i dla nich; i jeżeli nie bacząc na wspaniałe jego filarki owo sławne okno jest dla mnie intymnym wspomnieniem jak myśl o genialnym człowieku, który by spędził z nami miesiąc wspólnej wilegiatury stając się przez ten czas trochę naszym przyjacielem; jeżeli za każdym razem, gdy widzę w muzeum jego gipsowy odlew, muszę postrzymywać płacz, to po prostu dlatego, że mi ono mówi coś, co mnie najbardziej wzruszyć może: ,,Bardzo dobrze pamiętam twoją matkę."

Idąc na poszukiwanie mamy, która porzuciła swe miejsce przy oknie, miałem po wyjściu z upału panującego na dworze to samo uczucie chłodu co niegdyś w Combray, gdym się udawał do mego pokoju; tylko że tu sprawił mi je wiew powietrza morskiego, zresztą nie w klatce schodowej o wąziutkich stopniach, lecz na dostojnej powierzchni schodów z marmuru, która się co chwila rozjaśniała błyskiem niebieskiego słońca i do pożytecznych wskazówek Chardina, niegdyś jej udzielonych, dodawała lekcję Veronesego. Wrażenia codziennej egzystencji weneckiej są nam przekazywane za pomocą dzieł sztuki, czyli rzeczy wspaniałych, toteż jest zniekształceniem charakteru tego miasta, kiedy pod pretekstem, że Wenecja pewnych malarzy ma w swojej części najbardziej głośnej (z wyjątkiem wspaniałych dzieł Maksyma Dethomas) wygląd zimny i estetyzujący – przedstawia się dla odmiany nędzne zakątki, gdzie niknie wszystko, co stanowi o jej wspaniałości, i aby uczynić ją bardziej intymną, bardziej prawdziwą, robi się z niej coś na kształt Aubervilliers. Bardzo wielcy artyści, pod wpływem zrozumiałej reakcji na sztuczną Wenecję złych malarzy, popełnili ten błąd, że się przywiązali wyłącznie do jej oblicza, które uznali za bardziej realistyczne, do skromnych *campi*, do biednych, opuszczonych *rii*.

Tę właśnie Wenecję często zwiedzałem po południu, jeżeli nie wychodziłem razem z matką. W niej łatwiej znajdowałem ludowy typ kobiety, robotnice z fabryki zapałek, nawlekaczki pereł, specjalistki od szkła, koronczarki, skromne istoty noszące wielkie, czarne szale z frędzlami. Nic mi nie przeszkadzało kochać te kobiety, bo już niemal całkiem zapomniałem Albertynę, a wydawały mi się one bardziej ponętne niż inne, bo ją trochę jeszcze pamiętałem. Któż mógłby mi dokładnie powiedzieć, ile w mej namiętnej pogoni za wenecjankami było ich samych, ile Albertyny, a ile mego dawnego pragnienia, by pojechać do Wenecji? Najmniejsze nasze pragnienie, chociaż jednolite jak akord, zawiera w sobie tony podstawowe, na których jest zbudowane całe nasze życie. I gdybyśmy kiedyś usunęli jeden z tych tonów, którego nie słyszymy ani nie uświadamiamy sobie i który nie ma nic wspólnego z pożądanym przez nas przedmiotem, ujrzelibyśmy, jak całe nasze pożądanie owego przedmiotu obraca się w nicość. Dla wielu rzeczy nie szukałem wyjaśnienia, podniecony uganianiem się za wenecjankami.

Moja gondola płynęła wzdłuż wąskich kanałów; miałem wrażenie, że, niby tajemnicza dłoń dżina prowadząca mnie krętymi szlakami po tym wschodnim mieście, otwierały mi one, w miarę płynięcia naprzód, drogę idącą przez sam środek dzielnicy, którą przecinały kreśląc władczym gestem cienką bruzdę wodną i lekko nią rozsuwając wysokie domy o mauretańskich okienkach; jednocześnie zaś, przywodząc na myśl magicznego przewodnika, który by trzymał w ręku świecę i rozjaśniał moją podróż, zapalały przed sobą promień słońca torując mu przejście. Widoczne było, że między biednymi domostwami rozsuwanymi przez kanał, które, gdyby nie on, tworzyłyby zwartą masę, nie pozostawało ani trochę miejsca. Dzwonnica kościelna czy drewniane kraty podtrzymujące winorośl stały wprost na lustrze wody, niczym w mieście nawiedzonym przez powódź. Ale dzięki tej samej transpozycji co w Canal Grande morze tak skutecznie spełniało wobec kościołów i ogrodów rolę traktu komunikacyjnego, ulicy lub uliczki, że po obu brzegach takiego *canaletto* kościoły wynurzały się z wody zamienionej w starą i przeludnioną dzielnicę biedoty i wyglądającej jak skromne i licznie uczęszczane parafie, które noszą ślady swojej nędzy i częstej obecności prostych ludzi; ogrody przecięte kanałem wrzucały weń liście i zdziwione owoce, a pod domami surowo ciosanymi z piaskowca, który zachował jeszcze całą swoją chropowatość, jakby go co tylko przepiłowano, siedzieli zaskoczeni ulicznicy i dla utrzymania równowagi zwieszali nogi pionowo w dół, niby marynarze na ruchomym moście, którego połowy właśnie się rozdzieliły, aby przepuścić morze. Niekiedy zjawiała się budowla bardziej piękna, wyskakująca jak niespodzianka z otwartego przez nas pudełka, mała świątynia koryncka wyrzeźbiona w kości słoniowej, mająca na frontonie alegoryczną statuę, trochę nieswoją wśród prostych rzeczy natłoczonych dokoła niej, bo nic nie pomagało, żeśmy natychmiast opróżniali miejsce – perystyl w postaci kanału zawsze miał wygląd nadbrzeża, gdzie sprzedawcy warzyw wyładowują swój towar. Czułem, że rośnie we mnie pragnienie, by nie pozostawać na zewnątrz, lecz wchodzić coraz głębiej w coś, co kryje tajemnicę, albowiem ustawicznie znajdowałem nowe rzeczy, które się wyłaniały po mojej prawej albo lewej ręce – jakaś mała budowla lub nieoczekiwane *campo* – i przybierały zdziwiony wygląd pięknych przedmiotów oglądanych po raz pierwszy i nie zdradzających nam jeszcze, po co istnieją i jakie mają zastosowanie.

Wracałem pieszo ciasnymi *calli*, zaczepiałem dziewczyny z ludu tak, jak to prawdopodobnie robiła kiedyś Albertyna, i myślałem, że chciałbym ją mieć koło siebie. Nie mogły to jednak być te same; kiedy Albertyna przyjechała do Wenecji, były one jeszcze dziećmi. Ale już dawniej bywałem – w najgłębszym znaczeniu słowa i przez podłość – niewierny wobec każdego z mych pragnień, które uważałem za jedyne w swym rodzaju, lecz mimo to szukałem przedmiotu podobnego, a nie tego samego, bo nie spodziewałem się, bym go mógł odnaleźć. Teraz w sposób systematyczny szukałem kobiet, których Albertyna nie znała, i przestałem szukać tych, których pożądałem dawnymi czasy. Co prawda, nieraz mi się zdarzało przypomnieć sobie w niesłychanie gwałtownym przypływie pożądania jakąś dziewczynę z Méséglise albo z Paryża, mleczarkę widzianą rano u stóp wzgórza podczas pierwszej mej podróży do Balbec. Ale, niestety, pamiętałem je takie, jakimi były wówczas, to znaczy – jakimi już na pewno być przestały. Jeżeli dawniej szedłem na kompromis z ideą jedyności mych pragnień szukając wychowanki klasztornego pensjonatu podobnej do tej, która mi zniknęła z oczu, to dziś, aby wpaść na trop tych samych dziewcząt, co zbulwersowały młodość moją lub Albertyny, musiałem się zgodzić na nowe odstępstwo od zasady, że pragnienia mają swoją indywidualność: powinienem był szukać nie ówczesnych szesnastolatek, lecz tych, które miały szesnaście lat obecnie, bo w braku nie powtarzających się i już nieosiągalnych rysów danej osoby tym, co kochałem, była młodość. Wiedziałem, że świeżość dziewcząt znanych mi przed laty istniała już tylko u mnie, w mej rozpalonej pamięci, i że jakkolwiek bym się starał uchwycić te, które trwały w mym wspomnieniu, nie ku nim winienem był wyciągać rękę, jeżeli naprawdę chciałem zerwać młodość i kwiat tego roku.

Słońce stało wysoko na niebie, gdym szedł zabrać moją matkę z Piazzetty. Wezwaliśmy gondolę.

– Jakby twoja biedna babka cieszyła się tą wielkością pełną prostoty – rzekła mi mama wskazując pałac dożów patrzący na morze z myślą powierzoną mu przez architekta, którą przechowywał wiernie w niemym oczekiwaniu chwili, kiedy wrócą dawni władcy. – Lubiłaby nawet delikatność tych różowych odcieni, bo nie ma w niej nic pretensjonalnego. Jakby się zachwycała Wenecją i jaką naturalność, zdolną rywalizować z bezpośredniością przyrody, widziałaby we wszystkich tych pięknościach tak bogatych, że nie potrzebują żadnego ustawienia, że się prezentują tak, jak są: pałac dożów w swej formie bryłowatej, kolumny – które, jak powiadasz, pochodzą z pałacu Heroda – na samym środku Piazzetty, filary Św. Jana z Akry rzucone jeszcze bardziej przypadkowo, jakby w braku lepszego miejsca, a te konie u Św. Marka! Zachód słońca nad pałacem dożów sprawiłby twojej babce tyleż przyjemności co w górach.

W słowach mojej matki było dużo prawdy, bo gdy nasza gondola płynęła w górę Canal Grande, widzieliśmy, jak mijane przez nas pałace odbijały na swoich różowych murach światło i godzinę, przy czym zmieniały się razem z nimi nie tyle jak prywatne rezydencje i sławne zabytki, co raczej na podobieństwo wybrzeża z marmurowych skał, u których stóp odbywa się wieczorem przejażdżkę łodzią po kanale, aby oglądać zachód słońca. Zabudowania leżące z jednej i drugiej strony wyglądały jak fragmenty żywej przyrody, lecz przyrody, która by tworzyła swoje dzieła posługując się wyobraźnią ludzką. Ale jednocześnie (z powodu miejskiego charakteru wrażenia, jakie wszędzie robi Wenecja, można by rzec, iż także na pełnym morzu, które podlegając dwa razy dziennie przypływowi i odpływowi zalewa i następnie odkrywa wspaniałe schody zewnętrzne pałaców), zupełnie jak gdybyśmy byli w Paryżu na bulwarach, na Polach

Elizejskch lub w Lasku, w jakiejkolwiek modnej alei, mijaliśmy obsypane złotym światłem zachodu niezmiernie eleganckie kobiety, miękko wsparte na poduszkach swych pływających ekwipaży. Posuwały się w szeregu, przystawały przed pałacem, gdzie chciały złożyć wizytę, kazały spytać, czy pani przyjmuje, i czekając odpowiedzi na wszelki wypadek przygotowywały do zostawienia kartę, jakby to uczyniły przed drzwiami Guermantów, i szukały w przewodniku, z jakiej epoki, w jakim stylu był ów pałac, co chwila potrząsane, niczym na grzbiecie błękitnej fali, przez połyskliwą wodę, która stawała dęba w popłochu, gdy się poczuła ściśnięta między roztańczoną gondolą i klaskającym marmurem. W ten sposób nawet przejażdżki mające na celu tylko złożenie wizyty i zagięcie rogu karty były tu czymś potrójnym i jedynym w swoim rodzaju, gdyż miały zarazem postać i urok wizyty w muzeum oraz podróży morskiej.

Szereg pałaców przy Canal Grande zamieniono na hotele i czy to szukając odmiany, czy przez uprzejmość wobec pani Sazerat, którą właśnie spotkaliśmy – w każdej podróży odnajduje się niespodziewanych i niepożądanych znajomych – i którą mama zaprosiła, postanowiliśmy spróbować obiadu w innym hotelu, gdzie kuchnia, jak słyszeliśmy, była lepsza. Podczas gdy moja matka płaciła gondolierowi i wchodziła z panią Sazerat do zamówionego saloniku, chciałem rzucić okiem na wielką salę restauracji hotelowej. Zdobiły ją marmurowe kolumny i dawniej freski od góry do dołu, teraz w części odnowione. Dwaj kelnerzy prowadzili rozmowę, która w przekładzie z włoskiego brzmiała:

– Czy starzy jedzą u siebie? Znowu nie dali znać. Okropność, nigdy nie wiem, czy mam im zatrzymać stół (*non so se bisogna conservar loro la tavola*). Ale trudno, niech sobie zejdą, kiedy będzie zajęty! Nie rozumiem, dlaczego podobni *forestieri* są przyjmowani w takim pierwszorzędnym hotelu. To nie ludzie dla nas.

Mimo tej pogardy kelner chciał być pewny, jak ma rozporządzić stołem, i już kierował się do windarza z poleceniem, żeby ten pojechał spytać na górze, ale nie zdążył zrobić kroku, gdy otrzymał odpowiedź: zobaczył wchodzącą starszą panią. Wyraz smutku i zmęczenia, jakie niesie ze sobą brzemię lat, i rodzaj egzemy, jakby czerwonego trądu na jej twarzy nie przeszkodziły

216

mi rozpoznać pod czepkiem, w czarnej spódnicy – uszytej przez W., ale dla profanów nie różniącej się od garderoby starych dozorczyń – margrabinę de Villeparisis. Przypadek zrządził, że miejsce, gdzie stojąc przy ścianie wyłożonej u dołu pięknym marmurem oglądałem ślady fresków, znajdowało się akurat za stołem, przy którym margrabina usiadła.

– Wobec tego i pan de Villeparisis niedługo przyjdzie. Przez cały miesiąc, jak tu są, raz tylko jedli osobno – rzekł kelner.

Zastanawiałem się, kto mógł być ów krewny, co towarzyszył margrabinie w podróży i nosił nazwisko de Villeparisis, gdy po kilku minutach ujrzałem, jak się zbliża do stołu i siada jej stary kochanek, pan de Norpois.

Podeszły wiek osłabił dźwięczność jego głosu, ale za to uczynił język, niegdyś tak pełen rezerwy, po prostu wyuzdanym. Należało to może przypisywać ambicjom pana de Norpois, które tym bardziej go podniecały i dodawały mu zapalczywości, im wyraźniej zdawał sobie sprawę, że niewiele mu pozostało czasu na ich realizację; przyczyną mógł być też fakt, że odsunięty od polityki, do której rwał się z powrotem, wyobrażał sobie w naiwności swego marzenia, iż za pomocą druzgocącej krytyki skierowanej przeciwko tym, których, jak sądził, zdolny był zastąpić, przyczyni się do posłania ich na emeryturę. Tak to nieraz politycy są przekonani, że gabinet, w którego skład nie wchodzą, nie utrzyma się przy życiu trzy dni. Nie należy zresztą sądzić, że pan de Norpois całkowicie zarzucił tradycję języka dyplomatycznego. Gdy tylko zaczynała być mowa o „wielkich sprawach", od razu – niebawem to zobaczymy – budził się w nim człowiek, którego znaliśmy dawniej, ale przez resztę czasu ział nienawiścią pod adresem różnych ludzi, czyniąc to z furią osiemdziesięcioletnich starców wywierających swój gniew na kobietach, którym nic naprawdę złego nie są już w stanie zrobić.

Pani de Villeparisis przez długą chwilę trwała w milczeniu starej kobiety, która zmęczona wiekiem z trudem przechodzi od wspomnień do spraw aktualnych. Następnie zadała tych kilka na wskroś praktycznych pytań, w których się wyraża późne stadium wzajemnej miłości.

– Byłeś u Salviatiego?
– Tak.

- Czy przyślą jutro puchar?
- Sam go przyniosłem. Pokażę ci po obiedzie. Zobaczymy, co jest w menu.
- Wydałeś polecenie w sprawie moich Suezów?
- Nie, giełda jest w tej chwili zainteresowana wyłącznie akcjami naftowymi. Można się jednak nie spieszyć, bo nastrój rynku jest doskonały. Spójrzmy na menu. Jako zakąska są barweny. Może weźmiemy?
- Ja tak, ale tobie tego nie wolno. Zamów sobie risotto. Tylko że oni to źle przyrządzają.
- Nic nie szkodzi. Garson, proszę nam dać najrzód barwenę dla pani, a dla mnie risotto.

Znowu długa cisza.

- Przynoszę ci gazety, „Corriere della Sera", „Gazzetta del Popolo" itd. Wiesz, dużo się mówi o zmianach w dyplomacji. Pierwszym kozłem ofiarnym byłby Paléologue, za swoją notoryczną nieudolność w Serbii. Zastąpi go może Lozé i wtedy powstanie wakans w Konstantynopolu. Ale – pośpieszył dorzucić gniewnym tonem pan de Norpois – obsadzając ambasadę tej wagi i poza tym w kraju, gdzie oczywiście Wielka Brytania, cokolwiek by się zdarzyło, zawsze będzie miała pierwsze miejsce przy stole konferencyjnym, rozsądniej byłoby zwrócić się do ludzi doświadczonych, będących w stanie lepiej odpierać zakusy naszego brytyjskiego alianta niż dyplomaci nowej szkoły, którzy bez oporu pójdą na każdy lep. – Pełna irytacji swada, z jaką pan de Norpois wypowiedział ostatnie słowa, była spowodowana faktem, że dzienniki nie posłuchały jego zalecenia i jako „wielki faworyt" został wymieniony nie on, lecz pewien młody minister pełnomocny. – Bóg świadkiem, że najróżniejsze ciemne machinacje odsuwają starszych ludzi od stanowisk, które przypadają w udziale mniej lub bardziej niewypierzonym rekrutom! Wielokrotnie spotykałem tych pseudodyplomatów, wyznawców metody empirycznej pokładających wszystkie swoje nadzieje w balonach próbnych, które natychmiast przekłuwałem. Nie ulega wątpliwości, że o ile rząd jest na tyle nieroztropny, by powierzać losy państwa rękom nieopanowanym, zawsze jakiś poborowy stanie do apelu. Kto wie jednak – tu pan de Norpois miał wyraz twarzy człowieka, który bardzo dobrze wie, o kim mówi – czy tak samo nie odpowiedziałby na wezwanie jakiś mądry i zręczny weteran? Moim zdaniem – każdy przecież ma prawo do własnego poglądu – placówka w Konstantynopolu może być przyjęta dopiero po uregulowaniu kwestii spornych, jakie mamy z Niemcami. Nie poczuwamy się do żadnych obowiązków wobec nikogo i jest rzeczą niedopuszczalną, żeby co pół roku wymagano od nas za pomocą podstępnych manewrów i wbrew naszym intencjom jakiegoś absolutorium, zawsze podsuwanego przez opłacanych dziennikarzy. Trzeba z tym skończyć i oczywiście człowiek o dużych walorach, wypróbowany, mający, że tak powiem, dostęp do cesarza cieszyłby się bardziej niż ktokolwiek inny powagą niezbędną dla położenia kresu temu konfliktowi.

Jakiś pan, który kończył jeść obiad, skłonił się panu de Norpois.

– Ależ to książę Foggi – rzekł margrabia.

– Ach, nie wiem, o kim mówisz – westchnęła pani de Villeparisis.

– Rzeczywiście, to książę Odon. On jest szwagrem twojej kuzynki Doudeauville. Przypominasz sobie, że polowałem razem z nim w Bonnétable?

– Ach, to ten Odon, co się zajmuje malarstwem?

– Nic podobnego, to ten, co się ożenił z siostrą wielkiego księcia N.

Pan de Norpois mówił to wszystko dosyć nieprzyjemnym tonem nauczyciela, który nie jest kontent ze swej uczennicy. Spojrzenie jego niebieskich oczu było utkwione nieruchomo w pani de Villeparisis.

Kiedy książę wypił kawę i podniósł się od stołu, pan de Norpois wstał także i szybkim krokiem poszedł naprzeciwko, powitał go majestatycznym ukłonem i usuwając się na bok przedstawił pani de Villeparisis. I przez tych kilka minut, kiedy książę stał koło nich, bez przerwy pilnował jej wzrokiem, wyrażając w ten sposób satysfakcję lub może surowość starego kochanka, zwłaszcza zaś obawę przed jej przejęzyczeniami, które go niegdyś bawiły, a obecnie budziły w nim niepokój. Gdy tylko rzekła coś niedokładnego, natychmiast ją poprawiał, wpatrzony w oczy zmęczonej i posłusznej margrabiny z upartą intensywnością magnetyzera.

Podszedł do mnie kelner z wiadomością, że moja matka czeka na mnie. Udałem się do jej stolika i przeprosiłem panią Sazerat mówiąc, żem się zabawiał oglądaniem pani de Villeparisis. Na dźwięk tego nazwiska pani Sazerat zbladła i przybrała wyraz osoby bliskiej omdlenia. Po czym, usiłując się opanować, rzekła mi:

– Pani de Villeparisis, panna de Bouillon?

– Tak.

– Czy nie mogłabym zobaczyć jej przez mgnienie oka? To marzenie całego mego życia.

– W takim razie niech pani nie traci czasu, bo za chwilę ona skończy obiad. Ale dlaczego pani tak się nią interesuje?

– Pani de Villeparisis, z pierwszego męża księżna d'Havré, piękna jak anioł, zła jak demon, doprowadziła mego ojca do szaleństwa, zrujnowała go i zaraz potem rzuciła. I chociaż postąpiła z nim jak ostatnia ladacznica, chociaż to przez nią ja i moi najbliżsi musieliśmy tak skromnie żyć w Combray, teraz, kiedy mój ojciec już nie żyje, pocieszam się, że kochał najpiękniejszą kobietę swych czasów, a że jej dotąd nigdy nie widziałam, będzie to dla mnie wielka przyjemność...

Zaprowadziłem panią Sazerat, drżącą ze wzruszenia, do sali restauracyjnej i pokazałem panią de Villeparisis.

Ale jak niewidomi, którzy kierują oczy nie tam, gdzie trzeba, pani Sazerat nie zatrzymała swego spojrzenia na stole, przy którym jadła obiad pani de Villeparisis, i rzekła szukając innego punktu sali:

– Ona już chyba wyszła. Nie widzę jej tam, gdzie pan pokazuje.

I szukała dalej, w pogoni za znienawidzoną, uwielbianą wizją, która od tak dawna zamieszkiwała jej wyobraźnię.

– Tam, tam, przy drugim stole.

– Bo my nie liczymy od tego samego miejsca. Tak, jak ja liczę, drugi stół to ten, przy którym obok starszego pana siedzi tylko jakaś mała garbuska o czerwonej twarzy, coś okropnego.

– To właśnie ona!

Tymczasem pani de Villeparisis zwróciła się do pana de Norpois, żeby zaprosił księcia Foggi do ich stołu, i rozpoczęto miłą wymianę zdań we trójkę. Mowa była o polityce. Książę oświadczył, że nie przejmuje się losem gabinetu i zostanie jeszcze co najmniej tydzień w Wenecji. Miał nadzieję, że przez ten czas niebezpieczeństwo kryzysu rządowego zdąży minąć. W pierwszej chwili zdawało mi się, że te sprawy polityczne nie interesowały pana de Norpois, albowiem on, który dotąd mówił tak impulsywnie, nagle zapadł w milczenie, rzekłbyś anielskie, które – gdyby głos mu wrócił – mogłoby przejść tylko w niewinny i melodyjny śpiew Mendelssohna lub Cezara Francka. Książę myślał, że owo milczenie było podyktowane rezerwą Francuza, który w obecności Włocha nie chce mówić o sprawach włoskich. Tak sądząc mylił się całkowicie. Milczenie, wygląd obojętny nie były u pana de Norpois oznaką rezerwy, lecz zwykłym preludium zapowiadającym wtrącenie się do ważnych spraw. Jak widzieliśmy, margrabia pragnął ni mniej, ni więcej, tylko nominacji do Konstantynopola po uprzednim załatwieniu kwestii niemieckich, co zamierzył osiągnąć forsując decyzję gabinetu rzymskiego. Wyobrażał sobie, że dokonawszy czynu o doniosłości międzynarodowej godnie ukoronuje swoją karierę, a może i otworzy sobie drogę do nowych zaszczytów, do trudnych misji, z których nie zrezygnował. Starość naprzód czyni nas istotami niezdolnymi do czynu, lecz nie do pragnień. Dopiero w trzecim okresie życia, ci, którzy doczekali późnej starości, rezygnują z pragnienia, tak jak przedtem musieli wyrzec się czynu. Nie kandydują już nawet w iluzorycznych wyborach, jak wybory prezydenta republiki, do których tyle razy stawali. Wystarcza im, że chodzą na wizyty, jedzą, czytają gazety, przeżywają samych siebie.

Książę, pragnąc zachęcić margrabiego do wypowiedzi i udowodnić mu, że go traktuje jako współziomka, zaczął mówić o możliwych następcach obecnego premiera. Zadania, które ich czekały, nie były łatwe. Wymienił ponad dwadzieścia nazwisk polityków jego zdaniem wchodzących w rachubę, nazwisk, których eks-ambasador słuchał z powiekami na wpół zakrywającymi jego niebieskie oczy i nie robiąc ani jednego ruchu. W końcu jednak pan de Norpois przerwał milczenie, aby rzec owych kilka słów, dokoła których przez następnych dwadzieścia lat miały się obracać rozmowy w środowiskach politycznych; później, gdy uległy zapomnieniu, sądzone im jeszcze było doczekać się ekshumacji z rąk jakiegoś publicysty podpisującego się ,,Poinformowa-

221

ny" albo „Testis", albo „Machiavelli" w gazecie, gdzie właśnie zapomnienie, w jakim były pogrążone, dawało im jeszcze raz okazję do wywołania sensacji. Książę Foggi zatem wymienił przeszło dwadzieścia nazwisk zwracając się do eks-ambasadora nieruchomego i niemego jak człowiek głuchy, gdy pan de Norpois podniósł nieznacznie głowę i w tej samej formie, jaką nadawał swoim najbardziej brzemiennym w konsekwencje wystąpieniom dyplomatycznym – chociaż tym razem z większą odwagą i mniejszą zwięzłością – spytał łagodnie:

– A czy nikt nie wspominał nazwiska pana Giolitti?

Na te słowa łuski spadły z oczu księcia Foggi; w jego uszach zabrzmiała muzyka sfer niebieskich. Natychmiast potem pan de Norpois zaczął rozprawiać o najrozmaitszych rzeczach nie obawiając się pewnej hałaśliwości, jak wówczas, gdy po zamilknięciu ostatniej nuty wspaniałej arii Bacha nie krępujemy się już mówić głosem podniesionym i pójść do szatni po palta. Podkreślił nawet kontrast prosząc księcia, aby złożył jego uszanowanie u stóp ich królewskich mości króla i królowej, gdy będzie miał okazję być u nich. Było to zdanie na odjezdnym, odpowiednik tego, co się krzyczy po skończonym koncercie: „Stangret August z ulicy Belloy!" Nie jest nam dokładnie wiadomo, jakie wrażenie odniósł książę Foggi. Był z pewnością zachwycony, że słyszał owo arcydzieło: „A pan Giolitti, czy nikt nie wspominał jego nazwiska?" Pan de Norpois, u którego wiek zgasił albo zdezorganizował najcenniejsze władze umysłu, wydoskonalił za to w miarę starzenia się „arie brawurowe", podobnie jak niektórzy śpiewacy u schyłku życia, zgrzybiali pod każdym innym względem, aż do końca zdobywają w zakresie muzyki kameralnej absolutną wirtuozerię, której przedtem nie posiadali.

Jakkolwiek to wyglądało, książę Foggi, który zamierzał spędzić w Wenecji dwa tygodnie, tegoż dnia wrócił do Rzymu i wkrótce został przyjęty przez króla w sprawie majątków, które – jak o tym zapewne mówiliśmy – posiadał na Sycylii. Gabinet wegetował dłużej, niż oczekiwano. Po jego upadku monarcha odbył konsultację z wieloma politykami, aby zadecydować, komu miał powierzyć misję utworzenia nowego rządu. Następnie wezwał pana Giolitti, który tę misję przyjął. W trzy miesiące później jedna z gazet opowiedziała rozmowę księcia Foggi i pana de

Norpois. Relacja brzmiała dokładnie jak u nas, tylko słowa: „pan de Norpois spytał łagodnie", były zastąpione innymi: „rzekł z owym łagodnym i czarującym uśmiechem, który wszyscy znają". Eks-ambasador uznał, że „łagodnie" miało jak na dyplomatę dość siły wybuchowej i że powyższy dodatek był co najmniej niewczesny. Zażądał na quai d'Orsay oficjalnego dementi, ale quai d'Orsay miało wtedy zatrzęsienie innej roboty. Skoro bowiem rozmowa została ujawniona, pan Barrère kilka razy na godzinę telegrafował do Paryża skarżąc się, że przy Kwirynale działa nieoficjalny ambasador, i donosząc, jakie niezadowolenie wywołał ów fakt w całej Europie. Niczego nie wywołał, lecz różni ambasadorowie byli zbyt grzeczni, aby zadać kłam panu Barrère, gdy im powiadał, że cały świat jest oburzony. Pan Barrère, słuchając jedynie swej własnej myśli, przyjmował ich kurtuazyjne milczenie jako deklarację po jego stronie. Natychmiast więc telegrafował do Paryża: „Odbyłem godzinną rozmowę z margrabią Visconti-Venosta itd." Jego sekretarze słaniali się ze zmęczenia.

Pan de Norpois miał wszakże do swej dyspozycji pewną bardzo starą gazetę francuską, która mu nawet oddała dużą przysługę w roku 1870, kiedy był przedstawicielem Francji w jednym z krajów niemieckich. Dziennik ten odznaczał się niezwykle staranną formą swych artykułów, zwłaszcza wstępnego. Ale był stokroć bardziej interesujący, gdy ów artykuł (zwany w tamtych odległych czasach *premier-Paris*, a dziś, nie wiadomo dlaczego, *éditorial*) uderzał niezręcznością, roił się od nieskończonych powtórzeń. Każdy ze wzruszeniem zdawał sobie sprawę, że artykuł był „inspirowany". Może przez pana de Norpois, może przez jakąś inną ważną w danej chwili osobistość. Aby czytelnik miał dokładniejsze wyobrażenie o późniejszym epizodzie włoskim, pokażmy, jak pan de Norpois wykorzystał swoją gazetę w roku 1870 – bez pożytku, powie ktoś, skoro wojna i tak wybuchła; bardzo skutecznie, sądził pan de Norpois, wyznawał bowiem zasadę, że przede wszystkim należy przygotowywać opinię. Jego artykuły, w których każde słowo było wyważone, przypominały owe optymistyczne biuletyny, po których bezpośrednio następuje śmierć chorego. Na przykład w przededniu wypowiedzenia wojny 1870 roku, gdy mobilizacja była prawie ukończona, pan de Norpois (pozostający oczywiście w cieniu) uznał za wskazane przesłać owej sławnej gazecie taki oto artykuł wstępny:

„W kołach miarodajnych zdaje się przeważać pogląd, że od dnia wczorajszego w późnych godzinach popołudniowych sytuacja, z pewnością nie stając się alarmującą, mogłaby dawać powody, by ją uważać za poważną, a nawet pod pewnymi względami zasługującą na stwierdzenie, iż wkroczyła w fazę krytyczną. Pan margrabia de Norpois miał odbyć z ambasadorem Prus szereg rozmów, których celem byłoby przedyskutowanie w duchu pojednawczej stanowczości i w sposób jak najbardziej konkretny różnych przyczyn istniejącego zadrażnienia. Jak dotąd, do chwili oddania numeru pod prasę, nie otrzymaliśmy niestety wiadomości, czy Ich Ekscelencjom udało się osiągnąć porozumienie w sprawie formuły, która mogłaby posłużyć jako podstawa do posunięcia dyplomatycznego.

Z ostatniej chwili. W kołach dobrze poinformowanych wywołała satysfakcję wiadomość, że w stosunkach francusko-pruskich nastąpiło, jak się zdaje, lekkie odprężenie. Szczególne znaczenie miałby fakt, że pan de Norpois spotkał na Unter den Linden ambasadora angielskiego, z którym rozmawiał około dwudziestu minut. Tę wiadomość określa się tu jako pokrzepiającą." (Po słowie „pokrzepiającą" dodany był w nawiasie odpowiednik z tekstu niemieckiego: *befriedigend*.)

Nazajutrz w artykule wstępnym można było przeczytać: „Mimo całej giętkości pana de Norpois, który zewsząd zbiera dowody uznania za zręczną i energiczną obronę najbardziej żywotnych interesów Francji, wydaje się, iż zerwanie stosunków dyplomatycznych jest poniekąd całkowicie nieuniknione."

Dziennik nie mógł sobie odmówić uzupełnienia podobnej informacji paroma komentarzami, nadesłanymi, rzecz jasna, przez pana de Norpois. Czytelnik dostrzegł zapewne, że ulubioną formą ambasadora w literaturze dyplomatycznej był tryb warunkowy („szczególne znaczenie miałby fakt" zamiast „przypisuje się faktowi"). Ale i czas teraźniejszy trybu oznajmującego, nie w zwykłym znaczeniu, lecz jako dawny optativus, był równie drogi panu de Norpois. Komentarz, który towarzyszył artykułowi wstępnemu, brzmiał w ten sposób:

,,Nigdy jeszcze społeczeństwo nie było tak wspaniale opanowane. (Pan de Norpois pragnąłby, żeby to zdanie odpowiadało prawdzie, lecz obawiał się, że było wprost przeciwnie.) Jest zmęczone bezużytecznym zamętem i z uczuciem satysfakcji dowiedziało się, iż rząd Jego Cesarskiej Mości podejmie wszystkie decyzje, jakich mogłyby wymagać dalsze wydarzenia. Społeczeństwo nic więcej nie żąda (optativus). Jego zimna krew jest już zapowiedzią triumfu. Dodatkowo możemy zakomunikować wiadomość zdolną uspokoić opinię publiczną, gdyby zachodziła tego potrzeba. Jak słychać, pan de Norpois, który ze względów zdrowotnych od dłuższego czasu przewidywał udanie się do Paryża dla odbycia niewielkiej kuracji, opuścił Berlin uważając, że jego dalszy pobyt w stolicy Prus przestał być celowy. Z ostatniej chwili. Jego Cesarska Mość opuścił dziś Compiègne i przybył do Paryża, gdzie odbył konferencję z margrabią de Norpois, ministrem wojny i marszałkiem Bazaine, w którym opinia publiczna pokłada szczególne zaufanie. Jego Cesarska Mość odwołał raut, jaki miał wydać na cześć swej szwagierki, księżnej Alba. Decyzja ta, gdy tylko została ogłoszona, znalazła wszędzie przyjęcie nad wyraz korzystne. Cesarz dokonał przeglądu wojska, którego entuzjazm nie da się opisać. Pewna liczba oddziałów uformowanych w trybie powszechnej mobilizacji, zarządzonej natychmiast po przybyciu pary cesarskiej do stolicy, jest na wszelki wypadek gotowa wyruszyć w kierunku Renu.''

Niekiedy o zmierzchu, wracając do hotelu, czułem, że Albertyna z dawnych czasów, niewidzialana nawet dla mych oczu, była jednak zamknięta głęboko we mnie, niby w *piombi* jakiejś wewnętrznej Wenecji, przy czym zdarzały się wypadki, które uchylały twardej pokrywy i pozwalały mi zapuścić spojrzenie w ową przeszłość.

Pewnego wieczoru na przykład list, jaki otrzymałem od mego kulisjera, otworzył mi drzwi więzienia, gdzie Albertyna żyła we mnie, ale tak daleko, tak głęboko, żem nie mógł do niej dotrzeć. Od chwili jej śmierci zarzuciłem spekulacje giełdowe, które uprawiałem, aby mieć więcej pieniędzy na nią. Otóż czas płynął; mądrym zasadom poprzedniej epoki zadały kłam nowe stosunki, podobnie jak się to przydarzyło panu Thiersowi, który mawiał, że kolej żelazna nigdy nie zdoła się przyjąć; i właśnie akcje, o których pan de Norpois niegdyś nam powiadał. ,,Zapewne, dochód z nich nie jest bardzo wysoki, ale przynajmniej kapitał nigdy nie straci na wartości", przeważnie spadły najniżej. Już za same konsolidacje angielskie i rafinerie Say musiałem płacić kulisjerom różnice tak znaczne – jednocześnie procent i prolongaty – że naraz postanowiłem sprzedać wszystko i wtedy okazało się, że mam zaledwie jedną piątą tego, com odziedziczył po mej babce i posiadał jeszcze za czasów Albertyny. Wiadomość o tym dotarła do Combray i reszta mojej rodziny oraz żyjących tam dawnych znajomych – wiedząc, żem się przyjaźnił z margrabią de Saint-Loup i Guermantami – rzekła: ,,Oto do czego prowadzi mania wielkości." Wszystkie te osoby bardzo by się zdziwiły, gdyby wiedziały, że spekulowałem dla młodej dziewczyny ze środowiska tak skromnego jak to, skąd wyszła Albertyna, niemal protegowana byłego nauczyciela mej babki, Vinteuila, którą ją uczył gry na fortepianie. Zresztą w Combray, gdzie każdy według tego, co się wie o jego dochodach, jest raz na całe życie zaliczony do pewnej klasy jak do kasty indyjskiej, nie wyobrażano sobie, jaka swoboda panowała w świecie Guermantów, gdzie do majątku nie przywiązywało się żadnego znaczenia, gdzie brak pieniędzy mógł być uważany za coś nieprzyjemnego, ale bynajmniej nie dyskwalifikował człowieka i na jego pozycję towarzyską wpływał tyleż co choroba żołądka. Ludzie z Combray sądzili bez wątpienia, że Saint-Loup i pan de Guermantes byli zrujnowanymi arystokratami, z długami na hipotekach swoich zamków, że ja im pożyczałem pieniędzy – podczas gdy w rzeczywistości, jeżelibym się zrujnował, oni pierwsi zaproponowaliby mi pomoc, której bym zresztą nie przyjął. Co do mej względnej ruiny, byłem nią tym bardziej przejęty, że moje zainteresowania weneckie od niedawna skoncentrowały się na pewnej młodej sprzedawczyni wyrobów ze szkła. Miała ona karnację płatka róży urzekającą oczy całą gamą oranżowych tonów i budziła we mnie tak nieodpartą potrzebę widywania jej co dzień, że mając niebawem razem z matką opuścić Wenecję, postanowiłem spróbować, czyby nie można jakoś jej urządzić w Paryżu, abyśmy nie musieli się rozstawać. Uroda jej siedemnastu lat była tak szlachetna, tak promienna, że był to prawdziwy

Tycjan do nabycia przed wyjazdem. Czy owa resztka mego majątku była wystarczająca, by ją skłonić do porzucenia swego kraju i osiedlenia się w Paryżu dla mnie jednego?

Gdym kończył list od kulisjera, zdanie, w którym mi on oświadczał: „Zaopiekuję się pańskimi prolongatami", przypomniało mi słowa kąpielowej wz Balbec wyrażające niemal identyczną hipokryzję zawodową, gdy zapytana o Albertynę powiedziała Aimému: „To ja się nią opiekowałam." Te słowa, które mi nigdy potem nie przychodziły na myśl, otworzyły teraz więzienie niczym Sezam. Po chwili wszakże ciężkie bramy znów ukryły zamurowaną – wobec której nie byłem winny, żem nie chciał połączyć się z nią, skoro nie mogłem już jej sobie wyobrazić, przypomnieć, a przecież ludzie istnieją dla nas tylko dzięki wyobrażeniu, jakie o nich mamy – ale przez tę właśnie chwilę stała się ona dla mnie bardziej wzruszająca wskutek opuszczenia, o którym sama nie wiedziała, i na ułamek sekundy poczułem tęsknotę za czasami, dawno już minionymi, kiedy dniem i nocą dręczyła mnie jej obecność w mojej pamięci. Innym razem, w kościele San Giorgio dei Schiavoni, orzeł widniejący obok jednego z apostołów, wystylizowany w szczególny sposób, obudził we mnie wspomnienie i prawie ból spowodowany przez owe dwa pierścionki, na których podobieństwo zwróciła mi uwagę Franciszka i o których nigdy się nie dowiedziałem, czyim były prezentem.

Pewnego wieczora wszakże wydarzyło się coś takiego, że moja miłość powinna się była odrodzić. W momencie gdy nasza gondola przybiła do schodów hotelowych, portier wręczył mi depeszę, którą goniec z telegrafu przynosił już trzy razy, ponieważ nazwisko adresata było podane niedokładnie (mimo zniekształceń, jakich w nim dokonali włoscy urzędnicy, poznałem, że to było moje) i domagano się potwierdzenia na piśmie, że telegram był rzeczywiście do mnie. Otworzyłem go, skoro tylko znalazłem się w swoim pokoju, i zobaczyłem tekst pełen słów błędnie zrozumianych. Udało mi się jednak przeczytać: „Drogi Przyjacielu, myślisz, że umarłam, ale ja żyję, chcę Cię zobaczyć, pomówić o projektach matrymonialnych, kiedy wracasz? Serdeczności.

Albertyna

I wtedy zaszło w sposób odwrotny to samo, co z moją babką: gdym się dowiedział, że umarła, w pierwszej chwili wcale nie poczułem smutku. Zacząłem naprawdę cierpieć dopiero wówczas, gdy uczyniły ją dla mnie żywą mimowolne wspomnienia. Teraz, gdy Albertyna nie była dla mnie w mych myślach istotą żyjącą, wiadomość, że żyła, nie sprawiła mi radości, jakiej mogłem oczekiwać. Była jedynie wiązką mych myśli, przetrwała swą śmierć fizyczną tak długo, jak owe myśli żyły we mnie, i obecnie, gdy były martwe, wcale nie wracała do życia razem ze swym ciałem. Spostrzegając, że nie czuję w tej chwili radości, że jej już nie kocham, powinienem był być równie zbulwersowany jak ten, co przeglądając się w lustrze po wielomiesięcznej podróży lub chorobie widzi, że ma siwe włosy i nową twarz, twarz człowieka dojrzałego albo starca. Jest to wrażenie wstrząsające, gdyż mówi ono: człowiek, którym byłem, młody blondyn, już nie istnieje, jestem kimś innym. Czyż nie stanowi to równie głębokiej zmiany, czy równie całkowita śmierć dawnego ja i tak samo całkowite wprowadzenie na to miejsce nowego ja nie dokonuje się w chwili, gdy odkrywamy niespodziewanie, że mamy twarz pokrytą zmarszczkami oraz białą perukę? Ale nie czujemy żalu stając się inną osobą, w miarę jak upływają lata, w rytmie naznaczonym przez bieg czasu, i nie boli nas, że w jednym i tym samym okresie stajemy się po kolei indywidualnościami sprzecznymi między sobą, złośliwcem, nadwrażliwcem, wcieleniem taktu, grubianinem, bezinteresownym idealistą, igraszką nieposkromionych ambicji – wszystkim tym, czym jesteśmy każdego dnia. Przyczyna, która sprawia, że nad tym nie bolejemy, jest tu i tam jednakowa: nasze ja znajdujące się każdorazowo w stanie zaćmienia – chwilowego w drugim wypadku i gdy w grę wchodzi charakter, a trwałego w pierwszym i gdy zmiana tyczy się namiętności – nie jest na miejscu i nie może opłakiwać owego innego ja, które jest właśnie obecne, a wobec tego i nas całych; grubianin raduje się swym grubiaństwem, bo właśnie jesteśmy grubianinem, a człowiek o krótkiej pamięci nie martwi się tą wadą, bo przecież akurat zapominamy.

Nie byłbym w stanie wskrzesić Albertyny, ponieważ nie mogłem wskrzesić samego siebie, siebie z tamtych czasów. Życie, przekształcające wygląd świata ustawicznym działaniem procesów nieskończenie drobnych, nie powiedziało mi nazajutrz po jej śmierci: „Bądź teraz inny", lecz wywołując zmiany tak niedostrzegalne, żem nie zdawał sobie sprawy nawet z tego, iż się zmieniam, odnowiło we mnie prawie wszystko i myśl moja zdążyła się już przyzwyczaić do swego nowego pana – mojego nowego ja – kiedy spostrzegła, że to ktoś inny; odtąd była przywiązana tylko do niego. Moje uczucie wobec Albertyny, moja zazdrość były oparte, jakeśmy widzieli, na dokonującym się drogą kojarzenia idei promieniowaniu, które wychodziło z pewnych skupisk wrażeń miłych lub bolesnych, były oparte na wspomnieniu panny Vinteuil w Montjouvain, na słodyczy wieczorów, kiedy Albertyna całowała mnie w szyję. Ale w miarę jak te wspomnienia słabły, ogromne pole wrażeń zabarwione przez nie odcieniem udręki lub radości przybrało z powrotem barwę neutralną, gdy zapomnienie raz już owładnęło kilkoma dominującymi punktami bólu i rozkoszy, opór mej miłości był pokonany, przestałem kochać Albertynę. Próbowałem przypomnieć ją sobie. Miałem słuszne przeczucie, gdy w dwa dni po jej ucieczce doznałem przerażenia na myśl, żem mógł żyć bez niej przez dwie doby. Było to jak wówczas, gdym pisał do Gilberty powiadając sobie: „Jeżeli to potrwa jeszcze dwa lata, przestanę ją kochać." I gdy po zaproszeniu, które otrzymałem od Swanna, bym odwiedził jego córkę, wydało mi się rzeczą trudną pójść do istoty nieżyjącej, to w stosunku do Albertyny śmierć – lub to, co za śmierć uważałem – dokonała tego samego dzieła, jakie było skutkiem trwałego zerwania z Gilbertą. Śmierć nie działa inaczej niż nieobecność. Zapomnienie, monstrum przejmujące moją miłość dreszczem lęku, pochłonęło ją w końcu, jak to przewidywałem. Wiadomość, że Albertyna żyje, nie tylko nie obudziła na nowo mego uczucia, nie tylko nie pozwoliła uświadomić sobie, jak daleko zaszedłem w powrocie ku obojętności, lecz w jednej chwili przyspieszyła ten powrót tak gwałtownie, że począłem się zastanawiać, czy w swoim czasie wiadomość przeciwna, zwiastująca mi śmierć Albertyny, nie oddziałała na mnie – tak samo jak jej ucieczka – pobudzająco i czy nie opóźniła schyłku mej miłości. Tak, teraz, gdy ona żyła i mogłem znów ją mieć przy sobie, co mi ją nagle czyniło tak mało pożądaną, zadawałem sobie pytanie, czy insynuacje Franciszki, zerwanie i śmierć (nieprawdziwa, lecz przyjęta jako fakt rzeczywisty) nie przedłużyły mego uczucia, tak dalece bowiem wysiłki, jakie czynią osoby trzecie albo nawet sam los, aby nas oddzielić od jakiejś kobiety, pogłębiają tylko nasze przywiązanie do niej. Obecnie dokonywał się proces przeciwny.

Zresztą usiłowałem przypomnieć ją sobie i może dlatego, iż wystarczyłby z mojej strony jeden znak, aby się zjawiła, obraz, jaki mi podsuwała pamięć, przedstawiał młodą kobietę już dosyć otyłą, o figurze męskiej i zwiędłej twarzy, w której się zapowiadał profil pani Bontemps. To, co mogła robić z Anną czy z innymi przyjaciółkami, nie interesowało mnie. Nie doznawałem teraz bólu, który przez tak długi czas wydawał mi się nieuleczalny, i w gruncie mogłem był to przewidzieć. Niewątpliwie, tęsknota za kochanką, nieustępliwa zazdrość są chorobami fizycznymi tego samego rodzaju co gruźlica lub białaczka. Ale wśród cierpień fizycznych należy rozróżniać te, które mają podłoże czysto fizyczne, i te, które działają na ciało za pośrednictwem myśli. Zwłaszcza w tych wypadkach, gdy rolę pośrednika odgrywa pamięć – to znaczy, gdy przyczyna jest unicestwiona lub daleka – jakkolwiek przejmujący może być ból, jakkolwiek głębokiemu zakłóceniu równowagi ulega organizm, rzadko się zdarza – z tego mianowicie powodu, że myśl ma zdolność odnawiania się lub raczej niezdolność trwania większą niż tkanki – aby prognoza nie była pomyślna. Rzadko daje się zaobserwować, że w okresie kiedy człowiek chory na raka umiera, niepocieszony wdowiec lub ojciec nie wraca do siebie. Tak było ze mną. Czy dla tej dziewczyny, grubej dziś i na pewno postarzałej o tyleż, o ile są starsze te, które ona kochała – czy dla niej miałem rezygnować z owej wspaniałej piękności będącej moim wczorajszym wspomnieniem i jutrzejszą nadzieją? Ani jej, ani żadnej innej nie mógłbym dać choćby jednego *sou*, gdybym się ożenił z Albertyną i wyrzekł tej ,,nowej Albertyny", ,,nie takiej, jaką widziały piekła", ,,lecz wiernej, lecz dumnej i nawet trochę dzikiej". Ona była dzisiaj tym, czym Albertyna niegdyś: moja miłość dla tamtej stanowiła tylko przejściową formę mego uwielbienia dla młodości. Zdaje się nam, że kochamy młodą dziewczynę, ale, niestety, kochamy w niej tylko jutrzenkę, która przez chwilę odbija swą różowość w jej twarzy.

Noc minęła. Rano zwróciłem depeszę hotelowemu portierowi mówiąc, że dostałem ją przez omyłkę, bo nie była dla mnie. On mi odparł na to, że skoro jest otwarta, miałby z nią trudności – lepiej więc, żeby została u mnie; włożyłem ją wobec tego do kieszeni, ale przyrzekając sobie, że będę się zachowywał, jakbym jej nigdy nie otrzymał. Raz na zawsze przestałem kochać Albertynę. I w ten sposób moja miłość, odbiegłszy tak znacznie od tego, com przewidywał sądząc po mym uczuciu do Gilberty, i zmusiwszy mnie, bym odbył tak długą i bolesną drogę okrężną, uległa w końcu, zupełnie jak miłość do Gilberty i mimo że przedtem była wyjątkiem, powszechnemu prawu zapomnienia.

Po czym zadumałem się: kiedyś zależało mi na Albertynie bardziej niż na sobie samym; teraz nie zależy mi na niej, ponieważ przez pewien czas nie widywaliśmy się. Moje pragnienie, żeby nie być oddzielonym od siebie przez śmierć, żeby zmartwychwstać, nie było podobne do pragnienia, żeby nigdy nie być oddzielonym od Albertyny – trwało przecież nadal. Czy to jednak nie wynikało z tego, że uważałem się za istotę bardziej cenną niż ona i że kiedym ją kochał, bardziej kochałem siebie samego? Nie, to było dlatego, że przestawszy ją widywać przestałem kochać, a siebie kochałem wciąż, bo moje codzienne więzy z samym sobą nie zostały zerwane jak więzy z Albertyną. Ale gdyby i do tego doszło?... Skutek byłby na pewno taki sam. Nasze umiłowanie życia to tylko stary związek, z którego nie umiemy się wydostać. Jego siła tkwi w długotrwałym istnieniu. Śmierć, która go zerwie, wyleczy nas z pożądania nieśmiertelności.

Po śniadaniu, jeżeli nie szedłem na samotną przechadzkę po Wenecji, przygotowywałem się do wyjścia razem z moją matką i żeby zabrać zeszyty, w których prowadziłem notatki dotyczące przygotowywanej przeze mnie pracy o Ruskinie, wstępowałem na górę do mego pokoju. Nagłe cofnięcia się ścian zmuszonych do wciągania swych narożników w obręb budynku uświadamiały mi, jakie ograniczenia dyktowało morze, i dawały odczuć skąpość stałego lądu. Następnie schodziłem z powrotem do mojej matki o tej samej godzinie, kiedy w Combray tak przyjemnie się czuło bliskie słońce, odgrodzone od domowego mroku zamkniętymi okiennicami, podczas gdy tu, od góry do dołu marmurowych schodów – o których, jak o schodach z renesansowych obrazów, niepodobna było powiedzieć, czy są zbudowane w pałacu, czy też na galerze – świeżość i uczucie wspaniałości zewnętrznego świata znajdowały się w środku dzięki wielkiej oponie wiszącej nad stale otwartymi oknami, przez które w nieprzerwanym podmuchu wpadał rozgrzany cień i zielonkawe słońce, aby się splatać, jakby na falującej powierzchni, imitując ruchome sąsiedztwo, świetlistość, migotliwą niestałość fali.

Najczęściej wybierałem się do Św. Marka, co mi sprawiało tym większą przyjemność, że aby tam dotrzeć, musieliśmy brać gondolę, i kościół był dla mnie przez to nie tylko zabytkiem architektury, lecz również jakby kresem podróży po morzu wiosenną porą, z czym Św. Marek zlewał mi się w niepodzielną i żywą całość. Wchodziliśmy, moja matka i ja, do baptysterium, stąpając po marmurowej i szklanej mozaice posadzki, mając przed sobą szerokie arkady, których szersze ku górze i różowe płaszczyzny lekko się pochyliły ze starości, co w miejscach, gdzie czas oszczędził świeżość tego kolorytu, nadaje katedrze wygląd budowli rzeźbionej w materii miękkiej i plastycznej niczym wosk z jakiegoś gigantycznego plastra; tam zaś, gdzie mur stwardniał pod działaniem czasu i został ozdobiony przez malarzy złotym ażurem, kościół robił wrażenie bezcennej oprawy zamykającej w kordobańskiej skórze ogromną ewangelię Wenecji. Widząc, że długo będę stał przed mozaiką przedstawiającą chrzest Chrystusa, moja matka, aby mnie uchronić przed chłodem panującym w baptysterium, zarzucała mi na ramiona szalik. Będąc w Balbec z Albertyną sądziłem, że ulegała ona powierzchownemu złudzeniu właściwemu tylu osobom, które nie myślą jasno, gdy mówiła o przyjemności – według mnie najzupełniej urojonej – jaką by miała oglądając ten czy inny obraz w moim towarzystwie. Dziś jestem już pewien, że istnieje przyjemność, która polega, jeżeli nie na tym, że się widzi, to przynajmniej, że się widziało jakąś piękną rzecz razem z pewną osobą. Przyszła dla mnie taka godzina, że kiedy wspominam baptysterium i fale Jordanu, w których święty Jan zanurza Chrystusa, podczas gdy przed Piazzettą czekała na nas gondola, nie jest mi obojętne, iż w tym chłodnym półmroku stała przy mnie kobieta udrapowana w swoją żałobę, pogrążona w pełnym szacunku i entuzjastycznym skupieniu staruszki widniejącej na weneckim obrazie Carpaccia *Święta Urszula*, i że ta kobieta o zaczerwienionych policzkach, smutnych oczach, zasłonięta czarną woalką, na zawsze skojarzona dla mnie z tym łagodnie oświetlonym sanktuarium Św. Marka, gdzie w każdej chwili na pewno mogę ją odnaleźć, bo to miejsce dla niej zastrzeżone i niezmienne jak mozaika – jest moją matką. Wspomniany co tylko Carpaccio, malarz, któremu – o ile nie pracowałem u Św. Marka – najchętniej składaliśmy wizyty, pewnego dnia omal nie odnowił mej miłości do Albertyny. Po raz pierwszy widziałem *Patriarchę Grando egzorcyzującego opętańca*. Patrzałem na cudowny karmin i fiolet nieba, na którym odcinają się inkrustowane, wysokie kominy o sylwetkach u góry szerokich i rozkwitających czerwono niby tulipany, co przywodzi na myśl tyle weneckich pejzaży Whistlera. Następnie moje spojrzenie wędrowało od starego drewnianego Rialto ku owemu Ponte Vecchio z piętnastego wieku i ku marmurowym pałacom ozdobionym pozłacanymi kapitelami, po czym wracało do Kanału, gdzie płyną barki prowadzone przez chłopców w różowych szatach i beretach z pióropuszami, łudząco przypominającymi tego, który naprawdę jak gdyby zawędrował z Carpaccia do wspaniałej *Legendy o Józefie* Serta, Straussa i Kesslera. Przed odejściem od obrazu wróciłem jeszcze na brzeg, gdzie się kłębią sceny z życia ówczesnej Wenecji. Widziałem golibrodę wycierającego brzytwę, Murzyna, który dźwiga beczkę, rozmawiających muzułmanów, weneckich notabli w fałdzistych brokatach, damaszkach i wiśniowych czapkach, gdy wtem poczułem w sercu lekkie ukłucie. U jednego z towarzyszy della Calza, łatwych do rozpoznania dzięki emblematom wesołej konfraterni, wyszytym złotą nicią i perłami na rękawach i kołnierzach, poznałem płaszcz, który Albertyna miała na sobie podczas naszej przejażdżki powozem do Wersalu, owego wieczora, kiedym nie przypuszczał, że ledwo piętnaście godzin dzieliło mnie od jej zniknięcia. Zawsze na wszystko gotowa, kiedy zaproponowałem wycieczkę w ów smutny dzień, który w ostatnim swym liście miała nazwać ,,dniem podwójnego zmierzchu, bo zapadał zmrok i my mieliśmy się rozstać", włożyła wtedy swój płaszcz od Fortuny'ego. Tak samo ubrała się nazajutrz i odtąd widziałem go tylko we wspomnieniach. Otóż genialny syn Wenecji podpatrzył ten krój na obrazie Carpaccia i zdjąwszy okrycie z owego towarzysza della Calza zarzucił je na ramiona niezliczonych paryżanek, które z pewnością, tak samo jak ja dotąd, nie miały pojęcia, że model owej kreacji

233

znajduje się na pierwszym planie *Patriarchy Grando* w jednej z sal weneckiej Akademii. Rozpoznałem go i odzyskawszy, aby patrzeć nań, oczy i serce tego, co w ów wieczór jechał z Albertyną do Wersalu, przez chwilę utonąłem w mglistym i wkrótce rozproszonym uczuciu pożądania i melancholii.

Były też wreszcie dni, kiedy nam nie wystarczały muzea i kościoły Wenecji. W jeden z nich, szczególnie pogodny, wybraliśmy się z moją matką aż do Padwy zobaczyć owe *Grzechy* i *Cnoty*, których reprodukcje, wciąż zapewne wiszące w moim pokoju szkolnym w Combray, podarował mi niegdyś pan Swann; przebywszy skąpany w słońcu ogród Areny wkroczyłem do kaplicy Giottów, gdzie całe sklepienie i tło fresków są tak błękitne, że ma się wrażenie, jakby ten promienny dzień razem z nami przeszedł przez próg, aby na chwilę złożyć w cieniu i chłodzie swoje czyste niebo, niemal wcale nie pociemniałe po zdjęciu z niego pozłoty światła, niby w owych momentach krótkiej przerwy, jaka nastaje podczas najpiękniejszej nawet pogody, kiedy słońce, choć dokoła nie widać ani jednej chmurki, zwraca swe spojrzenie gdzie indziej i lazur nieba, teraz jeszcze łagodniejszy, na mgnienie oka gęstnieje. Wśród tego nieba przeniesionego na zbłękitniały kamień unosiły się anioły, gdyż pan Swann podarował mi jedynie reprodukcje *Cnót* i *Grzechów*, nie zaś fresków przedstawiających historię Matki Boskiej i Chrystusa. Ów lot anielski sprawiał mi to samo wrażenie czynności rzeczywistej, dosłownie prawdziwej, jakiego doznałem oglądając ruchy Miłosierdzia czy też Zawiści. Anioły z Areny są ożywione tak niebiańskim natchnieniem lub przynajmniej tak dziecinnym zapałem i pilnością, że aż składają swoje drobne dłonie, ale należą raczej do szczególnego rodzaju ptaków, który kiedyś istniał i powinien figurować w historii naturalnej czasów biblijnych i ewangelicznych. Z tejże rodziny pochodzą owe małe istotki zawsze gotowe wykonywać ewolucje przed postaciami świętych, gdy odbywają przechadzkę; niektóre polatują wyżej, a ponieważ są to stwory rzeczywiste i naprawdę latające, widzimy je, jak się wznoszą kreśląc łuki, jak bez najmniejszego wysiłku popisują się „loopingami", spadają ku ziemi głową na dół i z wielkim trzepotem skrzydeł pomagających im utrzymywać się w pozy-

234

cjach, na które nie pozwala prawo ciążenia. Istotnie przypominają one bardziej jakiś wymarły gatunek ptaków albo też młodych uczniów Garrosa ćwiczących się w locie ślizgowym niż anioły sztuki renesansowej i późniejszej, mające skrzydła już tylko emblematyczne i zazwyczaj postawę nieuskrzydlonych istot na-dziemskich.

Wróciwszy do hotelu spotykałem tam młode kobiety, przeważ-nie Austriaczki, które przyjeżdżały do Wenecji na pierwsze piękne dni tej wiosny bez kwiatów. Jedna z nich, o rysach nie przypominających Albertyny, podobała mi się jednak, gdyż miała tak samo świeżą cerę, to samo spojrzenie roześmiane i lekkie. Wkrótce spostrzegłem, że zacząłem do niej mówić jak do Alberty-ny na początku, że podobnie ukrywałem ból, jaki mi sprawiała odmawiając spotkania następnego dnia, bo miała jechać do Werony, i jednocześnie tłumiłem zrodzoną w tejże chwili chęć, by także się udać do Werony. Nie trwało to długo, ona musiała wracać do Austrii, nie mogłem liczyć na ponowne spotkanie, ale już lekko zazdrosny, jak to bywa we wstępnym okresie miłości, patrząc w jej uroczą i enigmatyczną twarz, zadawałem sobie pytanie, czy ona też lubi kobiety, czy jej podobieństwo do Albertyny, owa jasność cery i spojrzenia, owa urzekająca wszyst-kich otwarta prostota, która polegała raczej na obojętności wobec cudzych czynów, wynikającej z braku zainteresowania, niż na przyznawaniu się do własnych, ukrywanych za pomocą najbar-dziej naiwnych kłamstw – czy to wszystko nie stanowiło morfolo-gicznej charakterystyki kobiety, która ma skłonność do kobiet. Czy właśnie to w niej, choć niedostępne dla racjonalnej analizy, tak mnie przyciągało, wywoływało mój niepokój (będąc może głębszą przyczyną tego przyciągania przez istotę, która jest źródłem przyszłych cierpień), napełniało mnie, kiedym ją wi-dział, taką rozkoszą i takim smutkiem, niby owe siły magnetycz-ne, niedostrzegalne dla nas w powietrzu pewnych krajów, lecz tak szkodliwe dla naszego zdrowia? Niestety, nigdy nie miałem się tego dowiedzieć. Próbując czytać w jej twarzy, chciałem rzec: ,,Powinna mi pani to wyznać jako interesujący przyczynek do historii naturalnej człowieka'', ale ona nic by mi nie powiedziała; wszystko, co trąciło tym zboczeniem, traktowała ze szczególnym wstrętem i była zawsze bardzo chłodna w stosunku do swych przyjaciółek. To już mogło świadczyć, że chciała coś ukryć; może ktoś ją kiedyś wyszydził albo znieważył z tego powodu i ta postawa, jaką przybrała, żeby nie być narażoną na podejrzenia, była czymś w rodzaju owej tak charakterystycznej niechęci okazywanej przez zwierzęta wobec osób, które je biły. O zdobyciu informacji na temat jej życia nie mogłem nawet myśleć; ileż czasu zużyłem, zanim się dowiedziałem czegokolwiek o Albertynie! Dopiero jej śmierć rozwiązała języki – Albertyna, podobna do tej młodej kobiety, tak była ostrożna w swym postępowaniu! I czy właściwie byłem pewien, że coś naprawdę o niej wiedziałem? A poza tym, tak jak najbardziej przez nas upragnione warunki życiowe okażą się nam obojętne, jeżeli przestaniemy kochać osobę, która nadawała im w naszych oczach cenę, gdyż pozwalały nam one żyć blisko niej i podobać się jej w granicach możliwości – analogicznie ma się rzecz z pewnymi zainteresowaniami intelektualnymi. Doniosłość naukowa, jaką miało dla mnie poznanie rodzaju pragnień ukrytych w bladoróżowych płatkach tych policzków, w jasności tych szarych oczu, bezsłonecznej niby wczesny świt, w tych dniach przeżytych, o których mi nigdy nie opowiadała, zniknie zapewne, gdy całkiem przestanę kochać Albertynę lub nie będę już kochał tej młodej kobiety.

Wieczorem wychodziłem sam na zaczarowane miasto, wśród którego nowych dzielnic stąpałem jak postać z *Tysiąca i jednej nocy*. Rzadko się zdarzało, bym w trakcie tych bezładnych spacerów nie odkrył jakiegoś nieznanego i dużego placu, o którym nic mi przedtem nie powiedział żaden baedeker ani żaden podróżnik. Zapuszczałem się w gmatwaninę małych uliczek, *calli*. Wieczorem, z ich wysokimi, rozszerzającymi się kominami, którym słońce daje tak żywo różowe i czerwone tony, to cały ogród kwitnący ponad domami, w odcieniach tak rozmaitych, iż można by rzec, że nad miastem wznosi się ogród jakiegoś miłośnika tulipanów z Delft czy z Haarlemu. Zresztą nadzwyczajna bliskość domów zmieniała każde okno w obraz, gdzie marzyła kucharka wyglądająca na ulicę, gdzie siedzącej młodej dziewczynie czesała włosy stara kobieta z twarzą czarownicy, prawie niewidoczną w mroku; tworzyło to jakby wystawę stu zawieszonych obok siebie obrazów, na którą się składały wszystkie te biedne, ciche domy, stłoczone w niezmiernie wąskich *calli*.[1] Ściśnięte jedno przy drugim, owe *calli* swymi wyżłobieniami dzieliły we wszystkich kierunkach część Wenecji zawartą między Kanałem i laguną, jakby wykrystalizowaną na deseniu tych linii niezliczonych, cienkich i drobiazgowych. Czasami na końcu niektórych uliczek wydawało się nagle, że ukształtowana w ten sposób materia uległa rozdęciu. Wielkie i piękne *campo*, którego nigdy bym nie był przeczuł w owej siatce miniaturowych materii, rozciągało się przed mymi oczami otoczone wieńcem uroczych pałaców, blade od poświaty księżycowej. Był to jeden z kompleksów architektonicznych, ku którym w innych miastach ulice zbiegają się pokazując drogę. Ten wszakże wyglądał jakby umyślnie ukryty wśród przecinających się ulic, niczym w bajkach wschodnich owe pałace, gdzie podróżny wchodzi ze swym przewodnikiem nocą, a później, odprowadzony do siebie, nim dzień zaświta, nie może odnaleźć magicznej siedziby i wreszcie nabiera przekonania, że dostał się był do niej tylko przez sen.

Następnego rana usiłowałem odnaleźć mój piękny plac nocny przemierzając *calli* bliźniaczo podobne do siebie i odmawiające mi jakichkolwiek wskazówek z wyjątkiem takich, które mnie jeszcze bardziej dezorientowały. Niekiedy zdawało mi się, że rozpoznaję jakiś nieuchwytny ślad i za chwilę ujrzę w jego zamknięciu, samotności i milczeniu ów piękny plac skazany na wygnanie. Ale natychmiast jakiś zły dżin, przybrawszy wygląd nowej uliczki, nakazywał mi zawrócić i nagle znajdowałem się znowu nad Canal Grande. A ponieważ między wspomnieniem snu i wspomnieniem rzeczywistości różnica nie jest duża, ostatecznie zadawałem sobie pytanie, czy to nie podczas mego snu, w ciemnym momencie weneckiej krystalizacji, powstała tà dziwna niepewność, ten wielki plac otoczony romantycznymi pałacami i nad nim przeciągała zaduma światła księżycowego.

Ale bardziej niż placów nie chciałem stracić na zawsze pewnych kobiet, co utrzymywało mnie w podnieceniu, które stało się gorączkowe, gdy moja matka zadecydowała wyjazd i pod koniec ostatniego dnia naszego pobytu, kiedyśmy już wysłali bagaże

---

[1] Proust powtórzył tu niemal dosłownie kilka zdań z trzeciej części swej powieści – por. *Strona Guermantes*, str. 637. (Przyp. tłum.)

gondolą na pociąg, przeczytałem w spisie cudzoziemców mających przybyć do hotelu: ,,Baronowa Putbus i osoby jej towarzyszące." W jednej chwili świadomość wszystkich godzin zmysłowej rozkoszy, jakie miałem postradać wskutek wyjazdu, podniosła chroniczną już u mnie żądzę do wyżyn uczucia i zatopiła ją w melancholii i nieskończonej dali; zażądałem od matki, abyśmy odłożyli wyjazd o kilka dni; wyraz twarzy, jakim mi dała do zrozumienia, że ani na chwilę nie bierze pod uwagę i nawet nie traktuje serio mej prośby, obudził w mych nerwach, podnieconych przez wenecką wiosnę, mój dawny opór wobec imaginacyjnego spisku, jakoby uknutego przeciwko mnie przez mych rodziców wyobrażających sobie, że mnie zmuszą do posłuszeństwa – była to potrzeba walki, pod której wpływem niegdyś brutalnie narzucałem swą wolę najdroższym mi osobom, co wcale nie przeszkadzało, żem był gotów podporządkować się ich życzeniom, gdym tylko wywalczył od nich ustępstwo. Powiedziałem mojej matce, że nie pojadę, ale ona nic mi nie odrzekła sądząc, iż będzie zręczniej, jeżeli się zachowa, jakby nie brała poważnie mych słów. Oświadczyłem wówczas, że sama zobaczy, czy to sprawa serio. Wtem przyszedł portier z trzema listami; dwa były dla niej, jeden dla mnie. Włożyłem go do portfela obok innych, nie obejrzawszy koperty. Gdy nadeszła pora odjazdu i moja matka razem z mymi rzeczami udała się na dworzec, ja, zamówiwszy coś u kelnera, poszedłem na taras położony nad Kanałem i przyglądałem się słońcu, które zachodziło, podczas gdy z łodzi stojącej po drugiej stronie rozlegał się głos śpiewający *Sole mio*.

Słońce wciąż się zniżało nad horyzontem. Moja matka musiała być niedaleko dworca. ,,Wkrótce odjedzie – myślałem sobie – zostanę sam w tym mieście, sam z uczuciem smutku, żem ją dotknął, i pozbawiony jej obecności, która by mnie pocieszyła." Chwila odjazdu niemal wybiła. Moja nieodwołalna samotność była tak bliska, jakby już się rozpoczęła i zrealizowała. Czułem się sam, wszystko było mi obce, straciłem spokój, który by mi pozwolił wyjść z mego bijącego serca i zaprowadzić dokoła trochę porządku. Miasto leżące przede mną przestało być Wenecją. Jego indywidualność, jego nazwa wydawały mi się zmyślone i brakło mi odwagi, by je utożsamiać z tymi kamieniami. Pałace wyglądały jak gdyby zredukowane do nie różniących się między sobą ilości

238

swego marmurowego budulca, a woda jak połączenie wodoru z azotem[1], wieczne, ślepe, wcześniejsze od Wenecji i zewnętrzne w stosunku do niej, nie mające pojęcia o dożach ani Turnerze. A jednak to miasto nijakie było dziwne niby miejscowość, do której przybywamy i która nas jeszcze nie zna, albo jak miejscowość, którą opuściliśmy i która nas od razu zapomniała. Nie mogłem mu nic powiedzieć o sobie, nic z siebie oprzeć na nim. Odpędzało mnie od mego własnego wnętrza, stałem się tylko bijącym sercem, uwagą, co śledziła z lękiem, jak się wznosi i opada melodia *Sole mio*. Nic mi nie pomagało rozpaczliwe przyleganie myślą do charakterystycznej krzywizny Rialta; z bezapelacyjną oczywistością widziałem zwyczajny most, nie tylko nie dorównujący memu dawnemu wyobrażeniu, lecz tak mu obcy jak aktor, co do którego, mimo jasnowłosej peruki i czarnego kostiumu, mamy pewność, że w istocie nie jest Hamletem. Podobnie przedstawiały mi się pałace, Kanał, Rialto, odarte z idei, która stanowiła ich indywidualność, i rozbite na wulgarne składniki swej materii.

Jednocześnie wszakże owo pospolite miejsce zdawało mi się mniej dalekie. W basenie Arsenału pewien czynnik równie abstrakcyjny jak jego kształt – odległość – nadawał szczególne piętno rzeczom, które pozornie należąc do naszego kraju okazują się jednak obce, wygnane pod inne niebo; czułem, iż ów horyzont tak bliski, żem go mógł osiągnąć łódką w ciągu jednej godziny, wyrażał łuk ziemi zupełnie inny niż we Francji, łuk daleki, dzięki efektowi podróży przycumowany teraz obok mnie, abym lepiej zdał sobie sprawę, jaką drogę przebyłem; w rezultacie basen Arsenału, pozbawiony znaczenia i daleki, napełniał mnie tą samą mieszaniną wstrętu i strachu, jaką poczułem w dzieciństwie, kiedy towarzyszyłem mojej matce do uzdrowiska Deligny, gdzie na fantastycznym tle czarnej wody nie odbijającej nieba ni słońca, lecz otoczonej kabinami, które prowadziły do niewidzialnych głębi pokrytych ciałami ludzkimi, zadałem sobie pytanie, czy owe głębie, zasłonięte przed oczami śmiertelnych za pomocą baraków, od strony ulicy nic z tego wszystkiego nie zdradzających, nie były wejściem do zaczynających się tu właśnie mórz lodowatych,

[1] Jedno z licznych pod koniec cyklu niedopatrzeń Prousta. (Przyp. tłum.)

razem z biegunami, i czy owa niewielka przestrzeń nie była wolnym od lodów morzem przy samym biegunie; i w tym miejscu samotnym, nierzeczywistym, zimnym, nie darzącym mnie sympatią i gdzie miałem zostać sam, *Sole mio* wznosiło się jak pieśń opłakująca Wenecję, którą znałem, i biorąca na świadka moje nieszczęście. Oczywiście, powinienem był przestać słuchać, jeżeli chciałem znaleźć jeszcze moją matkę na dworcu i pojechać razem z nią; nie tracąc ani sekundy trzeba się było zdecydować na wyjazd. Ale właśnie tego nie mogłem uczynić; siedziałem nieruchomy i nie tylko nie byłem w stanie podnieść się, lecz nawet postanowić, że się podniosę. Moja myśl, aby nie patrzeć w twarz czekającej mnie decyzji, zatopiła się w śledzeniu kolejnych fraz *Sole mio*, śpiewała milcząco razem z pieśniarzem, odgadywała nadchodzący wzlot frazy, wznosiła się razem z nią i opadała. Ta banalna pieśń, którą słyszałem setki razy, z pewnością nie interesowała mnie wcale. Nikomu ani też sobie samemu nie mogłem sprawiać przyjemności, gdym jej tak słuchał w skupieniu aż do końca, jak gdyby spełniając obowiązek. I wreszcie żadna z tych fraz, dobrze mi znanych, nie mogła mnie naprowadzić na decyzję, której potrzebowałem; co więcej, każda, w miarę jak się pojawiała, stanowiła pod tym względem przeszkodę, a raczej narzucała mi decyzję przeciwną – żeby nie jechać – gdyż powiększała moje spóźnienie. Dlatego to zajęcie polegające na słuchaniu, samo przez się nie będące przyjemnością, pełne było głębokiego, niemal rozpaczliwego smutku.

Czułem, że w istocie podejmowałem decyzję niewyjeżdżania już przez to, żem pozostawał na miejscu, ale nie mogłem rzec sobie tak całkiem bezpośrednio: „Nie jadę", mogłem natomiast w innej formie: „Posłucham jeszcze jednej frazy *Sole mio*"; była to forma dla mnie możliwa, lecz zarazem nieskończenie bolesna, gdyż praktyczny sens tej okrężnej mowy był mi zrozumiały, i gdym sobie powiadał: „Ja właściwie tylko słucham jeszcze jednej frazy", wiedziałem, że to znaczy: „Zostanę sam w Wenecji." I może właśnie ów smutek, rodzaj odrętwiającego chłodu, był całym urokiem – rozpaczliwym, lecz fascynującym – tej pieśni. Każda nuta, wyrzucana przez śpiewającego z siłą i ostentacją niemal muskularną, trafiała mnie w serce. Gdy fraza wygasała ku dołowi i utwór wydawał się skończony, pieśniarz nie ustępował i znowu zaczynał z wysoka, jakby w przekonaniu, że musi jeszcze raz proklamować moją samotność i moją rozpacz. I powodowany niemądrą grzecznością mej uwagi wobec jego pieśni, powiadałem sobie: ,,Nie mogę się jeszcze zdecydować; wprzód powtórzmy sobie w myśli tę frazę od góry." A ona powiększała mą samotność, gdyż padając w nią czyniła ją z każdą sekundą bardziej całkowitą, wkrótce nieodwołalną. Moja matka musiała być niedaleko dworca. Niebawem powinna odjechać. Przede mną rozciągała się już ta Wenecja, gdzie miałem zostać. Nie tylko nie należała do niej moja matka, ale ponieważ straciłem wszystek spokój, który by mi pozwolił oprzeć mą myśl na rzeczach znajdujących się dokoła, przestały one zawierać jakąkolwiek cząstkę mej osoby; mało tego – przestały być Wenecją, jak gdybym to tylko ja tchnął duszę w kamienie pałaców i wodę Kanału.

Tak trwałem w nieruchomości, z wolą rozproszoną, bez wyraźnej decyzji; zapewne w takich chwilach decyzja zawsze jest powzięta, nawet nasi przyjaciele mogą ją często przewidzieć. Ale my sami nie możemy – gdyby nie to, iluż cierpień moglibyśmy sobie oszczędzić.

W końcu jednak z otchłani ciemniejszych niż te, w których rozpoczyna swój bieg przewidywana kometa, dzięki ogromnej sile obronnej zastarzałego przyzwyczajenia, dzięki ukrytym rezerwom wypchniętym na zewnątrz przez nagły impuls, wyłoniło się działanie: ruszyłem galopem i przybyłem w chwili zamykania drzwi wagonów, ale zastałem jeszcze moją matkę czerwoną z emocji, powstrzymującą łzy cisnące się jej do oczu, gdyż sądziła, że już się nie zjawię.

– Wiesz – rzekła mi – twoja biedna babka zawsze mówiła: ,,To ciekawe, nikt nie potrafi być nieznośniejszy albo milszy niż ten mały."

Zobaczyliśmy po drodze Padwę i później Weronę, które wyszły naprzeciwko pociągowi, prawie do samego dworca, żeby nas pożegnać; jadąc dalej widzieliśmy je wracające do siebie – jako że nie wybierały się w podróż – aby prowadzić swoje życie, jedna wśród swych pól, druga na swym wzgórzu.

Godziny mijały. Moja matka powoli zabierała się do czytania dwóch listów, które wyjęła z kopert, chciała bowiem, żebym ja też nie od razu sięgnął do portfela po list, który mi był wręczył portier. Zawsze się obawiała, że podróż może być dla mnie zbyt długa, zbyt męcząca, i odwlekała jak mogła najpóźniej, żeby mnie zająć przez ostatnie godziny, moment wyjęcia jajek na twardo, podania mi gazet, rozpakowania książek, które kupiła nic mi o tym nie mówiąc. Widziałem, jak dziwiła się czytając swój list i następnie podniosła głowę, a jej oczy zdawały się błądzić po różnych kłócących się ze sobą wspomnieniach, których nie była w stanie powiązać. Tymczasem ja rozpoznałem na mojej kopercie pismo Gilberty. Zajrzałem do środka. Gilberta zawiadamiała mnie, że wychodzi za mąż za Roberta de Saint-Loup. Pisała, że wysłała mi do Wenecji depeszę z tą wiadomością i nie dostała odpowiedzi. Przypomniałem sobie, że według tego, co mówiono, tamtejszy telegraf funkcjonował nieudolnie. Ale nie byłem pewien, czy ona mi uwierzy.

Nagle poczułem, jak w mym mózgu pewien fakt, istniejący tam jako wspomnienie, opuścił swe miejsce i ustąpił je innemu. Depesza, którą otrzymałem niedawno, jak mi się zdawało, od Albertyny, była od Gilberty. Dosyć sztuczna oryginalność pisma tej ostatniej polegała przede wszystkim na tym, że w „t" poprzeczne kreski trafiały bardzo wysoko, jakby podkreślając słowa w poprzednim wierszu, przerywanym ponadto kropkami nad „i", również zabłąkanymi z dołu. Do wiersza dolnego dostawały się natomiast ogonki i zawijasy słów napisanych o linijkę wyżej. Wskutek tego urzędnik na poczcie mógł przeczytać różne zakończenia „s" czy „y" wystające ku dołowi jako sylabę „yna", którą dodał do imienia Gilberty. Kropka nad „i" w tym imieniu powędrowała do góry, aby się tam stać przecinkiem. „G" miało wygląd gotyckiego „A". Jeżeli na dobitkę parę nieczytelnych słów pomieszało się z innymi (niektóre zresztą nie bardzo rozumiałem), to wystarczało, żeby wytłumaczyć moją omyłkę, a nawet nie było konieczne. Ile liter w danym słowie czyta osoba roztargniona i zwłaszcza przekonana, że list pochodzi od określonego nadawcy? Ile słów w zdaniu? Czytając zgadujemy i tworzymy; wszystko ma początek w jednym pierwotnym błędzie, następne zaś (i to nie tylko przy czytaniu listów i telegramów, nie tylko przy wszelkiej lekturze) jakkolwiek dziwne wydają się komuś, kto ma inny punkt wyjścia, są całkiem naturalne. Znaczna część tego, w co wierzymy, aż do najdonioślejszych konkluzji włącznie, wywodzi się w ten sposób, pod wpływem zarówno uporu, jak dobrej wiary, z pierwszej omyłki w przesłankach.

ROZDZIAŁ CZWARTY

Nowe oblicze Roberta de Saint-Loup

Ależ to niesłychane! – rzekła moja matka. – Posłuchaj, w moim wieku człowiek niczemu się już nie dziwi, ale zapewniam cię, że nie ma nic bardziej niezwykłego niż wiadomość, którą znajduję w tym liście.

– Posłuchaj – odparłem – nie wiem, o co chodzi, ale to nie może być tak zdumiewające jak moja wiadomość. Będzie małżeństwo. Robert de Saint-Loup żeni się z Gilbertą Swann.

– Ach! – rzekła moja matka – to widocznie o tym donosi mi drugi list, którego jeszcze nie otworzyłam. Poznaję pismo twego przyjaciela.

I moja matka uśmiechnęła się do mnie z wyrazem lekkiego wzruszenia, które, odkąd utraciła swoją matkę, odczuwała zawsze, gdy zaszło coś, choćby najdrobniejszego, co interesowało istoty ludzkie zdolne cierpieć, pamiętać i również mające swoich zmarłych. Uśmiechając się więc przemawiała do mnie głosem łagodnym, jakby w obawie, że mówiąc o tym małżeństwie tonem beztroski nie doceniłaby tych wszystkich melancholijnych refleksji, jakie ono mogło wywołać u córki Swanna, u wdowy po nim i u matki Roberta godzącej się na rozstanie ze swym synem; przez dobroć, przez sympatię, którą w niej obudziła ich dobroć w stosunku do mnie, moja matka przypisywała im swoje własne reakcje wobec rodziców, swoją własną uczuciowość małżeńską i macierzyńską.

– Czy nie miałem racji twierdząc, że nie znajdziesz nic bardziej zdumiewającego? – rzekłem.

– Otóż nie! – odparła mi łagodnym głosem. – To ja mam wiadomość najbardziej niezwykłą. Nie powiem: ,,największą, najmniejszą", bo tę cytatę z pani de Sévigné powtarzają wszyscy nie wiedząc, że tak samo drażniła twoją babkę jak: ,,uroczą rzeczą

243

jest przewracanie siana". My nie raczymy schylać się po tę spospolitowaną Sévigné. Mój list przynosi mi wiadomość o małżeństwie małego Cambremer.

– Tak? – rzekłem obojętnie. – A z kim? W każdym razie osoba pana młodego wystarcza, żeby to małżeństwo nie wywoływało żadnej sensacji.

– O tyle, o ile jej nie wywołuje panna młoda.

– Któż to taki?

– Gdybym ci powiedziała od razu, dowiesz się nazbyt łatwo. Spróbuj zgadnąć – rzekła moja matka, która widząc, żeśmy jeszcze nie minęli Turynu, chciała mi jak najbardziej zająć czas.

– Ale jak mam zgadnąć? Czy to jaka świetna partia? Jeżeli Legrandin i jego siostra są kontenci, to możemy być pewni, że małżeństwo jest efektowne.

– Co do Legrandina, to nie wiem, natomiast osoba, która mi o tym pisze, powiada, że pani de Cambremer jest zachwycona. Nie wiem, czy nazwiesz to małżeństwo efektownym. Mnie przypomina ono czasy, kiedy królowie żenili się z pasterkami. W tym wypadku zresztą to jest jeszcze mniej niż pasterka, chociaż osoba pełna wdzięku. Twoja babka zareagowałaby zdumieniem, ale nie byłaby przeciwna.

– Z kimże więc on się żeni?

– Z panną d'Oloron.

– To mi wygląda na coś wielkiego, wcale nie w stylu pasterskim, ale nie wiem, kto to może być. Tytuł należał do rodziny Guermantów.

– Otóż to. Pan de Charlus dał go siostrzenicy Jupiena, kiedy ją adoptował. Ona właśnie wychodzi za małego Cambremera.

– Siostrzenica Jupiena! Niemożliwe!

– Cnota nagrodzona. To jest małżeństwo jak w zakończeniu powieści pani Sand.

„To jest nagrodzony występek, małżeństwo jak w zakończeniu powieści Balzaka" – pomyślałem sobie.

– Ostatecznie – rzekłem do mej matki – jeżeli się zastanowić, można to uznać za rzecz dosyć naturalną. Cambremerowie wchodzą nareszcie do klanu Guermantów, gdzie nie mieli nadziei na rozbicie swych namiotów; poza tym ta mała, dzięki adoptowaniu przez pana de Charlus, będzie mieć dużo pieniędzy, co było konieczne, odkąd Cambremerowie przestali być bogaci, a w ogóle jest córką adoptowaną, czyli według Cambremerów prawdziwą, nieślubną córką kogoś, kogo szanują jak księcia krwi. Bękart z domu prawie królewskiego od wieków stanowi dla szlachty francuskiej i cudzoziemskiej partię zaszczytną. Nie trzeba się cofać aż do Lucinge'ów – pamiętasz, jak to nie więcej niż pół roku temu jeden z przyjaciół Roberta poślubił młodą dziewczynę, której cała pozycja społeczna sprowadzała się do tego, że ją uważano – słuszeni czy niesłusznie – za córkę jakiegoś panującego księcia.

Moja matka, nie porzucając kastowych pojęć obowiązujących w Combray, pod których wpływem moja babka byłaby zgorszona tym małżeństwem, nade wszystko jednak chciała wykazać, jak niezawodne były sądy jej matki, dorzuciła więc:

– Zresztą mała jest bez zarzutu i twoja babcia nie potrzebowałaby swej ogromnej dobroci, swej nieskończonej wyrozumiałości, aby nie mieć za złe młodemu Cambremerowi wyboru, który zrobił. Czy pamiętasz, jak mówiła o jej dystynkcji, dawno już temu, kiedy tam zaszła, żeby jej zszyli spódnicę? To było jeszcze dziecko. A teraz, chociaż jest osobą dorosłą i starą panną, ma sto razy więcej zalet. Twoja babka dostrzegła to wszystko jednym rzutem oka. Powiedziała, że uważa siostrzenicę Jupiena za szlachetniejszą niż książę de Guermantes. – Do pochwały mej babki moja matka musiała dodać stwierdzenie, iż „lepiej" było dla niej, że umarła. Był w tym szczyt tkliwości ze strony córki, która zdawała się oszczędzać jej ostatniej zgryzoty. – Ale jak myślisz, czy ojciec Swanna – nie znałeś go co prawda – wyobrażał sobie kiedykolwiek, że będzie miał prawnuka lub prawnuczkę, w których żyłach krew starej Moserki, co to mówiła: „Cieńtopry banom", pomiesza się z książęcą krwią Gwizjuszów?

– Ach, mamo, to jest jeszcze bardziej niezwykłe, niż mówisz. Swannowie byli bardzo przyzwoitą rodziną, więc ich syn, gdyby się dobrze ożenił, mógłby znaleźć wspaniałą partię, ale wszystko przepadło, skoro wziął za żonę kokotę.

– O, zaraz kokotę! Wiesz, ludzie może byli złośliwi. Ja nigdy w to nie wierzyłam.

– Właśnie, że kokotę! Któregoś dnia udzielę ci na ten temat informacji o charakterze... rodzinnym.

Pogrążona w zamyśleniu, moja matka rzekła:

– Córka kobiety, z którą twój ojciec nie byłby mi pozwolił wymienić ukłonu, wychodząca za ciotecznego wnuka pani de Villeparisis, u której w pierwszych latach zakazywał mi bywać, bo sądził, że to zbyt wysokie dla mnie progi! – I po chwili: – Syn pani de Cambremer, której Legrandin tak bardzo się bał nas polecić, bo byliśmy dla niego nie dość wytworni, biorący za żonę siostrzenicę człowieka, który nigdy nie byłby się ośmielił przyjść do nas inaczej niż kuchennymi schodami!... Mimo wszystko twoja biedna babka miała rację. Pamiętasz, jak mówiła, że arystokracja robi rzeczy, które byłyby szokujące dla drobnomieszczaństwa, i że królowa Maria Amelia straciła w jej oczach, ponieważ schlebiała kochance księcia de Condé, aby ją skłonić do zeznań korzystnych dla księcia d'Aumale. Pamiętasz, nie mogła darować Gramontom, że córki w tej rodzinie, prawdziwe święte, nosiły imię Koryzanda na cześć romansu ich prababki z Henrykiem IV. To się robi może i wśród mieszczaństwa, lecz mniej otwarcie. Jakby to bawiło twoją biedną babkę! – rzekła moja matka smutnym głosem, albowiem wszystkie przyjemności, które bez protestu z naszej strony omijały moją babkę, były najprostszymi radościami życia: ucieszyłaby ją byle nowela, sztuka, nawet mniej, naśladowanie kogoś. – Wyobrażasz sobie jej zdziwienie? Jestem pewna, że byłby to dla niej wstrząs. Te małżeństwa sprawiłyby jej przykrość i właściwie lepiej się stało, że ich nie dożyła – rzekła moja matka, która w obliczu każdego wydarzenia była skłonna sądzić, że oddziałałoby ono na moją babkę w sposób bardzo szczególny, a to wskutek jej najzupełniej wyjątkowego charakteru i swojej własnej, niezwykłej wagi.

Kiedy się zdarzyło coś smutnego, czego nie można było przewidzieć – niepowodzenie lub ruina materialna kogoś z naszych starych znajomych, jakaś klęska społeczna, epidemia, wojna, rewolucja – moja matka powiadała sobie, że dla babki było chyba lepiej, iż nie mogła tego wiedzieć, bo to by jej było nadto przykre, może nie do zniesienia. A gdy w grę wchodziły rzeczy szokujące, jak ta właśnie, moja matka w odruchu serca, który był dokładnym przeciwieństwem refleksji, jaką się pocieszają ludzie źli, gdy myślą, że niesympatyczne im osoby w rzeczywistości więcej cierpiały, niż się sądzi, nie chciała przez tkliwość dla swej

246

matki dopuścić myśli, że mogło ją było spotkać coś smutnego, pomniejszającego. Zawsze sobie wyobrażała moją babkę stojącą nawet ponad zakusami tego zła, dla którego nie powinno być miejsca na świecie, i myślała, że śmierć wyświadczyła jej w gruncie dobrodziejstwo, oszczędzając widoku brzydkiej teraźniejszości istocie tak szlachetnej, niezdolnej się z nim pogodzić. Filozofią przeszłości jest bowiem optymizm. Ponieważ ze wszystkich wydarzeń możliwych w przeszłości znamy jedynie te, które doszły do skutku, uważamy zło spowodowane przez nie za rzecz nieuniknioną i poczytujemy im jako zasługę niewielką ilość dobra, której nie mogły nie przynieść ze sobą, przy czym zdaje się nam, że bez nich owo dobro nie byłoby zrealizowane. Moja matka usiłowała odgadnąć, jaka by była reakcja babki na te wiadomości, a jednocześnie sądziła, że nasze mniej szlachetne umysły nie potrafią tego. „Wyobrażasz sobie jej zdziwienie?" – rzekła mi przedtem. Czułem, że wolałaby jednak móc to zakomunikować jej osobiście, żal jej było, że ona nie dowie się o tym; odczuwała jako pewnego rodzaju niesprawiedliwość, że zdarzają się fakty, w które babka nie chciałaby wierzyć, przez co jej zebrana w tym życiu znajomość ludzi i społeczeństwa stawała się retrospektywnie fałszywa i niekompletna, małżeństwo bowiem małej Jupienówny z siostrzeńcem Legrandina zmodyfikowałoby jej światopogląd w tym samym stopniu co wiadomość – gdyby moja matka mogła ją babce przekazać – że rozwiązano problem nawigacji powietrznej i telegrafu bez drutu, jej zdaniem nierozwiązalny. Zobaczymy jeszcze, że i to pragnienie podzielenia się z babką triumfami naszej wiedzy moja matka uznała niebawem za uczucie nazbyt egoistyczne.

Później dowiedziałem się – będąc w Wenecji nie mogłem być świadkiem tego wszystkiego – że o rękę panny de Forcheville zabiegali książę de Châtellerault i książę Sylistrii, podczas gdy Saint-Loup chciał się żenić z panną d'Entragues, córką księcia Luksemburskiego. Oto co zaszło. Ponieważ panna de Forcheville miała sto milionów, pani de Marsantes uznała ją za świetną partię dla swego syna. Popełniła wszakże błąd mówiąc, że jest zachwycona tą młodą dziewczyną, że nie ma najmniejszego pojęcia, czy ona jest bogata, czy biedna, że nic o tym nie chce wiedzieć, że nawet bez posagu najbardziej wymagający młody człowiek byłby szczęśliwy dostając taką żonę. Było to nader odważne jak na kobietę,

247

którą kusiło jedynie sto milionów, zamykające jej oczy na wszystko inne. Natychmiast wszyscy zrozumieli, że myślała o niej dla swego syna. Księżna Sylistrii podniosła wielki alarm, zaczęła rozprawiać o pozycji Roberta de Saint-Loup i twierdzić, że jeżeli on się żeni z córką Odety i Żyda, to będzie oznaczało koniec Faubourg Saint-Germain. Pani de Marsantes, jakkolwiek pewna siebie, straciła odwagę i cofnęła się przed hałasem wszczętym przez księżną Sylistrii, która prędko wysłała posły w sprawie małżeństwa z jej własnym synem. Hałasowała tylko po to, by zdobyć Gilbertę dla siebie. Tymczasem pani de Marsantes, nie chcąc zostać na lodzie, w jednej chwili zwróciła się do panny d'Entragues, córki księcia Luksemburskiego. Jako że tam było zaledwie dwadzieścia milionów, była z tej partii mniej zadowolona, lecz głosiła na lewo i na prawo, że Saint-Loup nie może się ożenić z jakąś panną Swann (o pannie de Forcheville nie było już mowy). W jakiś czas potem ktoś rzekł całkiem tak sobie, że książę de Châtellerault ma zamiar poślubić pannę d'Entragues, i wtedy pani de Marsantes, osoba wrażliwa jak mało kto, uniosła się honorem i zmieniła front: wróciła do Gilberty, poprosiła o jej rękę w imieniu syna i zaręczyny odbyły się w mgnieniu oka.

Oba związki wywołały w najróżniejszych środowiskach ożywione komentarze. Kilka przyjaciółek mojej matki, które widywały Roberta de Saint-Loup w naszym domu, przyszło do niej, kiedyś miała swój „dzień", aby spytać, czy to ten sam, z którym się przyjaźniłem. Mówiąc o drugim małżeństwie, niektórzy posuwali się tak daleko, że twierdzili, iż nie chodziło tu o rodzinę Cambremer-Legrandin. Mieli informacji z dobrego źródła, bo margrabina, urodzona Legrandin, zdementowała wiadomość w przeddzień ogłoszenia zaręczyn. Ja z mej strony zastanawiałem się, dlaczego ani pan de Charlus, ani Robert, którzy na krótko przedtem pisali do mnie donosząc bardzo po przyjacielsku o swych planach podróży – wykluczających, zdawałoby się, tego rodzaju ceremonie – nic mi na ten temat nie powiedzieli. Nie zdając sobie sprawy, że w tej materii zachowuje się tajemnicę aż do końca, wyciągałem z ich milczenia wniosek, że mniej byłem ich przyjacielem, niż sądziłem, co ze względu na Roberta de Saint-Loup było mi przykre. Ale skoro już wcześniej zauważyłem, jaką komedią jest grzeczność i bezpośredniość arystokratów, życie „na równej stopie" z nimi, to dlaczego dziwiło mnie, żem został odsunięty od tajemnicy? W domu publicznym – mającym coraz więcej pensjonariuszy męskich – w którym pan de Charlus przyłapał był Morela i którego ,,wicedyrektorka", namiętna czytelniczka ,,Le Gaulois", komentowała wiadomości z wielkiego świata, pewien gruby klient, przychodzący tam pić w towarzystwie młodych chłopców ogromne ilości szampana, gdyż chciał stać się tak otyłym, aby na wypadek wojny mieć pewność, że go ,,nie wezmą", usłyszał taką wypowiedź owej zarządzającej: ,,Podobno ten mały Saint-Loup «jest z tych», a mały Cambremer również. Biedne ich żony! Ale w każdym razie, jeżeli pan ich zna, proszę im dać nasz adres. Znajdą tu wszystko, czego potrzebują. Można od nich ładnie zarobić." Na co tęgi klient, chociaż sam ,,był z tych", zaprotestował i nie bez snobizmu oświadczył, że często spotyka Cambremera i Roberta de Saint-Loup u swych kuzynów d'Ardonvillers i że obaj oni bardzo lubią kobiety, gdyż bynajmniej ,,nie są z tych". – ,,Ach, tak" – odparła zarządzająca z wyrazem sceptycyzmu i nie mając przekonywającego dowodu myślała sobie, że w naszych czasach perwersja obyczajowa idzie o lepsze z bezsensownością oszczerczych plotek.

Od paru znajomych, których nie spotkałem osobiście, otrzymałem listy pytające mnie, ,,co sądzę" o tych dwóch małżeństwach, zupełnie jakby to była ankieta o wysokości kapeluszy kobiecych w teatrze lub na temat powieści psychologicznej. Nie miałem odwagi odpisać na owe listy. O żadnym z obu małżeństw nic nie sądziłem, ale czułem ogromny smutek, jak wówczas, gdy dwie części naszego minionego życia, zakotwiczone obok nas, na których być może w ciągu lat budowaliśmy leniwie jakieś ukryte nadzieje, nagle wśród radosnego świstu pary odpływają, żeby już nigdy nie wrócić, ku nieznanym przystaniom, niczym dwa statki. Ci, którzy byli w tym zainteresowani bezpośrednio, mieli pogląd całkiem naturalny, bo szło tu o nich samych, nie o innych. Dawniej byli niewyczerpani w ośmieszaniu ,,wielkich małżeństw" kryjących jakieś wstydliwe tajemnice. I nawet Cambremerowie, rodzina tak stara i tak bezpretensjonalna, pierwsi byliby skłonni zapomnieć o Jupienie i myśleć jedynie o niesłychanej wspaniałości rodu Oloron, gdyby nie wyłom dokonany przez osobę, która powinna była być najbardziej uhonorowana tym małżeństwem – przez margrabinę de Cambremer-Legrandin. Złośliwa z natury, ceniła ona bardziej upokarzanie swych bliskich niż własny triumf. Toteż nie lubiąc syna i prędko poczuwszy niechęć do przyszłej synowej, oświadczyła, że małżeństwo z osobą pochodzącą właściwie nie wiadomo skąd i mającą tak nieregularne uzębienie jest dla potomka Cambremerów nieszczęściem. On zaś, lubiący towarzystwo literatów w rodzaju Bergotte'a i nawet Blocha, nie mógł już oczywiście stać się większym snobem robiąc tak świetną partię, ale czując się odtąd spadkobiercą d'Oloronów, „książąt panujących", jak mówiły gazety, uważał, że dzięki tej swojej wielkości może sobie pozwalać na stosunki z byle kim. Porzucał więc małą szlachtę dla inteligentnego mieszczaństwa w dnie, kiedy nie był zajęty książęcymi wysokościami. Wzmianki w gazetach poświęcone Robertowi de Saint-Loup i wyliczające wszystkich jego królewskich przodków nadały memu przyjacielowi nową wielkość, ale mnie zasmuciły, jak gdyby stał się on kimś innym, raczej potomkiem Roberta Silnego niż przyjacielem, który niedawno siadał w powozie na składanej ławeczce, żeby mnie na moim miejscu było wygodniej; to, żem nie przewidział jego małżeństwa z Gilbertą, które w jej liście ukazało się tak różne od tego, co mogłem myśleć o nim i o niej jeszcze poprzedniego dnia, tak nagłe jak osad w reakcji chemicznej, zadawało mi wiele bólu, chociaż powinienem był uprzytomnić sobie, że on miał czas bardzo zajęty i że poza tym światowe małżeństwa są często dziełem jednej chwili, gdy trzeba czymś zastąpić nieudaną kombinację. I ponury jak przeprowadzka, gorzki jak zazdrość smutek, w który mnie pogrążyły swą gwałtownością, niespodzianką szoku owe dwa małżeństwa, był tak głęboki, że później przypominano mi go z uznaniem, sądząc w sposób absurdalny – bo w danym momencie rzecz wyglądała wprost przeciwnie – iż miałem podwójne, a nawet potrójne i poczwórne przeczucie.

Ludzie światowi, którzy nigdy dotąd nie zwracali uwagi na Gilbertę, mówili mi z wyrazem zainteresowania i powagi: „Ach, więc to ta, co wychodzi za margrabiego de Saint-Loup", i rzucali na nią przenikliwe spojrzenie osób nie tylko łasych na ewenementy życia paryskiego, lecz również usiłujących wzbogacić swe wiadomości i przekonanych o głębi swego spojrzenia. Ci natomiast, co znali jedynie Gilbertę, przyglądali się Robertowi z niezwykłym natężeniem, prosili (choć nieraz byli mi niemal całkiem nieznajomi), abym mu ich przedstawił i po dokonaniu prezentacji, opromienieni świąteczną radością, powiadali mi: „Wygląda bardzo ładnie." Gilberta nie miała wątpliwości, że nazwisko margrabiego de Saint-Loup jest tysiąc razy więcej warte niż tytuł księcia Orleańskiego, ale ponieważ należała przede wszystkim do swego pokolenia, nie chciała być mniej dowcipna i powtarzała słowa „mater semita", dodając jako szczyt dowcipu: „Jeżeli o mnie idzie, to pater."

– Podobno małżeństwo małego Cambremera załatwiła księżna Parmy – rzekła mi mama.

– Tak było w istocie. Księżna Parmy dawno już poznała przy rozmaitych akcjach dobroczynnych zarówno Legrandina, który jej zdaniem był człowiekiem dystyngowanym, jak panią de Cambremer, która zmieniała temat rozmowy, gdy księżna pytała, czy Legrandin jest jej bratem. Księżna wiedziała, jak bolesne było dla pani de Cambremer wyczekiwanie przed progami wielkiej arystokracji, gdzie jej nikt nie przyjmował. Gdy wziąwszy na siebie misję znalezienia partii dla panny d'Oloron spytała pana de Charlus, czy nie zna miłego i wykształconego człowieka nazwiskiem Legrandin de Méséglise (Legrandin tak się teraz kazał tytułować), baron odparł w pierwszej chwili, że nie, po czym nagle przypomniał sobie jakiegoś współtowarzysza podróży, którego poznał w pociągu nocą i który mu zostawił swą kartę. Uśmiechnął się niewyraźnie. „To może ten sam" – rzekł sobie. Gdy usłyszał, że księżna miała na myśli syna siostry Legrandina, zawołał:

– Ach, to by było naprawdę coś niezwykłego! Gdyby się wrodził w stryja, wcale nie byłbym tym przerażony. Zawsze mówiłem, że z nich są najlepsi mężowie.

– Z kogo?

– Wytłumaczyłbym to waszej wysokości, gdybyśmy się częściej widywali. Z księżną można rozmawiać. Wasza wysokość jest taka inteligentna – rzekł Charlus czując chęć do zwierzeń, które jednak nie nastąpiły.

Nazwisko „Cambremer" podobało mu się i chociaż nie lubił rodziców, wiedział, że jest to jedno z czterech baronostw bretońskich i że nie powinien liczyć na nic lepszego dla swej adoptowanej córki; nazwisko było stare, szanowane, miało solidne koligacje w okolicy. Książę nie byłby możliwy ani zresztą pożądany. Znalazł to, czego potrzebował. Księżna wezwała następnie Legrandina. Zewnętrznie był dosyć zmieniony i od pewnego czasu na korzyść. Niczym kobiety, które całkowicie poświęcają swą twarz smukłości talii i bez przerwy siedzą w Marienbadzie, Legrandin przybrał swobodną sylwetkę oficera kawalerii. Gdy pan de Charlus z biegiem lat stawał się ciężki i powolny, on – pod wpływem tej samej przyczyny działającej w przeciwnym kierunku – był coraz szczuplejszy i szybszy. Owa zwinność miała zresztą podłoże psychologiczne. Legrandin bywał w pewnych lokalach o złej renomie i nie chcąc, by go widziano, jak wchodzi i wychodzi, wbiegał tam pędem. Kiedy księżna Parmy powiedziała mu o Guermantach, o Robercie de Saint-Loup, oświadczył, że zna ich od dawna, mieszając w ten sposób znajomość Guermantów z nazwiska i osobiste zetknięcie się u mej ciotki z ojcem przyszłej pani de Saint-Loup, Swannem, u którego żony i córki Legrandin poza tym nie chciał bywać w Combray.

– Ostatnio nawet podróżowałem w towarzystwie brata księcia de Guermantes, pana de Charlus. Sam zaczął rozmowę, co zawsze dobrze wróży, bo dowodzi, że rozmówca nie jest sztywnym głupcem ani kimś pretensjonalnym. Ach, wiem, co się o nim opowiada, nigdy jednak w to nie wierzę. Zresztą prywatne życie moich bliźnich nie obchodzi mnie. Robił wrażenie człowieka subtelnego, umysłu o dużej kulturze.

Wtedy księżna Parmy wymieniła pannę d'Oloron. W środowisku Guermantów rozczulano się nad szlachetnym sercem pana de Charlus, który z właściwą sobie dobrocią uszczęśliwił biedną i sympatyczną dziewczynę. Książę de Guermantes, cierpiący z powodu opinii, jaka otaczała jego brata, dawał do zrozumienia, że ów gest, jakkolwiek piękny, był całkiem naturalny. „Nie wiem, czy dość jasno się wyrażam, ale wszystko w tej sprawie jest naturalne" – powiadał niezręcznie od nadmiaru przebiegłości. Chciał zasugerować, że młoda dziewczyna była dzieckiem jego brata, teraz dopiero uznanym. Tłumaczyło to zarazem istnienie Jupiena. Księżna Parmy potrąciła o tę wersję, aby zwrócić Legrandinowi uwagę, że młody Cambremer poślubi kogoś w rodzaju panny de Nantes, jednej z tych nieprawych córek Ludwika XIV, którymi nie wzgardzili ani książę Orleański, ani książę de Conti.

Oba małżeństwa, o których rozmawialiśmy z moją matką w pociągu wiozącym nas do Paryża, wywarły dość znaczny wpływ na osoby występujące w niniejszym opowiadaniu. Przede wszystkim na Legrandina; nie trzeba mówić, że wpadł jak huragan do pałacu pana de Charlus, zupełnie jakby to był zakazany dom, w którym nikt nie powinien go widzieć, ale uczynił to również dla zademonstrowania swej brawury i aby ukryć swój wiek – albowiem nasze przyzwyczajenia idą nieodstępnie w ślad za nami nawet tam, gdzie już nie są nam do niczego potrzebne. Prawie nikt nie zauważył, że witając się z nim pan de Charlus uśmiechnął się do niego w sposób ledwo dostrzegalny i trudny do zinterpretowania; był to uśmiech podobny na pozór – a w gruncie będący ich dokładną odwrotnością – do tych, jakie wymieniają dwaj bywalcy wielkiego świata, gdy się przypadkiem znaleźli w dwuznacznym lokalu (na przykład w Pałacu Elizejskim, gdzie generał de Froberville, spotykając niegdyś Swanna, zwracał ku niemu ironiczne i głęboko porozumiewawcze spojrzenie, za pomocą którego obaj rozpoznawali się jako dwaj stali goście księżnej des Laumes lekkomyślnie bawiący u prezydenta Grévy).

Rzeczą nader godną podziwu była zmiana, jaka zaszła w charakterze Legrandina. Od wielu lat – już wtedy, kiedym jako mały chłopiec spędzał wakacje w Combray – utrzymywał on stosunki z arystokratami, z czego nigdy nie miał większych korzyści niż od czasu do czasu zaproszenie na jakąś nudną wilegiaturę, gdzie nie było innych gości. Małżeństwo jego siostrzeńca nagle połączyło te luźne dzwona, Legrandin zdobył pozycję towarzyską, której dawne jego stosunki, nie afiszowane publicznie, lecz bardzo bliskie, nadały pewnego rodzaju solidność. Stare damy, którym go chciano przedstawiać, oświadczały, że od dwudziestu lat spędzał u nich na wsi co roku dwa tygodnie, że piękny antyczny barometr w małym saloniku to był właśnie jego prezent. Wszedł przypadkiem do ,,grup" obejmujących różnych książąt, z którymi teraz się spowinowacił. I oto skoro tylko zdobył tę pozycję w świecie, przestał z niej korzystać. Nie tylko dlatego, że teraz, gdy wszyscy wiedzieli, iż jest przyjmowany, zaproszenia nie sprawiały mu już satysfakcji; z dwóch namiętności walczących w nim przez długi czas o lepsze, jedna, mniej naturalna, snobizm, ustępowała obecnie miejsca drugiej, mniej sztucznej, gdyż oznaczającej mimo wszystko coś w rodzaju powrotu – wprawdzie okrężną drogą – do jego prawdziwej natury. Niewątpliwie, obie dają się godzić i myszkowanie po przedmieściach można uprawiać po wyjściu z rautu u księżniczki. Ale chłód, jaki mu przynosiły jego lata, odwodził Legrandina od kumulowania tylu przyjemności i nakazywał nie opuszczać domu inaczej niż w celach ściśle określonych; ponadto, również wskutek wieku, jego naturalne rozkosze stały się raczej platoniczne, polegały głównie na przyjaźni, na rozmowach zabierających wiele czasu, który spędzał przeważnie w sferach ludowych, niewiele już sobie pozostawiając na życie wielkoświatowe. Także pani de Cambremer straciła zainteresowanie dla względów, jakie jej mogła okazywać księżna de Guermantes. Ta ostatnia, zmuszona wejść w stosunki towarzyskie z markizą, spostrzegła – jak to zawsze bywa, kiedy bliżej poznajemy istoty ludzkie, czyli będące połączeniem zalet, które wreszcie odkrywamy, i wad, do których się ostatecznie zaczynamy przyzwyczajać – że pani de Cambremer posiadała – ja osobiście nie bardzo to widziałem – głęboką inteligencję i kulturę, co ją do niej przekonało. Często więc pod wieczór składała pani de Cambremer długie wizyty. Ale czarodziejski urok księżnej de Guermantes, jaki sobie przedtem wyobrażała, zniknął natychmiast, gdy margrabina poczuła, że księżna szuka jej towarzystwa. Przyjmowała ją raczej z obowiązku niż dla przyjemności.

U Gilberty nastąpiła zmiana jeszcze bardziej uderzająca, zarazem symetryczna i odmienna w porównaniu z tym, jak się zachował Swann po swoim ślubie. W ciągu pierwszych miesięcy możność przyjmowania u siebie najwykwintniejszego towarzystwa napełniała ją niewątpliwym szczęściem. Nadzieje spadkowe były prawdopodobnie przyczyną, że zapraszano również najbliższych znajomych, na których zależało jej matce, ale przyjmowano ich tylko w pewne dni, kiedy nikt inny nie przychodził – osobno, z dala od gości eleganckich, jak gdyby kontakt pani Bontemps czy pani Cottard z księżną de Guermantes lub z księżną Parmy mógł spowodować, niczym zetknięcie się dwóch nie odpowiadających sobie substancji, jakąś straszliwą katastrofę. A jednak pan Bontemps i jego żona, Cottardowie oraz inni, chociaż rozczarowani przyjęciem w tak szczupłym gronie, byli dumni mogąc mówić: „Byliśmy na obiedzie u margrabiny de Saint-Loup", a to tym bardziej, że niekiedy odważano się zapraszać razem z nimi panią de Marsantes, która występowała jako wielka dama, z szylkretowym wachlarzem i piórami – w interesie spadku. Pamiętała ona wszakże, by od czasu do czasu wygłaszać pochwałę ludzi dyskretnych, zjawiających się tylko na dany znak; było to pouczenie, za pomocą którego przekazywała osobom pojętnym, jak Cottard, Bontemps itd., swój najbardziej ujmujący i wyniosły ukłon. Być może przez pamięć mej „małej przyjaciółki z Balbec", pragnąc, aby jej ciotka widziała mnie w tym towarzystwie, wolałbym tam bywać wtedy, kiedy i ona. Gilberta jednak, dla której byłem teraz przede wszystkim przyjacielem jej męża i Guermantów (i która – być może już w Combray, gdzie moi rodzice nie chcieli znać jej matki – będąc w tym wieku, kiedy nie tylko wzbogacamy wszystko dokoła nas o różne zalety, lecz także klasyfikujemy według gatunków – wyposażyła mnie w świetność mającą trwać do końca życia), uważała te wieczory za niegodne mnie i gdym wychodził, powiadała mi: „Bardzo się cieszę, że pana widzę, ale proszę też przyjść pojutrze, zobaczy pan moją ciotkę Guermantes, panią de Poix; dziś były tylko znajome mamy, żeby jej zrobić przyjemność."

Ale to trwało zaledwie parę miesięcy, po czym wszystko zmieniło się radykalnie. Czy dlatego, że Gilberta spotkała w swoim życiu towarzyskim te same kontrasty co Swann? W każdym razie od niedawna była margrabiną de Saint-Loup (a wkrótce, jak zobaczymy, miała zostać księżną de Guermantes) i osiągnąwszy rzecz najwspanialszą i najtrudniejszą do zdobycia wyobrażała sobie, że nazwisko Guermantów przylgnęło do niej jak ciemnozłota emalia i że niezależnie od tego, z kim się zechce zadawać, będzie dla wszystkich księżną de Guermantes, w czym się myliła, bo wartość tytułu szlacheckiego, tak samo jak akcji giełdowej, zwyżkuje w momentach popytu i spada, gdy go właściciel oferuje. Wszystko, co się nam wydaje niezniszczalne, dąży ku zagładzie; pozycja towarzyska, jak każda inna rzecz, nie jest stworzona raz na zawsze, lecz podobnie do władzy w państwie co chwila powstaje na nowo dzięki aktowi twórczemu jak gdyby powtarzającemu się bez końca, co wyjaśnia pozorne anomalie w historii życia światowego lub politycznego na przestrzeni półwiecza. Stworzenie świata nie odbyło się na początku, odbywa się co dzień. Margrabina de Saint-Loup powiadała sobie: ,,Jestem margrabiną de Saint-Loup." Wiedziała, że poprzedniego dnia nie przyjęła trzech zaproszeń na obiad w domach książęcych. Ale jeżeli jej nazwisko poniekąd uszlachetniało bardzo nearystokratycznych gości, których przyjmowała u siebie, to ci bywający u niej goście deprecjonowali nazwisko, które nosiła. Nic się nie opiera procesom tego rodzaju, nawet największe nazwiska w końcu ponoszą klęskę. Czyż Swann nie znał salonu pewnej księżnej z francuskiej rodziny królewskiej, upadłego tak nisko, jak tylko można, ponieważ bywał tam każdy, kto chciał? Pewnego razu księżna des Laumes poszła z obowiązku spędzić parę chwil u owej królewskiej wysokości i zobaczyła tylko ludzi, którzy nie byli niczym. Następnie u pani Leroi rzekła do Swanna i margrabiego di Modena: ,,Nareszcie jestem w swoim kraju. Wracam od księżnej X, nie znalazłam tam choćby trzech znajomych twarzy."

Jednym słowem, podzielając zdanie pewnej postaci operetkowej, która mówi: ,,Moje nazwisko zwalnia mnie, mam nadzieję, od dalszych wyjaśnień", Gilberta zaczęła manifestować swoją pogardę dla rzeczy, których dawniej tak pożądała, i twierdzić, że wszyscy ludzie z Faubourg Saint-Germain to idioci nie do wytrzymania w towarzystwie, po czym przechodząc od słów do czynów zrezygnowała z ich towarzystwa. Ci, co ją poznali po tej decyzji i w pierwszym okresie znajomości słyszeli, jak owa księżna de Guermantes zabawnie wyszydzała świat salonów, do którego tak łatwo mogła uczęszczać, i widzieli, że nikogo z tej sfery nie przyjmuje, a jeżeli ktoś stamtąd do niej trafił, choćby nie wiadomo jak wykwintny, to rozmawiała z nim ziewając – czerwienią się na myśl, że mogli kiedykolwiek być pod urokiem wielkiego świata, i nigdy nie mieliby odwagi wyznać tej upokarzającej tajemnicy kobiecie, która wydawała im się istotą tak szlachetną z natury, że podobne słabości zawsze były dla niej niezrozumiałe. Słyszą jej pełne werwy kąśliwości na temat książąt i, co bardziej znamienne, widzą, że postępuje całkiem zgodnie z tymi żartami! Nie myślą oczywiście szukać przyczyn, które sprawiły, że panna Swann stała się panną de Forcheville, a panna de Forcheville margrabiną de

Saint-Loup i później księżną de Guermantes. Nie myślą też zapewne, że ów fakt, razem ze swymi przyczynami i skutkami, nie zdołałby wytłumaczyć późniejszego zachowania się Gilberty, albowiem towarzystwo ludzi z niższych sfer niejednakowo było rozumiane przez pannę Swann i przez wielką damę, do której wszyscy mówią ,,proszę księżnej", a nudzące ją księżne ,,droga kuzynko". Chętnie się pogardza celem, do którego nie można było dotrzeć lub który w końcu został osiągnięty. I owa pogarda sprawia na nas wrażenie integralnej części osób, których przedtem nie znaliśmy. Ale gdyby nam było dane cofnąć się w czasie, być może ujrzelibyśmy, jak je pożerały, bardziej nieprzytomnie niż innych, te same słabości, dziś już tak znakomicie przez nie ukryte lub opanowane, że owe osoby, jak sądzimy, nie tylko nigdy nie mogły im podlegać, lecz nawet nie są w stanie zdobyć się wobec nich na pobłażliwość, gdyż nie potrafią ich sobie wyobrazić.

Zresztą salon nowej margrabiny de Saint-Loup niebawem przybrał swój charakter definitywny (przynajmniej z punktu widzenia etykiety, gdyż dopiero w dalszym ciągu przekonamy się, jak jeszcze miał być wstrząśnięty pod innym względem). Jedno w tym było zadziwiające. Nikt nie zdążył zapomnieć, że najbardziej wystawne, najbardziej eleganckie przyjęcia w Paryżu, równie świetne jak rauty u księżnej de Guermantes, dawała pani de Marsantes, matka Roberta de Saint-Loup. Z drugiej strony ostatnimi czasy salon Odety, chociaż notowany bez porównania niżej, olśniewał nie mniejszym zbytkiem i wykwintem. Saint-Loup, dzięki wielkiemu majątkowi swej żony szczęśliwie rozporządzający wszelkimi środkami, jakie stanowią o dobrobycie, myślał jedynie o tym, żeby po dobrym obiedzie mieć spokój i artystów wykonujących dobrą muzykę. I ten młody człowiek, dawniej – zdawało się – tak dumny, tak ambitny, zapraszał do dzielenia z nim jego bogactwa kolegów, których jego matka nigdy by nie wpuściła za próg. Gilberta natomiast stosowała w praktyce maksymę Swanna: ,,Jakość nie jest dla mnie ważna, lecz boję się ilości." Saint-Loup, zawsze na kolanach przed żoną, i dlatego że ją kochał, i dlatego że jej zawdzięczał owo szalone bogactwo, nie miał najmniejszej ochoty sprzeciwiać się tym skłonnościom, tak podobnym do jego własnych. W rezultacie wielkie fety urządzane całymi latami przez panią de Marsantes i panią de Forcheville, głównie celem znalezienia doskonałych partii dla ich dzieci, nie doczekały się żadnej kontynuacji u Robertostwa de Saint-Loup. Posiadali oni najpiękniejsze konie do wspólnych przejażdżek wierzchem, najpiękniejszy jacht do wspólnych wycieczek morskich – i zapraszali każdym razem tylko po dwoje gości. W Paryżu mieli na obiedzie co wieczór trzy, najwyżej cztery osoby, tak że wskutek jakiejś nieoczekiwanej, a jednak naturalnej ewolucji wstecznej z dwóch ogromnych ptaszarni matczynych zrobiło się jedno milczące gniazdo.

Najmniej z tych małżeństw skorzystała panna d'Oloron. Chora na tyfus już w dzień ślubu, zdobyła się na wysiłek, żeby być w kościele i w parę tygodni później umarła. Na zawiadomieniu o jej śmierci figurowały, obok nazwisk takich jak Jupien, niemal wszystkie wielkie rodziny europejskie, jak wicehrabiostwo de Montmorency, jej królewska wysokość hrabina de Bourbon-Soissons, książę di Modena-Esta, wicehrabina d'Edumea, lady Essex itd., itd. Nawet jeżeli ktoś wiedział, że nieboszczka była bratanicą Jupiena, liczba tych wielkich koligacji nie mogła budzić zdziwienia. Wszystko bowiem sprowadza się do tego, żeby mieć wielkie koligacje. Gdy wtedy zjawia się *casus foederis*, śmierć małej plebejuszki okrywa żałobą rodziny książęce w całej Europie. Młodzi ludzie z nowego pokolenia, nie znający rzeczywistych stosunków, mogli czytając owo zawiadomienie wziąć Marię Antoninę d'Oloron, margrabinę de Cambremer, za osobę bardzo wysokiego rodu i popełnić jeszcze wiele innych omyłek. Na przykład ktoś, kto przewędrowawszy wzdłuż i wszerz Francję poznał trochę okolice Combray, zapewne nie zdziwiłby się widząc, że pani L. de Méséglise i hrabia de Méséglise są podpisani na samym początku, tuż obok księcia de Guermantes. Strona Méséglise styka się ze stroną Guermantów: ,,Stara szlachta z tej samej prowinicji, prawdopodobnie spowinowacona od pokoleń – rzekł by sobie. – Kto wie, może jedna gałąź rodu Guermantów nosi tytuł hrabiów de Méséglise.'' Tymczasem hrabia de Méséglise nie był żadnym ich krewnym, nie znajdował się nawet w stronie Guermantów, lecz w stronie Cambremerów, jako że hrabią de Méséglise, awansowanym już po dwóch latach z Legrandina de Méséglise, był nasz stary znajomy Legrandin. Fałszywy tytuł jest zawsze fałszywym tytułem, ale ten mógł być dla Guermantów wyjątkowo nieprzyjemny. Niegdyś byli oni spowinowaceni z prawdziwymi hrabiami de Méséglise, nie mającymi już potomstwa oprócz pewnej kobiety, córki ludzi nikomu nie znanych i biednych, wydanej za wzbogaconego prostaka, dzierżawcę u mojej ciotki, który kupił od niej fermę Mirougrain. Prawdziwe jego nazwisko brzmiało Ménager, teraz jednak kazał się tytułować Ménager de Mirougrain, toteż gdy o jego żonie mówiono, że jest z domu de Méséglise, ludzie myśleli, że pewno się w tej miejscowości urodziła i jest tak samo de Méséglise jak jej mąż de Mirougrain.

Każdy inny fałszywy tytuł sprawiłby Guermantom mniej przykrości. Ale arystokracja umie iść na ustępstwa, nawet większe, gdy tylko w grę wchodzi małżeństwo uznane za pożyteczne pod jakimkolwiek względem. Znalazłszy się w cieniu księcia de Guermantes Legrandin był dla części tamtego pokolenia i w pokoleniu następnym będzie już dla wszystkich prawdziwym hrabią de Méséglise.

Młody odbiorca zawiadomienia, nie zorientowany w sytuacji, mógł popełnić jeszcze jeden błąd, a mianowicie sądzić, że baron i baronowa de Forcheville wystąpili jako rodzina markiza de Saint-Loup, czyli ze strony Guermantów. Otóż ta strona nie mogła być reprezentowana przez nich, ponieważ krewnym Guermantów był Robert, nie zaś Gilberta. Nie, baron i baronowa de Forcheville, wbrew wszelkim pozorom, figurowali co prawda po stronie panny młodej, a nie Cambremerów, ale nie z powodu Guermantów, lecz Jupiena, o którym nasz lepiej poinformowany czytelnik wie, że był ciotecznym bratem Odety.

Cała sympatia pana de Charlus po zamążpójściu jego przybranej córki skupiła się na młodym margrabim de Cambremer; fakt, że miał on gusty tego samego rodzaju co baron, nie był przeszkodą w oddaniu mu na żonę panny d'Oloron, toteż z chwilą gdy margrabia owdowiał, jeszcze zyskał w oczach teścia. Nie znaczy to, że nie miał innych zalet, które go czyniły uroczym kompanem dla pana de Charlus. Nawet u człowieka bardzo wartościowego jest dodatkową zaletą, którą nie gardzi ten, co go przyjmuje w swoim domu, bo zaletą szczególnie wygodną – jeżeli się też umie grać w wista. Młody margrabia posiadał niepospolitą inteligencję i, jak mówiono jeszcze w Féterne, kiedy był dzieckiem, „pochodził całkiem od swojej babki", tak samo jak ona wrażliwy, tak samo muzykalny. Miał również pewne jej cechy raczej naśladowane – tak jak to czyniła cała rodzina – niż odziedziczone. Gdy na przykład wkrótce po śmierci jego żony otrzymałem list podpisany „Leonor", nie pamiętając, że to było jego imię, domyśliłem się autora dopiero wtedy, gdym przeczytał zakończenie: „Proszę, niech Pan wierzy w moją prawdziwą życzliwość." To „prawdziwą", powiązane z czym należy, dodało do imienia „Leonor" nazwisko „Cambremer".

Pociąg wjeżdżał na dworzec w Paryżu, a my wciąż jeszcze rozmawialiśmy o tych dwóch nowinach, którymi moja matka chciała wypełnić drugą część podróży i dlatego wyjawiła mi je dopiero za Mediolanem. Prędko wróciła do stanowiska, które dla niej było naprawdę jedyne – do punktu widzenia mojej babki. Najprzód powiedziała sobie, że babka byłaby tym zdziwiona, później zaś, że zmartwiłaby się, co innymi słowy miało znaczyć, iż wydarzenie tak zadziwiające sprawiłoby jej przyjemność, ale moja matka, nie mogąca sobie wyobrazić, by jej matka była pozbawiona jakiejś przyjemności, wolała twierdzić, że wszystko przybrało najlepszy obrót, bo wiadomość była z rodzaju tych, które moją babkę musiałyby zmartwić. Ledwośmy wszakże znaleźli się w domu, moja matka uznała za nadmiernie egoistyczny ów żal wynikający z niemożności komunikowania babce wszystkich niespodzianek, jakie przynosi życie. Doszła teraz do wniosku, że nie były to dla niej niespodzianki, lecz tylko zrealizowane jej własne przewidywania. Chciała w tym widzieć potwierdzenie poroczych zdolności babki, dowód, że była ona umysłem jeszcze głębszym, jeszcze bardziej przenikliwym i nieomylnym, niżeśmy sądzili. Aby stanąć w tym punkcie czystego podziwu, moja matka pospieszyła dodać:

– A jednak kto wie, czy twoja biedna babka nie aprobowałaby tego? Była tak wyrozumiała. I poza tym, jak wiesz, dla niej pozycja społeczna nic nie znaczyła w porównaniu z przyrodzoną dystynkcją. Ach, przypomnij sobie, przypomnij, jakie to ciekawe: obie jej się podobały. Pamiętasz tę pierwszą wizytę u pani de Villeparisis i jak stamtąd wróciła mówiąc, że pan de Guermantes wyglądał pospolicie, a o Jupienach same pochwały! Biedna babcia, pamiętasz, co mówiła o jej ojcu: „Gdybym miała jeszcze jedną córkę, dałabym mu ją", a jego córka jest nawet bardziej udana niż on. A o małej Swannównie! Mówiła: „Ja wam powiadam, że jest urocza, i zobaczycie, jak świetnie wyjdzie za mąż." Biedna mama, gdyby mogła to zobaczyć, tak doskonale wszystko przewidziała. Aż do końca, nie będąc już z nami, będzie nam dawała lekcje przenikliwości, dobroci, słusznej oceny wszystkich rzeczy.

A ponieważ radości, których moja babka była pozbawiona bez protestu z naszej strony, były tylko skromnymi, drobnymi radościami życia – intonacja, którą by ją ubawił jakiś aktor, danie, które lubiła, nowa powieść cenionego przez nią pisarza – mama zwykła mówić: „Jakby to ją zdziwiło, jakby to ją ubawiło! Jaki śliczny list napisałaby w odpowiedzi!"

– Wyobrażasz sobie – podjęła moja matka – jak ten biedny Swann, który tak pragnął, aby Gilberta była przyjmowana u Guermantów, byłby dziś szczęśliwy, gdyby mógł widzieć swoją córkę wychodzącą za Guermanta!

– Sądzisz, że tak by go uszczęśliwiła idąc do ołtarza pod innym nazwiskiem, jako panna de Forcheville?

– To właśnie sprawia, że nie mogę się cieszyć za tę małą spryciarę. Przeszkadza mi myśl, że miała serce wyrzec się nazwiska ojca, który był dla niej taki dobry.

– Tak, masz rację, wszystko razem biorąc, to może lepiej, że on tego nie widział.

Doprawdy, ani o zmarłych, ani o żywych nigdy nie wiemy, czy jakaś rzecz mogłaby im dać więcej radości, czy więcej bólu!

– Podobno Robertostwo de Saint-Loup zamieszkają w Tansonville. Czy ojciec Swanna, który tak bardzo chciał pokazać twemu biednemu dziadkowi swój staw, przypuszczał kiedykolwiek, że nad jego brzeg często będzie przychodził książę de Guermantes – zwłaszcza gdyby doczekał kompromitującego małżeństwa swego syna? W każdym razie Saint-Loup, któremu tyle razy opowiadałeś o różowej tarninie, irysach i bzach w Tansonville, teraz zrozumie cię lepiej – będzie ich właścicielem.

Tak się toczyła w naszej jadalni, w świetle lampy, sprzyjającym tego rodzaju zajęciom, jedna z owych pogawędek, które streszczają w sobie mądrość nie narodów, lecz rodzin i biorąc sobie za przedmiot jakieś wydarzenie, czyjąś śmierć, zaręczyny, spadek, ruinę i patrząc przez powiększające szkło pamięci nadają wspomnianym faktom całą ich plastykę, dzielą, cofają i ustawiają w perspektywie różnych punktów przestrzeni i czasu to, co dla ludzi, którzy tych rzeczy nie przeżyli, wydaje się stopione w jedną całość na jednej płaszczyźnie – nazwiska zmarłych, kolejne adresy, pochodzenie i losy majątków, zmiany właścicieli. Natchnieniem tej mądrości jest muza, do której nie należy się zwracać tak długo, jak tylko można, jeżeli chcemy zachować pewną świeżość wrażeń i choć trochę zdolności twórczych, ale i ci, co nigdy nie mieli z nią do czynienia, muszą ją spotkać pod wieczór swego życia w nawie starego prowincjonalnego kościoła, w chwili gdy nagle zdają sobie sprawę, że mniej się interesują wiecznym pięknem wyrażonym przez rzeźby na ołtarzu niż przebiegiem ich rozmaitych wędrówek, od słynnej kolekcji prywatnej do jakiejś kaplicy, stamtąd do muzeum i z powrotem do kościoła; albo niż świadomością, gdy stoją na jego niemal myślącej posadzce, że depczą prochy Arnaulda lub Pascala; albo niż po prostu odczytywaniem miedzianych tabliczek na drewnianych klęcznikach, gdzie pozostały wyryte – pozwalając sobie wyobrazić hoże prowincjonalne dziewczyny – imiona córek miejscowych hreczkosiejów i notabli. Owa muza, która pozbierała wszystko, co jej szlachetniejsze towarzyszki, muzy sztuki oraz filozofii, odrzuciły, wszystko, co nie ma oparcia w prawdzie i jest tylko przypadkowe, a jednak pozwala dostrzec działanie innych praw – to Historia.

Dawne znajome mojej matki, przeważnie z Combray, przychodziły do niej na rozmowy o małżeństwie Gilberty, które ich wcale nie olśniewało.

– Wie pani, ta panna de Forcheville to po prostu Swannówna – mówiły. – A świadek na ślubie, „baron" de Charlus, jak się każe nazywać, to ten stary, co utrzymywał jej matkę z wiedzą i aprobatą Swanna, który miał w tym swój interes.

– Ale co też pani mówi! – protestowała moja matka – Swann był przede wszystkim bardzo bogaty.

– Widocznie jednak nie tak bardzo, skoro potrzebował pieniędzy od kogo innego. Ale co ta kobieta ma w sobie, że starzy kochankowie tak się jej trzymają? Potrafiła się wydać za pierwszego, później za trzeciego, a teraz wyciąga prawie z grobu drugiego, żeby był świadkiem na ślubie córki, którą miała z pierwszym albo z którymś innym, bo w tym tłumie nie można się już połapać – ona sama musiała stracić rachubę! Ja mówię o trzecim, a powinnam była powiedzieć, że to trzechsetny. Zresztą sama pani wie, że ona jest taka Forcheville jak pani albo ja, chociaż to pasuje do męża, który nie jest szlachcicem. Proszę tylko pomyśleć, czy z taką kobietą mógłby się ożenić kto inny niż zwykły awanturnik. Naprawdę to jest podobno jakiś pierwszy lepszy Dupont czy Durand. Gdybyśmy nie mieli mera radykała, który nie kłania się nawet proboszczowi, znałabym już wszystkie szczegóły. Bo rozumie pani, kiedy ogłaszali zapowiedzi, musieli się podpisać swoimi prawdziwymi nazwiskami. To bardzo ładna rzecz do podania w gazetach i dla magazynu z papeterią, który rozsyła zawiadomienia, kiedy ktoś mówi, że się nazywa margrabia de Saint-Loup. Nikomu to nie robi krzywdy, a im sprawia przyjemność, więc nie mam pretensji, bo czy mnie to przeszkadza? Ponieważ nie mam zamiaru bywać u osoby, o której matce mówiono takie rzeczy, ona może być dla swojej służby margrabiną tyle, ile się jej podoba. Ale z aktami stanu cywilnego to już inna sprawa. Ach, gdyby mój kuzyn Sazerat był jeszcze pierwszym zastępcą, napisałabym do niego. Mnie on by powiedział, pod jakim nazwiskiem zawierali ślub.

Dość często w tym okresie widywałem Gilbertę, z którą znowu utrzymywałem bliskie stosunki, albowiem nasze życie nie jest w swym biegu obliczone według życia naszych przyjaźni. Wystarczy, aby upłynął pewien czas, i widzimy – tak samo jak w polityce dawne gabinety, w teatrze wznowienia zapomnianych sztuk – przyjacielskie więzy zadzierzgnięte od nowa, po wieloletniej przerwie między tymi samymi osobami co niegdyś, i to zadzierzgnięte z przyjemnością. Po dziesięciu latach powody, które jednemu kazały kochać, innemu nie pozwalały ścierpieć nadto wymagającego despotyzmu, już nie istnieją. Pozostają jedynie konwenanse, i wszystko, czego Gilberta dawniej byłaby mi odmówiła, dziś skłonna była ofiarować, zapewne dlatego, że ja już nie chciałem. Gdy przedtem uważała to za rzecz niesłychaną, niemożliwą, teraz – choć nigdyśmy sobie nie wyjawili przyczyn tej zmiany – zawsze była gotowa przyjść do mnie, nigdy się nie spieszyła z odejściem, albowiem zniknęła przeszkoda: moja miłość.

Nieco później zresztą miałem spędzić kilka dni w Tansonville. Podróż ta nie bardzo mi była na rękę, bo w Paryżu miałem młodą dziewczynę, która sypiała w wynajętym przeze mnie *pied-à-terre*. Tak jak inni potrzebują aromatu lasów lub szumu jeziora, ja musiałem ją mieć zawsze przy sobie, nocą w czasie snu, a za dnia w swoim powozie. Miłość bowiem, choć ulega zapomnieniu, może określić kształt miłości następnej. Już w okresie tej pierwszej istniały pewne codzienne przyzwyczajenia, lecz my nie przypominaliśmy sobie nawet ich źródła; lęk, zrodzony pierwszego dnia, wzbudził w nas namiętną potrzebę – później stale się powtarzającą, jak obyczaje, których sens popadł w zapomnienie – owych powrotnych przejażdżek aż pod dom ukochanej albo jej obecności w naszym domu, pod naszym osobistym nadzorem lub pod opieką kogoś, kto cieszy się naszym zaufaniem i może czuwać nad każdym jej ruchem poza domem – wszystkie owe przyzwyczajenia stanowią jak gdyby wielkie, niezmienne trakty, którymi co dzień przechodzi nasza miłość i które stopił wulkaniczny żar płomiennego uczucia. Trwają one dłużej niż dana kobieta, dłużej nawet niż pamięć o niej. Stają się formą, jeżeli nie wszystkich naszych miłości, to przynajmniej niektórych, na zmianę. W ten właśnie sposób mój dom, przez pamięć dla zapomnianej Alberty-ny, wymagał obecności aktualnej kochanki, którą ukrywałem przed gośćmi i która wypełniała moje życie jak niegdyś Albertyna. By móc wyjechać do Tansonville, musiałem uzyskać od niej zgodę na to, że przez kilka dni będzie jej pilnował jeden z mych przyjaciół, który nie lubił kobiet.

Dowiedziałem się, że Gilberta była nieszczęśliwa, zdradzana przez męża, lecz nie tak, jak każdy by sądził, jak ona może wyobrażała sobie jeszcze, a w każdym razie, jak o tym mówiła. Miłość własna, chęć oszukiwania innych, oszukiwania samego siebie, poza tym niedoskonała znajomość sposobów popełniania zdrady, właściwa wszystkim istotom zdradzanym, a tym większa, że Robert, jak przystało siostrzeńcowi pana de Charlus, afiszował się z kobietami, które kompromitował, które ludzie uważali, które także Gilberta w gruncie uważała za jego kochanki...

Mówiono nawet, że za mało się krępował, nieraz w ciągu całego wieczoru nie odstępując o krok jakiejś kobiety, którą później zabierał ze sobą, zmuszając panią de Saint-Loup, by sama myślała, jak wrócić do domu. Kto by powiedział, że owa kobieta, którą tak kompromitował, nie była naprawdę jego kochanką, uchodziłby za człowieka naiwnego, ślepego wobec oczywistości. Ale ja na nieszczęście zostałem skierowany ku prawdzie, nieskończenie dla mnie bolesnej, przez Jupiena, któremu wymknęło się kilka słów. Jakież było moje zdumienie, gdy na kilka miesięcy przed mym wyjazdem do Tansonville poszedłem dowiedzieć się, co słychać ze zdrowiem pana de Charlus – u którego wystąpiły pewne zaburzenia sercowe budzące duży niepokój – i zastając tylko Jupiena rozpocząłem z nim rozmowę na temat przyłapania przez panią de Saint-Loup listów miłosnych do Roberta podpisanych ,,Bobette": były famulus barona powiedział mi, że osobą ukrywającą się pod tym imieniem był nie kto inny jak skrzypek-dziennikarz, o którym mówiliśmy i który odegrał dość znaczną rolę w życiu pana de Charlus! Jupien nie mógł o nim mówić bez oburzenia:

– Ten chłopak mógł sobie robić, co mu przyszło do głowy. Był wolny. Ale w jedną stronę nie miał prawa spojrzeć – w stronę człowieka, który jest siostrzeńcem barona. Tym bardziej że baron kocha margrabiego jak własnego syna. Próbował rozbić małżeństwo, co za podłość! Musiał użyć jakichś diabelskich podstępów, bo nikt nie był z natury bardziej przeciwny temu niż margrabia de Saint-Loup. Mało to szaleństw popełniał z powodu swoich kochanek? Kiedy ten nędzny muzykant rzucił barona tak, jak to zrobił, można powiedzieć po łajdacku, to była jego sprawa. Ale wyciągnąć rękę po siostrzeńca! Są rzeczy, których się nie robi.

Oburzenie Jupiena było szczere; u osób zwanych niemoralnymi tego rodzaju reakcje moralne są równie szczere jak u pozostałych, tylko że trochę zmieniają swój przedmiot. Ponadto ludzie nie zaangażowani bezpośrednio swym sercem zawsze oceniają związki, których należy unikać, niedobre małżeństwa, jak gdybyśmy mogli swobodnie lokować nasze uczucia, i nie biorą pod uwagę cudownego mirażu, jaki promieniuje z miłości, tak całkowicie i wyłącznie spowijając ukochaną istotę, że ,,głupstwo" popełnione przez kogoś, kto się żeni z kucharką lub z kochanką swego najlepszego przyjaciela, jest zazwyczaj jedynym czynem poetycznym w życiu tego człowieka.

Zrozumiałem, że omal nie doszło do separacji między Robertem i jego żoną (chociaż Gilberta jeszcze się nie we wszystkim orientowała) i że pani de Marsantes, matka kochająca, ambitna i rozsądna, wszystko naprawiła, zmuszając ich, żeby się pogodzili. Należała ona do tych środowisk, gdzie ustawiczne krzyżowanie się tej samej krwi i kurczenie się majątków powoduje, że zarówno w namiętnościach, jak w interesach co chwila rozkwitają dziedziczne schorzenia i kompromisy. Z tą samą energią, jakiej przedtem użyła, by otoczyć opieką panią Swann i małżeństwo córki Jupiena, pani de Marsantes zorganizowała małżeństwo swego syna i Gilberty, podtrzymując się w bolesnej rezygnacji ową atawistyczną mądrością, która dzięki niej przynosiła pożytek całemu Faubourg. I być może skleciła w pewnym momencie małżeństwo Roberta – które ją na pewno kosztowało mniej trudu i mniej łez niż doprowadzenie do zerwania z Rachelą – tylko pod wpływem obawy, że jej syn zacznie z inną kokotą – albo i z tą samą, bo Robert długo nie mógł zapomnieć Racheli – nowy *collage*, który by go zresztą był ocalił.

Teraz pojmowałem, co Robert miał na myśli, gdy mi rzekł u księżnej de Guermantes: ,,Szkoda, że ta twoja przyjaciółeczka z Balbec nie ma takiego majątku, jakiego żąda moja matka. Myślę, że łatwo byśmy się obaj porozumieli.'' Chciał przez to powiedzieć, że ona była z Gomory tak jak on z Sodomy, albo może, jeżeli to jeszcze nie nastąpiło, że mógł kochać kobiety jedynie w specjalny sposób, w towarzystwie innych kobiet. Gilberta też mi mogła udzielić informacji o Albertynie. Gdybym więc, z wyjątkiem rzadkich wycieczek w przeszłość, nie stracił zainteresowania dla spraw tyczących się mej przyjaciółki, mógłbym wypytywać o nią nie tylko Gilbertę, ale i jej męża. Jednym słowem, ta sama okoliczność wzbudziła w Robercie i we mnie chęć ożenienia się z Albertyną (mianowicie fakt, że ona lubiła kobiety). Ale przyczyny, które nami powodowały, a także cele, do których dążyliśmy, były zupełnie różne. Ja chciałem się żenić z rozpaczy, gdym się o tym dowiedział; Robert – z satysfakcji; ja po to, żeby za pomocą ciągłego nadzoru uniemożliwić Albertynie oddawanie się tym skłonnościom; Robert chciał je kultywować i liczył, że gdy jej zapewni swobodę, ona mu będzie sprowadzała swoje przyjaciółki.

O ile Jupien określał nową orientację cielesnych gustów Roberta, tak różną od poprzedniej, jako zjawisko całkiem niedawne, to rozmowa, którą odbyłem z Aimém i która była dla mnie ciężkim ciosem, dowiodła mi, że były *maître d'hôtel* z Balbec umiejscawiał tę przemianę, początek tej inwersji, znacznie wcześniej.

Okazję do rozmowy nastręczył mój kilkudniowy pobyt w Balbec, gdzie był również Saint-Loup, mający wtedy długi urlop. Przybył tam razem z żoną, której w owym pierwszym okresie nigdy nie zostawiał samej. Tylko młody małżonek, który przez długi czas miał kochankę, umie wchodząc do restauracji zdjąć płaszcz swej żony, wie, jak jej okazywać należne względy. Podczas swego dawnego stosunku Robert otrzymał wychowanie, jakie powinien mieć dobry mąż. Niedaleko niego, przy stole sąsiadującym z moim, siedział Bloch otoczony rojem pretensjonalnych młodych profesorów, przybierał wyraz fałszywej swobody i krzyczał bardzo głośno do jednego ze swych przyjaciół podając mu kartę ostentacyjnym gestem, którym jednocześnie przewrócił dwie karafki z wodą. ,,Nie, nie, mój drogi, niech pan zamawia! Nigdy w życiu nie potrafiłem ułożyć menu. Nie umiem wydawać poleceń!" – rzekł z niezbyt szczerą dumą, po czym natychmiast, mieszając literaturę i łakomstwo, zaproponował butelkę szampana, co lubił ,,w sposób czysto symboliczny", jako dodatek zdobiący pogawędkę. Saint-Loup w zamian umiał wydawać polecenia. Siedział przy Gilbercie, która była w ciąży (odtąd miał jej bez przerwy robić dzieci), tak jak sypiał przy niej w ich wspólnym łóżku hotelowym. Rozmawiał tylko z żoną, reszta hotelu zdawała się nie istnieć dla niego, ale gdy kelner przyjmował zamówienie, stojąc bardzo blisko, Robert unosił swoje jasne oczy i rzucał na niego spojrzenie trwające nie dłużej niż dwie sekundy, lecz zdające się wyrażać zainteresowaniem całkiem odmiennego rodzaju niż to, jakie mogłoby ożywiać normalnego klienta, który nawet długo przygląda się jakiemuś bojowi lub ekspedientowi, aby robić o nim uwagi humorystyczne czy inne na użytek swego towarzystwa. To krótkie, bezinteresowne spojrzenie, będące dowodem, że kelner interesował go sam w sobie, zdradzało ewentualnemu obserwatorowi, że ten wzorowy mąż, niegdyś namiętny kochanek Racheli, miał drugie życie, które mu się wydawało nieskończenie ciekawsze niż to, w którym musiał figurować z obowiązku. Widziano go jednak tylko w tym. Jego oczy już wróciły do Gilberty, która nic nie zauważyła. Robert przedstawiał jej po drodze kogoś znajomego i szedł przejść się z nią. W tej samej chwili Aimé opowiadał mi o czasach znacznie dawniejszych, kiedym za pośrednictwem pani de Villeparisis poznał margrabiego de Saint-Loup w tymże Balbec.

– Ależ tak, proszę mi wierzyć – rzekł Aimé – to rzecz arcyznana, wiem o tym od bardzo dawna. Kiedy pan pierwszy raz przyjechał do Balbec, pan margrabia zamknął się w pokoju z moim windziarzem, bo miał niby wywoływać fotografie starszej pani, pana babki. Chłopiec chciał się poskarżyć i musieliśmy stawać na głowie, żeby to zatuszować. Albo taka sprawa. Pewno pan pamięta ten dzień, kiedy pan przyszedł do restauracji na śniadanie razem z panem margrabią de Saint-Loup i jego przyjaciółką, która mu służyła jako parawan. I pewno pan też pamięta, jak pan margrabia wyszedł mówiąc, że ma napad irytacji. Nie powiem, że ta pani miała wtedy rację. Ona mu rzeczywiście robiła okropne kawały. Ale nikt mi nie wmówi, że tego dnia pan margrabia nie udawał. Według mnie chciał się pozbyć pana i tej pani.

Co się mogło tyczyć owego dnia, byłem pewien, że o ile Aimé nie kłamał świadomie, to się bardzo gruntownie mylił. Nadto dokładnie pamiętam stan, w jakim się znajdował Robert, i policzek, którym znieważył owego dziennikarza. Tak samo zresztą musiało być z poprzednią sprawą: albo skłamał wówczas windziarz, albo teraz kłamał Aimé. Tak mi się przynajmniej zdawało, bo pewności mieć nie mogłem: nigdy nie widzimy więcej niż jedną stronę rzeczy i gdyby mi nie było tak przykro, odczułbym jako coś pięknego, że gdy dla mnie posłanie windziarza do Roberta było wygodnym sposobem dostarczenia mu listu i otrzymania odpowiedzi, on znalazł w tym okazję do zawarcia znajomości z kimś, kto mu się podobał. Istotnie, rzeczy są co najmniej podwójne. Do najbardziej błahego czynu, jaki wykonujemy, ktoś inny dołącza serię czynów całkowicie różnych. Przygoda Roberta de Saint-Loup z windziarzem, jeżeli w ogóle miała miejsce, na pewno wydawała mi się równie mało zawarta w banalnym fakcie przesłania listu, jak preludium z *Tristana* byłoby niemożliwe do przewidzenia dla kogoś, kto by znał Wagnera wyłącznie jako autora duetu w *Lohengrinie*. Niewątpliwie, rzeczy przedstawiają ludziom jedynie ograniczoną liczbę swych niezliczonych właściwości, a to wskutek ubóstwa naszych zmysłów. Przedmioty mają barwy, ponieważ my mamy oczy; ilu wszakże wymagałyby określeń, gdybyśmy byli wyposażeni w setki zmysłów! Ale ów odmienny wygląd, który by one mogły mieć w naszych oczach, staje się dla nas łatwo zrozumiały dzięki temu, czym jest w życiu najmniejsze choćby wydarzenie, które poznajemy tylko częściowo, sądząc, że to już całość, podczas gdy kto inny spogląda na nie jakby przez okno przebite po drugiej stronie domu i dające inny widok.

Jeżeli Aimé nie mylił się, to rumieniec Roberta, w chwili gdy Bloch powiedział ,,*lift*'', był może spowodowany nie tylko wymową ,,lajft''. Ale osobiście byłem pewien, że fizjologiczna przemiana Roberta jeszcze się wówczas nie zaczęła i że w owym okresie lubił on jedynie kobiety. Sięgając myślą w przeszłość najlepiej mogłem to udowodnić przyjaźnią, jaką mi okazywał w Balbec. Saint-Loup był naprawdę zdolny do przyjaźni tylko wtedy, gdy kochał kobiety. Później mężczyznom, którzy go bezpośrednio nie interesowali, okazywał – przynajmniej przez pewien czas – obojętność, do pewnego stopnia chyba szczerą, bo stał się wtedy nader oschły, i umyślnie wyolbrzymioną, aby się zdawało, że zwraca uwagę tylko na kobiety. Przypominam sobie jednak, że pewnego dnia w Doncières, kiedym szedł na obiad do Verdurinów, Saint-Loup spojrzał dość przeciągle na Charlie'ego i rzekł mi: ,,Ciekawe, ten mały ma coś z Racheli. Czy cię to nie uderzyło? Ja widzę w nich identyczne rysy. Zresztą nie ma w tym nic ciekawego dla mnie.'' Na długą chwilę wszakże zabłąkał się spojrzeniem gdzieś w przestrzeni, jak człowiek mający wrócić do partii kart lub pójść na proszony obiad, gdy nagle zamyśla się o dalekiej podróży, w której zrealizowanie sam nie wierzy, lecz czuje ku niej chwilowy przypływ nostalgii. O ile Robert znajdował jakieś podobieństwo między Charlie'em i Rachelą, to Gilberta ze swej strony usiłowała wyglądać tak jak ona i dla przypodobania się mężowi też nosiła we włosach pąsowe, różowe lub żółte kokardy z jedwabiu i czesała się tak samo, sądziła bowiem, że jej mąż nadal kocha tamtą, i była zazdrosna. Że uczucie Roberta znajdowało się chwilami na pograniczu dzielącym miłość mężczyzny do kobiety i miłość mięczyzny do mężczyzny, to możliwe. W każdym razie wspomnienie Racheli miało tu już charakter czysto estetyczny. Jest nawet rzeczą nieprawdopodobną, żeby i przedtem ta sprawa wyglądała inaczej. Pewnego dnia Saint-Loup przyszedł do niej prosząc, by się przebrała po męsku i sczesała na czoło długi kosmyk, ale poprzestał na obejrzeniu jej, nie poczuł zadowolenia. Mimo wszystko wciąż był przywiązny do Racheli i skrupulatnie, choć bez przyjemności, płacił jej ogromną rentę, tak jak przyrzekł, co nie przeszkodziło, że ona się później zachowywała wobec niego w sposób wyjątkowo podły. Gilberta nie miałaby żalu o tę hojność, gdyby wiedziała, że było to tylko wywiązanie się z przyrzeczenia, pełne rezygnacji, ale już bez śladu miłości. Mimo wszystko Robert udawał, że kocha Rachelę. Homoseksualiści byliby najlepszymi mężami na świecie, gdyby nie grali tej komedii z kobietami. Zresztą Gilberta nie skarżyła się. Właśnie przekonanie, że Robert był kochany przez Rachelę, i to kochany tak długo, wzbudziło jej uczucie dla niego i kazało zrezygnować z lepszych partii; sądziła, że robił pewnego rodzaju ustępstwo, kiedy się z nią żenił. I rzeczywiście, porównania, jakie czynił między tymi dwiema kobietami (tak przecie nierównymi pod względem wdzięku i urody), początkowo nie były korzystne dla rozkosznej Gilberty. Ale później mąż zaczął ją cenić, podczas gdy Rachela szybko traciła w jego oczach.

Jeszcze jedna osoba stała się z gruntu inną: była to pani Swann. O ile dla Gilberty Robert był już przed ślubem otoczony podwójną aureolą, jaką stanowiło najprzód jego życie z Rachelą, ustawicznie rozgłaszane przez lamentującą panią de Marsantes, a następnie ów urok Guermantów, na który Swann był zawsze wrażliwy i któremu jego córka również ulegała – to pani de Forcheville byłaby wolała małżeństwo bardziej olśniewające, może z koroną królewską (istniały zubożałe rodziny królewskie, które by przyjęły pieniądze – jak się zresztą okazało, znacznie mniej niż zapowiadanych osiemdziesiąt milionów – oczyszczone nazwiskiem ,,de Forcheville''), i zięcia o finansach mniej nadszarpniętych dzięki życiu z dala od świata. Nie zdołała wszakże wpłynąć na Gilbertę i gorzko się wszystkim skarżyła oczerniając zięcia. Pewnego dnia wszystko uległo zmianie, zięć stał się aniołem, złośliwości pod jego adresem padały tylko po kryjomu. Przyczyną tego była okoliczność, że wiek pozostawił pani Swann, obecnie pani de Forcheville, gusty kobiety utrzymywanej, a zniknięcie wielbicieli pozbawiło ją środków do zaspokajania tych gustów. Chciała mieć co dzień nową kolię, nową suknię usianą brylantami, bardziej luksusowy samochód, ale nie była dość bogata, ponieważ Forcheville przejadł prawie wszystko, a córkę miała uroczą, lecz – jakież to izraelickie dziedzictwo ciążyło pod tym względem nad Gilbertą? – potwornie skąpą, wyliczającą każdego franka mężowi, a cóż dopiero matce. I nagle pani Swann wywęszyła protektora, a następnie rzeczywiście go znalazła w osobie Roberta. To, że nie była już kobietą pierwszej młodości, nie miało znaczenia dla zięcia, który nie lubił kobiet. Żądał on od teściowej tylko łagodzenia rozmaitych trudności, jakie powstawały między nim a Gilbertą, gdy na przykład chciał odbyć podróż z Morelem. Gdy Odeta wdała się w taką sprawę, natychmiast otrzymywała w nagrodę wspaniały rubin. Wystarczało, że Gilberta okazywała się bardziej pobłażliwa dla męża. Odeta zalecała to córce z tym większym entuzjazmem, że sama miała doznać skutków jej pobłażliwości. W ten sposób na progu pięćdziesiątki (niektórzy mówili, że sześćdziesiątki) mogła dzięki Robertowi olśniewać niesłychanym zbytkiem w każdym domu, gdzie ją proszono na obiad, każdego wieczora, kiedy występowała publicznie, i nie był jej do tego potrzebny, jak dawniej, ,,przyjaciel'', który by może nie był skłonny do płacenia i nie chciałby o niczym słyszeć. Weszła więc – można było spodziewać się, że na zawsze – w okres ostatecznej czystości i była bardziej elegancka niż kiedykolwiek przedtem.

Nie tylko złośliwość, niechęć dawnego nędzarza do pana, który go wzbogacił i jednocześnie (zgodnie z charakterem, a jeszcze bardziej ze słownikiem pana de Charlus) dał mu odczuć różnicę kondycji, pchnęła Charlie'ego w objęcia Roberta de Saint-Loup, aby sprawić baronowi tym więcej cierpienia. Kierował nim też zapewne interes. Miałem wrażenie, że Saint-Loup dawał mu dużo pieniędzy. Pewnego wieczora, kiedym przed wyjazdem do Combray spotkał Roberta, jego sposób produkowania się w towarzystwie wytwornej kobiety, którą uważano za jego kochankę i przy której on szedł tak blisko, że stanowił razem z nią jedną istotę, na oczach wszystkich owinięty w jej suknię – nasunął mi myśl o mimowolnym powtórzeniu – tylko jakby z dodatkiem nerwowości, w sposób bardziej ruchliwy – rodzinnego gestu, który mogłem był zaobserwować u pana de Charlus, niby odzianego w szaty pani Molé, banderę sprawy ginofilskiej nie przysługującą mu wprawdzie, lecz chętnie przez niego w ten sposób obnoszoną jako emblemat w jego przekonaniu opiekuńczy lub może mający dlań wartość estetyczną. Po powrocie byłem zaskoczony widząc, jak ten chłopiec, tak rozrzutny w okresie gdy był mniej bogaty, teraz stał się oszczędny. Że człowiek przywiązuje wagę tylko do tego, co posiada, i że ten, co rozrzucał złoto, którego miał tak mało, składa je w szkatułce, odkąd mu go nie brak – to bez wątpienia zjawisko dosyć powszechne, ale w tym wypadku przybierające, jak mi się zdawało, postać szczególną. Saint-Loup nie chciał wziąć fiakra i zauważyłem, że wysiadając z tramwaju schował bilet przesiadkowy.

Zapewne rozwijał w tym, dla celów odmiennych, talenty nabyte podczas swego związku z Rachelą. Młody człowiek, który długo żył z kobietą, nie jest tak niedoświadczony, jak nowicjusz, który przed ślubem nie miał żadnego romansu. Wystarczyło popatrzeć w te nieliczne dni, kiedy Robert zabierał żonę na śniadanie do restauracji, jak zręcznie i w sposób pełen szacunku zdejmował z niej wierzchnie odzienie, jak zamawiał posiłek i kazał się obsługiwać, jak starannie wygładzał rękawy Gilberty, nim jej podał płaszcz. Rozumiało się wtedy, że poślubiając ją miał za sobą długi okres, kiedy był kochankiem innej kobiety. Podobnie też, jako że musiał był zajmować się w najdrobniejszych szczegółach gospodarstwem Racheli – po części dlatego, że ona nie miała o tym pojęcia, ale także powodowany zazdrością, która go skłaniała, by samemu doglądać wszystkiego – mógł zarządzając majątkiem swej żony i czuwając nad ich wspólnym gospodarstwem w dalszym ciągu sprawować tę funkcję zręcznego i rozumnego administratora, zwłaszcza że ona najprawdopodobniej nie nadawała się do niej i chętnie mu ją odstępowała. Niewątpliwie jednak czynił to przede wszystkim po to, by najmniejsze nawet skrawki budżetu domowego dawać Charlie'emu, utrzymując go na dość wysokiej stopie bez wiedzy Gilberty i nie robiąc jej przykrości. Być może uważał skrzypka za człowieka rozrzutnego „jak wszyscy artyści" (Charlie bez przekonania i bez żadnej dumy określał siebie tym słowem, aby się usprawiedliwić z nieodpowiadania na listy i z mnóstwa wad, które według niego musiały należeć do psychiki artysty).

Osobiście byłem przekonany, że z punktu widzenia moralności jest absolutnie obojętne, czy się znajduje rozkosz u mężczyzny, czy też u kobiety, i że jest rzeczą aż nadto naturalną i ludzką szukanie jej tam, gdzie ją można znaleźć. Gdyby więc Robert nie był żonaty, jego stosunek z Charlie'em nie powinien by mi był sprawiać żadnego bólu. A jednak zdawałem sobie sprawę, że ból, który czułem, byłby równie żywy, gdyby Robert pozostał był kawalerem. Od każdego innego przyjąłbym to spokojnie. Niemniej płakałem myśląc, że kiedyś miałem dla innego Saint-Loup przywiązanie tak serdeczne, którego – jak to widziałem po jego nowym, pełnym chłodu i wymijającym sposobie bycia – teraz mi nie odwzajemniał, ponieważ od chwili gdy mężczyźni mogli być przedmiotem jego pożądania, nie miał już dla nich miejsca na uczucie przyjaźni. Jakim sposobem ta zmiana mogła zajść w chłopcu, który tak bardzo kochał kobiety, że gdy „Rachela kiedy Pan" chciała go porzucić, wpadł w tak straszliwą rozpacz, żem się obawiał, czy nie odbierze sobie życia? Czy to podobieństwo między Charlie'em a Rachelą – niewidoczne dla mnie – było kładką, która pozwoliła Robertowi na przejście od usposobienia ojca do skłonności wuja, aby przeżyć ewolucję fizjologiczną, która nawet u barona dokonała się dość późno? Słowa Aimégo czasami wracały siać niepokój w mej duszy; przypominałem sobie Roberta owego roku w Balbec; rozmawiając z windziarzem miał taki sam sposób niezwracania na niego uwagi jak pan de Charlus, gdy przemawiał do niektórych mężczyzn. Ale to mógł być rys wspólny jemu i panu de Charlus, wynikający z dumy i postawy fizycznej Guermantów, a bynajmniej nie ze specjalnych gustów barona. Książę de Guermantes, który im wcale nie ulegał, w ten sam nerwowy sposób co pan de Charlus ściskał sobie dłoń w przegubie, jak gdyby miał koronkowy mankiet, a w jego głosie również się odzywały tony ostre i afektowane; tym cechom występującym u pana de Charlus miałoby się ochotę przypisać inne znaczenie i w samej rzeczy on im je nadał, albowiem jednostka wyraża swe

osobliwości za pomocą rysów nieindywidualnych i atawistycz-
nych, które zresztą były może kiedyś czyimiś indywidualnymi
osobliwościami i utrwaliły się w geście czy w głosie. Idąc za tą
hipotezą, wkraczającą już w histerię naturalną, nie powinno by się
widzieć w panu de Charlus Guermanta dotkniętego zboczeniem
i wyrażającego je częściowo za pomocą odruchów charakterystycznych dla rodu Guermantów – to raczej książę de Guermantes
byłby w tej zdegenerowanej rodzinie istotą wyjątkową, tak całkowicie oszczędzoną przez dziedziczną chorobę, że u niego jej
zewnętrzne objawy zupełnie straciły swój sens.

Przypominałem sobie, że kiedym po raz pierwszy zobaczył
Roberta de Saint-Loup w Balbec, tak jasnowłosego, utworzonego
z materii tak kosztownej i rzadkiej, żonglującego monoklem,
wydał mi się zniewieściały, co, rzecz jasna, nie było skutkiem
tego, com teraz o nim słyszał, lecz tłumaczyło się szczególnym
wdziękiem Guermantów, delikatnością owej saskiej porcelany,
z której wymodelowana była również księżna. Wspominałem też
jego przywiązanie do mnie oraz czuły, sentymentalny sposób,
w jaki je wyrażał, i powiadałem sobie, że to mogło kogoś
wprowadzić w błąd, ale wówczas nie miało tego znaczenia,
o którym dzisiaj się dowiadywałem, nawet wprost przeciwnie. Ale
kiedy to się zaczęło? Jeżeli podczas mego drugiego pobytu
w Balbec, to dlaczego ani razu nie odwiedził windziarza i nigdy nic
mi o nim nie mówił? A co się tyczyło pierwszego roku, jak w ogóle
mógł zwrócić na niego uwagę, skoro był wtedy tak namiętnie
zakochany w Racheli? Za owym pierwszym pobytem Saint-Loup
wydał mi się człowiekiem osobliwym, jak wszyscy Guermantowie. I oto w istocie był jeszcze oryginalniejszy, niż sądziłem. Ale
tego, czego nie poznajemy drogą bezpośredniej intuicji, o czym
tylko dowiedzieliśmy się od innych, nie możemy już w żaden
sposób przekazać naszej duszy; odpowiedni moment minął, jej
kontakt z rzeczywistością został przerwany; nie możemy cieszyć
się odkryciem, jest na to za późno. I tak zresztą nie mógłbym się
nim cieszyć, gdyż mi sprawiało zbytnią przykrość. Zapewne, od
czasu rozmowy z panem de Charlus u pani Verdurin w Paryżu nie
miałem wątpliwości, że wypadek Roberta powtarzał się wśród
mnóstwa przyzwoitych ludzi, nawet najbardziej inteligentnych
i wartościowych. Byłoby mi obojętne, gdybym się tego dowiedział

o kimkolwiek, byle nie o Robercie. Wątpliwość, jaką mi pozostawiły słowa Aimégo, rzucała cień na całą naszą przyjaźń w Balbec i w Doncières. Chociaż w przyjaźń przestałem wierzyć i byłem przekonany, że w stosunku do Roberta nigdy jej naprawdę nie czułem, to myśląc znowu o tych historiach z windziarzem i restauracją, gdzieśmy obaj byli na śniadaniu w towarzystwie Racheli, musiałem zrobić wysiłek, żeby się nie rozpłakać.

———

SPIS RZECZY

PRINTED IN POLAND
Państwowy Instytut Wydawniczy, Warszawa 1992
Wydanie piąte
Ark. wyd. 16,4. Ark. druk. 17,25
Papier offset. kl. III, 71 g, rola 82 cm
Druk z diapozytywów wydania czwartego i oprawę wykonała
Drukarnia Wydawnicza im. W. L. Anczyca w Krakowie
Nr zam. 9459/89